MW00860753

La Santa Muerte

Sexteto del amor, las mujeres, los perros y la muerte

CONACULTA
HACIA UN PAÍS DE LECTORES

Homero Aridjis

La Santa Muerte

Sexteto del amor, las mujeres,
los perros y la muerte

LA SANTA MUERTE. SEXTETO DEL AMOR,
LAS MUJERES, LOS PERROS Y LA MUERTE

Coedición: 2003 Consejo Nacional para la Cultura y las Artes /
Dirección General de Publicaciones
Santillana Ediciones Generales, S. A. de C. V.

Av. Universidad 767, Col. del Valle
México, 03100, D. F. Teléfono 54 20 75 30
www.alfaguara.com.mx

Primera edición: enero de 2004
Sexta reimpresión: octubre de 2007

ISBN: 970-35-0160-5 (CONACULTA)
ISBN: 968-19-1360-4 (Alfaguara)
978-968-19-1360-1

Impreso en México

A Betty, Cloe y Eva Sofía

Índice

La Santa Muerte

Mi venganza secreta: Lo obedecí en todo,
pero nunca creí en él.
DECLARACIÓN ANTE EL MINISTERIO PÚBLICO DE
EL HOMBRE DE LA COLA DE CABALLO

Entre todos la mataron y ella sola se murió.
DICHO DE SANTIAGO LÓPEZ

1

De unos días para acá me había dado por dormir en la tarde. Después de comer empezaba a cabecear no importa donde me encontrara: en la oficina, en mi cuarto o en un cine. Ayudaba mi soñolencia una copa de tequila o un vistazo al día sin planes. Dormir en la tarde me deprimía. Cerrar los ojos en las horas de mayor esplendor del sol era como cerrar las puertas a la vida. El peor día era el sábado, cuando el tedio exterior oprimía mis párpados y tumbaba mi cuerpo en la cama. Sentía entonces que una piedra de molino jalaba mi existencia hacia el abismo de mí mismo. Una pesadilla casi siempre me despertaba: un sicario entraba a mi cuarto para ejecutarme mientras me hallaba dormido. Cuando abría los ojos, venturosamente no había nadie y las cortinas del día desperdiciado estaban cerradas. Qué depresión en ese momento, más demolido por la desolación interior que por las armas del gatillero. La única compensación por esas siestas sísmicas, llenas de sacudidas, era que me daba por levantarme temprano, sin importar la hora en que me acostara, y que en la oscuridad tomara notas para mis reportajes del domingo. Pero esa tarde gris no estaba dormido en mi cuarto, sino en el sillón gris de mi oficina gris, entre archiveros y paredes grises. Así, entró el fax.

LA VIDA COMIENZA A LOS CINCUENTA
TE INVITAMOS A CELEBRAR EN EL
RANCHO EL EDEN
MEDIO SIGLO DE SANTIAGO
LOPEZ TOVAR,
VEINTICUATRO HORAS DE ALEGRIA
SIN PAR.
NO FALTES. UNA FIESTA FANTÁSTICA.

La invitación cayó al piso. El texto no traía nombre de destinatario ni de remitente. Papel en mano, observé el azul de la mancha urbana, tan turbio que parecía color café con leche. No conocía a Jaime Arango ni a Margarita Mondragón, los anfitriones. En mi fichero criminal no estaban registrados sus nombres. Ni estaban en mi lista de contactos y de madrinas. Tampoco se hallaban en los archivos políticos o económicos del diario. Sin duda eran prestanombres de Santiago López Tovar, el super narco apodado El Fantasma porque no se dejaba ver. Todos sabían que era el capo de los capos, pero nadie podía probárselo. Y el narcotraficante más buscado del país, que asistía a todas las reuniones sociales y políticas de importancia. Era fácil de hallar, pero evasivo. El problema es que nadie lo buscaba donde podía encontrarlo, aunque las fechorías colgaban de su pecho como medallas. Su poder no sólo alcanzaba a las altas esferas políticas, sino también a nuestro periódico: más de un colega había sido despedido por escribir sobre sus actividades. Notas bien documentadas habían sido descartadas por el jefe de redacción, quien alegaba que no había pruebas suficientes para publicarlas. Eso había pasado en *El Tiempo*, ese baluarte de la libertad de expresión situado en el centro histérico de la ciudad.

Jaime Arango y Margarita Mondragón darían en su honor la fiesta del año, con la probable asistencia de la sociedad rica del país. ¿Quién me había mandado la invitación? ¿Un agente de la Secretaría de Gobernación? ¿O de los Servicios de Intriga de la Procuraduría General de la República? ¿O Santiago López mismo? ¿Lo habrían hecho a sabiendas de que mi especialidad periodística eran los cárteles de la droga y la corrupción policiaca? ¿O alguien había querido invadir su fiesta con personas non gratas para sabotearla? El número de fax de la invitación no correspondía al número de Ana Rangel, la secretaria ejecutiva con la que se debía confirmar por teléfono la asistencia personal y la de mis acompañantes. El empleo de la segunda persona del singular en el texto me llamó la atención, sobre todo tratándose de un capo conocido por el uso de la violencia en tercera persona.

Ese sábado 20 de enero a partir de las 17 horas, los amigos de Santiago López Tovar festejarían su cincuenta cumpleaños hasta las 17 horas del domingo. "Garantizamos que tú, tu familia y tus amigos vivirán 24 horas de intensa diversión y de gratas sorpresas en esta fiesta fantástica." Habría quinientos invitados, sin contar a los miembros de seguridad y a los colados de último momento (como yo). Diez invitados por cada año de vida de Santiago. El lugar de la cita: Rancho El Edén. Anfitriones:

los Arango-Mondragón. Ubicación: kilómetro 45.2 de la carretera libre a Puebla. Se anexaba un Programa de Festejos y un Plano de Localización del Rancho. El primer acto de la tarde: un espectáculo de caballos pura sangre. El segundo, una corrida de toros. Consulté mi reloj. Eran las dieciocho horas. Ya me había perdido los caballos. Y si no me daba prisa perdería los toros.

No debería ir solo. El problema era que en la redacción a esa hora no había asistentes. Los dos que estaban eran los comisarios de publicación del diario. Otro problema: tenía que volar el domingo temprano a Bogotá. En la capital colombiana debía investigar las relaciones de los cárteles sudamericanos con los mexicanos. Imposible cambiar la hora de salida de vuelo. Peor aún, *El Tiempo* tenía el dudoso prestigioso de dar a conocer los delitos cometidos por el crimen organizado y difundía las encuestas oficiales sobre el incremento de la inseguridad pública. Peor peor aún, yo era un periodista notorio en los medios del hampa y sería reconocido de inmediato por el festejado o por sus allegados, tanto por los del jet set como por los del bajo mundo. Y peor peor peor aún, acudir a esa fiesta sería como viajar sin pasaporte al más allá.

La tentación era grande: presenciar una fiesta de narcos con sus familias y sus amigos era una oportunidad única. Valía la pena arriesgar el pellejo. Aunque, como mínima precaución, debía transportarme en un taxi del sitio que servía al periódico, pedir un chofer que conociera el área y hacer que me esperara.

"La Santa Muerte" era el título de mi próximo artículo dominical. Karla Sánchez, una reportera de nuestro diario, había investigado la muerte de Jessica (así, sin apellido) a manos de La Flaca, una mujer bastante miserable con una sola capacidad: la de cometer un crimen horroroso en honor de la Santa Muerte. Con sus cómplices Ojo Machucado, El Víbora y Cabeza de Piedra (fugitivos) había celebrado el asesinato y desmembramiento de la dicha Jessica en un cuartucho situado en el primer piso de un edificio sin nombre en un callejón anónimo a las orillas de una ciudad perdida. A los pies de una mesa que servía de altar se habían encontrado los despojos de la hoy occisa. Lado a lado, en un altar se habían colocado las imágenes de la Santa Muerte y de la Virgen de Guadalupe. El sincretismo de La Flaca saltaba a la vista al reunir bajo el mismo techo a la muerte azteca (representada por la Santa Muerte) y a la católica Virgen de Guadalupe. El altar estaba adornado por un cráneo humano, floreros de vidrio rojo y cuchillos de carnicero. Velas rojas apagadas no lo alumbraban. A La Flaca se le halló acostada en un camastro rodeado de bolsas negras con basura, y con droga en una mesita de noche. En una hielera la cultista guardaba un camisón ensangrentado, vísceras humanas y una pantaleta (de Jessica).

Ya me figuraba la noticia de mañana: "Vuelve a matar la Santa Muerte". Y las fotos horrrorosas de la descuartizada, de la asesina estúpida y de la imagen siniestra de la muerte convertida en santa, con su forma de araña y de esqueleto agresivo vestido de rojo, calavera mirando de frente con una espada sujeta con ambas manos. Sentada en su trono, de su pecho descarnado colgaba un crucifijo. Según la política del diario, las imágenes debían ser tremendas pero no demasiado tremendas, debían atraer la atención pero no despertar repulsión, espantar pero no espantar. Nadie sabía cómo se había propagado su culto, pero lo que sí se sabía es que la muerte violenta estaba en boga en los últimos tiempos, adoraban su imagen lo mismo los narcotraficantes que los secuestradores, los policías corruptos que los delincuentes de poca monta, y tanto las amas de casa como los niños de la calle le rendían culto. Cuando en la mañana uno se acercaba a estos últimos, dormidos a la intemperie sobre cualquier banqueta, a veces uno distinguía recargada en un muro la reproducción enmarcada de la muerte violenta.

Sentado a la computadora liquidé con unas cuantas frases el artículo. Fumé un cigarrillo, bebí café y sopesé los pros y contras de asistir a la fiesta. En el cajón inferior de mi escritorio se arrumbaba el retrato de la fotógrafa Alicia Jiménez, mi última novia. O la última que me dejó. Esa mujer era un cuerpo anoréxico, un rostro fino, unos ojos negros y un pelo lacio que un día me miró con amor en el cuarto oscuro del periódico. Detrás de sus lentes no había luz en sus ojos, sino furia opaca. Nuestra relación había sido una historia de incompatibilidades, un cocktail de mala sangre con mala leche. Como botón de muestra, a ella le gustaban los centros ceremoniales donde el espítitu de la Coatlicue se aparece con una falda de cráneos humanos, las bibliotecas penumbrosas donde la vista se ilumina por el hallazgo de un volumen con el signo de Acuario, los cafés baratos de los que uno sale deprimido y con acidez por el mal vino. A mí me atraían los sitios concurridos, la revista al alcance de la mano, la noche matada con una chica al lado viendo televisión. Detestaba los filmes musicales. Las canciones idiotas. De la gente, ella esperaba lo máximo; yo, lo mínimo. Ella perdonaba traiciones de todos tamaños, yo no perdonaba una, por pequeña que fuese. Su pasión: una cena bien dotada con personajes melancólicos. Mi pasión: un domingo en la mañana con los ojos cerrados, sin sentimientos ni remordimientos. A pesar de esas diferencias esperaba recobrarla en un futuro no muy lejano, si me convertía en el director del diario. Al dejarme, no había habido engaño o desdén de su parte. Solamente olvido. Olvido de una cita, aquella noche en que entré al café a buscarla y en el café no había nadie. El lugar estaba muy concurrido, pero no estaba ella. Su retrato me decidió a asistir a la fiesta.

Saqué la corbata que me regaló una azafata de British Airways. La silueta del Big Ben estaba negra; el reloj, en blanco. En Londres llovía. Las rayas grises simulaban lluvia. Los humanos y los paraguas eran grises, gris indolente, gris cansado. Me anudé el trapo hecho en Italia como quien se pone una soga. Descolgué el saco pardo de pana. Mis zapatos deslustrados. No tenía tiempo de buscar un bolero en la calle. Durante los días laborales venía uno a la redacción para limpiar el calzado de periodistas neuróticos que pagaban con un puntapié. Limpié mis zapatos con un pañuelo. Levanté el teléfono y pedí un taxi.

2

En la calle, en su coche rojo me aguardaba Lázaro. Joven moreno de facciones finas, vivaz y tranquilo, había nacido en las inmediaciones de El Edén y conocía el rancho, aunque nunca había entrado por miedo a los pistoleros y a los perros. Negocié pagarle por hora y aceptó esperarme el tiempo necesario, con la salvedad de que tenía que estar de regreso el domingo en la tarde. Llevaría a su novia al cine. La cita era seria: le pediría que se casara con él el Día de Muertos. ¿Por qué? Ese día declaraba a su soltería difunta.

—Si no es indiscreción ¿a quién visitará en El Edén? —Lázaro disminuyó la velocidad para subirse a un tope.

—A Santiago López.

—Ah.

—¿Lo conoce?

—De niño jugaba futbol cerca de su rancho. Una tarde sus hombres soltaron los rottweilers y me atacaron. La jauría me persiguió entre los maizales. Cuando protesté porque nadie los detenía, el jefe de seguridad se alzó de hombros: "Esta no es una oficina de quejas, mis ocupaciones son otras." Desde entonces los perros fueron dueños de la noche. Mi familia y yo no podíamos salir de casa hasta la mañana. Un viernes santo los canes mordieron a un primo y despedazaron a un puerco. Íbamos a comerlo en el cumpleaños del abuelo. Nos quedamos sin carnitas y el abuelo falleció luego. Cuando reclamamos, el jefe de seguridad me gritó: "Mejor cuídate el culo, no te vayan a usar como mujer."

Tráfico adelante se oyó una sirena. Una ambulancia pintarrajeada buscaba abrirse paso entre los coches. Ninguno se lo permitía. Indiferentes a la urgencia, a los automovilistas les interesaba más ganar espacio en la avenida que hacerse a un lado.

El sol se metía en la contaminación como en la carne de una manzana podrida. Triángulos isósceles sobresalían en el neblumo como dientes cariados. Edificios se alzaban en el horizonte como piernas varicosas. Tetillas grises, las nubes pendían del cielo. Una luz vengativa refulgía en las ventanas. "Qué crepúsculo idóneo para pintar el paisaje con toses, lagañas y flemas", pensé.

Lázaro se reservó sus comentarios. Desde el coche yo observaba las calles apretadas como nalgas de señorita, las espirales de los rascacielos rompiendo el aire con sus puntas broncíneas. En todas partes esas nadas metálicas a toda velocidad convergían a los ejes viales y formaban un chorizo de ruido. La policía había desviado el tráfico a causa de una manifestación contra el gobierno hacia otra parte donde había otra manifestación contra el gobierno. Aunque había comenzado la dispersión de la gente, los embotellamientos continuaban. La estación del Metro Pino Suárez tragaba y vomitaba multitudes. La ciudad era un delirio demográfico.

—Mira, Lázaro, el monumento a Benito Juárez, esa obra maestra de la arquitectura kitsch.

—¿No quiere pasar por debajo de su cuerpo? ¿Prefiere otra ruta, señor?

—La que escojas.

Se habían evaporado los vestigios del aguacero que había convertido el Valle de Chalco en el excusado al aire libre más grande del mundo. La lagartija poluta de la lluvia callejera era ahora una nube de hidrocarburos. El aire de invierno parecía de verano y las partículas suspendidas flotaban delante de los ojos como basuritas. Aquí y allá había perros tiesos planchados sobre el asfalto. Me impresiónó en particular un enorme rottweiler en el periférico, tendido boca arriba con las patas tiesas. Flotábamos en una nada de carros. Un río sin nombre avanzaba en sentido opuesto que su corriente, buscando salirse de sus cauces, deseando no ser río, sino pájaro o árbol, para escapar de su mierda.

A trechos el coche chirriaba como si fuera a desintegrarse en una curva. Le dije a Lázaro que no tenía prisa y que apagara el radio. Resonaba la canción *Viajera* y me puse a pensar en Alicia, nostálgico y abatido, cuando cruzamos colonias indistinguibles una de otra, paralelas al Metro. Colonias de mala muerte en los últimos años se habían propagado como hongos al pie de cerros, al borde de barrancas y en lechos de ríos secos. Los bosques, invadidos, ahora eran ciudades perdidas, cementerios de carros. En las avenidas con nombres de políticos olvidables se habían establecido tianguis con productos globales. En los puestos fayuqueros se podía comprar lo ilegal, lo pirata y lo falso: televisores Sony, tenis Reebok, pantalones Versace, lentes Armani, pañoletas Chanel, café colombiano, chocolate suizo, cigarrillos, coñacs, champañas y perfumes, todo adulterado. Coladeras mal tapadas eran las bocas fétidas por las que se desahogaba el vientre urbano. Los inmuebles, ruinas contemporáneas, estaban más décrepitos que las construcciones sólidas de la Colonia.

Cuando Lázaro abandonó la carretera y dio vuelta a la izquierda, a la derecha, a la izquierda, obedeciendo flechas que apuntaban a ninguna parte, creí alucinarme, pensando que habíamos retornado al barrio del que habíamos salido. Procuré, sin embargo, fijarme en algunos detalles. En mi topografía mental marcar señales para un posible regreso solo. Columbré un ocaso esplendoroso: el volcán Iztac Cíhuatl (llamada la Mujer Blanca, la Diosa Lunar, Nuestra Señora de los Sacrificios Humanos) tenía la cara roja dirigida a la Luna, la cual en esos momentos se encontraba en el centro del cielo. Junto al Iztac Cíhuatl el Popacatépetl guardaba púrpura silencio.

En la zona connurbada que estábamos atravesando las casas de cemento esperaban el segundo piso. Tenían las varillas desnudas, redes de diablitos colgando de los postes para robarse la corriente eléctrica. Los habitantes, que disponían de calles asfaltadas, servicio de minibuses, drenaje y agua limpia, arrojaban la basura a la calle.

—¿Estamos cerca?

—Ya llegamos.

—¿Adónde piensas que vas, carnal? —un hombre emergió de la oscuridad, el saco abierto, el arma larga.

—Al Edén.

—Párate allí.

—Voy a la fiesta del licenciado Santiago López —me asomé a la ventana.

—¿Invitación?

Le mostré el fax.

—Adelante.

Avanzamos. No mucho tiempo. A veinte metros bloqueaban el paso docenas de automóviles. Descendí.

—¿Adónde va? —me gritó un guardia de pelo corto.

—Soy invitado.

—¿Con quién viene?

—Solo.
—Y el taxista, qué.
—Se quedará a esperarme.
—Adentro del carro.

3

Por camino de terracería llegué a Rancho El Edén. Cuesta arriba fui a pie, con el saco en el brazo. El camino pedregoso, que descendía en forma de estaca, no necesitaba alumbrado: los faros de los automóviles iluminaban todo. Y lo que no iluminaban era porque debía quedarse a oscuras. La banqueta accidentada tenía losetas flojas. Las coladeras sin tapa eran trampas para descuidados. Al fondo de un baldío se apreciaban casuchas despintadas. Esas construcciones eran pura fachada, detrás de las paredes no había nada. Las puertas y las ventanas azules también eran decepción. Un alto muro de piedra daba la vuelta a la propiedad y se perdía en la distancia con sus barras metálicas y sus alambradas eléctricas. El terreno, de unos treinta mil metros cuadrados, incluía arroyos, barrancas, parques interiores, canchas de tenis, piscinas cubiertas y descubiertas, invernaderos, establos, cocheras, helipuerto y aeropuerto, campo de tiro y casas.

No bien había andado quince metros que se paró a mi lado una Suburban roja con los vidrios ahumados. A ésta se le emparejó una Suburban negra. Los guardaespaldas de ambos vehículos se bajaron rápidamente y se apuntaron con armas largas, listos para madrugarse. Eran hombres fornidos, poco ágiles, con pelo corto y barba untada. El enfrentamiento parecía inminente, hasta que descendieron de las Suburban los patrones y se dieron la mano. Eran dos capos enemigos invitados a la fiesta por su jefe. Con paso ejecutivo anduvieron de prisa, los regalos en portafolios de piel repletos con billetes verdes de máxima denominación. Los cheques no eran bienvenidos. Los pistoleros los siguieron de cerca, rudos, agitados, con el saco abierto. Atrás de ellos vinieron otros invitados con esposas o amigas, y con ayudantes cargándoles regalos: joyas en estuches, cuadros con caballos, animales vivos en cadenas o en jaulas, llaves de un coche último modelo, escrituras de casas o de condominios en Cancún, Mazatlán o Los Cabos. Yo era el único con las manos vacías.

—El rancho no pertenece ya al señor licenciado, ahora es del ingeniero Dámaso Smith, con todo y coches, caballeriza, vigilancia y servicio doméstico —aclaró un guardaespaldas cara de niño. Una medalla de la Virgen de Guadalupe colgaba de su ancho pecho.

—El señor licenciado es muy astuto, el rancho es suyo, pero pretende que no es suyo por seguridad, maña y discreción. Se lo prestó a su cuñado para la fiesta de quince años de su hija, o para un reventón con su secretario particular. A mí me tocó hacerle de guardia y presencié el desmadre —el pistolero cara de rana presumió de una información que sólo el tenía. Su padre había sido guarura de ministro. Su tío, de gobernador. Su abuelo, de presidente. Todos habían gozado de los privilegios especiales de un sistema político que se amparaba en el poder de la ley para violarla, mal definidos los límites entre gobierno y crimen organizado con su telaraña de operadores en puestos oficiales y de informantes internos en los cuerpos policiacos.

—El rancho se quedó huérfano desde la muerte de don Jesús López, el señor padre del señor Santiago. No se hagan guajes, cállense y a trabajar —les gritó un guarura de pecho velloso desde el otro lado de un Grand Marquis.

Qué cantidad de coches de lujo estaban estacionados a derecha e izquierda: Cadillacs, Mercedes Benz, BMWs, Jaguares, Ferraris, Chrysler Shadow, rojos, verdes, azules, negros, plateados; camionetas blindadas Silverado, camionetas Suburban, Ram Chargers, Buicks, Rolls-Royce, Porsches. Las inmediaciones del rancho parecían una distribuidora de automóviles. La mayoría contaban con vidrios polarizados y placas superpuestas. Todos eran auxiliados por elementos de la policía vial, la policía bancaria y comunitaria, por motociclistas y patrullas de la Federal de Caminos. Los protegían fuerzas especiales y de reacción rápida, los Tigre, los Águila, ambos grupos expertos en el combate al narcomenudeo. Los guardaespaldas ubicuos estaban posicionados en lugares estratégicos y afuera y adentro de los vehículos. Una limosina blanca se hallaba al borde de un barranco como una salchicha engullida por la oscuridad. Por un carril libre los choferes accedían hasta la puerta para dejar a sus patrones. Un helicóptero sobrevolaba el rancho.

—Pocos conocen los carros de colección del señor Santiago. Posee una diligencia del siglo diecinueve, una berlina de 1910, un mail-coach, un cabriolé con pescante, un American-buggy, un Rolls-Royce descapotable de 1920 y un Renault amarillo de 1947. En el rancho tiene una cochera de poca madre —se ufanó el guarura cara de rana.

—Dime, Gustavo, ¿adónde aprendiste tanto sobre carcachas viejas? —rio el guardaespaldas de la medalla de la Virgen.

—Durante años estuve a cargo del Museo del Automóvil.

—¿Confiarías en mí como asistente?

El guardaespaldas lo examinó de los pies a la cabeza como si lo viera por primera vez:

—Para serte franco, no.

—A lo mejor con el tiempo podría ser empleado de confianza, de los que se balean por su jefe.

—Tal vez algún día podremos comisionarte para vigilar los armarios de armas blancas del señor licenciado, aún no. Doble no.

—Qué puta colección.

—¿Y tú quién eres? —los interrumpió un recién llegado.

—Yo soy guarura, como esos que están allí, y qué chingaos —el hombre con cara de rana lo desafió señalando a los guardaespaldas de negro con lentes infrarrojos parados afuera de los autos, la cajuela y las puertas abiertas, listos para echar mano de las armas que allí guardaban: granadas, subametralladoras MP5 calibre 9 milímetros, metralletas AK-47, fusiles R-15 y M-1, pistolas calibre 22 y 38 super. En un asiento estaba su lectura favorita: historietas para adultos como las que leen los albañiles acostados sobre bloques de concreto en las obras gruesas, o como las que manosean los policías en las patrullas cuando están acechando a un prójimo en una esquina: *El Libro Vaquero*, *La Novela Policiaca* y *¡Me Vale!* Varias de esas revistas en formato de bolsillo traían portadas con un hombre de extracción popular mirando lascivamente a mujeres semidesnudas de la alta sociedad. Era el material perfecto para inspirar violaciones y para demostrar que la víctima provocaba con su cuerpo la agresión sexual.

—Nada más bromeando —el recién llegado se alejó.

El Guarura Mayor aparentaba estar embebido en la historieta *Juventud Desenfrenada* que sostenía con la mano derecha, pero no perdía de vista los alrededores, la mano izquierda pronta para accionar el gatillo. Llevaba camisa de seda rosa, saco de tres botones y esclava de oro. Con el pelo engomado hacia arriba y los dientes blancos parecía un anuncio de pasta.

La presencia del Guarura Mayor me recordó un incidente ocurrido la semana pasada. Para consolarme del olvido de Alicia Jiménez había buscado los servicios de Lola Lozoya, una escort girl de mi confianza. Preparado el escenario del encuentro, la cité en mi departamento y le di la llave para que me aguardara. ¿Cuál sería mi sorpresa que cuando abrí la puerta un tipejo, que no estaba en la trama, me saltó encima como gato de Edgar Allan Poe encerrado en una pared? Los Huracanes del Norte berreaban el narcocorrido *La Venus de Oro:*

> Tenía tres casas de vicio
> y un corazón de plomo,
> su fuerte era el contrabando,
> la hierba y el polvo de oro

Mientras me encontraba en el suelo, el tipejo me examinó como si yo fuera un aparato despanzurrado con los cables sueltos y los enchufes regados por el piso. El sujeto tendría dos metros de estatura, aunque parecía de dos y medio. Daba la impresión, por lo estrecho de la ropa, de que podía romper los botones del saco con sólo inflar el pecho. Su corbata color yema de huevo me resultó hipnótica; sus músculos, una formación de bíceps y venas saltadas, una subversión de la piedra. Lo que me asustó verdaderamente fue su expresión de rapto al golpearme, como de albañil lector de historietas pornográficas que acaba de poseer a la mujer del patrón con la que fantaseó toda la vida.

Al tipejo no le bastó verme caído, azotó su cuerpo sobre el mío y aplastó mi cara con la suya con un insoportable gesto de satisfacción de araña que va a tragarse una mosca. Sus manotas me inmovilizaron. Me escupió palabras ensalivadas: "No hay mala sangre, carnal, sólo quiero decirte que compartimos novia y movida. Ahora puedes levantarte y sacudirte la humillación."

Como un hombre herido en su ego lo vi perderse en el pasillo. En la recámara estaba Lola Lozoya desnuda bajo las sábanas, mis sábanas. Sus pantaletas sobre una silla, mi silla; sus ojos claros serenos, elogiados por mi retórica, borrachos de placer, no el que le otorgaba yo. No había dormido en toda la noche.

—¿Cómo te sientes para el amor? —me preguntó.

—No estoy en condiciones.

—Espero que funciones, las comparaciones son odiosas.

—Me lastiman esas rimas involuntarias.

—Eres un eunuco, Mario Matraca sí es buen amante —la sonorense Lola Lozoya, bailarina de mis delirios, vivía en los trópicos de la mente y del sexo, más del sexo. Los cantantes chillaron:

> era una potranca de esas
> que no requerían escuela.

El desacarrilamiento de mi persona había tenido lugar en una calle con nombre de ciudad de provincia en un edificio de cemento de la colonia Condesa, donde los olores del restaurante de la planta baja se mezclan con los de segundo piso y juntos atraviesan la calle.

—Sobre la mesa está una botella de tequila, por si quieres enjuagarte la sangre de la boca antes de besarme. Relájate, tenemos tiempo, dáte un duchazo y ponte desodorante.

Sin responderle recogí del suelo los pedazos de mí mismo y salí del departamento con la intención de retornar más noche a mi cama, ya limpia de arrumacos ajenos y de la presencia de Lola Lozoya. Después de la golpiza, como buen ciudadano de esta urbe inhumana, no levanté acta ni acudí a la policía. No me consoló enterarme por la radio de que mientras sucedía la golpiza en el Aeropuerto Internacional de la Ciudad de México caía tremendo aguacero, que las pistas de aterrizaje y de despegue se inundaron, que tanto el viaducto como el periférico se convirtieron en un lago de coches. Tampoco me confortó que centenas de colonias se hubiesen anegado y cientos de calles y de pasos a desnivel estuviesen cerrados al tráfico. En otras estaciones, locutores exaltados bombardeaban al prójimo, que veía la lluvia, respiraba la lluvia, olía la lluvia y sufría la lluvia, con noticias sobre la lluvia.

Lázaro y yo estábamos ahora lejos del perímetro de esa tormenta del recuerdo. En el rancho, los guardaespaldas de aquí vigilaban a los guardaespaldas de allá, los de allá a los de aquí, todos pelones, barrigones, malévolos, con brazos cortos y manos como manoplas. Más de uno parecía cachorro o gemelo del tipejo que me había golpeado. Algunos llevaban walkie-talkies, chamarras abultadas y brazos entablillados por fracturas falsas. Vestidos de negro, portando chalecos antibalas y metralletas, escrutaban los alrededores, se asomaban en los parapetos, inspeccionaban vehículos, detectaban movimientos sospechosos en los terrenos baldíos, las casuchas y en los muros erizados de púas y redes electrificadas. O buscaban explosivos en frascos de chiles jalapeños, bolsas de plástico de supermercado, baches en el pavimento, agujeros en las banquetas y boquetes en la pared. Un camión de redilas bloqueaba el acceso al rancho. Peones fingidos en vez de palas y zapapicos tenían armas escondidas. Una caravana de carros repletos de escoltas se paró detrás de una Silverado. De la camioneta blindada bajó un joven vestido de negro con cadenas de oro en el cuello. Lo acompañaba la Señorita Sonora, con su banda del certamen nacional de belleza atravesándole el pecho abultado de paloma. Las rejas se abrieron. Docenas de guaruras armados con AK-47 se movilizaron. Entre ellos un tullido, que momentos antes estaba en una silla de ruedas, se dirigió a la entrada, con una cuerno de chivo en las manos. El joven vestido de negro besó en la mejilla a una niña parada en el portón de la casa: era Brenda, su media hermana y la hija pequeña de Santiago López.

A la entrada lo esperaba un hombre con los brazos abiertos, el capo de los capos.

—Hijo mío, bienvenido a mi fiesta, tu fiesta.

4

Padre e hijo se abrazaron y juntos se fueron caminando hacia El Edén. El interior parecía el set de una película de narcotraficantes: cocheras con las puertas cerradas, macetones y jardineras de concreto que servían de parapetos, senderos cubiertos y descubiertos que volvían al punto de partida, cuartos de tortura debajo de una biblioteca o de un bar, pasadizos subterráneos que comunicaban con las entradas y las salidas del rancho o las casas entre sí, circuitos cerrados de televisión, torres de vigilancia y ventanas negras, desde las cuales ojos invisibles seguían los movimientos de la gente. Desde un mirador se gozaba de la vista sensacional de los volcanes Popocatépetl e Iztac Cíhuatl, los dioses tutelares del Valle de México. Delante de un depósito de comestibles, policías uniformados con chaleco antibalas de la Secretaría de Seguridad Pública descargaban de un camión de refrescos cartones de bebidas. En la pared avisaba un letrero:

DE AQUI SALEN LOS TOMATES BLANCOS
PARA LA CENTRAL DE ABASTOS

Policías municipales eran utilizados para servir de mozos, de guardaespaldas o de ayudantes de meseros y cocineros trayendo y llevando carros de supermercado con ollas, sartenes y cubiertos, pollos descuartizados, carnes, pescados, frutas y legumbres. A la entrada de una oficina, una secretaria con el pelo negro recogido hacia atrás por un broche imitación carey llevaba en un cuaderno el registro de los regalos que ingresaban al rancho, apuntando el nombre del donante y la descripción del objeto. Los regalos eran pasados a una bodega interior.

Sin conocer a nadie crucé el primer jardín, adornado con flores de estación, faroles de tipo colonial y una fuente sin agua. Por razones de seguridad no había arbustos ni árboles de ornato. Tampoco se permitía el estacionamiento de coches. Los invitados masculinos llevaban guayabera o chamarra Bally. Yo era el único con saco. Una joven en minifalda, no bonita pero esbelta, vino a colgarme del cuello un jarrito de mezcal con una cinta morada y un número, mi número.

Inútilmente busqué un rostro familiar, aunque no amigo. Al verme curioseando, un guardaespaldas con tenis y chaqueta blanca se me quedó viendo desde una escalera. Me figuré que observaba a un hombre de cuarenta años con mechones grises sobre las sienes, unos ojos castaños, unos pantalones caquis, un saco de pana y unas gafas. El individuo en cuestión (yo) era tan pobre que había llegado en taxi, sin amiga y sin escolta. Y sin regalo.

Miss Veracruz me señaló una larga mesa cubierta con manteles blancos y charolas con tostadas y nachos, platos con guacamole y salsas verdes y rojas. En el otro extremo, una mujer cuarentona —lentes redondos y pelo teñido, que al fumar ensalivaba el filtro del cigarrillo—, vino hacia mí y se tropezó conmigo. Creo que tenía algo que decirme, pero decidí no hacerle caso y seguí adelante.

Docenas de guaruras —algunos de ellos ex policías judiciales que habían sido dados de baja por haber incurrido en delitos y cuya foto había sido divulgada en los periódicos y en los noticieros de televisión— se recargaban en las paredes o se paraban junto a las puertas de las casas principales, una azul y otra amarilla. Todos se concentraban en cuidar a un hombre de patillas largas, melena negra y el brazo derecho en un cabestrillo, que vestía camisa negra de seda abierta hasta el pecho, chamarra de piel Bally, pantalones negros, hebilla dorada y zapatos de piel de cocodrilo: Santiago López. Emergiendo del gentío luciente, el empresario Wenceslao H. Perea vino a saludarlo y, sobre la cabeza de Brenda, le deslizó un sobre blanco.

—Qué detalle —con la zurda el festejado guardó el obsequio en el bolsillo interior de la chamarra.

Enseguida, el propietario de un banco le ofreció una caja de Lady Godiva.

—No como chocolates.

—Son verdes.

—Qué buen sentido del humor tienes, Manolo.

Un ganadero californiano le puso en la mano una pistola calibre 38, con cacha de oro e incrustaciones de brillantes. *Matagringos* era la leyenda grabada en un costado.

—Qué amable, Richard —Santiago le pasó el arma a su asistente.

Entonces, dos guardaespaldas trajeron a su presencia un jaguar encadenado. Todas las mañanas al despertar el festejado se daba el lujo de mirar a las fieras de su zoológico privado desde la ventana de su cuarto en la mansión principal. El cachorro era un regalo del gobernador de Chiapas. Con todo y entrenador.

—A una cuadra del Palacio de Gobierno lo vi pasar, apenas tuve tiempo de mandar detenerlo —dijo el gobernador.

—Mi pasión, los felinos.

—También quiero uno —Brenda avanzó hacia el animal tratando de abrazarlo.

—Te regalaré un tigrillo.

—No, yo quiero un tigre.

—Mary, llévatela a jugar con los otros niños.

—Vamos, Brenda —una niñera con acento texano y un parche en el ojo derecho condujo a la pequeña al interior.

—Señor, con este gallo de pelea ganará mucha plata, es Juan Colorado —su criador lo sacó de una jaula.

—Ese es un guajolote, Chucho, me lo comeré en la Nochebuena —rio Santiago.

—Ya verá, señor, que es muy gallo —el gallero se lo entregó a los ayudantes, quienes lo devolvieron a la jaula.

—Cuando usted diga, señor, nos vamos al otro patio, hay mucha gente queriéndolo saludar —Ana Rangel, conocida también como Nuestra Señora de los Regalos de Plata y como Marcela Residencias por estar a cargo de comprar y alquilar casas de seguridad para su jefe, de la importación de vehículos blindados y del manejo de una cadena de hoteles en Cancún, no se despegaba un momento del festejado. Vestía sobrio traje sastre gris y alrededor del cuello llevaba enroscada una bufanda Hermés.

—Señor, aquí está El Faraón de Toluca —la mujer presentó a un torero con el traje de luces todavía manchado de sangre. Acababa de dar la vuelta al ruedo después de matar el último toro de la corrida.

—Aníbal era un espléndido ejemplar de Paraje Negro, la mejor ganadería del país, pero lo dejaste hecho un asco: le diste quince piquetes en el lomo y en las costillas. Eres más sádico y más pendejo que un policía judicial —Santiago López cogió del brazo al torero y caminó con él mientras una camioneta sacaba al animal arrastrándolo por las patas.

—Discúlpeme, señor, es que no quise que el caballo fuese embestido por el toro y me descuidé. Le fallé en su cumpleaños, hay días en que uno simplemente no puede.

—No te preocupes, Faraón, lo único que te puede pasar ahora es que durante un apagón desaparezcas del rancho. Ya vendrán otros cumpleaños y otros toreros.

—Le juro, señor, que me apendejé por el solo afán de salvar al caballo.

—Te di una oportunidad, Faraón, no la aprovechaste, lo siento —Santiago le dio la espalda, mas como en un arranque de buenos sentimientos se volvió hacia Ana y le dijo—: Señorita, dele al matador un cheque por cinco mil dólares para que pueda irse de vacaciones. Pero que no se vaya de aquí, porque a lo mejor todavía lo necesito durante la fiesta.

—Ana, ven, la señorita Brenda te necesita —la niñera con acento texano le hizo una seña.

—¿A mí?

—A ti.

—¿Para qué?

—Quiere consultarte algo sobre el regalo que le dará a su papá.

—Ya voy.

—¿Cómo va tu ojo, Mary?

—Veo el mundo con manchas.

—¿No sería mejor que usaras lentes oscuros?

—El doctor me puso la venda para que no vea doble.

—Espero que no abraces al varón equivocado.

—No te preocupes, no sólo me guío por el tacto, sino también por el instinto.

—Pase a divertirse, señor, allí están el casino y el bar, por allá las caballerizas, el palenque, la plaza de toros, la biblioteca, el gimnasio, el zoológico, lo que usted guste —la Rangel me indicó con la mano unos aposentos que estaban delante de nosotros.

—Disculpe, señorita... —quise hacerle algunas preguntas, pero no pude retenerla porque rápidamente se alejó con la niñera.

En eso hubo movilización de guaruras. Unos se despegaron de las paredes o emergieron de las Suburban, otros saltaron desde las azoteas o salieron de detrás de pilares, todos cortando cartucho o con la metralleta en las manos. Hacia una fosa corrieron aprisa, la rodearon, apuntaron abajo.

—Soy yo, no tiren, por favor —desde el fondo oscuro profirió una voz ahogada.

—¿Quién eres? —el Guarura Mayor se posicionó para acribillar el bulto.

—Artemio.

—Es un albañil borracho que se cayó en la fosa —explicó un miembro del grupo especial Los

Ocelotes, la cara cubierta con pasamontañas—. Trabaja en la obra de al lado, andaba tomado desde hace días, no sé cómo entró sin ser visto.

—Alguien creyó que era un agente disfrazado de peón del camión de redilas, por eso entró. Baja a sacarlo —ordenó el Guarura Mayor.

—Está tirado boca abajo, tragando lodo, a lo mejor ya se peló —informó el del pasamontañas desde el fondo de la fosa.

—Sácalo de todos modos.

—El cabrón se volteó, me quiere dar de madrazos.

—Dále un putazo en la jeta.

En el interior se oyó un golpe seco.

—Ái te va una camilla para que lo amarres de los pies.

Apareció la camilla con el ebrio atado, los labios sangrando.

—Échenlo en la carretera, lejos de aquí, apesta. Avisen al jefe de seguridad que no pasó nada, que solamente era un borracho que se coló en la fiesta —el Guarura Mayor se pasó los dedos por la barbilla.

—Vengo a ver a Santiago López, ya me tiene hasta el gorro —cuando apenas retornaba la tranquilidad, una mujer vestida con pantalones de mezclilla y suéter azul marino irrumpió a grandes zancadas en el jardín. Llevaba el pelo corto y culos de botella como anteojos.

—¿Se le ofrece algo, señora? —el Guarura Mayor la interceptó. La mujer estalló a gritos:

—Sí. Regreso de Acapulco con mis hijos y no puedo acceder a mi casa con mi camioneta porque la calle está bloqueada con los autos de sus invitados. Quítelos.

—Señora, es más fácil que usted y sus hijos se vengan a la fiesta a que yo mueva un solo coche —el Guarura Mayor cogió su hombro endeble con su ancha mano morena.

—Tengo una cita con mi marido a las once de la noche.

—Invite a su marido.

—Mañana lo denunciaré a la policía.

—Puede hacerlo ahora, la policía está aquí.

—Lo haré con el secretario de la Presidencia Municipal.

—Se encuentra aquí también, si desea verlo.

—Ah, cochinos influyentes, prefiero pasar la noche en la Ciudad de México en casa de mi hermana que aceptarles a ustedes un taco de mierda —la mujer regresó a grandes zancadas a su camioneta, que había tenido que dejar por allá donde estaba mi taxi.

—Acompaña a la señora a la puerta —mandó el Guarura Mayor a Bruno Arévalo, un ex boxeador con nariz rota, ojos encuevados y tatuajes de la Santa Muerte vestido de soldado.

—Ahora mismo, capitán —Arévalo, individuo de hablar menso y movimientos lentos, era apodado El Alcantarillador de Saltillo por su costumbre de arrojar a sus víctimas envueltas en sarapes, casi siempre mujeres jóvenes, en el drenaje de Parques de la Cañada. A fines de los años noventa del siglo veinte, habiendo secuestrado a un ginecólogo, al que asesinó cuando los elementos de la policía municipal trataron de rescatarlo, escapó a Estados Unidos, desde donde operó en ambos lados de la frontera con los alias de El Desquiciado, El Rábano, El Yelo, El Quien Resulte Responsable.

Encargado de eliminar a los narcojuniors de Tijuana, formó parte de la banda del Barrio Logan de San Diego y de los Narconacos de Santa Ana. De algunos años para acá, las órdenes de aprehensión por asalto a mano armada, homicidios, secuestros, tráfico de drogas, violaciones y ejecuciones las llevaba en el bolsillo como papel de baño.

5

—Cincuenta vidas de felicidad, compadre —brindó Porfirio Gómez, el jefe de gobierno de la ciudad, oriundo de China, Nuevo León, y conocido en los medios políticos nacionales como El Señor de las Rejas y las Flores porque había llenado los terrenos baldíos y las terminales de autobuses con alambradas y jardineras y porque había cercado el basurero más grande del Valle de México con telas y barras metálicas. El Parque Fantasma, llamado así por mi diario, ya que nadie vivía en sus cercanías, estaba cubierto de plantas de ornato, postes de luz, bancos de fierro y estatuas de Malinches doradas, obras maestras del escultor Teodoro Salvador. A la inauguración había convocado a quinientos invitados especiales. Él, rodeado de pistoleros, había descendido de un modesto Mercedes y había sido recibido por una muchedumbre de acarreados, fotógrafos de prensa y mariachis cantándole *La Negra*. Pero esta noche de fiesta solamente había venido en un helicóptero particular custodiado por cuatro hombres con armas largas.

—¿Para qué trajiste tantos guaruras, si aquí tenemos docenas? —le salió Santiago López al paso.

—Esos te cuidan a ti, pero no a mí —rezongó el jefe de gobierno.

—Por favor, no me abraces, sufrí una fractura —Santiago defendió su brazo entablillado.

—Újole, ya te pareces a Hernán Cortés, quien cuando otro conquistador quería abrazarlo echaba mano a su daga: tú, a la pistola.

—Mira, regente, llevamos la muerte en las pestañas y aunque hay pajas en el aire de mí no hay de qué preocuparse: somos amigos desde la infancia y tal parece que nacimos socios.

—Tu poder está creciendo, no te fíes.

—Tú, eres más poderoso que yo. Pásale, la fiesta es tuya.

—No antes de darte tu regalo —dos hombres pusieron en las manos del jefe de gobierno dos portafolios negros y se retiraron.

Aquellos invitados que estábamos cerca de Santiago López pudimos ver cómo éste al abrirlos halló en cada uno docenas de centenarios de oro.

—No te hubieras molestado, compadre.

—No faltaba más, Santiago. Para eso sirve la fortuna, para celebrar a los amigos —según se sabía, Porfirio Gómez había hecho su primer dinero con una flotilla de taxis en el aeropuerto capitalino, pero luego, disponiendo de información privilegiada, sus compañías habían logrado obtener contratos millonarios para construir los aeropuertos en el sur y en el norte del país. Los medios cuestionaban dos cosas: una, ¿cómo era posible que la maquinaria pesada que pertenecía al gobierno, robada de una obra pública el mes pasado, fuera comprada por una compañía privada el mes siguiente sin que se investigara su procedencia?; y dos,

¿cómo esa compañía privada, con revolvedoras y trascavos hurtados, había podido venderla otra vez al gobierno para otra obra pública? Dicho sea de paso, sus sociedades de transporte público ganaban las licitaciones y conseguían las mejores rutas. Desde luego, sus compañías estaban a nombre de un tío, una prima y un sobrino. Un cuñado hacía las ventas y otro cuñado otorgaba las licencias. El razonamiento de Porfirio Gómez, con su traje Armani, camisa Versace y corbata Hermés, no carecía de lógica:

—Si nueve de mis compañías se presentan entre diez a la licitación de un proyecto, una debe ganarlo. Y si mis parientes hacen las mejores ofertas no hay razón para descalificarlos, eso sería como discriminar a la familia.

Dámaso Smith, su secretario particular y cuñado de Santiago López, saludaba a los hombres pegándoles fuertemente en el pecho. Sus dos guardaespaldas eran agentes judiciales con cuerpo de ropero, pero afeminados en voz y movimiento. Un sardo montaraz, guapito y rapado, había sido comisionado por la Secretaría de la Defensa para prestar servicios privados al jefe del Departamento y lo seguía de cerca, pues de un tiempo a esta parte Porfirio Gómez ya no disimulaba su afición al transvestismo y se había teñido el pelo color negro azabache, traía chaleco de brocado y la boca con lápiz labial. En los últimos meses, las delegaciones de la ciudad se habían llenado de giros negros: casas de citas, bares gay, congales de baile, agencias de escorts, boutiques de masajes y antros de juego. Aunque él prefería entre todos un lugar de Plaza de Garibaldi frecuentado por soldados y policías judiciales en días de asueto.

—Lo que quiera, señor, hay barra libre —con una banda que le atravesaba el pecho enfatizando sus hermosos senos redondos, Miss Veracruz, vestida de rojo, se acercó a atenderlo, ofreciéndole tequila reposado, mezcal con gusano, whisky escocés, brandy español, vino francés, ron cubano, cigarros importados y sobres con polvo blanco. En el rancho El Edén no daban copas ni cajetillas, solamente se entregaban botellas, sobres y paquetes.

—Gracias, muchacha —indiferente a sus atractivos físicos, Porfirio Gómez cogió una botella de brandy y se integró a un grupo de VIP en el que el obispo de Culiacán, en traje de civil, departía con el presidente del Senado, el comandante de la Policía Judicial, el jefe del Departamento de Órdenes de Aprehensión. Con ellos estaba el capitán Venustiano Bermúdez, director de la Comisión de Derechos Humanos, a quien padres y hermanos de desaparecidos políticos, arrojados al mar desde el aire, acusaban de instigar más las ejecuciones que las defensas. Responsable del Programa Especial para la Recuperación de Presuntos Ausentes (PERPA), el capitán era muy eficiente en confundir las pistas y revolver las declaraciones de verdugos y víctimas. Asistía a sesiones de tortura y de violación tumultuaria y ocultaba las transgresiones a los derechos humanos cometidas por militares y policías emitiendo informes médicos falsos.

—En mi próxima audiencia con el presidente de la República voy a proponerle que declare la guerra total a los cárteles del norte —anunció el presidente del Senado.

—Cerciórate de que sólo sea en el norte, no abajito del norte, en Coralillo, Manzanillo y Hermosillo, donde operan nuestras compañías de transportes —se rio Venustiano Bermúdez.

—¿En cuántas ciudades tenemos empresas?

—Te diré sólo las que comienzan con eme: Mazatlán, Mérida, Mexicali, y los estados de Michoacán y Morelos.

—Te aviso que el próximo lunes agarraremos en el aeropuerto internacional de la Ciudad de México a una peruana con droga que viaja con su bebé.

—En Lima, un policía peruano le pagará con panzas verdes falsos —reveló el comandante de la Policía Judicial.

Al verlos tan animados, Wenceslao H. Perea se arrimó a ellos, mientras el jefe del Departamento de Órdenes de Aprehensión se retiraba alegando que tenía un asunto urgente que arreglar en Sinaloa y dos meseros acudían a ofrecer al grupo champaña y vino blanco, camarones al ajillo, callo de hacha y ostiones ahumados.

—¿Cómo te sientes? —Perea le preguntó a Gómez.

—A toda madre, con ganas de repetir gestión.

—¿Hay posibilidades?

—Si el señor presidente me lo pide. Si no, me dedicaré a cultivar flores. Sólo necesito cincuenta millones de pesos de inversión. Unos cacahuates.

—No me has buscado últimamente.

—Extravié tu número.

—No hay más que un Wenceslao H. Perea en el directorio telefónico y en la agenda de los amigos. Con un movimiento de mano me encuentras.

—Te hablo pronto.

—Eso dijiste la última vez. No se te olvide, hay algunos proyectos juntos sobre los cuales tenemos que hablar.

—¿Interesantes?

—Interesantes.

6

—Un cerillo, por favor —un hombre de brazos largos y manos velludas, cara larga y cejas espesas, de movimientos torpes e inseguros, como si estuviera incómodo en su cuerpo, se me acercó. Vestía ropa deportiva americana comprada en tienda para gente grande.

—No fumo.

—¿Nos hemos visto antes?

—No recuerdo.

—Yo lo he visto a usted ¿quién no conoce a Miguel Medina?

—¿Con aversión?

—Con admira-aversión.

—¿Y eso?

—En su periódico me llamó "el gángster de los primates o el peor traficante de fauna operando en América Latina". Gracias por la distinción, pero tengo principios morales.

—Así empecé su historia, con sus palabras confesionales: "Soy católico apostólico y romano, nací el 15 de septiembre de 1954 en Tierra Blanca, Sinaloa. He hecho fortuna con la siembra del maíz y del frijol. De un tiempo para acá vendo primates." También redacté una nota sobre el Caso Texas.

—No me acuerdo.

—Le refresco la memoria, usted quería comprar un gorila de Río Muni, Guinea Ecuatorial, y en Houston un agente secreto se disfrazó de *Gorilla gorilla* y en el cuarto de un motel, donde usted iba a hacer la transacción, cuatro agentes lo detuvieron en flagrancia.

—Soy Cristóbal Domínguez Domínguez, no me queda más que presentarme.

—Debió parecerle divertido a la policía norteamericana vestir a un agente del gorila que usted iba a comprar. Macho adulto erguido, de uno setenta o uno ochenta centímetros de estatura, ciento cincuenta kilos de peso, pelaje negruzco, manos oscuras con nudillos prominentes. En la habitación le encontraron manos y patas transformadas en ceniceros.

—No me acuerdo, pero le diré que entonces era el humilde director de Parques y Zoológicos del Estado de México. Los gringos jodidos me encarcelaron, me interrogaron y me vincularon a cárteles de la droga. No tienen imaginación ni madre —el hombretón accionó con las manos vacías como si quisiera estrangular a alguien.

—Ah, sí, ya hilo, la policía del país vecino venía pisándole los talones por contrabandear animales. Un lunes de marzo los aduaneros del Puente Internacional oyeron un miau en el Nissan compacto que usted conducía, abrieron la cajuela y ¿qué encontraron?: un tigre siberiano cachorro encerrado en una jaula para perros. A las preguntas usted contestó que era un misterio cómo el animal procedente de Amur-Ussuri se metió en su cajuela.

—Las ciudades del mundo están llenas de felinos y primates, unos vestidos con traje de casimir inglés y otros peludos como cantantes de rock, unos con zapatos italianos y otros descalzos. ¿Por qué se extraña la gente de que me interese en ellos?

—Deseoso de cuidar su reputación, ¿el licenciado López mandó pagar la fianza?

—No me acuerdo, aunque para él la aprehensión de Houston fue un dolor de cabeza, pues los ejemplares eran suyos. Al enterarse de que yo estaba muy afectado por no ver a mi familia, me envió un mensaje con mi mujer (que en paz descanse la pobrecita): "Si caes preso, cierra las ventanas de las orejas, apaga las luces de los ojos y echa llave a la boca."

—¿Sus abogados le ayudaron a salir?

—Agradezco las consideraciones que Santiago tuvo conmigo, pero no su humor negro. Para regresar a México me prestó las ropas de un muerto. Los zapatos blancos, los calcetines azules, los pantalones verdes, la chaqueta roja y la camisa rosa de un sicario suyo acribillado en un burdel de Tijuana. La moda de un gatillero que había sucumbido en una balacera entre bandas de forajidos me sentaba a la perfección. El problema es que sus tallas no eran de mi medida. Tampoco sus menús eran de mi agrado. En sus ágapes solía servir a los comensales pellejos de gato y carne de perro. Sus detestables animales favoritos.

—Un verdadero gourmet.

—Para documentar su broma, el señor me envió a Houston en un avión particular las prendas ensangrentadas del difunto. Su mensajero, el señor Bermúdez, pagó su acceso a la celda y me entregó una bolsa con la ropa y los zapatos ajenos. Se marchaba cuando le avisé que no me pondría ese traje y que su jefe me esperara hasta el año tres mil para verme vestido así. Nada más se rio.

—¿Aún se dedica al comercio de animales raros?

—Ahora tengo una sección fija en la revista *Perros Pura Sangre*, órgano oficial de la Federación Canófila Mexicana. Lo cusco no me lo quita nadie y todavía hago viajes de safari a países seguros. Hace dos meses adquirí en Indonesia una pareja de orangutanes, Gari y Bali, Míster y Miss Universo. Esos púberes preciosos habían sobrevivido a los incendios de Borneo y a los hachazos de los creyentes.

—Hace unos meses me mostraron un video en el que se le ve capturando camaleones con la mano.

—Cuando el camaleón siente que lo agarran por el lomo, es que ya está a punto de caer en un frasco.

—¿Viaja a Brasil?

—A la Amazonia ya no volveré. El año pasado en el aeropuerto de Río de Janeiro me tendieron una trampa. La policía brasileña me cogió con las manos en la masa transportando pericos dorados y guacamayas azules. Pasé dos meses en una asquerosa prisión carioca, el estómago y el corazón destrozados. Tuve un paro del colon y durante tres días me alimentaron con agua sucia y hasta me acusaron de ser el padre espiritual del hijo de una cantante —el hombre cerró los ojos y las manos.

—¿En qué época del año fue?

—No me acuerdo, creo que durante el Carnaval. Mientras las escuelas de samba atormentaban el aire con sus sonsonetes, que excitan hasta a las moscas más atolondradas, los vapores abrasadores de esas tierras mortificaban a este preso acostumbrado a las bondades del clima del altiplano.

—Me gustaría escribir algo sobre lo de Brasil.

—Ni se moleste. De gorilas, tigres siberianos, pericos y guacamayas no quiero oír hablar. ¿Sabe? Aquí todo el mundo anda paranoico por eso de que emboscaron a Lucas Castro, el jefe del cártel de Occidente. Lo agarraron cuando jugaba al dominó con su sicario Rómulo Peralta. Su mujer Malú fue herida en un muslo. Lástima, porque es la Cyd Charisse de los pobres.

—Se le aprehendió por delitos contra la salud, en su modalidad de exportación y tráfico de cocaína y pastillas psicotrópicas.

—Lo protegían veinte militares, veinte judiciales y veinte jueces, pero lo cogieron los que no estaban en la nómina. Lucas Castro era El Rey de los Pericos Blancos. Los rellenaba con coca. Su último cargamento fue de cotorras serranas que sacó vivas de sus nidos en los troncos muertos de un aromático bosque de pinos —el hombre bajó la voz y abrió los ojos desmesurados. Como un jamelgo que tiene comezón en la espalda, se rascó en una pared—. Lo delató un madrina —fugitivamente pasó delante de mis ojos un encabezado de periódico en el que se daba la noticia de su arresto. Se publicaban tres fotos: una en el aeropuerto de Puerto Vallarta cuando unos judiciales lo bajaban en vilo de un avión; otra, cuando agentes federales lo metían a la fuerza en una Suburban gris. La tercera, en las afueras del penal de alta seguridad de Almoloya de Juárez, su cabeza apenas visible detrás de un vidrio ahumado. Soldados pelones lo custodiaban—. Mejor ser discreto.

—¿Le darán de beber tequila?

—Me temo que sí.

—¿Qué le pasó al madrina?

—¿Se acuerda del hombre que fue emparedado vivo en un contenedor de cemento? Era el pediatra Pedro Paredes Pérez. Piense.

—¿Alias Zapatos Viejos?

—Mejor no saber —el grandulón cerró los ojos de nuevo.

—Me parece juicioso.

—Vivía con su madre.

—¿Quién?

—Lucas Castro.

—Durante cinco años los agentes de la Procuraduría General de la República y los elementos del Ejército Mexicano peinaron cerros y llanos, barrios y pueblos, playas y residencias, excepto el lugar en donde podían encontrarlo.

—Todos sabían donde estaba, excepto los que lo buscaban.

—O sea, que para no encontrarlo México compró helicópteros de guerra a Estados Unidos por millones de dólares.

—El funeral será el lunes… a las dos de la tarde.

—¿Asistirá el señor Santiago?

—Con él nunca se sabe, lo decidirá a último momento.

—¿Eran amigos?

—Archiamigos, nada más de contarle que cuando se enteró de la noticia inmediatamente ordenó a sus allegados que investigaran quién lo había mandado matar.

—¿Supieron la verdad?

—La verdad será siempre privilegio de los imprudentes y los necios. Los deudos alquilaron la basílica de Guadalupe para el evento fúnebre. Con monseñor, cantante y coro de niñas, como esas que están dándole de comer a los caballos. A Lucas le gustaba el Ave María de Schubert cantada por Los Pericos del Norte a ritmo de tamborazos y trompetas.

—¿Su señora madre era guadalupana?

—Se llamaba Tonantzin Guadalupe, piense.

—¿De qué murió?

—De diabetes, corazón y cáncer, todo junto.

—¿Sabía que su hijo era narcotraficante?

—Creía que Lucas se dedicaba a la cría de puercos y tenía una constructora de esas que hacen obras en las carreteras de nunca acabar.

—Las madres siempre piensan que sus hijos son inocentes, aunque los vean ahorcados.

—No salió esa información en su periódico.

—Seguramente por consideración del director hacia los deudos.

—Venga, quiero presentarle al licenciado López, es buen momento.

No tuvimos que andar mucho, un vacío humano se había hecho en torno de Santiago López. No lejos, junto al portón de la casa, su hija de seis años, acompañada de otra niña, estaba dándole de comer a un caballo pura sangre.

—Chago, me permito presentarte a un periodista de *El Tiempo*.

—Yo te presento a El Señor de los Llanos. Vale unos cuatrocientos mil dólares. Se lo compré barato al director del Instituto de Drogacciones.

—Me refiero a Miguel Medina.

—Lo conozco rebién —Santiago clavó en mis ojos su mirada dura—. Ha escrito cosas fantasiosas sobre mí, sobre mis negocios, sobre mis amigos y hasta sobre mis amantes. Un día voy a vengarme y escribiré algo sobre él. Con permiso, debo atender a unos amigos que vienen de California.

7

Los grupos de norteamericanos no se mezclaban con los otros grupos. Venidos en avionetas privadas o en vuelos comerciales de Tucson, San Diego, Los Ángeles, Houston, MacAllen, Miami, Nueva York, Kansas y Chicago no pertenecían al turista vulgar y gregario que uno suele encontrar en los viajes, éstos eran ariscos, desconfiados, prepotentes, poco comunicativos. Algunos, dueños de barcos atuneros, de cadenas de hoteles y restaurantes de lujo, llevaban botas picudas de piel exótica, pantalón vaquero, chamarra de cuero, sombrero texano, reloj Cartier o Rolex, extensibles y anillos de oro con incrustaciones de piedras preciosas. Sus mujeres lucían ropas y bufandas Chanel y Hermés, zapatos Gucci, joyería Stern y esmeraldas colombianas.

Cerca, muy animado, el empresario Wenceslao H. Perea bebía coñac y fumaba un puro. En el mundo de los negocios, las casas de bolsa y los bancos de crédito hipotecario, Perea era conocido como el asesor internacional de Santiago López, aunque se le apodaba El Señor de los Rottweilers porque en su rancho de Cuernavaca tenía cien perros de esa raza. Sus mascotas habían salido en los diarios por haber destrozado a un veterinario y a los dos mozos que se ocupaban de ellos. Perea anunciaba por Internet su criadero, sus sementales y sus camadas: "Todo para su seguridad. Un Rottweiler, la Nueva Forma de Amar. Todos cachorros de la Santa Muerte."

—¿Quién es el hombre del siglo veinte? —le preguntó Porfirio Gómez—. El escritor Federico Flores dice que Franklin Delano Roosevelt, el filósofo Francisco Ruvalcaba afirma que Albert Einstein, ustedes ¿qué opinan?

—Para mí el hombre del siglo veinte es Wenceslao H. Perea —afirmó Miss Veracruz.

Obedientes a las instrucciones de Ana Rangel, las edecanes se mezclaron a los hombres y mujeres VIP buscando a quien devorar, pues su sueldo dependía de su disponibilidad en la atención a invitados. Sobre todo se esmeraban en complacer a Roberto, el hijo mayor de Santiago. Natalia, su hija, andaba de vacaciones en Venecia.

Desde la adolescencia, Roberto había sido iniciado por su padre en el mundo de la política y el crimen, y había merecido dos notas mías en el periódico. En la primera, del mes de mayo, contaba que Santiago López había festejado la graduación de su hijo Roberto en el Colegio Americano con un reventón en el burdel más caro de las Lomas de Chapultepec. Con traviesa generosidad, su padre había mandado cerrar la casa por su cuenta para que las oficiantes rusas, húngaras, españolas, cubanas, venezolanas, tailandesas y mexicanas estrenaran sexualmente a los condiscípulos de su hijo. El menú: hierba, ice, éxtasis, polvo blanco y alcohol. Una madre protestó públicamente por la iniciación al amor de su hijo menor de edad, sin su consentimiento, y el hecho trascendió en las redacciones de algunos periódicos, pero de inmediato fue acallado. La segunda nota, que tampoco mi diario publicó, fue sobre la fiesta en Puerto Vallarta. Roberto había transportado en un avión privado a varias bailarinas aspirantes a actrices de la Escuela de Artes Escénicas de un conocido canal de televisión. Cuando la orgía comenzó, una invitada de nombre Malena se negó a desnudarse y acostarse con Roberto. Éste, furioso, la aventó desde el trampolín de una piscina sin agua. La tal Malena murió. El crimen fue un accidente, según la policía: "La muchacha bebió más de la cuenta y en la euforia de las copas se lanzó de cabeza a un estanque que estaban limpiando." Esta noche, Ana Rangel ya le había presentado a un grupo de brasileñas, cubanas y venezolanas, pues él mostraba una clara preferencia por las mulatas.

—Tantas viejas y todas de primera, ni a cuál mirar —suspiró él.

—No te preocupes, no tienes que decidirte por una, todas son tuyas —Ana se retiró para dejarlo en su compañía.

—No está mal —comentó el obispo de Sinaloa.

—¿Quién? —Wenceslao inspeccionó con la mirada a las mujeres a su alrededor.

—La Rangel.

—Ten cuidado con quién te metes, porque ella además de fungir como secretaria ejecutiva presta otros servicios a su jefe.

Botella en mano, busqué el baño de caballeros. Un guardespaldas flaco, que desde que llegué no me perdía de vista, me siguió con los ojos hasta la puerta, mas no entró conmigo, no p[illegible] dor sino porque adentro otros guardaespaldas n[illegible] vigilaron. Además, en todas partes había ojos electrónicos atentos a los movimientos de los invitados. Ni en la intimidad estaba uno solo.

Dos hombres cuidaban a Lupe, la cocinera oaxaqueña de trenzas blancas, famosa en los medios porque en una fiesta del joven Roberto les había dado de comer tacos de hongos alucinogénos a los colegiales y al poco rato todos andaban corriendo por los jardines y los patios, muriéndose de risa. Santiago la quería mucho y desde su niñez la llamaba Jefa Mayor.

El acceso a la residencia principal estaba bloqueado por guardaespaldas, no obstante que en el piso superior las rejas metálicas y las puertas de vidrio se cerraban electrónicamente y ojos televisivos registraban los ademanes de los convidados y se filmaba todo a través de espejos falsos, detectores de humo y los estantes de una biblioteca espuria. Las puertas que daban a una pieza secreta eran abiertas y cerradas por un apagador de luz.

Dos tapetes rojos subían al piso de los colmillos y objetos de marfil, cuyo vestíbulo estaba tapizado con pieles de cebra, tigre, oso blanco y leopardo. Esas habitaciones pocos las habían visto. En la planta baja se podía visitar el salón de juegos, la biblioteca, el bar, el comedor, el gimnasio, una piscina y un jardín interior. La única cámara prohibida era la de Santa Muerte, donde la familia tenía una necro-heladera con las manos y las orejas de sus enemigos. Y también, por qué no, con los despojos de sus mascotas favoritas. Se decía que en ese congelador se guardaban los genitales de un policía y la cabeza de un caballo. Compartían espacio con el equino un gato siamés, un perro labrador y un chimpancé.

No eran muchos los escalones que llevaban al piso superior, pero los subí de prisa. Eran de mármol italiano. Lámparas imitación colonial colgaban de las paredes a lo largo de la escalera. Todas estaban prendidas. En particular las que alumbraban a las mesas. En la galería privada del padre de Santiago se exhibían cuadros de Diego Rivera, Frida Kahlo, Rufino Tamayo, Leonora Carrington, Roger von Gunten y Francisco Toledo, y algunas esculturas falsas de Augusto Rodin. Animaba el pasillo un zopilote rey disecado. Ave en peligro de extinción de la reserva de la biósfera Montes Azules, desde un palo el espectro de tamaño natural vigilaba la puerta: blanco de cuerpo, negro de cola y alas, y con verrugas anaranjadas sobre el pico. Su cuello anaranjado, amarillo y negro me recordó un cuadro abstracto de Mark Rothko o, en su defecto, a un Xipe Totec del aire.

En el muro frontal, en el primer descanso de la escalera, incrustado en un marco dorado, se hallaba otro zopilote rey, en traje negro, calvo, facciones duras y ojos de halcón peregrino: Jesús López Tardán, padre de Santiago. El magnate había muerto en Coronado Beach de un infarto al miocardio cuando retornaba de un centro nocturno de su propiedad. Trasladado a un hospital de San Diego, se descubrió que el hombre más buscado por la policía de los dos países cruzaba regularmente la frontera protegido por los vidrios ahumados de su Mercedes blindado y por una caravana de coches con ayudantes bilingües. Ante su presencia, los agentes migratorios y de aduanas se hacían de la vista gorda. El día de su entierro, los pobladores y los comerciantes de su pueblo natal colocaron moños negros sobre la puerta de sus casas.

La Leyenda de la Mafia, como se le llamaba, había nacido en Salagua, Colima, hijo de padre desconocido y de empleada de caseta telefónica. Desde pequeño emprendedor, empezó su carrera financiera como monaguillo en la iglesia de Nuestra Señora del Perpetuo Socorro, hurtando la morralla que dejaban los fieles. De líder de la Sociedad de Alumnos de la Normal Superior saltó a campeón de oratoria del Partido Revolucionario Institucional. Paralelamente a su carrera empresarial fue diputado, senador, gobernador y ministro de gabinete de cuatro presidentes de la República. Beneficiado por las crisis y los colapsos económicos del país, organizó el Cártel Latinos Unidos reuniendo bajo el mismo rubro y mando a los capos activos de México, Centro y Sudamérica que operaban en Estados Unidos. Según las circunstancias, logró controlar a los grandes y pequeños traficantes de drogas, armas y mujeres, hasta que se llegó a decir: "De Tijuana a Yucatán, Jesús López Tardán." Ocioso resultaría decir que sistemáticamente eliminó a la competencia que rechazó su autoridad. El día de su nonagésimo cumpleaños mandó poner a su caballo favorito montura y alas de oro y lo llamó Siete Leguas. No lo pudo montar, pues el inválido don Jesús era empujado por los jardines de su casa en una silla de ruedas y transportado a través de la frontera en un vehículo blindado.

Santiago apenas se parecía a su padre, tanto en las costumbres como en lo físico. En las situaciones difíciles, por ejemplo, mientras La Leyenda de la Mafia se mantenía sereno y no respondía a provocaciones, El Fantasma era violento, y en los círculos sociales donde su padre había sido discreto él se mostraba ostentoso y altanero. En vida, Santiago solía dirigirse a su padre con un "Sí, señor", "No, señor", mas desde el día de su muerte había arrojado las fórmulas de respeto al canasto de la ropa sucia.

—Don Jesús ayudó a la generación de industriales que ahora controla el poder económico del país. Qué empresario astuto era. A mí me dio la mano cuando me iniciaba en el mundo de los negocios y estaba buscando financiamiento para construir un estadio de futbol, el tren elevado y unos túneles de carretera. Te hacía un favor y te daba las gracias, como si el favor se lo hicieras tú a él —reconoció Wenceslao H. Perea.

—Qué hombre de familia. Recuerdo esa Nochevieja en que llegó a mi parroquia con su señora esposa para dar gracias a Dios por haberle dado prosperidad y fortuna. Al despedirse me dejó una limosna de diez mil dólares —el obispo dio un trago de coñac—. Decían que era capo de narcos y que había mandado matar a no sé a cuántos, pero a mí qué me importa, ayudaba a la Iglesia. En Sinaloa se le quería mucho. También Santiago salió hombre piadoso y buen donante.

—Envidiable carrera la de don Jesús, sobrevivió a los cambios de seis gobiernos. Más poderoso que los presidentes, en nuestro sistema político nadie tuvo una trayectoria más sostenida que él. Sin duda fue un dinosaurio de la política, pero si en estos días de desastre el partido contara con un hombre de su experiencia, con un solo hombre como él, otro gallo nos cantara —el presidente del Senado volteó sobre su hombro derecho para ver si Santiago lo estaba escuchando.

—Cuando don Jesús se molestaba por algo no decía nada, solamente miraba con ojos cabrones al que lo había ofendido y media hora después sus guaruras le quebraban la espina dorsal. Sin meter las manos, todo limpiecito —reveló el obispo.

—Un día un presidente de la República lo mandó matar, pero sus guardaespaldas emboscaron a los sicarios y esa misma noche le envió los cadáveres a Los Pinos en un camión de basura.

—Recuerdo su frase: "La suerte no es casual, es el resultado de una bien urdida tela de alianzas, compadrazgos y complicidades. La suerte no es para los necios, es para aquellos que saben acomodarse al poder y explotarlo."

—Y yo, otra: "El presidente de México es una figura cuya imagen es más importante que el poder."

—Es la época en la que comenzó a comprar bancos como si jugara al turista, me lo encontré en su rancho matándole las moscas a su perro labrador, tumbado en la hierba. Notó mi extrañeza y me dijo: "Sabes una cosa, Wenceslao, mi perro está tan viejo que no puede levantarse del suelo, los empleados domésticos lo sacan alzado de la cocina al jardín, pero al cabo de un rato es atacado por miles de moscas. Nunca hubiera creído que hubiera tantas moscas en la ciudad. Como no puede moverse, los insectos le chupan la sangre. Así que salgo a matárselas. Nunca acabaré con ellas, sobrevivirán al perro y al hombre." Esa es la última imagen que tengo de él.

—Era muy enamorado, su canto de cisne fue Miss Veracruz, cuando todavía andaba en sus quince años.

—Me acaban de notificar que aquí se encuentra un agente de la DEA, invitado por nuestro amigo el regente, ¿alguien sabe quién es? —susurró el obispo de Culiacán al presidente del Senado.

En el mingitorio me encontré con Porfirio Gómez apoyado con ambas manos sobre la pared. Orinaba con dificultad y angustia, depositada en el piso su botella de brandy. A causa del sudor, su pelo goteaba tintura negra por mejillas y cuello. Tenía los ojos fijos en el mosaico blanco. Cuando me paré a su lado, me miró transido de dolor. Desde el muro, una cámara lo estaba filmando.

—Ayúdame a orinar, pinche Santa Muerte, y te prometo ser un cabrón con mis empleados y amantes. Hazme el desmilagro y te haré la desmanda de ordenar a cinco choferes y tres secretarias que vayan a tu capilla de rodillas con una ofrenda de rosas rojas.

Cerca estaba el sardo que le había comisionado la Secretaría de la Defensa para prestarle servicios extraoficiales, la mirada clavada en su jefe.

—Ajá, mmmhhh, aahhh, eeehhh, mmmhhh, ajá —era la elocuencia del guardespaldas encargado de la seguridad recibiendo órdenes por un teléfono celular.

—Carajo —pálido y desencajado, Porfirio Gómez liberó su panza de la hebilla del cinturón y suspiró aliviado.

En los balcones resplandecían macetas con geranios rojos. Geranios que fulguraban en las sombras. Los espacios donde transcurría la fiesta eran exteriores. La casa principal era un armadillo encerrado en sí mismo, tanto en sus puertas como en sus ventanas. Los cuartos no estaban vacíos, ya que de las habitaciones llegaban ruidos de muebles, como de personas caminando, como de sillas lanzadas contra una puerta, como de botellas rompiéndose contra una cabeza, como de cuerpos resbalando por el piso y de intrusos saltando por una ventana. En medio de tanto enigma, tuve una pequeña satisfacción: me di cuenta de que Jaime Arango y Margarita Mondragón, los autores de la invitación, no existían. El dueño de rancho El Edén era Santiago López.

8

Los invitados bajamos a la arena. Empleados uniformados descendieron al ruedo y develaron los juegos pirotécnicos instalados delante de un muro de piedra. El castillo de fuegos de artificios, que tendría unos quince metros de alto, comenzó: Santiago el Mayor, como soldado cristiano, montaba un caballo blanco parado de manos. Con botines de piel de víbora, sombrero negro vaquero, hebilla ancha en el pantalón, bigotes bien recortados y una metralleta en la mano derecha, se asemejaba a Santiago López, y más que un santo en campaña de milagros parecía narcotraficante en noche de farra.

—Jacobus Major, Giacomo Maggiore, Jacques Majeur, Santiago el Mayor, Santiago Primero, Gran Jefe Santiago, Chago para tus amigos y para tu familia, ¡feliz cumpleaños! *Happy birthday to you!* —micrófono en mano exclamó el maestro de ceremonias y la figura del santo galopó disparando con su metralleta luces de colores. La capa roja y el escudo sembrado de conchas se incendiaron. El número 50 dio vueltas en el aire y arrojó en torno chispas y letras latinas:

OMNIS HOMO VELOX EST

El fulgor de las luces atravesó mis párpados cerrados mientras las patas del caballo, como sopletes, alumbraban mi frente. Abrumado por ese espectáculo de granadas locas, ráfagas de silbidos, ruedas verdes, cascadas amarillas y cohetones surcando el firmamento, apreté los párpados. El tiempo apestaba a detonación, el humo caía sobre las cabezas. Del cielo, acribillado por disparos de color y estocadas fosforescentes, descendían chorros luminosos, ascendían sombreros en llamas del señor Santiago. El caballo blanco se convirtió en animal flamígero, con ojos que despedían cuchillos amarillos. El cuerpo del corcel era una caja de estallidos. La fiesta pirotécnica duraría una hora y pico.

En Puerto del Aire y en otros pueblos al pie de la sierra había verbenas populares. En las mesas con manteles de plástico se materializaba el milagro de las tortillas, los frijoles refritos y la carne a la tampiqueña, de los ponches y las cervezas heladas, todo gracias a la mano dadivosa de nuestro señor Santiago. Al ver el resplandor en El Edén, las campanas repicaban como si se tratara de una celebración en honor del santo local o de la Ascensión de la Virgen. A nadie molestaba la confusión entre Santiago el Mayor y Santiago López, entre el patrón de los peregrinos y el hijo de La Leyenda de la

Mafia. Un sucesor, dicho sea de paso, que no salía en la sección amarilla de los diarios, sino en la de sociales, como padrino en el bautizo de la hija de un empresario o como testigo de boda del primogénito de un gobernador. En una región de comunidades sin agua, el rancho consumía casi todo el líquido y agotaba los servicios públicos existentes. No importaba, llegado el caso Santiago López los dotaría de pipas de agua, minibuses y electricidad robada con "diablitos". Todo lo poseía el príncipe de las Cenicientas clasemedieras y de las ingenuas de provincia, el feudal desvirgador de aspirantes a Señorita México. El empresario de cincuenta años tenía buen porte, personalidad y potencia y, lo mejor de todo, puertos y aeropuertos, canales de televisión y estaciones de radio, periódicos de información general y revistas para mujeres, equipos deportivos, casas de bolsa, bancos de crédito, inmobiliarias y fraccionamientos, compañías importadoras de maíz, frijol, leche y carne, tiendas departamentales, residencias y playas, casinos y hoteles, pabellones comerciales y compañías de aviones, telefónicas y yates, caballerizas y zoológicos privados, hipódromos y coches último modelo, y modelos concursantes a reinas de belleza. El humanista presidía comisiones sobre desaparecidos políticos, colectas de la Cruz Roja y proyectos de rescate del Centro Histórico y de restauración de bosques depredados por sus mismos aserraderos. Ministros y gobernadores eran sus socios. Generales, jueces de distrito y jefes de policía, sus empleados; gerentes y subalternos no lo habían visto en persona, pero estaban en su nómina. Unos cuantos asesinatos, unas cuantas acusaciones de narcotráfico y de lavado de dinero, unos cuantos secuestros y unas cuantas violaciones a menores de ambos sexos los llevaba en el pecho como medallas. Los cargos en su contra nunca eran investigados por la eficiente policía a su servicio.

CINCUENTA AÑOS ES NADA
SANTIAGO LOPEZ EL MAYOR

Las letras que envolvían la figura del santo imaginario giraban felices honrando al hampón real. O se elevaban tonantes en el cielo poluto. Algunas tenían cauda, otras parecían ser parte de la noche perdida; otras buscaban perpetuarse en el tiempo trivial. Los Pericos del Norte, un conjunto de cuatro narcobaladistas con sombrero, pantalones vaqueros, pericos estampados en chamarra de seda, botas de piel animal y cinturones de gruesa hebilla, empezaron a tocar con acordeón, batería y bajo:

Vivo de tres animales
que quiero como a mi vida.
Con ellos gano dinero
y ni les compro comida.

Esos tres animales: el perico, el gallo y la chiva, eran la cocaína, la marihuana y la heroína. Como si fuesen cómplices, los cohetones se mezclaron a la música de Los Pericos, quienes ilustraban su corrido con efectos de sonido de metralleta y de sirenas de carros de policía. A unos treinta metros, Los Gallos de la Frontera, un conjunto rival, competían por la atención de la gente:

Un secuestro de amor
hoy se me ha ocurrido,
para hacer contigo
lo que no has sufrido.

Todavía no se extinguían las luces en picada del último cohetón, cuando los invitados fueron dirigidos hacia un cobertizo improvisado como comedor. En el centro de la multitud que lo festejaba y lo cuidaba, Santiago López me localizó y arrojó sobre mi persona una mirada asesina en la que me ya me veía asado a las brasas. Esa mirada, que duró segundos, se transformó en cordialidad hipócrita:

—Pase a la cena, amigo.

Para alejarme de él, me metí en el río humano que ingresaba al cobertizo. En su prisa, los invitados se rebasaban unos a otros. Cada mesa era para doce personas, con mantel blanco, cubiertos de plata y florero de cristal. Las sillas estaban cubiertas con una funda blanca. Sobre los respaldos habían colocado listones rojos. Por la vereda alfombrada caminó el capo como si fuese un rey vulgar, con el brazo fracturado, el andar agresivo y la mano férrea (acostumbrada a empuñar revólveres y tetas, a matar y acariciar). A su derecha, un hombre con cola de caballo y ojos crueles peinaba los alrededores. Delante de él, Ana Rangel iba extendiendo un tapete rojo salpicado de flores. Por esa pompa vana, los ojos del capo pasaron de la malevolencia al fulgor. A la entrada del galpón, un arco de ramos le daba la bienvenida:

UN MILLON DE FELICIDADES, SANTIAGO

9

—La trece —Miss Veracruz, en minifalda roja, me acompañó a la mesa. La pareja de texanos que estaba enfrente no solamente no me miraría al sentarme, sino ignoraría mi presencia toda la noche. La silla a mi izquierda estaba desocupada. A mi derecha tomó asiento un matrimonio.

—Soy Gonzalo Gálvez —se me presentó un hombre de labios carnosos y ojos negros, bigotes y cabellos canos bien recortados. Era de aspecto cordial y mirada tranquila. Lo habían enviado para vigilarme.

—Elvia R. de Gálvez —dijo su esposa, que sonrió más por inseguridad que por amabilidad. Era de ojos claros, labios delgados y pelo castaño. Llevaba dos o tres suéteres encima. El de arriba, azul. Sus dedos mostraban huellas de nicotina. Abrió su bolso y se cercioró de que tenía el lápiz labial y un estuche con lentes de contacto adentro.

—¿Para qué tantos suéteres?

—Soy muy friolenta.

—¿A qué se debe la R?

—A Ramírez. Mi padre era delegado de la Procuraduría General de la República en Tijuana. ¿Se acuerda del capitán del ejército que emboscaron en la Avenida Revolución? Era él.

—Se dijo que fue baleado en su coche al ser confundido con un narco de su misma constitución física. Se salvó porque un sicario mató por error a su propio jefe, un psicópata, al rebotar una bala en el cofre del automóvil.

—Salvarse es un decir, se pasó cinco años sentado en una silla de ruedas con el cráneo destrozado y la espina dorsal rota. Dos guardaespaldas estaban con él las veinticuatro horas del día... para protegerlo o para espiarlo.

—¿Supo quiénes fueron?

—Ni quiero imaginarlo.

"Qué raro, casarse con el enemigo", pensé. Dije:

—Si ve a su padre, salúdelo de mi parte, lo entrevisté una vez para un reportaje sobre el crimen organizado en la frontera.

—Será difícil, porque murió la semana pasada.

—¿Lo visitaba?

—Poco. Me deprimía.

—¿A su hermana Patricia no le sucedió algo semejante?

—Sí, regresaba de un viaje de compras de Estados Unidos, con sus dos hijos y su muchacha. Un camión carguero trató de chocar su coche en la carretera. Cuando ella lo vio venir de frente lo evitó, pero el camión la persiguió tratando de embestirla. Por fortuna, después de cinco minutos de persecución a toda velocidad, pudo refugiarse en el estacionamiento de un centro comercial.

—Se dice que ella investigaba el atentado que había sufrido su padre.

—Esa fue una advertencia, luego una segunda. Fue con sus hijos a ver *El Rey León* y a la salida del cine le tiraron balazos a la cabeza: ¡un comandante de la policía judicial estaba practicando tiro al blanco en la calle! Casi la mata por descuido.

—Cuando llegó a su casa recibió una llamada telefónica de un hombre con acento norteño, advirtiéndole: "¿Viste la película? Piensa en tus hijos."

—¿Cómo se enteró? Si no salieron las noticias en los periódicos, ¿trabaja en el gobierno?

—Soy periodista. Me llamo Miguel Medina.

—¿Mike Medina? Lo reconocí de inmediato. ¿No es usted el que le adjudicó los asesinatos de Agua Amarga a mi amigo Santiago? —se burló el tal Gonzalo.

—Es posible.

—Si él tuviera la fortuna que usted le adjudica ya se hubiera retirado a vivir con cinco amantes en San Diego, ¿pero adónde están los aviones, los yates y las propiedades que le achaca?

—Información confidencial del periódico.

—¿Sabía usted que él sufre de migrañas por los corajes que le hacen pegar sus calumnias?

—Un hombre de su constitución y de su poder no tiene por qué tener dolores de cabeza.

—¿No escribió usted sobre el secuestro, martirio y muerte del capitán Juan Verne, diciendo que los responsables habían sido los chicos malos de Santiago López? Tiene imaginación, sin duda.

—Para ser periodista hay que ser imaginativo.

—Si no, de qué cuentos va a vivir usted, Mike Medina —irrumpió en la conversación un hombre cuarentón, vestido de pulcro azul marino, con el pelo plateado y el rostro cuarteado como si se hubiese asoleado mucho en una playa—. No se ofenda, sólo quiero decirle que con el licenciado Santiago López se equivoca, no se esconde de nadie, lleva una vida sencilla, le gusta salir a cenar y ver películas clasificación A con su familia.

—Tal vez, pero digame ¿quién es usted?

—Soy Vicente Ordóñez Dumas, arquitecto.

Delante de mí estaba nada menos que el maestro de la narco-arquitectura. Este hombre había construido en el país mansiones de estilo narco-barroco, narco-colonial, art-narco, narco-californiano, narco fin de milenio. Tanto a la vivienda unifamiliar como a la residencia campestre les había impreso su sello. Para él no había crisis económica, su jefe siempre disponía de dinero en efectivo para comprar una casa vieja o un inmueble arruinado y levantar en su sitio un edificio de condominios u oficinas de lujo.

—Yo produzco tomates en Sinaloa y comercializo legumbres y frutas en la Central de Abastos —Gonzalo Gálvez tomó un trago.

—Creo que nos conocemos —Vicente Ordóñez le extendió la mano.

—El otro día un periódico capitalino publicó el diagrama de la Central de Abasto aseverando que en sus pasillos se vende cocaína al mayoreo y al menudeo, que arriba en camiones y que allí la almacenan antes de enviarla a Estados Unidos.

—¿El reportero inspeccionó las más de trescientas mil toneladas de alimentos que entran diariamente a la Central y se distribuyen en más de mil bodegas? ¿Metió las manos en las cajas de madera en busca de Doña Blanca oculta entre tomates y cebollas, rábanos y lechugas, plátanos y guayabas, mangos y melones, y entre ramos de flores? ¿Anduvo en los andenes y en la zona de descarga de los camiones? ¿Sabe que llegan cerca de cincuenta mil vehículos al día para meter y sacar mercancía, y que más de doscientas mil personas deambulan por los múltiples pasillos de ese laberinto que nutre sin cesar el vientre monstruoso de la Ciudad de México?

—Se ha hablado de bandas que operan en la Central de Abasto: Los Miguelones, Los King Kong y Las Muñecas. También de zonas de venta de drogas, de asalto y prostitución.

—Jamás he oído hablar de eso. El director de la Central desmintió esa información, que no tiene fundamento, diciendo que esas cosas se venden en otras partes de la ciudad, no adentro.

—¿Se acuerdan de la canción infantil "Doña Blanca"? En la central se canta —irrumpió Elvia— todas las mañanas.

—Cállate, no sabes lo que dices.

—Tenemos en casa un álbum con sus artículos, señor Medina. Yo soy la encargada de recortar las notas que salen en los medios sobre el licenciado Santiago López —reveló ella.

—Sólo recorta fotos de mujeres fresas que asisten a reuniones sociales donde se las comen hombres lobos —se burló de ella Gonzalo Gálvez.

—Llevo además la agenda del señor y recuerdo el cumpleaños de los VIP para mandarles un telegrama o un regalito de su parte. Para eso me coordino con Ana Rangel.

—Si no es indiscreción, ¿por qué un periodista de su importancia llegó en taxi? —me preguntó Vicente Ordóñez.

—No tengo coche.

—Podríamos regalarle un Charger.

—No sé manejar.

—Se lo daríamos con todo y chofer.

—No lo necesito, paso mucho tiempo en el periódico.

—Para eso son los choferes, para esperarnos.

—¿Le gusta la carne del Angus? —preguntó Gonzalo—. Le mandaré cien kilos de steaks… de la Central de Abastos.

—No tengo congelador.

—Lo recibirá también.

—¿Ya saben el cuento de Lolita? —Vicente Ordóñez se frotó las manos.

—A ver, cuéntalo, arquitecto.

—En un parque estaba Vladimir Nabokov sentado con un amigo y pasó una niña con vestido zancón y tobilleras blancas. "Mira, qué mujerón", exclamó Nabokov. "Ya ni la amuelas, Vladimir, si apenas tiene diez años", le reprochó su amigo. "Sí, pero parece de nueve."

Gonzalo rió, no así su mujer.

—Cambiando de tema, les aviso que nuestra cadena inaugurará el mes próximo otro hotel en Tijuana, quedan invitados a la apertura —Gálvez llenó las copas de vino.

—¿No que producía tomates en Sinaloa?

—También. Pero el negocio no es costeable, los gringos siempre ponen trabas para exportar. Dizque pesticidas.

—¿Vende en México?

—Ya se lo dije, soy el más grande proveedor de papayitas, tetitas y nalguitas de la Central de Abastos.

—Hablando de ésta, ¿conoce a su director? Creo que es un peruano.

—Lo trajimos de los Andes —Vicente Ordóñez cortó el diálogo. Al ver su expresión desdeñosa recordé su foto publicada en mi periódico por el caso del arquitecto que construía túneles debajo de la frontera México-Estados Unidos. Túneles que iban de ciudad a ciudad, de casa a casa, de campo a campo.

—¿Se acuerda de El Señor de los Túneles?

—Caramba, me aburre contestar las mismas idioteces: el año pasado hubo una orden de arresto en contra de un individuo identificado como Vicente Garza Dumas, presunto narcotraficante de Tamaulipas, constructor de túneles en la frontera, y se me quiso arrestar por delitos contra la salud. Mi abogado defensor tuvo que demostrar ante el juzgado que Vicente Ordóñez Dumas no es la misma persona que Vicente Garza Dumas. Y ni primos somos. El argumento contundente de la defensa fue que en los reportes judiciales Vicente Garza Dumas era descrito como de 1.55 de estatura, con un peso de 65 kilos, con una papada que le daba vuelta a la cara, pelo lacio con raya en medio, cicatriz de arma blanca en la mejilla derecha, y tan miope que para leer las actas en su contra tenía que ponerse culos de botella. Yo mido 1.75 de estatura, peso 80 kilos, no uso lentes, no soy cachetón ni me peino con raya en medio. Además, soy guapo. El problema es que la Procuraduría ya me ha detenido dos veces al confundirme con ese tipo.

—Memorizó las diferencias.

—Caray, ¿quién me niega el derecho de conocer mis propias facciones? Simplemente el sujeto ese, que salió retratado en los periódicos a la entrada de un túnel, no era yo.

—¿Quién era entonces?

—Vicente Garza Dumas.

—Se parecía a usted.

—No crea lo que sus ojos ven, mucho menos lo que leen. Seguro fue un montaje de los gringos.

—La foto la tomó uno de los fotográfos más confiables de nuestro periódico.

—Si así lo cree, vaya a su oficina y póngase a escribir una historia magistral sobre mí. Mándela por agencias a todo el mundo, a lo mejor gana un premio norteamericano consistente en diploma y veinticinco corcholatas.

—¿Podría asegurarme que Vicente Garza Dumas no fue asesinado la semana pasada en una calle de Nuevo Laredo al ser confundido con Vicente Ordóñez Dumas, pese a las diferencias faciales entre ambos individuos?

—¿Cambia usted de tema o me levanto de la mesa?

Ante su gesto agresivo, guardé silencio, me ofrecí encenderle a Elvia con su encendedor un cigarrillo:

—Usted, señora, ¿a qué se dedica?

—Sigo cursos de filosofía, periodismo cultural, literatura de la India y técnicas audiovisuales en la Academia de Cine y de Superación Personal Emmanuel Kant. Mi *teacher* es César Pacheco Ronquillo, doctor en Ciencias Esotéricas y del Espacio Extraterrestre. También tomo talleres en el Instituto de Cuquita Saldívar de cocina *cordon bleu*, guitarra clásica y arte contemporáneo. Las clases se imparten de enero a mayo por las tardes.

—¿Cuál curso la satisface más?

—El de literatura. Me gusta escribir novelas. Ahora estoy terminando una sobre las trescientas mujeres asesinadas en Ciudad Juárez.

—¿Qué libros lee?

—Las obras completas de Sócrates, las novelas de Cuauhtémoc Sánchez, los ensayos de Tequila Fuentes y los estudios de la doctora Claudia Corazón. Pero las novelas que más me gustan son las de Benito Pérez Galdós, Honorato de Balzac y Martha Aragón, una compañera de clases —Elvia siguió hablando hasta que dejé de oírla y el marido la miró con impaciencia. Encendió un cigarrillo mientras en el cenicero humeaba el anterior—. Nuestra hijita asiste en Celaya a la Academia de Filosofía Pública, un colegio de monjas paulinas, y adora la poesía. Ya hizo sus primeras redondillas sobre los hombres necios que acusan a la mujer sin razón, imitando a la Décima Musa, *of course.*

—Como un carajo, ya deja de comportarte como una boba, párale de hablar, me estás poniendo nervioso —explotó Gonzalo.

—¿Sí? Vergüenza debería darte decir eso —la cara de ella pareció la de un pichón pateado en una plaza pública a punto de asfixiarse por un pedazo de pan atorado en la garganta.

—Das pena ajena.

—Es que él no ha leído nada en su vida, señor, ni siquiera las historietas de *Frontera Roja*. A él sólo le interesan las mujeres y los caballos, los helados "Doña Blanca" y los jitomates rellenos de coca... cola —ella buscó mi autoridad para quejarse, con lágrimas en los ojos por la humillación que acababa de sufrir delante de la gente.

—¿Te vas a callar o te mando al dentista?

—No te enojes, cariño.

—Pero si no estoy enojado, solamente me tiemblan las varillas.

De allí pasamos al silencio. De allí Elvia sepultó entre las manos su cara de ternera ebria. Detrás de los dedos amarillos comenzó a reírse.

10

En una mesa redonda en el centro del galpón se sentaba Santiago López como un rey, un político y un criminal. A la derecha del festejado estaba Mario Morales Mendoza, El Rey de los Gomeros y el más grande exportador a Estados Unidos de marihuana Acapulco Gold y de cocaína Silver Taxco. Algunos de sus alias eran Jesús Gamboa Durán, Gamaliel Bermúdez Espino, Guido Estrada Pérez, Bernardo Gómez Barros y Alfonso Maya y Campos.

El Tres Emes (nacido en Nopalillo, Durango, el 25 de marzo de 1952), supuestamente purgaba una condena de veinte años en el penal de alta seguridad de Almoyola de Juárez por matar al procurador de Morelos y a cuatro de sus agentes, pero el hombre que estaba allí encarcelado era un sustituto. El Mario Morales Mendoza que estaba delante de mí, de cara enjuta y cuerpo delgado, vistiendo traje de seda italiano, era diferente a aquel que había aparecido en los diarios y en la televisión después de los homicidios. Se había hecho liposucción y cirugía plástica en la nariz, las mejillas, los labios y la papada, y había bajado unos treinta kilos de peso. Su *look* había cambiado: reducido el tamaño de la frente y de las entradas, plantado pelo de otro color, peinado de otra forma, sin bigote y las cejas menos espesas. Lo que nadie había podido alterarle era la dureza de los ojos y, tal vez, las cicatrices de las nalgas, recuerdo de una balacera en la discoteca *Pancho Villa* de Puerto Vallarta. El doctor que había logrado el milagro de transformar sus facciones, de rejuvenecerlo y adelgazarlo, había logrado también el milagro de desaparecerse a sí mismo. Fue asesinado. Y el comandante de la Judicial que borró sus huellas dactilares prudentemente fue borrado del mapa.

El Rey de los Gomeros se había ganado el respeto de Santiago López por su pasión por el oro, un metal aplicado a utensilios y objetos de su uso personal y doméstico, y por su larga carrera delictiva impune. Ésta incluía el asalto a mano armada de *La Sirena*, una discoteca en Acapulco donde siete pistoleros habían asesinado a una pareja de turistas norteamericanos sospechosa de espiar para la DEA. En 1975, buscado nacionalmente por vender armas de uso exclusivo del ejército en Ciudad Juárez, Tijuana y Nuevo Laredo, andaba de compras en San Diego. A comienzos de 1980, mientras se le hacían cargos por haber pasado por la frontera Norte a mil ilegales procedentes de Centro y Sudamérica, a cinco mil dólares cabeza, acribilló a un agente federal (el encargado de investigarlo) con esposa y tres hijos en el restaurante *La Góndola* de Mexicali. En 1987, manos inocentes a su servicio incendiaron el centro nocturno *Sóngoro Cosongo* en Avenida de los Insurgentes Sur, donde bailaba la amante cubana del agente federal occiso. Como había mandado cerrar las puertas por afuera con cadenas, murieron calcinados ocho meseros, catorce parroquianos y quince sexoservidoras. Veinticinco clientes sobrevivieron a las llamas, aunque con graves quemaduras en el cuerpo y en la cara, listos para ser actores sin maquillaje en películas de horror. El fuego fue calificado por las autoridades capitalinas como imprudencial y atribuido a un corto circuito. Durante las breves detenciones de que fue objeto El Rey de los

Gomeros, los jueces le dieron la libertad condicional por falta de pruebas. Es casi innecesario decir que en su nómina (en el rubro de impartidores de justicia) estaban incluidos porteros, secretarias, archivistas, celadores de reclusorio y jueces.

De su medio hermano Pablo Morales, El Aguirre, no se sabía nada desde hace cinco semanas. Seis hombres armados, descendidos de dos Suburban, lo habían interceptado cuando salía de un restaurante de su propiedad en Nopalillo. Su chofer, su amante y dos guardaespaldas de confianza se habían desvanecido con él. Nadie supo si por estar coludidos con los secuestradores o como víctimas adicionales. O para hacerle compañía en su escondite. Tampoco nadie pudo decir si los hombres que perpetraron el rapto eran policías judiciales amigos o enemigos. Dos personas presenciaron el ílicito y dieron versiones distintas de lo sucedido. Una dijo que El Aguirre había llegado sin guardaespaldas a un restaurante ubicado a la entrada del fraccionamiento Monreal en un Grand Marquis que lo trajo y partió. Hacia las diez de la mañana desayunó con Blas Ortega, conocido como El Señor de los Caballos, pues vendía equinos pura sangre. Pagada la cuenta, cuando se aprestaban a retirarse del restaurante, aparecieron cuatro meseros armados y se los llevaron. La otra testigo dijo que afuera del restaurante estaba un policía bancario, quien al oír disparos y ver el secuestro se ocultó en el banco y de allí no salió. La versión no oficial fue que como Estados Unidos había pedido el arresto y la extradición de El Aguirre, él mismo urdió el operativo y el hombre secuestrado no era él, sino un agente judicial que se le parecía, al que pagó una suma grande por hacerse pasar por su persona. El original vivía en La Paz, Baja California, con otras señas de identidad y entregado a los juegos de azar y al deporte ecuestre. Apostador empedernido, antes de su desaparición solía encontrársele tanto en el hipódromo de Tijuana como en un casino de Las Vegas o en un antro donde se rifaban caballos, drogas y mujeres.

De otra fama gozaba también El Rey de los Gomeros: la de practicar el tiro al blanco con lobos marinos en las playas de Mazatlán. Desde su palapa, en tardes ociosas se dedicaba a ultimar a los mamíferos machos que se le ponían enfrente mientras salvavidas a sueldo recogían los cadáveres y los arrojaban a un basurero. Hace tres meses, cuando fue arrestado en el Club Deportivo de San José Los Cabos, la Procuraduría General de la República intentó solucionar con su aprehensión cuatro crímenes y dieciocho acusaciones de lavado de dinero, mas no pudo demostrar ningún cargo y lo soltó. Lo curioso es que a la semana de estar encarcelado, por pura buena suerte, se ganó el premio gordo de la Lotería Nacional para la Beneficiencia Pública. Y sin haber comprado billete, pues el obispo de Culiacán se lo regaló con bendita fortuna.

Con ellos se sentaba una pareja de norteamericanos, pero porque ésta se mantuvo de espaldas a nuestra mesa todo el tiempo, sin voltear ni hablar, me fue imposible establecer su identidad. Sin embargo debió ser bastante importante, ya que la esposa era la única mujer presente en ese círculo de narcos duros.

—Disculpe que lo moleste, señor, pero el Faraón de Toluca quiere brindar por usted, le tomará menos de un minuto —le dijo Ana Rangel a Santiago.

—Gracias por darme esta oportunidad, señor, se lo agradeceré toda la vida —el torero alzó el vaso delante de su perdonavidas—. Solamente quería brindar por su salud.

—No te me vas a escapar tan fácilmente, más tarde te tengo un trabajito.

—Nada más mande, señor —el narcotorero, encarcelado en Campeche por una trifulca en un bar-prostíbulo, había salido gracias a Santiago López. Nadie sabía la razón por la que éste lo había tomado bajo su cobijo, unos decían que porque le había salvado la vida una noche en la que lo iban a balear a la salida de un antro y le avisó de la emboscada, otros que porque era pariente suyo. El caso es que la primera vez que Santiago se topó con él fue en Balbuena, esa estación de paredes altas y grandes corredores, techos lejanos y vías obsoletas. Estaba acostado en un banco de fierro. Su morada tenía un grave problema: tenía que compartir su espacio con niños de la calle que charoleaban y se drogaban día y noche.

—¿Te acuerdas de lo que te dije hace un rato? Nada más te estaba tanteando. Olvídalo, esta noche me vas a hacer un trabajo de torero —Santiago se volvió hacia él—. ¿Estás de acuerdo?

—Lo que mande, señor.

11

A la izquierda y a la derecha de Santiago López vinieron a sentarse Porfirio Gómez y Wenceslao H.

Perea. Entre ellos se colocó el gobernador Douglas Dorantes. Como la semana pasada había declarado la guerra total a las bandas de narcotraficantes en su ciudad, había adquirido en los Estados Unidos equipo de telecomunicaciones y una cuadrilla de helicópteros. En la nación, Douglas Dorantes gozaba del dudoso prestigio de haber hecho picadillo a los integrantes de una banda de colombianos que habían intentado operar en su territorio. "Si quieren encontrar a cuatro de ellos", declaró en una conferencia de prensa, "vayan a buscarlos al drenaje profundo, pues son buenos nadadores. Los otros seis, me han informado, se hallan en la bodega de un barco atunero en la Zona del Silencio, navegando en el desierto. Todos los difuntos serán enviados a su lugar de origen, Medellín, en ataúdes de cartón. El costo del envío lo cubrirá el Estado." Sus íntimos contaban que él dormía con las luces prendidas, no por miedo a los espectros, sino a una amante de dieciocho años a la que por celos había arrojado al mar desde La Quebrada, en Acapulco. A la Señorita Tamaulipas se le encontró desnuda vestida de corales y con un letrero en el pecho a modo de collar: "Lo siento, cariño, se me pasó la mano." Otras señoritas menos afortunadas no habían viajado al bullicioso puerto para encontrar su fin, simplemente habían desaparecido en el incinerador de su casa, situado entre las caballerizas y el lago artificial.

Las fiestas de Douglas Dorantes eran famosas por su despilfarro, aunque nunca llegaban a la sección de sociales de las revistas. En una, que no salió en los medios, ofrecida a su amigo Santiago en su discoteca adornada con estatuas griegas, el mismo Douglas sirvió con un embudo en una vasija de cristal dos botellas de vino francés —un Chateau Mouton Rothschild de 1975 y un Haut Brion de 1982— para hacer un vino rosado. Después de hacer mutis, reapareció vestido de manola. Todo por divertir a su jefe.

Junto a él me llamó la atención la presencia del narcotraficante colombiano-mexicano-austriaco Jaime Cobo Bernhard, El Doctor Tiburón. Arrestado en Tijuana-San Ysidro al intentar pasar un tráiler lleno de Coca-Colaína, se fugó del penal de máxima seguridad de Puente Grande. Una hazaña única, pues había burlado los circuitos cerrados de televisión, la malla electrificada, las cinco puertas electromagnéticas y la torre de vigilancia, habiendo sobornado con miles de dólares a altos directivos, comandantes, custodios y trabajadores del Centro Federal de Readaptación Social. Preso relativamente libre, durante los tres años que había pasado en prisión manejó el penal como una empresa privada y a los custodios como a sus empleados. Diarios y revistas habían descrito a Cobo Bernhard como a un interno quieto, estudioso y cordial, aunque capaz de sufrir ataques de cólera ciega (como el de aquella noche en que mató a patadas con botas con acero en las puntas a su compañero de celda porque con sus ronquidos no lo dejaba dormir). Además de permitírsele este tipo de excesos, disfrutaba en el penal de una sala con televisores y teléfonos, una cocina con despensa y mesa para cuatro personas, sala de baño privada, aparatos de aire acondicionado y dos presos a su servicio). Siempre aliñado, esta noche El Doctor Tiburón olía a perfume Hugo Boss.

De frente a Santiago López estaba el general brigadier Jesús Maldonado Vargas, comandante en jefe de un regimiento de Caballería Motorizada en la frontera con los Estados Unidos. Seco e imprevisible, a Maldonado Vargas se le temía más por su silencio helado que por sus palabras. Fácil de ofender, era experto en arrestos ilegales, justificados como realizados en flagrancia, en torturas para obtener confesiones y en asesinatos sin derramamiento de sangre. Hombre precavido, le placía interrogar él mismo a delincuentes de poca monta metiéndoles la cabeza en los bóilers de su alberca techada y en matar mirando a los ojos. Por su disciplina, se le estimaba en los altos mandos del ejército y tenía influencia con el secretario de la Defensa Nacional, su cuñado. Pariente de Santiago López, había crecido en El Edén (se rumoraba que era hijo ilegítimo de Jesús López Tardán y de Dorotea Vargas Luna, una sirvienta que acabó su vida en un rancho ignoto del estado de Tamulipas). Cuando percibió que lo reconocía, me miró con cara de pocos amigos. Y aunque me hice el disimulado, me siguió observando durante el resto de la cena.

—Por tus triunfos ocultos, carnal —brindó Santiago López.

—Por tu felicidad, Chago —el general brigadier sonrió melancólicamente.

—Les informo que vamos a hacer unos cambios entre los comandantes de la Policía Judicial Federal y los delegados de la PGR, hay algunos que se les conoce *too much* en Avenida Constitución. De Tijuana los mandaremos a Tapachula —Douglas Dorantes se acomodó la tejana.

—¿Me invitan a la conversación? —se acercó Bulmaro Correa, custodiado por cuatro guardaespaldas con cuernos de chivo.

—Al rato te llamamos —replicó secamente el general Maldonado.

Bulmaro Correa, El Señor de la Fayuca, era un operador bastante eficaz en el contrabando hacia los Estados Unidos. En las unidades de su compañía Transportes Bulco metía droga en monos de peluche, en radios transistores y en juguetes chinos. El Señor de la Fayuca había pasado en sus vehículos cargueros, en los años noventa del siglo veinte y en la primera década del veintiuno, cuantiosos cargamentos de heroína y de cocaína por las aduanas de Nuevo Laredo. Este personaje de grandes cachetes que se le juntaban al cuello, con guangos pantalones de pana, camisa a cuadros y botas de piel de víbora, aseguraba que era un modesto agricultor que vivía de los apoyos de Procampo y de las ganancias obtenidas como proveedor de los pulgueros (los comerciantes de aparatos electrodomésticos, computadoras chatarra, llantas usadas y vehículos de segunda mano que frecuentaban el Border Town Flea Market de Laredo, Texas).

Con él departía Pancho Ciclón, un luchador enmascarado ahora retirado del cuadrilátero. Aunque alfeñique en sus años mozos, cuando conoció a El Perro Aguayo en el Instituto de Educación Juvenil se puso a entrenar y debutó derrotando a Maravilla Azul. Después se enfrentó a Estrella Negra y a Comunista Primero, ganándoles también. Enterado de sus dotes de golpeador, Santiago López lo nombró administrador del Grupo Atlantis, una cadena pionera en la apertura de giros negros en los centros turísticos del país. Junto a Gladis Martínez, ex mesera, ex bailarina y ex esposa, Pancho Ciclón manejó el Club Cadillac y el bar gay Caballeros de Colón en la Zona Rosa, clausurados ambos por las autoridades delegacionales por carecer de extintores. En los últimos meses su actividad principal era la de cuidar a Roberto López, el primogénito de Santiago López, en sus salidas nocturnas y en sus andanzas por las discotecas y las playas. El papel de Pancho Ciclón como guarura de confianza, por diez mil dólares mensuales, había sido descubierto cuatro semanas antes cuando atropelló en un eje vial a Prudencio Martínez, un octogenario que, con un cartón de leche en la mano, estaba esperando un autobús. El luchador, en visible estado de ebriedad, luego de mal herirlo se había dado a la fuga en su Cavalier azul metálico. Una patrulla lo alcanzó, disparándole a los neumáticos. Pancho Ciclón se alzó de hombros: "Si no me sigo nos lleva la tiznada a todos, al hombre, al carro y a mí. Ya qué, el viejito no pudo escapar, su cuerpo saltó sobre el toldo, voló por los aires con la cadera y las piernas rotas y cayó diez metros adelante. Ya qué." Mas en un descuido de los policías, Pancho escapó a toda velocidad para chocar kilómetros adelante con una camioneta Nissan, que transportaba masa para hacer tortillas. En ese segundo percance, dos mujeres resultaron con lesiones cervicales. En su declaración ministerial dijo llamarse José Pacheco Jiménez y ser escolta personal del hijo del empresario Santiago López.

—Va a escribir sobre la fiesta, ¿no es así? —Gonzalo Gálvez me devolvió a la mesa.

—No trabajo en Sociales.

—Parece que sí, no deja de observar a la gente más especial de la fiesta.

—¿Hay gente especial aquí?

—Alguna, ¿no cree? como aquellla que está en la mesa principal.

—No he volteado a ver a nadie, no suelo escuchar conversaciones ajenas.

—Mejor para usted, al final del día será mejor que no se acuerde de nada.

—Si se refiere a que me vio observando a Pancho Ciclón, debo aclararle que el luchador no me interesa en lo mínimo.

—Más que Pancho Ciclón parece interesarle aquella señora —dijo Elvia, con malicia.

Era cierto, pues no dejaba de mirar a una mujer de apariencia extranjera sentada con el capitán Raúl Rubí, El Mago, apodado así por su habilidad de desaparecer de los barcos que transportaban droga cuando la policía los abordaba. Aunque ella estaba más entretenida en aplicarse lápiz labial y sombra debajo de los párpados que en mirarme, ocupó por un rato mi imaginación erótica. Algo en mí me decía que no debía mirarla, pero mis ojos seguían buscando los suyos a pesar del gesto amenazador de Raúl Rubí.

—Al capitán no lo mires. Y aunque cerca lo tengas, pretende que no lo ves. No le gusta que lo tengan en la mira, mucho menos que flirteen con sus mujeres —Elvia me ofreció un cigarrillo.

Sorprendido en mi indiscreción, guardé silencio.

—El capitán tiene contactos en la central telefónica y obtiene información confidencial del bla-bla de la gente que está vigilando. Una vez que completa el expediente, manda cartas anónimas o deja en máquinas contestadoras amenazas de muerte. Su voz produce pánico, ya que cuando se materializa es letal. Así que no le extrañe que reciba en los próximos días un mensaje molesto. Mejor póngase a estudiar el menú —con mano diestra, Elvia me tendió la lista de los manjares. Para la portada de la cartulina, Santiago López había dibujado a lápiz un caballo:

Salmón ahumado a la Edén
Sopa de tortilla del Rancho
Filete a la Santiago
Mesa de postres chingones
Torta de almendra nalgona
Flanes, helados y gelatinas a la Desvirginada
Café colombiano de altura
Infusión a la Santa Muerte
Coca... cola de los Andes
Tequila, whisky, brandy, ron
Vinos tinto y blanco
Anís del Mono

Al recargar el menú contra mi copa tuve la impresión de que el hombre de la cola de caballo me estaba examinando. Ese hombre corpulento era sicario en Guadalajara, Tapachula, Uruapan, Tamaulipas, Ciudad Juárez, Distrito Federal y anexas. Su fama criminal recorría la República Mexicana. De él se decía que había purgado una sola condena en prisión, pero repartida en muchas fugas. El problema era averiguar cuál había sido la última. Mataba con satisfacción y saña, con un vago sentimiento de deber moral, como si cada vez que ejecutaba a alguien liquidara a un padrastro odiado. Su apariencia física lo presentaba de golpe y no requería de currículum vitae. Durante un arresto, cuando un reportero le preguntó si había tenido alguna vez remordimientos, se quedó cavilando sobre el dónde, el cómo, el quién y el cuándo, y afirmó que no se acordaba de nada. Quisquilloso, en la calle le molestaba que sus conocidos dijeran en voz alta su nombre. Llamar la atención sobre él era como identificarlo por alguna fechoría oculta. Después de un trabajo, decía tranquilamente: "Que descanse en paz."

—Cuidado con ese psicópata, te hace picadillo porque no le gusta cómo lo miras —me sopló Elvia, un tanto nerviosa.

—Después de que te corta una mano, puedes negociar con él para que no te corte la otra —ironizó Gonzalo Gálvez.

—Hablarle a ése es como hablarle a un pozo de aguas negras —dijo ella.

—¿No que fueron amigos tú y él?

—Oh, no tuvo importancia, solamente salimos algunas veces juntos, cuando éramos jóvenes. Da pena recordarlo.

12

—Es urgente que hagamos una alianza, cada quien tendrá su territorio —Porfirio Gómez dio un trago de coñac en la mesa principal.

—¿Con quién, compadre, quieres que hagamos una alianza? —Mario Morales formuló la pregunta como si el regente fuera un idiota.

—Con los cárteles enemigos, ya me está llegando el agua al cuello.

—Si no aguantas el calor, salte de la cocina.

—Por eso estoy aquí, para unificar criterios y designar a un jefe único. ¿Qué les parece Santiago López?

—¿De qué jefe hablas, compadre? ¿No te acuerdas de que no se dicen nombres?

—Me han dicho que el gobernador de Baja California Norte está molesto por un encabezado que salió en uno de nuestros periódicos: "La mafia gobierna Tijuana".

—No sé a qué encabezado te refieres. No somos dueños de ningún periódico —Santiago lo calló.

—¿Están los insumos de medicina contra el cáncer listos para cruzar al otro lado? Los pedidos vienen de Los Ángeles.

—Paciencia, compadre, en su momento tomaremos las decisiones correctas. Todavía no sabemos si conviene que el equipo de futbol entre a la primera o se quede en la segunda división. Ignoramos si contamos con calidad internacional o nacional.

—Se convocó a una reunión de campeones, pedí que se mandaran invitaciones a los propietarios de los equipos de las dos divisiones, pero esta noche nos encontramos con sólo unos cuantos entrenadores y administradores —Santiago López estaba visiblemente molesto—. ¿Quién fue el responsable de transmitir las órdenes?

—Carlos Pérez —Mario Morales prendió un cigarrillo.

—Que se presente a mi oficina mañana al mediodía.

—Carlos se ahogó en Cancún la semana pasada.

—Lo ahogaron o se ahogó. ¿Quién lo reemplaza?

—P. Está en buena forma para el juego del domingo.

—¿Tendremos resultados?

—El árbitro está dando problemas.

—¿Es el delegado nuevo?

—Mete su cuchara en todo. Tiene unas semanas de nombrado y vigila nuestras empresas, inspecciona nuestros bancos y amenaza con inmiscuirse en los vestidores del estadio.

—¿Nadie lo ha visitado para ofrecerle plata o plomo?

—Lo visitamos, pero no hace caso, tal parece que está dispuesto a recibir medallas y coronas.

—No lo pierdan de vista, habrá que darle un susto a su mujer o a un pariente que le duela. Háganle saber que estamos enterados de sus movimientos, de a quién ve y de su familia.

—Ya recibió señales.

—¿Y el gobierno?

—Te contestaré con la frase de un presidente de la República: "Ni nos beneficia ni nos perjudica, sino todo lo contrario."

—Quiero ver la lista de jugadores.

—Alberto, Norberto, El Caramelo, El Píldoras, El Temerario, El Pepsi, José Luis Domínguez, Cristóbal Pando, El Renegado, El Pocaspulgas y Esperanza Valdez.

—¿Oí el nombre de una mujer?

—Es la jefa de relaciones públicas.

—¿De qué número calzan los jugadores?

—Sus zapatos son tamaño siete, nueve, diez. Los compramos en Perú y en Colombia. Existe gran demanda en Tepito.

—No me agrada la Valdez, nómbrenla gerente de farmacias o de funerarias.

—En cuanto contemos con un sustituto.

—Ya.

—¿Cuándo llegará el avión con los jugadores?

—El viernes.

—Es preciso que los policías municipales mantengan el estadio abierto toda la noche.

—Habrá tres turnos de vigilancia con patrullas y todo para que los jugadores se sientan protegidos.

—Será mejor que no se presente la Valdez, no la quiero en la zapatería, mucho menos cerca.

—Es tarde, viene en camino.

—Mándenla a tiznar a su madre, prométanle un viaje a Cancún.

—En la junta del lunes discutiremos su situación, acuérdense que es amiga mía —Porfirio Gómez encendió un cigarrillo con la colilla del otro—. Serena y equilibrada debe ser la discusión sobre los territorios que repartirá la alianza a los dueños de los equipos.

—Baja la voz, no se discuten esas cosas en público, no vaya a ser que entre nosotros haya un oreja del equipo rival —Douglas Dorantes exploró con la vista los alrededores.

—No seas bocón, compadre, aquí no se ventilan negocios privados. ¿Cuál alianza? ¿Cuál equipo? —Wenceslao H. Perea levantó entre su cara y la del regente una cortina de papel, como si así quisiera ocultar su indiscreción.

—Vete al diablo, empresario, a mí no me vas a controlar lo que digo, tampoco vas a asustarme: conozco el día de mi muerte.

—Tal vez conozcas la causa: cáncer de próstata.

—¿Me has estado espiando en los retretes, cabrón?

—No sólo espiando, sino filmando.

—¿Haz llegado a eso? —Porfirio Gómez se alejó del grupo.

—De un tiempo para acá Porfirio se comporta raro: la otra vez llegó a mi casa con la bragueta abierta. Había señoras presentes y no entendió mis señas —Wenceslao apagó en el cenicero los cigarrillos del regente.

—Hablaré con él

—Anda apendejado. Hace rato un mesero le retiró el plato y no recordaba si había comido o no.

—Estará enfermo.

—Quizás, pero sería mejor que lo enviáramos de embajador a Australia, le fascinan los canguros.

—A Australia no iría, pero sí a Portugal.

—¿Y cuándo tendremos el gusto, señor licenciado, de que nos visite en Sinaloa? —se metió en la conversación el obispo de Culiacán.

—Sinaloa es el estado más bello de México, una Disneylandia de la mente. Los sinaloenses son encantadores, industriosos, honrados —irrumpió en elogios Santiago López.

—Es una calumnia de los medios, señor, decir que Sinaloa es un nido de criminales. Sin duda nos persigue la maldición del conquistador español Nuño de Guzmán.

—Por eso, porque es un pueblo tan idílico estoy planeando trasladar mi residencia a Culiacán.

—¿De veras, señor?

—Me sentiría honrado si pudiera fincar mi residencia en su pueblo natal.

—Ahora, si me permite, señor, deseo comunicarle algo sobre lo cual posiblemente no esté enterado: yo fui uno de los seminaristas beneficiados por su señor padre, cuando él se mostró tan dadivoso con la iglesia local.

—Señor obispo, en Culiacán pasé cuatro años de mi adolescencia y en una última visita me dio enorme gusto encontrar a las niñas que estaban conmigo en la escuela ya crecidas, ya casadas, y algunas con niño de la mano.

—Tendrá usted conocimiento de José Agustín Loyola.

—No me suena.

—Era un licenciado que vivía cerca de la Plaza de la Constitución, se le veía todas las tardes tomando café en los portales. Su padre fue recaudador de impuestos. Varias veces me dijo que lo había tratado en la universidad.

—¿A qué viene su filiación?

—Heredó los negocios de Lucas Castro. Tenía pelo rubio, ojos azules, bigote.

—¿Y?

—Lo decapitaron la semana pasada.

—Entonces nos encontramos con un caso de decapitación con bigote —se rio Santiago López. Ninguno de los presentes lo acompañó en la risa.

—Fue un crimen cometido por nuestros aliados.

—¿Cuáles aliados?

—Los que lo traicionan, señor.

—¿No se le ocurre, señor obispo, que un amigo mutuo pudo ajustarle cuentas a José Agustín Loyola?

—No podría asegurarlo.

—Infórmese primero, antes de que me aviente a la cara su cadáver.

—Alguien lo hizo sufrir atrozmente antes de liquidarlo.

—Entonces, ¿usted fue el intermediario que le depositó en el correo la carta en la que acusaba de nombre y apellido a algunos aliados nuestros?

—De ninguna manera.

—¿Sabía usted que Loyola era un temible gatillero de un cártel enemigo?

—No.

—¿De qué lado está usted, señor obispo, con los desleales o con los amigos que lo invitan a sus fiestas? Acuérdese de una palabra que con el tiempo le será familiar: *xipeua* —Santiago López fue subiendo la voz hasta irrumpir en una ráfaga de rabia.

—¿Qué significa *xipeua?*

—Ya lo sabrá.

El obispo buscó excusarse con Santiago López cuando vio que éste le dio la espalda y la plática había concluido. Un mesero acudió a la mesa para retirarle el plato.

—¿Otra vez oyendo lo que no debe? —Vicente Ordóñez me arrancó de la conversación ajena.

—Estaba pensando en otra cosa.

—¿De veras? —intervino Gonzalo Gálvez.

—Es difícil digerir la muerte de una vaca —manifestó el actor Rafael Rufino, recientemente arrestado en Mazatlán por posesión ilegal de armas de fuego, porciones de cocaína y por haber amenazado a los agentes judiciales que interceptaron su vehículo afuera de la discoteca *La Diva de los Trópicos*. La empresa televisiva donde trabajaba depositó una fuerte suma como fianza económica y obtuvo su libertad provisional. Sus abogados insistieron ante el Ministerio Público de que los agentes habían golpeado al actor por negarse a ser extorsionado. Las armas y la droga se las había plantado alguien. Él era inocente.

En ese momento, mujeres del mundo del espéctaculo y del modelaje, ligeras de ropa o en traje de baño, con la banda en el pecho del certamen de belleza en el que habían participado, desfilaron en pasarela informal delante de la mesa principal: Miss Colombia, Miss Puerto Rico, Miss Argentina, Señorita Sonora, Señorita Sinaloa, Señorita Jalisco, Señorita Tabasco y Señorita Chihuahua. La última en desfilar fue una húngara de pelo dorado y ojos verdes, con jeans ajustados y playera blanca escotada. Entre jeans y playera se podía apreciar su ombligo como un agujero obsceno. Algunas llevaban en los labios un tono color vino, en las mejillas matices aciruelados, en los párpados resplandores dorados. Transportadas desde el Caribe y Sudamérica, Estados Unidos, España y los países del Este de Europa, sin pasaportes ni papeles habían burlado migraciones, aduanas y fronteras. Otras laboraban en México en clubes privados para hombres. Adondequiera que mirara los ojos del hombre de la cola de caballo se encontraban con los míos, hasta que vino el Guarura Mayor a llamarlo y se fue con él, mal su grado.

Entonces surgió cámara en mano Federico Cortázar, un fotógrafo alto, flaco y lampiño, con cara de adolescente viejo, conocido por sus retratos de mujeres del *table dance*. A Cortázar se le apellidaba en el mundo de los medios El Ojo Morboso y El Necrofílico porque había mostrado su originalidad tomando fotos de narcotraficantes acribillados en la calle, torturados en los separos de la policía, mutilados en los reclusorios, descabezados en vendettas, emparedados vivos en tambos de cemento, planchados por tráilers en los ejes viales o muriendo de desolación en un confinamiento solitario en los penales de alta seguridad. Su libro *Grandeza y decadencia del narcotraficante* había tenido éxito. Lo extraño es que Cortázar no sólo era el único fotógrafo admitido en la fiesta, sino había sido contratado por Santiago López para tomar las imágenes sociales de su cumpleaños. Quizás, sin que nadie lo sospechara, con estas fotografías documentaría sus archivos futuros. Así que El Ojo Morboso, ni tardo ni perezoso, antes de que los convidados pudieran reaccionar, disparó su cámara desde distintos ángulos y en repetidas ocasiones delante de todas las mesas. Excepto en la principal.

13

—Soy Melquiades Méndez, ingeniero en sistemas de comunicación electrónica. Mi récord profesional lo llevo escrito en la cara, así que no haga preguntas —un hombre de unos cuarenta y cinco años de edad, pulido, de rostro achinado y manos finas, vino a sentarse a mi lado. Con lentitud cambió de lugar la servilleta y los cubiertos, como si quisiera enfatizar su presencia. Hostilmente amable, al estrecharme la mano me apretó los dedos.

—Mucho gusto —agradecí su agresión mientras su expediente aparecía en mi cabeza como en una computadora: Melquiades Méndez, nacido en la Ciudad de México, estudió para contador público, fue director del Panteón Civil de Cuernavaca, ingresó a la Marina, donde fungió como director de Personal Civil, con viajes frecuentes al puerto de Manzanillo. Encabezó la ahora desaparecida Dirección Federal de Seguridad. Oficial mayor de la Secretaría de Comunicaciones y Transportes, se dedicó al espionaje telefónico e infiltró la vida personal de políticos, policías, militares, jueces, periodistas, empresarios, gángsters y miembros de organizaciones no gubernamentales. No sólo en su oficina instaló radios de intercomunicación y aparatos para clonar teléfonos celulares, sino en sus coches llevaba aparatos y computadoras de intercepción telefónica. Sus hombres trabajaban en la Procuraduría General de la República en ciudades fronterizas y servían de informantes sobre los movimientos de las corporaciones policiacas y de grupos criminales amigos y enemigos. La información que recogía era transmitida a Santiago López para ser usada eventualmente en secuestros, operaciones clandestinas, intimidaciones y atentados. Melquiades Méndez estaba a cargo de la red de contraespionaje del cártel de Santiago López alias El Fantasma y cambiaba periódicamente los números de teléfono de sus agremiados. Disfrazaba sus actividades con una abierta afición a los deportes: squash, golf y tenis.

—Preciso que me diga a qué se dedica, cómo se llama y dónde nació.

—¿Quiere que le escriba en un papel lugar y fecha de nacimiento, profesión y estado civil?

—El señor escribe en *El Tiempo* —Gonzalo se limpió el sudor de la frente con la manga del saco.

—Ah, estos periodistas, son unos maloras, por no decir otra cosa.

—No se crea, me ocupo también de crimenes pasionales. La policía los resuelve fácilmente y no causan problemas en los medios.

—¿Cómo se metió en el periodismo?

—Nací periodista, como otros nacen ingenieros o dentistas.

—Preciso que confiese que desde niño le gustaron los chismes.

—El ingeniero Méndez se graduó en el MIT de Estados Unidos —Gonzalo quiso cambiar el giro de la conversación. Me susurró: Al señor ingeniero le dicen El Preciso.

—Qué amable que diga eso de mí, Gonzalo. Sólo tomé un curso de oyente un verano en esa emérita institución académica. En realidad, para ser preciso, me gradué en el Tecnológico de Monterrey con buenas calificaciones. Ahora preciso un buen Chianti —el recién llegado destapó una botella de vino y olió el corcho. Agotó de un trago el contenido de la copa.

—No sea modesto, ingeniero, usted se graduó en el MIT —Gonzalo le entregó la botella.

—Qué calor hace esta noche, parece que estamos en Manzanillo —Melquiades rechazó con un movimiento de mano que yo le llenara la copa. Me miró de frente—. Ahora preciso hacerle unas preguntas: ¿Qué le trae por aquí? ¿Lo envía su diario? ¿Prepara algún artículo especial? ¿Le interesa algún personaje aquí presente?

—No, ando de sábatico.

—No le creo. ¿Le gusta el art-narco? Si precisa le doy un *tour* por El Edén.

—El señor Medina cree que soy un ingeniero en biotecnología que en Sinaloa está produciendo especies nuevas de amapolas, pero ignora que me dedico a comercializar tomates, que soy tomatero de vocación —Gonzalo indicó al mesero, con la botella vacía, que le trajera otra—. Y a usted, ¿le gustan los tomates?

—Los como crudos, fritos, con huevo, ajo, frijoles, spaghetti, tortilla y pan y queso. Soy tomatófilo.

—Nunca había oído esa expresión —el ingeniero en sistemas de comunicación electrónica fue calculadamente seco.

—Yo tampoco —reí.

Nadie más rio.

—Al señor Medina le pica saber por qué los cerdos de nuestras zahúrdas tienen cinco patas y cuál es el origen del nuevo director de la Central de Abasto —explicó Gonzalo Gálvez.

—Para su información, Carmen de la Cabada es el más grande secuestrador de mujeres guapas de Miraflores y un maestro en destripar putas en el cabaretucho *Lima la Horrible*. ¿Precisa de más datos, caballero?

—Carmen de la Cabada, ¿no fue gerente del fraccionamiento Playas de Tijuana antes de ser mencionado como el ajusticiador de campesinos en El Naranjo?

—Esos de El Naranjo no fueron campesinos, fueron guerrilleros de poca monta.

—¿Se acuerda de los niños tarahumaras quemados en Segórachi, en el albergue escolar del Instituto Nacional Indigenista? Creo que sus hombres incendiaron el albergue con maestra y colegiales adentro.

—Qué barbaridad, nunca me enteré de eso.

—¿Le puedo hacer una pregunta boba?

—No hay preguntas bobas, pero hágame las que precise.

—¿Qué sabe del cementerio clandestino de Ciudad Juárez donde se encontraron cadáveres de mujeres y restos animales usados en ritos satánicos?

—¿Se refiere a Martín Guerrero Noriega, el narco-brujo que vendía amuletos y ejecutaba jóvenes?

—A ese mismo.

—No frecuento a brujos.

—El señor Medina está obsesionado con los cárteles y los narcosatánicos, creo que ve demasiadas películas norteamericanas sobre narcotraficantes y asesinos seriales —se burló Gonzalo Gálvez—. Ha de ser uno de aquellos que se tragan el cuento de que en las papelerías se venden calcomanías untadas con tolueno y que las vasijas prehispánicas que salen al extranjero van llenas de coca.

—Yo, como buen católico, no creo en el paraíso, solamente en el infierno.

—Lo entiendo, mas no deje volar su imaginación: como una polilla puede quemarse las alas en un foco caliente. Si precisa otras informaciones y tiene los huevos para pedirlas, diríjase al festejado. Estará contento de atenderlo. ¿Qué más precisa? ¿Saber cómo se le mete el gusanillo al mezcal? —se cabreó Melquiades Méndez.

—¿Realmente cree que existen redes de crimen organizado en el gobierno y el ejército? —Gonzalo Gálvez trató de servir vino a todos, aunque las copas estaban llenas—. Acuérdese del careo que acaba de tener lugar en el salón del Consejo de Guerra del Campo Militar Número Uno. En presencia de los generales acusados, los testigos, afectados por súbita amnesia, solamente dijeron: "No recuerdo. No recuerdo. No recuerdo."

—¿Usted cree que es posible no recordar?

—¿Yo? Yo sólo creo en los tomates y en los melones, como los de la mujer que va pasando —Gálvez clavó el cuchillo en el filete.

En eso, el hombre de la cola de caballo vino a decirle algo a Melquiades Méndez. Mientras lo oía, éste no dejó de mirarme.

—¿Qué pasa? —Gonzalo Gálvez los escrutó, inquieto.

—Nada, que suicidaron a Lucas Castro.

—¿Dónde?

—En la cárcel.

—¿Cómo?

—Le desfiguraron la cara a culatazos. Cuando lo encontraron parecía que se había arrojado a la banqueta desde un edificio de catorce pisos. O que su cuerpo hubiera sido aplanado por un tráiler cervecero. En los últimos días su voz no fue su voz, fue un chillido.

—Preciso no dar más detalles.

—¿Se desatará una guerra de cárteles?

—Ya veremos cómo reaccionan los parientes.

—¿Puede llover plomo?

—Preciso no saberlo.

—¿De veras lo suicidaron?

—Preciso de más información.

—Se dice que antes de quitarse la vida intentó sobornar a un carcelero ofreciéndole quince mil dólares en *cash*. Todo hubiera salido bien si el carcelero no hubiera trabajado para un cártel enemigo.

—¿Han verificado esa versión?

—El problema es que ya suicidaron al carcelero.

—¿Iremos al sepelio?

—Mmmhhh, no lo había pensado, no sé, creo que, eh, bueno, me parece que sí, que no iré, luego lo preciso.

—Deberías decírselo a Santiago.

—Seguro ya lo sabe.

—Tal vez, pero Santiago es Santiago.

—Bueno, creo que sí, será preciso contárselo —Melquiades se fue acompañado del hombre de la cola de caballo.

Gonzalo Gálvez y Vicente Ordóñez los observaron irse hasta detenerse en la mesa de Santiago. Melquiades le susurró algo al oído. Santiago se puso lívido y, a una orden suya, los dos salieron del galpón de prisa. No porque fuera excepcional para Melquiades andar rápido, siempre andaba movido, sino por indicaciones de su jefe.

14

Se oyó entonces la tonada de una diana. Un popular animador de la televisión —pelo negro, cejas negras, bigote negro, camisa blanca de seda y corbata de moño de mariachi, parecido a Jesús Malverde, el bandido de Sinaola—, anunció por un micrófono:

—Exhibición de caballos árabes y españoles de alta escuela.

La agitación de los invitados fue general, pues los caballos habían sido traídos por avión desde Tijuana para el desfile. Los jinetes, contratados en España y Portugal, llevaban chaqueta negra, pantalones blancos y chistera. Otros animales habían sido facilitados por la Federación Ecuestre.

—Miren a ese tordillo rodado, qué mezcla de pelo negro y blanco, parece que Dios lo hizo —en el rostro de Vicente Ordóñez se disiparon nubes de preocupación—. Le dicen El Mariachi.

—Ese alazán no se queda atrás, con ese color canela que brilla en la oscuridad parece volar, es como el caballo de oros de la baraja española —Gonzalo Gálvez se excitó.

—Ese bayo, adornado con madroños blancos, qué bello trote extendido tiene. Habría que verlo en la vereda al caer la tarde, le dicen Sombras Nada Más.

—Al azabache aquel le llaman El Espectro porque al andar sus patas no dejan marcas en la arena. Sus cambios de lugar nadie los nota.

—Ese caballo joven, que tendrá tres años y dio un paso medio hacia la derecha y ahora rebota elevándose de la arena, es el caballo de bastos.

—El caballo de espadas está concentrado en el jinete. Vean nada más qué pirueta grande. Qué rutina profesional. Qué movimiento complicado. Mantiene las patas traseras iguales. Obtendrá puntos por regularidad. Bien el equilibrio. Cambio de dos tiempos.

—Ese ejemplar vale más de doscientos mil dólares.

—Y lo que cuesta mantenerlo, es el delirio de un pobre.

—Los trajeron en jumbo desde la frontera.

—Después de la exhibición descansarán en las caballerizas de El Edén.

—Con los animales no hay que pretender, no hay que demostrar, sólo se tiene que ser, sólo se tiene que amar —Elvia comió ávidamente pepitas de calabaza.

Uno tras otro los caballos pura sangre desfilaron mostrando sus gracias delante de la mesa de Santiago López, quien no le quitaba la vista al bayo, su animal favorito.

Los Pericos del Norte irrumpieron:

Maldita la suerte perra
que un de repente se lo llevó
adiós mi caballo bayo,
cuánto he llorado porque murió.

—Que no le canten esa a mi señor Santiago, porque le dan en la madre —Vicente dio un trago de tequila.

—Ya se le pasó el luto por su caballo bayo. Por eso compró este nuevo en la cuadra de Felipe Hermosillo.

—¿Por qué manifiestan tanto apego por esos animales? —le pregunté a Gonzalo.

—En el ambiente de traiciones en que vivimos, sólo puedes confiar en tu caballo.

—¿Por qué no en un perro?

—Un perro cualquiera lo tiene. En cambio un caballo de pura sangre es una cosa de estatus, de toneladas de dinero, de personalidad.

En otra parte del cobertizo, cantaron Los Gallos de la Frontera:

Siete Leguas, el caballo
que Villa más estimaba,

cuando oía silbar los trenes
se paraba y relinchaba.
En la estación de Irapuato
cantaban los horizontes...

En un extremo de la mesa, una mujer cuarentona, con el pelo teñido de rubio y lentes redondos, sentada al borde de su silla, inmune a la belleza de los caballos, se me quedaba viendo como si quisiera decirme algo. Era la dama con la que me había topado al principio. Fingí no darme cuenta de sus miradas, esperando el momento de evitarla radicalmente.

—Un foco de doscientos vatios me está dando en la cara, me cambiaré de asiento, cerca de esa estrella de cine con lentes de culo de vaso —Ordóñez fue a sentarse a su lado. Ella abandonó la silla.

—Recoge mi plato con cuidado, quiero que le lleves este mensaje a Teresa —le dijo Gonzalo a un mesero.

—Ella salió de vacaciones ayer, señor.

—¿La primavera comienza en enero?

—Lo hizo doña Lupe, la vieja cocinera de la familia López.

—Habla más alto, no te oigo, ¿qué estás diciendo? —se quejó Elvia.

—Nada de tu interés.

—¿Puedo retirarme, señor?

—Felicítala de mi parte, le salió rico el mole con esos ingredientes que le puso: piernas y pechuga de gallina negra, obsidiana molida, trozos de *yohualxiuit*, la hoja de las tinieblas, y pedazos de orquídea, chocolate y chile, dile que lo haga más seguido.

—¿Desde cuándo comes eso?

—Desde que trabajo con Santiago.

En eso, la Señorita Sonora apareció montada en una yegua blanca. La elegancia del animal hacía resaltar su esbeltez, igual que si jinete y cabalgadura conformaran una feminidad fabulosa. La banda atravesaba su busto como un certificado de belleza. Profesional, vestía chaqueta negra, pantalones blancos y chistera con chaquetilla a la manera de los jinetes ibéricos. Con expresión de boba excitada, saludaba a diestra y siniestra.

—Vicky Mendoza será la próxima Señorita México —reveló Elvia—. No hay novia de Roberto López que no gane el concurso de belleza nacional.

—La acaban de contratar para ser la animadora del programa de televisión "Viernes de Fiesta". La escogieron entre treinta jóvenes por su personalidad y su prestancia —Gonzalo la observó con admiración.

—A ver si Roberto sienta cabeza. Con su fortuna, tiene todo un harén de chicas fresas. Ya lleva ocho este año y apenas estamos en enero —se rio Ordónez—. En la estación de Balbuena renta un pullman de lujo que le sirve de leonera. Cuando con su pareja anda de viaje el tren nunca deja la estación.

—Hará unos quince días se fue con Vicky a República Dominicana. Durante el fin de semana, como a ella comenzó a dolerle la panza, Santiago les mandó su avión particular para que la trajeran al Hospital ABC con el fin de que su médico de cabecera la operara de apéndicitis, pero al llegar aquí resultó que el problema no era el apéndice sino su periodo —aclaró Gonzalo.

—Un viernes, como a Robertito se le antojó tenerla de madrugada, envió a sus guaruras al domicilio de sus padres para que se la llevaran a la leonera. Porque el papá la abofeteó, por habérsela llevado a Cancún y regresado el lunes en la noche, Robertito ordenó a Pancho Ciclón que lo visitara en su oficina y le diera de puñetazos delante de sus empleados —contó Ordóñez.

Entretanto, la Señorita Sonora detuvo su yegua delante de la mesa principal para presentar sus respetos al padre de su novio. Santiago López le aplaudió, el puro humeante en la boca. Todos los de la mesa y los de las otras mesas aplaudieron. Menos de un minuto, porque fascinado por el caballo bayo, emblema de la lealtad, pronto se mostró indiferente a los atractivos físicos de la última adquisición de su hijo. El cuadrúpedo, con sus madroños negros, era más interesante que la bípeda. Del bayo no quería apartar la vista.

—¿Algo grave? —Gonzalo preguntó a Melquiades Méndez cuando regresó a la mesa.

—Nada, el delator de Lucas Castro se halla entre nosotros.

Gonzalo Gálvez me clavó los ojos suspicaces, pero, localizando entre dos misses a la mujer cuarentona, fijó su atención en ella.

El desfile de caballos continuó.

15

En el galpón las luces se apagaron, Lola Huitrón irrumpió cantando:

Estas son las mañanitas
que cantaba el rey David.
Despierta lindo Santiago,
mira que ya amaneció,
ya se fueron los guaruras,
Lolita ya se durmió.

El hecho de que la conocida cantante entrara cojeando y con bastón, por tener una pierna fisurada, produjo algunos murmullos. Corrían rumores sobre su mala salud y de que se había desmayado en el aeropuerto de la Ciudad de México a su arribo de un vuelo de Madrid.

Hicieron su entrada dos edecanes vestidas de rosa empujando un carrito coronado por un enorme pastel de chocolate blanco de Bélgica. Adornado con los sombreros y las conchas características del santo de Santiago de Compostela, lo iluminaban cincuenta velas. *Happy birthday to you* fue cantado por un coro de hombres y mujeres encabezado por Brenda, su hija de seis años, de cuya madre no había información. Santiago sopló las velas y cortó el pastel con un cuchillo de plata en cuyo mango estaban grabadas sus iniciales: SLT. Enseguida, Miss Veracruz vestida de rojo entró con otro regalo: un bulto con figura humana envuelto en terciopelo negro parado sobre una tabla con ruedas. Santiago López lo develó. La envoltura cayó al suelo y apareció una joven de ojos azules y cabello dorado, con zapatillas de punta y falda corta de bailarina. Importada de Europa del Este, tendría unos veinte años o casi.

—Me gusta el detalle, Mario, no sabes cómo te lo agradezco.

—Es Natasha, una compra reciente. Pero no me agradezcas nada, tú te mereces eso y mucho más.

—La amistad, Mario, como dijo mi padre, no tiene precio.

—"La mujer pierde pendientes; el amante, dientes", dijo tu padre, si mal no recuerdo, en Culiacán, el 17 de febrero de 1986.

—Qué poca madre era el viejo. Y qué memoria tienes, pero no me lo recuerdes que me vas a hacer llorar.

La joven-regalo permaneció delante de la mesa en posición de brazos en bajo hasta que a una señal de Ana Rangel, haciendo una pirueta, se retiró. Un mesero sacó la tabla con ruedas.

—A tu salud, compadre —brindó Morales.

—A tu salud, hermano.

—Chago, ¿te acuerdas de Nancy? —El Señor de la Fayuca vino a la mesa con una mujer de explícita sensualidad—. Cenamos con ella en Monterrey, luego fue contigo al cabrito.

—¿A qué viene la mención?

—¿Te puedo pedir un favor?

—Dilo.

—No la cortejes, estoy enamorado de ella.

—Ni me lo hubieras dicho, me vas a dar más tentación.

—Me pone nervioso que te la lleves de viaje y duerma contigo en el mismo hotel. ¿Podrías comisionarla conmigo?

—Okey, no jodas. Váyanse la semana próxima a Las Vegas. Yo les pago el viaje.

El Señor de la Fayuca se retiró con Nancy. Wenceslao H. Perea se acercó:

—Manda a ese buey a Cochabamba y programa a Nancy para que me acompañe a Amsterdam y Moscú la semana próxima.

—Entendido. Ahora, si me permites, te diré que dispongo de una jauría de chicos a tu gusto. Aunque andan libres, son muy obedientes. Son unos lunáticos, se rebelan y se comen al cuidador. Pero no pasa de eso.

—¿Te han dicho que uno de los invitados podría suicidarse esta madrugada?

—Algo he oído.

—Después te cuento.

—Pueden pasar a servirse los postres —anunció el jefe de meseros.

La pareja de norteamericanos se levantó de la mesa, pero sin detenerse ni despedirse de nadie se dirigió enseguida hacia el aeropuerto privado de Santiago con la intención de abordar su avión particular.

—Cuidado, lo van a matar durante la fiesta. Si le dan la habitación cuarenta y uno, cámbiese de inmediato —me sopló la mujer de pelo teñido y lentes redondos, ajustando sus pasos a los míos delante de la mesa de pasteles y helados. Se alejó entre los otros.

—No me gusta esa mujer —Melquiades Méndez le dijo a Gonzalo refiriéndose a la desconocida que me había hecho la advertencia—. Vigílenla de cerca.

—¿Por qué esa animadversación? —Douglas Dorantes se colocó en la fila—. ¿La señora esa se comió unas moras podridas?

—¿Embarrarse moras en la boca es un delito? —preguntó Porfirio Gómez.

—La seguimos desde la semana pasada, ¿es tu amiga?

—¿A quién le importa?

—La agasajaremos al final de la fiesta.

Con expresión preocupada, los hombres siguieron con la vista a la dama hasta el zoológico, entre cuyas casas se internó.

—¿Qué tomaste? —Gonzalo cogió a Elvia del brazo.

—¿Me estás espiando?

—Te pregunté qué tomaste.

—Un antidepresivo.

—Prometiste que te irías temprano, ponte el abrigo.

—¿Nos marchamos juntos?

—No, tú te vas con Jaime. Te lleva y regresa por mí.

—¿Qué voy a hacer yo sola?

—Escribe tu diario o ve una película de medianoche.

Camino a la salida, la furia distorsionó la cara de Elvia. La vi fea, poco apetecible, desgarbada.

—Hey, haz lo que más te apetezca: ve a una discoteca, visita a tu mamá, márchate con una amiga a Valle de Bravo. Después de la fiesta saldré de viaje, vuelvo la semana próxima.

—Te vas con tu amante, lo sé.

—Piensa lo que quieras, adiós.

Ella no volteó a verlo, salió de mala gana y sin despedirse de nadie.

—De joven Elvia era encantadora y comprensiva, pero con los años se ha vuelto una monserga —confió Gálvez a Ordóñez.

Juntos se dirigieron a un grupo de edecanes que los aguardaban con amplia sonrisa.

Lola Huitrón hizo temblar la tarima y las gradas del teatro improvisado por lo alto de su voz que salía de grandes bocinas:

> Estoy en el rincón de una cantina
> oyendo una canción que yo pedí.

16

Siguió la Variedad de Estrellas. Artistas proporcionados por los principales canales de televisión hicieron su aparición uno tras otro. Algunos préstamos correspondían a favores que les había hecho Santiago López a magnates de la telecomunicación. Otros, cortesía de tal empresa.

—Las niñas con falda corta por aquella puerta; los niños con barba larga por aquí —edecanes sonrientes encauzaron un grupo hacia la derecha, otro hacia la izquierda. Un tercero fue conducido por Miss Veracruz a un teatro al aire libre.

La mujer de apariencia extranjera, que había estado sentada con Raúl Rubí, se me acercó. El rayo de sus ojos se me metió en el alma como un taladro. Por la manera de verme no supe si su cara tenía calidad de sueño o de pesadilla. El futuro lo diría. En ese momento llevaba un vestido azul ajustado que hacía evidentes sus pechos, sus muslos y su trasero. Al sentirla tan próxima, me sentí compelido a pedirle que nos fuéramos de la fiesta y escapáramos cogidos de la mano hacia los lechos de Ninguna Parte, mas un mesero le hizo entrega de un papel doblado que ella leyó con atención. Así que cuando dio unos pasos hacia mi dirección fue solamente para alejarse más de mí. La misión era en otro lado. Quizás se le ordenaba que fuera a un reservado detrás del galpón, en el que Santiago López se reunía con sus colaboradores cercanos.

El primero en el programa fue el actor Rafael Rufino, ahora disfrazado de un comediante que se hacía llamar Macho Probado. Largo rato pasó contando chistes con contenido homosexual para regocijo de los varones presentes, cuyas acompañantes femeninas se mantenían serias:

—Estaba un actor desnudo mirándose en el espejo. Su mirada bajó a su pene y comenzó a elogiarlo: "Cómo gozaste aquella noche con la rubia de Kansas; qué locuras cometiste con la morena de Caracas; la francesa no te dejó en paz ese fin de semana en Cannes y la holandesa de Gouda te supo a queso tierno." El actor siguió evocando las hazañas de su miembro hasta que se le salió un pedo: "Cállate, que tú también tienes tu historia."

Cuando ya iba a comenzar el siguiente chiste, lo llamó aparte Melquiades Méndez, de quien el hombre de la cola de caballo no se separaba. Rafael Rufino bajó del estrado.

—El señor licenciado me envía a decirte que te calmes, que le bajes de tono a tu *show*, que hay familias. En el público, hace poco, vimos a su hija Brenda. Ya te lo advertimos una vez, este es el último aviso, así que cálmate —le dijo Melquiades mientras el hombre de la cola de caballo lo miraba con gesto amenazante.

El actor volvió al estrado y se puso a cantar una canción cómica española, de moda en ese entonces en las estaciones de radio: "Mi nombre es Rodrigo":

> Mi nombre es Rodrigo,
> Rodrigo Rodríguez,
> hoy cumplo dieciocho
> de andar por las calles
> rodadas del mundo.
> Mi padre es Rodrigo.
> Mi madre, Rodriga.
> Hoy cumplen cuarenta
> de andar por las calles
> gastadas del mundo.
> Nací yo Rodrigo,
> respondo a ese nombre,
> hasta que cierre los ojos
> seré yo Rodrigo.
> Deseo hallar una moza
> llamada Rodriga
> y hacerle dos hijos:
> Rodrigo y Rodriga.
> Los cuatro Rodrigos
> seremos felices
> andando las calles
> rodadas del mundo.

Cambiaron las luces y descubrieron en la oscuridad a la estrella adolescente más popular del país: Tina Valencia. En ese momento, ella entró saltando, gateando y enseñando los pechos morados y las pantaletas rojas. La perseguían por el escenario los potentes sonidos que producían los instrumentos eléctricos. Terminaron la velada Los Pericos del Norte con *El caballo bayo*, la canción preferida de

Santiago López. Al oírla se ponía peligrosamente sentimental:

> Lo metí en un hoyo grande
> y al enterrarlo pena me dio, ay,
> pobre mi caballo bayo,
> cuánto he llorado porque murió.

No me quedé hasta el final de la variedad. En realidad, ese tipo de espectáculo no me importaba y los movimientos corporales y gestuales de algunos cantantes me daban pena ajena, en particular los de Tina Valencia.

A la salida me topé con la mujer de uno de los texanos invitados a la fiesta. Su bulto voluptuoso pasó a mi lado sin verme, sin saludar. Toda ella vestía de verde: ojos verdes, aretes verdes, blusa verde, falda verde, zapatos verdes, malla verde, labios verdes, anillos verdes, bolsa verde. Era la rana más atractiva que había visto en mi vida. Detrás de ella vino una mujer pelirroja de ojos alegres, a la que conocía desde mis mocedades. Me dio gusto encontrarla, porque era la única persona familiar en el convivio. Con ella había compartido en otro tiempo escasez económica, cama y mesa.

—No te me acerques, y si lo haces no me hables ni me mires. ¿Ves a ese hombre de lentes negros que me está siguiendo? Es el gatillero más sádico del cártel del Golfo. Es un celoso de poca madre. Si te ve a mi lado te va a madrear, y a mí también —Karla, la felina de Santa Bárbara, California, las mejillas calientes, me dejó atrás riéndose de excitación.

Ante esa advertencia se me atoraron las palabras en la garganta. Bruno Arévalo, El Alcantarillador de Saltillo, perseguía con ojos torvos, detrás de los lentes negros, su apetecible cuerpo fugitivo, o su fugitivo cuerpo desechable. Lo mismo da.

17

En el Café Brasil vino la Rifa para Caballeros Solos. La Lotería para Damas Solitarias se llevaría a cabo en el Galpón Golondrina. El Concurso para Adolescentes Aplicados, en el Gimnasio Cancún.

Nos dividieron en tres grupos. Cada grupo fue subdividido en tres: el primero fue encauzado hacia el casino; el segundo, al palenque donde tendría lugar una pelea de gallos; el tercero, a la Biblioteca para Ciegos Jorge Luis Borges. Entre los libreros, Santiago López guardaba su colección de cobras, las cuales circulaban libremente detrás de las paredes y los techos vidriados. Su placer era verlas comerse a las ratas que había encerrado con ellas.

Fuera del Café Brasil había un prado. El pasto estaba pintado de verde. Adornaban el Centro de Conservación Biológica fosos poco profundos y rocas naturales. Mucha gente sabía de la existencia del zoológico, pero poca lo había visto. En una jaula con las luces prendidas estaba un jaguar sentado. Parecía un ídolo mexica salido del calendario solar. En otra jaula se paseaba la pantera negra que esa noche le habían obsequiado a Santiago. Aluzado por un vigilante, un puma mostró las garras. En la Casa de las Víboras se enroscaban dos espléndidos ejemplares de cascabel. Todas las secciones tenían sus encargados: la Cafetería de las Aves Rapaces, el Palacio de los Reptiles Nacionales, el

Salón de Actos de los Monos Neuróticos, el Patio de las Hienas Cachondas, el Corral de los Burros Enamorados. La Cueva de la Noche Triste estaba abierta, con su colección de murciélagos vampiros, alacranes de Durango, mariposas nocturnas, coralillos, lagartos cornudos y arañas capulinas. En la vitrina de un muro se exhibían fotos de policías judiciales, secuestradores con la oreja de una víctima en la mano, generales condecorados, gobernadores de gira y diputados sorprendidos en actividades nocturnas con amantes de ambos sexos. Las construcciones imitaban la arquitectura mexicana de la época del emperador Moctezuma II. Cada una era distinta y su personal había sido reclutado en aulas universitarias del país y del extranjero. Había guías disponibles para explicar las características de los animales y edecanes en minifalda ofreciendo bebidas.

—Cuidado con los cuchillos rostro, matan —me advirtió Rafael Rufino cuando entré a una galería de arte prehispánico, sonriéndome con sus ojos verdosos y sus labios gruesos. Lo acompañaba la actriz Gloria Cuevas, con el pelo teñido de verde y con zapatos de suela triple para aumentarse la estatura. Al natural era chaparrita y nalgona. A unos centímetros de distancia, noté su labio inferior partido como si alguien le hubiera pegado. En medio de la galería se exhibían cuchillos de pedernal con sus pequeños ojos de turquesa. Parados en hilera parecían dialogar y caminar al mismo tiempo. Al notar mi repulsión, el actor me llamó la atención sobre una máscara cráneo con conchas incrustadas en las órbitas a manera de iris. A la derecha estaba un perro aullando, símbolo de la muerte por su color bermejo. A la salida hallé una fuente imitación piedra. Tres tarascas de plástico, el pelo suelto y los pechos al aire, sostenían un cuerno de abundancia.

En el Bar Colombia, alumbrado con candelabros de cristal de Murano, los espejos reflejaban mesas, sillas y cuerpos, propagándolos hasta el más allá y el más acá. Meseros displicentes, con pantalones negros rayados y camisas cuadriculadas, atendían a Porfirio Gómez y su joven sardo.

—No sé por qué hacen tanto escándalo por un pinche comisionado —se quejaba el jefe de gobierno con su interlocutor, quien parecía no conocer el comercio de la palabra—. No es cosa de risa que se metan en la vida ajena, no somos la única pareja gay en este sitio. Con permiso, tengo que pasar al baño. ¿Dónde están, señorita, los sanitarios?

En otra mesa, una vaquerita prestada para la ocasión por el restaurante Angus mostraba sus piernas rosáceas y su abultada blusa amarilla a Roberto López Smith y su amigo Juan Manuel Martínez, ya un poco ebrios. Ella, como un plátano humano al que sólo se tiene que bajársele la cáscara o quitarle la falda, estaba lista para la acción.

Por allí descansaban Los Gallos de la Frontera. La merienda de los narcobaladistas, a los que se les atribuían siniestras relaciones con los mafiosos de la droga y el crimen organizado, era un jugo de manzana de lata, un vaso de chocomilk, chocolates Tin Larín, un paquete de Corn Flakes y gansitos Marinela.

—Hello —Cristóbal Domínguez saludó a la niñera de Brenda.

—Tarzan no conoce Jane, Jane no conoce Chita, Chita no conoce Tarzan —Mary pasó de largo.

—Antes de comenzar la rifa en el galpón, les aviso que desde este momento nadie puede entrar ni salir —una edecán de cara redonda, ojos achinados y boca pequeña me dio el número cuarenta y nueve.

—La cantidad de billetes no debe pasar de cien —dijo la vaquerita de abultada blusa amarilla—. Sobre el estrado está el premio.

Una mujer de cuerpo esbelto, ojos grandes y el pelo recogido hacia atrás se mostraba casi desnuda. Aunque en pantaletas, se había dejado en la muñeca izquierda el reloj de pulsera. En su oreja derecha brillaba una perla falsa. Sentada a una mesa con un vaso de agua, Ana Rangel, ahora convertida en Monsieur Rangel, con chamarra negra de cuero, pantalones vaqueros y rasgos viriles, supervisaba la rifa. La proveedora de la mujer rifada, una vieja alcahueta, estaba parada detrás con los lentes puestos y una mano sobre los labios. Murmuraba algo sobre los hombros. El premio femenino, con la mejilla izquierda iluminada por una lámpara, miraba atentamente hacia el público.

—Es virgen —afirmó un invitado.

—La trajeron de Sonora—dijo su gemelo, con los bolsillos del saco repletos de dólares—. Va en la preparatoria.

—Aunque de familia humilde, nadie la ha forzado a venderse, lo hace por su gusto.

—Dicen que para convencerla le regalaron vestidos y zapatos, y como pago final le darán un Grand Marquis.

—Ese adolescente allá sacará de una vasija de cristal el número afortunado.

—Es el eunuco de la Lotería Nacional, lo contrataron para la rifa.

—Ese cabrón está salado.

La pista de baile empezó a girar y las luces fueron cambiando de color. Alguien soltó globos. El adolescente con voz de niña gritó el número ganador:

—Billete número doce. Billete número doce. Ganó la rifa. Ganó la rifa el billete número doce.

—Yo soy el agraciado —Juan Manuel Martínez se levantó de la mesa. En la penumbra brillaron sus cadenas de oro.

Animada por Ana Rangel y por la música de una diana, la mujer premio caminó hacia el ganador.

—Tranquilo, "todo con moderación" —lo palmoteó su amigo Roberto.

"Será una belleza sin valor alguno de aquí a cinco años, como una flor de bugambilia tirada en la calle", pensé.

La muchacha sonrió.

Ana Rangel, parada junto a un pilar de cartón, me estaba observando con atención y frialdad.

Hubo un apagón.

Cuando volvió la luz, el premio femenino y el ganador ya no estaban. Tampoco Roberto. La compartirían.

18

En el palenque la pelea fue breve, en menos de un minuto Juan Colorado le dio de navajazos a su contrincante, un gallo de cresta roja y plumas blancas, que en un dos por tres clavó el pico.

—Juan Colorado es mi gallo preferido —salió diciendo Santiago López.

—Ahora viene la noche pirata —se frotó las manos Gonzalo Gálvez.

—Allí nadie pierde, todos ganamos.

—Señor, el madrina cantó y en su canción dijo que su jefe es Porfirio —Melquiades Méndez los interceptó afuera del galpón.

—Y ¿quién es el madrina? —Santiago López los miró con cara de esperar explicaciones.

—Rafael Rufino —reveló el hombre de la cola de caballo—. Se le está interrogando sobre la detención de Lucas. Le hemos puesto los ojos gruesos y los labios verdosos.

—De los dos delatores, Zapatos Viejos ya feneció; el segundo no tiene futuro. ¿Qué hacemos con el señor regente?

—Me reservo su destino. De Rufino, ¿qué averiguaron?

—Estuvo en la cárcel por fraude. Adentro se relacionó con una banda de secuestradores, todos policías. Tiene cuatro hijos con cuatro mujeres. Todas lo dejaron. Pasa mensualidades a dos. Con tarjetas de crédito compra demasiado. Juega en casinos. Pierde. Debe dinero —explicó Melquiades Méndez.

Gonzalo Gálvez fue enfático:

—Rufino es una pelota de ping pong en un juego de hampones y policías. Un policía le dio el último raquetazo.

—Cuando salió de la cárcel llevaba una maleta repleta de dólares. Misterio —el hombre de la cola de caballo se pasó la mano por la cabeza.

—Como buen actor, Rufino ensayaba sus papeles mentirosos en el espejo, añadiendo detalles cada vez que los repasaba. Y luego quería practicarlos delante de nosotros, mirándonos a la cara, sin parpadear. Pero su cuento no nos convenció. Desde el día de la muerte de Lucas lo noté raro.

—Cuando lo ejecuten, de su terror no se den cuenta.

—Teme que le demos un tiro en la nuca.

—El perro que lleva dentro chilla en el cuarto oscuro, se está orinando de miedo.

—Hace un mes vino a verme, me echó un rollo médico para sacarme cincuenta mil dólares, dizque que para una operación del corazón en Houston. "¿No me pediste el año pasado una suma similar para operarte de lo mismo?", le pregunté. "Eso fue para ponerme un marcapasos", contestó. "Pues ¿cuántos marcapasos quieres tener? ¿No sería más fácil pedirme otros cincuenta mil dólares que operarte otra vez del corazón? Y, ¿no sería más barato para tus amigos que exploraras otras formas de estar enfermo?" "Pos no conozco otras formas", se volteó para toser en lo oscurito.

—Démosle un pistoletazo en lo oscurito.

—¿Está consciente de su situación?

—Algo.

—Todavía tuvo el descaro de buscar una recomendación para la actriz. Cuando me vio encabronado, me amenazó con acusarme con usted y denunciarme con sus amigos del gobierno. Al fin reconoció que un jefe policiaco lo estaba forzando a traicionarlo. Él fue el que dijo que Lucas cometió los asesinatos de Colima. Y que participaron dos bandas: la que opera en Veracruz y la de El Fantasma, usted.

—¿Reveló mi identidad?

—Hasta por escrito.

—Ahora se callará el hocico.

—No creas, a veces los muertos hablan más que los vivos: al ser diseccionados, al ser examinados denuncian tiempos y lugares, hábitos y complicidades y, lo peor de todo, ya no tienen capacidad para mentir —sentenció Santiago López.

—En el chiquero que es su mente no hallamos sentimientos de culpa, sólo deleite estúpido.

—¿Qué piensan hacer?

—El plan es interrogarlo hasta sacarle la sopa. Mañana lo atropellará un tráiler en una carretera de Zacatecas. El chofer será un hombre al que le falta una pierna. Al madrina se le pondrá una metralleta en las manos y en los labios polvo blanco. Y un letrero: *A Quien Corresponda.*

—Propagaremos que era un narco peruano vinculado a una mafia de Albania que mantenía relaciones delictivas con la policía de Mazatlán y con logias de masones canadienses. Así revolveremos las pistas.

—¿Conocen la antigua palabra mexicana *xipeua?*

—Ni idea, señor.

—Está relacionada con el dios Xipe Totec. Su fiesta se llamaba *xipeualiztli*, desollar vivo a alguien. En náhuatl significa desollar, descortezar, mondar algo.

—No capto qué relación tiene la palabra con el madrina.

—Que a éste se le aplicará la *xipeua*. De esta manera tendremos un *xipeme*, una víctima inmolada al dios Xipe. Las últimas horas de Rufino serán un *xipeualiztli*. Denle un somnífero para que su muerte le parezca un sueño, para que no sepa si su dolor es real o está soñando.

—¿Para qué tantas delicadezas con ese hijo de la tiznada?

—Por primera vez le dieron a la policía un hilo conductor que puede guiarla hacia nosotros. Rufino entregó a Lucas, pero detrás de Lucas habrá otro y otro y otro.

—Le daremos *xipeua*.

—Antes díganle la palabra para que sus sentidos se emborrachen de miedo. Y no olviden ofrecerle tequila con sal y limón.

—Señor, cumpliremos sus órdenes ayer.

—Muéstrenle la imagen de la Santa Muerte. Regálenle unas horas de terror frenético, que se angustie, que se esperance, que se vea a sí mismo convertido en cadáver abyecto, que se cague en los calzones, que prefiera ser una silla, una ventana, un pinche florero. Déjenlo que se alucine con la imagen.

—Seguiremos sus instrucciones al pie de la letra, señor.

—Mándenlo a la Naco-nada, el lugar reservado a los traidores, regido por Ixcuina, la diosa de las inmundicias. ¿Tiene parientes que le duelan?

—Vive tórrido romance con la actriz Gloria Cuevas.

—¿La chaparrita nalgona?

—La misma.

—Tráiganla a la ceremonia. De ahora en adelante no se refieran a él por su nombre, sino como a *xipeua*. Mañana, cuando arrojen su cadáver en la carretera, digan: "Hallaron a *xipeua* envuelto en unos trapos." No digan a nadie nada de Porfirio, de él me encargo yo.

—Entren, señores, a hacer su juego —Miss Veracruz señaló el camino hacia el casino, en cuyo interior había juegos de billar, dominós, dados, naipes y ruletas. En un mostrador se recogían las fichas de cien y de mil pesos. Unos apostaban al cero, otros al par, otros al negro. Un croupier con smoking aconsejaba a los jugadores cómo apostar. Un detective privado supervisaba las apuestas. Los gemelos que estaban en la Rifa para Caballeros Solos sacaban puñados de dólares de los bolsillos del saco, con la intención de seducir con su riqueza ostentosa a las vaqueritas clasemedieras que atendían a los jugadores viejos. Meseros repartían bebidas, sobres blancos, números para una lotería.

—Hagan su juego, señores —exhortó a los presentes un borracho vestido de gorila.

Brenda, que en un prado cercano jugaba a la pelota con Mary, levantó la cabeza para verlo.

19

—Habitación cuarenta y uno, residencia amarilla, la que está entre las dos piscinas, la del Sol y la de la Luna. Siga por el sendero de la izquierda hasta llegar al fondo —Miss Veracruz hacía el reparto de cuartos para la noche pirata.

Observado a distancia por el hombre de la cola de caballo, palpando la llave en el bolsillo del saco, caminé entre otros invitados pensando cómo evitar dirigirme a la habitación asignada.

En ese momento deseaba ser dos hombres, uno, un periodista de investigación, y otro, un hombre sedentario. Ya me había pasado que quería llevar dos vidas, una en tierra y otra con mi amiga azafata, en el aire. Tumbado en la cama, con ella a mi lado, mirando las manchas de los mosquitos aplastados en el techo de un cuartucho de hotel en Acapulco, la imaginaba sirviendo comida inmunda a los pasajeros que volaban México-Nueva York.

Mientras yo deliberaba, entre prados con pasto pintado y bancos de fierro, prostitutas de ambos sexos me escrutaban con cara de devoradoras de hombres. No se me acercaban, seguramente porque no tengo pinta de narco y sí de insolvente. Espectros intercambiables de cuerpos bien formados, venales y pintarrajeados, me eran poco apetecibles, y hasta me parecían desechables. Aunque cuando una adolescente pálida de labios carnosos se me quedó mirando, fantaseé con ella: "Podría ser Miss Medina. Miss Mike Mía, la Señorita Poca Cosa", me dije.

De dos prostitutas tiernas, algo secas y chupadas, que hallé más adelante, no pude precisar la edad, y si eran adolescentes envejecidas o vetustas colegialas. Vestidas de negro, con algo de vampiro en la expresión, para mantener el equilibrio se recargaban una sobre otra. Los ojos cerrándoseles, se tocaban los labios con los dedos por pura sensación. Un muchacho trató de levantarle el vestido a una.

—¿Estás loco, Manuel, hacer esto en público?

—A ese pendejo se le pasó la droga, sácalo de aquí inmediatamente —el comandante de la Policía Judicial le ordenó a Bruno Arévalo.

—Le daremos su llegue para que despierte —el Alcantarillador de Saltillo se plantó delante del muchacho con tal furia en la cara que el interpelado creyó que estaba viendo al monstruo de una película de horror. Una vez que Arévalo se irritaba, se irritaba más por haber sido provocado a irritarse. Con sólo verlo, el joven comenzó a tartamudear y se refugió entre sus amigos.

—No se le olvide no cerrar por dentro —la edecán de cara redonda había venido detrás de mí.

Ya cerca de la piscina de la Luna, sorprendí a una pareja abrazándose entre dos arbustos. En la relación había algo de clandestino y de urgente por el modo de abrazarse: la mujer paraba el trasero y sacaba el busto para exagerar una voluptuosidad que no era necesario exagerar; el beso de él era impetuoso y necio y prácticamente no le podía meter más la lengua a la boca.

Por la piscina del Sol había una recámara con la puerta entreabierta; desde su oscuridad Brenda seguía los movimientos de los amantes. De repente, unas manos invisibles la jalaron por el suéter y la retiraron de su puesto de observación. Una muñeca Barbie, con el pelo cortado con tijeras, quedó en su lugar.

Mercedes Benz negros eran guardados por choferes-guaruras colocados en posición vigilante a la entrada de las cocheras. Con sombreros tejanos y chaquetas de cuero negro, algunos llevaban esclavas de oro y armas largas. Todos walkie-talkies.

En la pista de aterrizaje distinguí el avión particular de Santiago López, que había visto en algunas fotos: blanco, reluciente y con el logo de una de sus compañías constructoras. Del otro lado del avión estaba un helicóptero nuevo. En la distancia, al borde de una carretera interior con semáforos y postes de luz eléctrica, podía verse una gasolinera iluminada, aunque sin empleados atendiéndola. No lejos, Los Norteños cantaban el corrido de Jesús Malverde, el santo patrono de los narcos:

> Voy a pagar una manda
> al que me hizo un gran favor,
> al santo que a mí me ayuda
> yo le rezo con fervor.

20

Aproveché la distracción de un vigilante, que estaba diciendo algo al sardo montaraz, para introducirme a un aposento que había llamado mi atención. La puerta de madera pintada de negro estaba entreabierta y me aventuré por el estrecho corredor. A ambos lados, en nichos en los muros, había veladoras encendidas con adornos de papel negro en su base. La cera, el pabilo y el vidrio eran rojos. Al fondo, bloqueada por un cortinaje de terciopelo negro, estaba una capilla dedicada a la Santa Muerte, la imagen de la muerte violenta.

Ante ella estaban de rodillas Santiago López, Wenceslao H. Perea, un empresario texano, el gobernador Douglas Dorantes, el narcotraficante Jaime Chaparro, el general brigadier Jesús Maldonado Vargas, otros dos militares, Mario Morales, Gonzalo Gálvez, el obispo de Sinaloa, una modelo vestida de rojo con los pechos de fuera, Miss Veracruz vestida de rojo, un juez y un jefe de la policía judicial no identificados. Atrás se podía ver a Ana Rangel con el pelo corto y vestida de hombre. En las manos sujetaba una caja de cartón con agujeros. VÍBORAS DE CASCABEL. DEPARTAMENTO

DE REGALOS. No lejos de ella estaban, con las manos atadas y el pelo tapado por un velo negro, Porfirio Gómez y los actores Rafael Rufino y Gloria Cuevas. Verdugos y víctimas eran miembros de la alianza por el narcotráfico, practicantes de un culto secreto sellado con sangre.

En el altar cubierto con un mantel negro estaba la Santa Muerte. En sus cavidades orbitales se asomaban dos arañas capulinas. En la mano huesuda esgrimía una criatura del desierto de Chihuahua: un alacrán *Centruroides scorpion.* En la mano izquierda, echada hacia atrás, se apreciaba la cabeza negra de una coralillo. Bandas negras y rojas, limitadas por anillos amarillos, circulaban el cuerpo de la serpiente venenosa. Alrededor del altar, en el piso, había veladoras rojas, botellas de tequila, mezcal y cerveza, una jarra de agua negra, una tarántula disecada, lociones mágicas, hierbas y conjuros, semillas de colorín, una pistola de 9 milímetros, una 38 super y una cuerno de chivo. Había jabones de limpias (Siete Plantas Mágicas, Siete Potencias, Víbora de Cascabel y Ven a Mí), rosarios de cuentas negras con el hilo cortado con tijeras rojas, muñecos representando gente con el pecho o la cara perforados por un cuchillo, una aguja o un alfiler. Las imágenes de Jesús y María tenían la cara en blanco, inconclusa, las manos despintadas, los pies informes, las ropas incoloras. A la derecha, un pequeño nicho negro encerraba el busto coloreado del santo patrono de los narcotraficantes, los ladrones y las prostitutas. Caracterizaban al obrador de milagros el pelo negro, las cejas negras y pobladas, el bigote negro y fino, las orejas descubiertas, la camisa blanca de seda y la corbata de moño, como si fuera un mariachi. Debajo de su corbata aparecía su identificación:

EL BANDIDO GENEROSO JESUS
MALVERDE.
RECUERDO DE SINALOA.

Sobre el tejado del nicho alguien había puesto un ramo de rosas rojas. Las ofrendas depositadas en su base eran colgajos de cuero llenos de polvo blanco y marihuana. Una vela estaba prendida en su honor. Un papel con el "Corrido a Jesús Malverde", entre otras cosas decía:

Me fue muy bien todo el año,
por eso yo vengo a verte,
de Culiacán a Colombia
que viva Jesús Malverde,
este santo del colgado
me ha traído buena suerte.

La Santa Muerte era un esqueleto envuelto en ropajes blancos, rojos y negros, representando sus tres atributos: el poder violento, la agresión artera y el asesinato cruel. La modelo con los pechos de fuera, que parecía fungir de sacerdotisa, se paró junto al altar. Los colores de su vestido eran como los rojos de la Santa Muerte, del segundo nivel. El gobernador Douglas Dorantes inició la plegaria:

—Oh, Santa Muerte, prótegeme y líbrame de mis enemigos, embóscalos, tortúralos, enférmalos, mátalos, hazlos picadillo. Oh, Santa Muerte, que dominas el mundo, en nombre de los que están aquí postrados, te pido poder contra mis adversarios. Que no me quiebren, que no me arresten, que no me maten. Te pido, Santa Muerte mía, que no me desampares ni de noche ni de día, y que me defiendas de la traición de amigos y enemigos. También te pido la muerte violenta de los que buscan mi mal. Llevátelos a la Casa Oscura donde tiritan de frío los muertos. Llevátelos a la Casa de los Murciélagos, donde chillan y revolotean los heridos de bala y bayoneta. Llevátelos a la Casa de las Navajas, donde rechinan las armas blancas. Todo lo puedes tú, Santa Muerte, concédeme este favor. Amén.

—Sellemos el pacto con sangre —profirió Santiago López.

—Tú primero —le indicó Wenceslao H. Perea a Porfirio Gómez.

—¿Yo? —el regente se puso lívido al advertir a través de una puerta entreabierta un ataúd negro vacío. Cuatro cirios prendidos chisporroteaban.

—Tú —le ordenó secamente el general brigadier Jesús Maldonado Vargas—. Luego te seguirán en el camino Rafael Rufino y Gloria Cuevas.

Con veladoras negras en las manos, los tres fueron obligados a dar un paso hacia adelante.

—Ha estallado una guerra entre bandas, necesitamos apaciguar a la Santa Muerte con un sacrificio humano. Primeramente aplicaremos la ley de la sangre al jefe oculto de los madrinas desenmascarados por nuestros servicios de inteligencia.

Porfirio Gómez fue empujado por Bruno Arévalo, El Alcantarillador de Saltillo. Parado delante de la imagen, el regente se mostró inseguro, temeroso. De repente surgió de atrás del altar una figura humana personificando a la Santa Muerte y con un chillido animal le clavó en el brazo izquierdo un cuchillo de obsidiana negra. Mientras el hombre aullaba de dolor, otra figura le dio una estocada en la espalda. Detrás del disfraz alcancé a percibir los ojos de El Faraón de Toluca.

El actor se estremeció, cogido de los brazos por Melquiades Méndez y el hombre de la cola de caballo.

—Tengo una cita con el director de la película y tengo que marcharme —Gloria Cuevas retrocedió.

—Usted será distinguida, señorita, como comendadora de la orden Santísimo Salvador de Santa Brígida —Wenceslao H. Perea le torció un brazo.

—Sin duda se trata de un error, no quiero ser distinguida con ninguna orden, me confunden con otra —porque se resistía a avanzar, Bruno Arévalo le picó el costado con una punta envuelta en un trapo rojo. La sangre se confundió con la tela.

—Si cometí un error, perdonénme, discúlpenme, nunca volverá a suceder, se los suplico —gimoteó Rafael Rufino.

El Faraón de Toluca esgrimió su estoque de matador.

—Señor, no puede estar aquí —susurró a mis espaldas una voz.

—Sólo un momento.

—Por favor, salga de inmediato —el jefe de seguridad me levantó del hombro con brusquedad—. De inmediato, dije.

—Ahora mismo.

—Otro error como este y le cuesta la vida —sus ojos echaban chispas negras.

Lo obedecí.

21

Seguido de cerca por el Guarura Mayor, me alejé de prisa, evitando entrar al cuarto que me habían asignado. Me metí en el siguiente. La puerta no estaba cerrada por dentro. La habitación olía a alcanfor, insecticida y agua de colonia. Un gran ventanal daba al jardín, diseñado con cascadas, fuentes y plantas exóticas. El interior era lujoso, con piso de mármol y paredes verdes adornadas con cuadros y grabados de caballos. Muchos caballos: yeguas pariendo, potrillos galopando, corceles frente al crepúsculo, campeones en el hipódromo, mujeres en alazanes. Sobre mesas y cómodas había estatuas de caballos, de cristal, en oro y plata, con incrustaciones de piedras preciosas.

Al pie de una cama, sobre un tapete turco, Pancho Ciclón le estaba dando un masaje a una joven norteamericana. Indiferente a mi presencia, el luchador la levantó por el pellejo de la espalda como si fuera gato, le dio con las manos de machetazos en los brazos y las asentaderas, le amasó el cuero cabelludo, le pellizcó los costados y las lonjas. A ese acto de sadismo él lo llamaba "masaje de chamán". A unos metros de ellos una figura prehispánica de barro adornaba una pared. Era un dios murciélago con cuerpo humano, orejas redondas, fauces entreabiertas y manos y patas del quiróptero. De su cuello colgaban tres cabezas diminutas. Baboso de cara, parecía avanzar hacia los amantes sin moverse de su sitio.

—Cabrón —ella se levantó furiosa del suelo y le aventó a la cabeza el algodón impregnado de alcohol que él le había metido en la boca. Como no le dio, le arrojó un zapato.

—Cálmate, gatita —él la abrazó, y juntos cayeron en la cama.

Ya que me encontraba allí, pasé al baño para orinar y lavarme las manos con un jabón francés. Me las sequé con toalla Polo. Sentía la boca seca y di un trago de coñac. En la bañera quité el tapón para que se fuera el agua sucia. En el botiquín había botellas con pastillas para el dolor de cabeza, para dormir, para despertar, para excitarse y para sosegarse; cremas y lociones para el cuidado de la piel, Aqua-Relax, paquetes de condones y jeringas, fluidos desalterantes y desmaquillantes, lápices labiales como falos con el prepucio color Rouge Fondant. Debajo estaba conectado un secador de pelo. Oculto detrás del secador estaba un cráneo mexica, de esos que tienen un cuchillo de obsidiana enterrado en la nuca que sale por la nariz. Con la dentadura descubierta daba la impresión de estarse riendo. Sus órbitas eran dos conchas y sus iris discos negros.

En el espejo observé a Miguel Medina, un peatón prescindible como un capuchino que se enfría en una taza. Con ojos café claro, pelo ralo, mentón mal rasurado y cuerpo de estatura regular, me observó con fijeza. El amor seguía, abandoné la habitación.

"Ahora, debes encontrar a alguien con quien cambiarte de cuarto", me dije ansioso.

—Hola, amigo, gusto en verlo —como caído del cielo, me topé con el borracho vestido de gorila.

Me agaché para atarme las agujetas y para cerciorarme de que el jefe de seguridad no me seguía. Inferí, al escrutarlo desde abajo, que el individuo en cuestión era el del caso de Houston, con quien había platicado al principio de la fiesta.

—Hola, señor gorila.

—No me diga así. Soy Cristóbal Domínguez Domínguez, el hombre que elaboró el paisaje futurista de este rancho.

—¿Además de proveer los animales?

—¿Está listo para la noche pirata? Ya sé cual será el tesoro de Santiago.

—¿Cuál?

—Un cofre traído de California. Diez millones de panzas verdes.

—Pensé que era la chica rusa.

—¿Imagina cuál será el botín de Wenceslao H. Perea? Una maleta con pistolas, antiguas, nuevas, con cachas de oro, con incrustaciones de diamantes. Todas de colección. A don Wenceslao le encantan las pum-pum.

—¿Qué número de cuarto le tocó?

—El treinta y dos.

—Déjeme ver, parece que nos dieron la llave equivocada.

—En lo mínimo.

—Leyó mal. Su cuarto es el cuarenta —le arrebaté la llave y le di la mía.

—¿Cómo es posible?

—Por ese sendero llegará a su destino.

—¿Por dónde?

—Siga hasta la Casa Amarilla, al fondo, entre las piscinas del Sol y de la Luna.

—¿Está seguro?

—Váyase por allí, le digo.

—Santiago es un malora, me prometió que me darían un cuarto contiguo al de Lola Huitrón.

—El licenciado López desea que usted se dirija al cuarto cuarenta y se quede allí hasta nuevo aviso.

—Visitaré antes a unos amigos.

—No, váyase enseguida y chitón, entre nosotros órdenes son órdenes.

—¿Entre nosotros?

—Y más discreción sobre el contenido de los cofres.

—Nadie nos oyó.

—Yo sí.

—Pero tú no me denunciarás, ¿verdad?

—Quizás no.

—Salud —el gorila, tambaleante, se cruzó con un policía uniformado.

—Seguridad —el policía le mandó detenerse.

El hombre gorila le explicó algo, le mostró la llave.

Los dos voltearon hacia mí durante unos momentos.

El gorila siguió su camino hacia la Casa Amarilla.

El policía vino hacia mí.

—Buenas noches, señor, checando que todo esté en orden, je, je.

—Aquí, todo bien.

—¿Por qué no está en su cuarto? Todos los demás ya entraron. Pronto van a ser distribuidos los regalos y necesita estar en su habitación.

—Gracias por decírmelo, es muy amable, gracias —le deslicé en la mano un fajo de billetes con dos de a doscientos pesos encima y muchos de a veinte adentro para que abultaran.

—No se hubiera molestado, señor, que la pase bien —el policía se guardó el dinero en el bolsillo y se encaminó a una caseta. En la penumbra se sentó delante de un televisor. El programa le daba igual, fuera éste un debate político, una telenovela, un talk show, un partido de tenis, un concierto de música tropical o un documental sobre animales. No discriminaba.

22

La placa del cuarto treinta y dos había sido pulida para la ocasión. La madera brillaba por los destellos del farol tipo colonial. Desde afuera se apreciaban las cortinas de terciopelo guinda, los marcos de las ventanas pintados de blanco. La sombra poderosa de Santiago López envolvía como un manto la noche, daba al tiempo del rancho una sensación de peligro y de viscosidad, de lujuria y de cólera. Respecto a mi persona, si bien como periodista vivía bajo la presión de la fecha límite, desde los diez años (cuando me salvé de un accidente que me marcó para siempre) no había considerado morirme, mucho menos violentamente. Y como no era un Buda, un San Francisco de Asís o una Madre de Calcuta, sentía un terror infantil por la muerte, sobre todo por despedirme antes de tiempo de este catafalco con pies que llaman cuerpo.

Detestables me parecieron expresiones que había oído antes riéndome, como "Estiró la pata", "Se petateó", "Se lo llevó Gestas", "Se lo cargó Patas de Catre", "Entregó el equipo" o "Se peló". En mi cabeza, en ese momento, se desplegó todo el abanico de los miedos pasados, con sus pequeñas variantes: fobia, ansiedad, estrés, pánico y horror. Fobia a los espacios cerrados y abiertos, ansiedad al verme encañonado por un general enfurecido, estrés al hallarme en una azotea sin barandal con periodistas celosos de mis éxitos, pánico al entrar a un ascensor con policías judiciales trabajando con el cártel sobre el que estaba escribiendo, angustia delante del cuerpo desnudo de una mujer de apetito insaciable y horror ante los niños que apestan a orines. Para tocar tierra, llamé a casa. El teléfono sonó y sonó, y hasta escuché mi voz en la máquina contestadora diciendo que no me encontraba, pero que se dejara un recado. El ruido cesó de golpe. Una de dos: alguien desconectó el aparato o la línea murió. Entonces, resignado a morirme de un balazo en la sien, de una cuchillada en la espalda o de un piquete de alacrán, me tendí en la oscuridad, vestido y con los zapatos puestos, el cuerpo inmóvil, oyendo mi propio réquiem en forma de respiración. La hora en el reloj no importaba, era una superficialidad convencial, algo inventado por mujeres y hombres ociosos con el propósito de encerrar a sus colegas en torres de horarios y en jaulas de minutos. Lo que temía era que la puerta se abriera, habiendo el señor gorila descubierto el truco, y que sicarios fantasmales se materializaran.

En efecto, la puerta se abrió, mas no irrumpieron sicarios ni gorilas. Un bulto humano dudó en el umbral. Se quitó los zapatos. Avanzó descalzo, tanteó los muebles. Se sentó al borde de la cama, levantó las cobijas, se acostó a mi lado, sus manos me palparon. Percibí su perfume, su aliento débil. Era mi regalo de la noche pirata.

—Me depositaron delante de tu puerta, en un cofre —dijo una voz femenina con acento extranjero.

—Sssshhhh, no hagas ruido.

—Soy tu botín, no hay nada de malo en que me veas entera —prendió la luz. Se quitó la capa roja. Estaba desnuda.

—Soy María Walewska, *your Polish friend, I'm just for you and for it* —me sonrió con los ojos antes de que la sonrisa se le propagara en la boca.

—¿De dónde saliste? —me esforcé por contestar su sonrisa.

—Trabajo en calle Oxford, agencia de escorts.

—Mientes, nadie se llama María Walewska como la de Napoleón —mientras le decía esto, pasaron por mi mente imágenes polacas: una calle nevada en Varsovia, una oscuridad en diciembre, una muchacha en un cuarto pequeño en el que apenas cabía una cama, el sol como un ojo ebrio en una ventana negra.

—Mi mamá me puso ese nombre. Soy tu botín.

—Al amanecer disfrutaré de tu cuerpo robado —guardé la tarjeta que me ofrecía.

—¿No vas a tomarme ahora?

—Ahora vamos a dormir.

—¿Tan temprano?

—Haremos arreglos para encontrarnos otro día, después de la fiesta.

—¿No quieres esta noche?

—No.

—¿No te gusto? ¿Te apetece algo especial? Dime lo que deseas y lo haré —acostada en la cama se recargó en la pared, haciendo resaltar sus pechos. Separó las piernas—. ¿Quieres ver mis profundidades? ¿Asomarte hasta donde el sol no llega? ¿Al agujero que da al océano?

—Tal vez mañana —se me atoraron las palabras en la boca, pues mi regalo humano era la mujer más bella de la noche y me apetecía gozarla. Deduje que el papel doblado que había recibido en el teatro al aire libre le indicaba el número de cuarto que debía atender. Estaba en el cuarto correcto, pero con la persona equivocada.

—Tengo miedo de que el botín se quede dormida, está borracha.

—Yo también estoy ebrio... de otras cosas.

—¿Dormiremos una siesta?

—No merecemos esta oscuridad.

—¿En noche pirata? Si no te gusto llamo a otra compañera. A Dorothy, es guapa, te gustará —mi regalo humano intentó abandonar la habitación, pero la jalé hacia la cama.

—No te vayas —ella cayó sobre mí. Quiso levantarse y la besé.

—El botín no acepta besos en la boca.

—Primero nos echaremos un sueñecito —apagué la luz.

—¿Quién te entiende? —ella yació a mi lado, sin comprender. Sus ojos fulgurando en la penumbra.

—Si tratas de irte de nuevo te costará la cabeza —la alcancé en la puerta, pues creyéndome dormido había intentado marcharse otra vez.

—Nada más me iba a asomar allí afuerita —como transpiraba, mis manos se impregnaron de su sudor.

—No vuelvas a hacerlo —al empujarla hacia la cama sentí sus nalgas duras sobre mis piernas.

—Oh, sí —murmuró, dócil.

—Tranquila, piensa en cosas agradables —la besé en el cuello.

—¿Te gustaría viajar en mi cuerpo?

—Hoy, no, no puedo — resistiendo su entrega, me tapé la cara con las manos. Para darle confianza me metí en el lecho. A mi lado, en cueros, me costó trabajo no subírmele, no dejarme llevar por mis impulsos. No podía arriesgarme, era posible que María fuera la emboscada que me tendía Santiago en forma de mujer y, que al estar montado sobre ella sus matones entraran al cuarto.

Divagué largo rato, el corazón se me salía del pecho. Acostados uno junto a otro, los cuerpos separados, los ojos encendidos, no me atrevía a aventurar el ademán que definiera la situación, el toque de ignición del amor. Y no me consideré a salvo hasta que a las cuatro de la mañana ella se quedó dormida, con sueño inquieto, roncando, pataleando en la cama. Finalmente hubo silencio, si puede llamarse silencio a un espacio acometido por músicas chillonas, ruidos amenazadores y zapatos que merodean.

—Toma por metiche, cabrón —un hombre gritó en otra parte.

Se oyeron disparos. Voces. Pasos en la oscuridad.

—Se escapó el hijo de la chingada, pero ya lo visitaremos en su casa.

—Por qué lo tiroteaste, si no era él.

—Lo matamos porque lo encontramos. Había que hacer el trabajo, dejar atrás un cadáver. Si no, los chingados somos nosotros.

—Conste, no sabemos quién era.

—No sabemos.

Supuse que la acción había tenido lugar en el cuarto cuarenta en contra de alguien que por error había sido tomado por mí. No experimenté sentimiento de culpa por esa confusión. Acurrucado junto a la mujer polaca, depositada a la puerta, reí en silencio, reí con una risa estúpida que se convirtió en una mueca estúpida. Tal vez esa mueca estúpida no existió. Tal vez. Pero no estaba en condiciones para cerciorarme de su existencia en el espejo. Me asaltó una duda, ¿los tronidos que escuché eran balazos o cohetones? Y otra duda, ¿el muerto era el señor gorila o Porfirio Gómez? Prefería no hacer preguntas a mi persona, así que me reduje a observar las rayas de la puerta con la esperanza de percibir pronto atisbos de luz. Y aunque nunca en mi vida había dormido de pie, esa madrugada hubiera podido hacerlo recargado en una pared. No obstante, algunas preguntas me asediaron: ¿Habrán identificado el cadáver y descubierto la sustitución? ¿Cómo dispondrán los homicidas del cuerpo? ¿Irá a parar al horno de incineración del señor gobernador Douglas Dorantes? ¿Ofrecerán una segunda víctima a la Santa Muerte? ¿Quién puede ser? ¿Él, ella, yo? ¿Les importo tanto como para no dejarme ir vivo? Las respuestas me las daría el tiempo. Entretanto, imágenes eróticas impertinentes ocuparon mis pensamientos. Si estiro la mano hacia la derecha ¿qué hallaré entre sus piernas? Si estiro la mano hacia arriba, ¿qué tocaré? Si bajo los dedos, ¿qué cosa?

"Me pone nerviosa que me toquen dormida. Sobre todo en la oscuridad", creí que me dijo ella entre sueños.

Mi problema principal era cómo salir entero de la fiesta, cómo llegar hasta mi taxi, cómo regresar a mi casa para oír los recados en la máquina contestadora, entre ellos el mío. Sin respuestas, acomodé el cuerpo en posición prenatal, buscando una vaga seguridad en ese vientre abierto que era el cuarto, y clavé los ojos en una rendija de la puerta hasta que perdí la noción del tiempo, el control de mí mismo.

Me despertó el grito de becerra herida de la polaca, cuyo grito me hizo prender la luz.

—¿Qué pasa?

Con los párpados cerrados, murmuró algo ininteligible.

—¿Que soñabas?

—Soñé que me encontraba con el hombre equivocado mientras en otra parte estaban matando al hombre que me habían asignado, y los hombres que me habían contratado en la agencia me iban a castigar sacrificándome delante de un bulto espantoso —ella no sabía si se encontraba aquí o allá, en México o en Polonia, o simplemente deambulaba por los territorios vagos de su vaga persona.

—La Santa Muerte.

—Le preguntaré a Miss Rangel.

—Disparates. Mejor no sales, mejor te quedas aquí, afuera los hombres que te contrataron te pueden maltratar.

—¿Qué es disparates? —su frente estaba espléndida: tersa, ancha, curvada para formar el óvalo perfecto de una cara. Debo decirlo aquí: su frente me atraía más que su cuerpo.

—Vuélvete a dormir —apagué la luz.

—Soñé que sabía la verdad.

—Es peligroso conocer la verdad, duérmete —le cogí la mano para calmarla. Impetuoso, quise abrazarla, sacudirla, fornicarla, hacerla mía. Casarme con ella. Sólo tenía que desearlo, decidirme. Mientras tanto, me prometí buscarla en su agencia de la calle Oxford en un futuro no muy lejano. Tenía su tarjeta. Tratando de que se durmiera, el dormido fui yo. Soñé que había hecho una cita con Alicia Jiménez en la arruinada Balbuena, esa estación en la que cuando llueve, a causa de las goteras, llueve sobre los muebles viejos, sobre los pisos de mármol, sobre las puertas de vidrio, sobre las galerías, sobre los viajeros. Alicia y yo planeábamos escapar juntos. Pero me quedé esperándola tres horas con los pasajes en la mano. Y como no llegaba, no salía tren alguno, a la vista siempre una locomotora inmóvil sobre un pedazo de vía. Un hombre entonces estaba pastando su comida entre latas y bolsas de plástico vacías. Yo me hallaba del otro lado de la ventana en un campo de hierba seca, a orillas de una ciudad gris. El sol se puso en la ventana como un enorme disco rojo. Me apresté a dormir en el suelo. Me dije: "Tengo que ir al encuentro del sol, ya amaneció", cuando una máquina me levantó en vilo, me transportó por los aires y me entregó a una guillotina: yo era una vaca en un rastro. La matarife, la Santa Muerte.

Agitado me senté en una silla. Hacía más frío en mi cuerpo que en el cuarto. Me cubrí hasta la nariz con una cobija negra, a la espera de que la primera raya de luz se filtrara por debajo de la cortina.

Al otro lado de la puerta alguien vino y se llevó el cofre vacío.

23

La luz que se filtró a la habitación tuvo el efecto de un despertador. Al abrir la cortinilla, su cuerpo se colmó de luz. El alba había aterrizado en el pasto tierno con destellos dorados y sombras húmedas. Impregnadas de fulgor matutino las cosas parecían más definidas y hasta ciertas. Todavía en piyama, Wenceslao H. Perea hacía señas con la mano a un interlocutor invisible. Luego de discutir consigo mismo sobre algo, se metió al cuarto contiguo con cara de enfadado. En eso pasó el policía al que le di el fajo de billetes. Apenas me reconoció. O, lo más probable, no quiso reconocerme.

Había llegado la hora de abandonar el rancho. Mi botín polaco, con la boca abierta, borracha o drogada, engañada por los otros y por sí misma, seguramente soñaba sueños pueriles. Cubría su desnudez la más corta pañoleta que mujer se ha echado encima delante de mí.

"Quizás no es persona, quizás es sólo una tumba de carne, ojos y huesos, un producto de exportación", me dije.

Sin estar seguro de ponerme a salvo y de controlar mi ansiedad (por nervios me había puesto los zapatos sin calcetines y la camisa sin camiseta), me paré al borde de un estanque, que la víspera no supe que estaba allí, para escrutar los movimientos del agua, fingiendo despreocupación. Eran los latidos del tiempo que viene hacia nosotros, los latidos del tiempo que se va, los latidos de un futuro vano que sin cesar se convierte en olvido. Desde el estanque miré la puerta que acababa de cerrar. Encerrada en una esfera hecha de materiales más durables que el cuerpo, mi botín polaco seguía acostado. Las marcas lucientes (Chanel, Gucci o Hermés) con que la habían envuelto sus viciosos patrocinadores no importaban, ella estaba sola, públicamente sola, como una mariposilla usada en una película pornográfica.

Protegido por las paredes de la Casa Amarilla me alejé tratando de pasar inadvertido. A unos pasos, Melquiades Méndez y el hombre de la cola de caballo le quitaban a manotazos la peluca, los lentes y el vestido a la mujer de pelo teñido y lentes redondos que me había advertido del peligro que me acechaba. Los manotazos descubrieron a un hombre aterrorizado.

—Es un agente de la DEA —Melquiades le metió en la boca una mordaza y le tapó la cabeza con una capuchón negro.

—Hasta aquí llegaste, cabrón—el hombre de la cola de caballo le ató las manos por atrás, no sin antes catearlo. En un calcetín le halló un revólver; en el bolso, una grabadora diminuta.

—Démosle un paseo por el rancho de El Señor de los Rottweilers. Cien mascotas le darán la bienvenida. Todo para su entretenimiento. Un rottweiler, la Nueva Forma de Amar.

—Al fondo de un barranco de doscientos metros de profundidad se hallará a sus anchas Johnny Gutiérrez o Pilar Pineda. Después de haber sido atacado por los perros el nombre será lo de menos.

—Podríamos plantar el cadáver en un rancho jitomatero de Sinaloa o clavarlo en el jardín de varillas de una casa a medio construir en las orillas de la ciudad.

—Cuando el comandante de la policía judicial lo encuentré dirá que estaba borracho y quiso torear a los rottweilers —el hombre de la cola de caballo vació una botella de tequila sobre el capuchón, a la altura de la boca.

—Hay una opción, si cooperas te salvas. Hoy en la noche estarás en tu casa viendo televisión en un mullido sillón —Méndez se mostró compasivo y comprensivo.

El hombre de la cola de caballo le dio un golpe en el estómago. El teléfono celular sonó en su bolsillo.

—Sí, aquí lo tenemos. Ahora lo llevamos —Méndez cogió el aparato, escuchó una pregunta, terminó la llamada.

—El comandante dice que en Tijuana fallaron los sicarios, el delegado de la Procuraduría salió ileso.

—La ley —balbuceó el agente de la DEA a través del capuchón negro, habiéndose desembarazado de la mordaza—. La ley.

—Tampoco hay que ser fanáticos de la ley —el hombre de la cola de caballo le colocó otra vez la mordaza en la boca—. Te daremos la ley por el trasero.

—En el homicidio la policía seguirá todas las líneas de investigación, excepto aquella que podría llevar a la solución del caso. El general a cargo de perseguir delitos contra la salud, aquí en la fiesta, arrestará mañana al hombre sospechoso, aquí en la fiesta, y el caso se dará por cerrado.

A empellones los dos subieron al agente de la DEA a un auto con el motor en marcha. El Alcantarillador de Saltillo y Pancho Ciclón lo colocaron entre ellos dos como jamón en un sandwich. A través de la mostaza —el capuchón—, el agente masculló un código internacional. Los gatilleros se rieron.

—No temas, el viaje será corto, el dolor breve —Melquiades Méndez se sentó adelante—. Te recomiendo que no te asomes por debajo del capuchón, porque podría llevarte la tiznada antes de tiempo.

En un Cavalier azul claro, dos hombres vestidos de negro con lentes infrarrojos estaban listos para acompañarlos. Así lo hizo uno saber con la mano izquierda y los carros arrancaron sin hacer ruido, como armas con silenciador.

—Medina —una voz conocida me salió al paso.

Quise hacerme el tonto, seguir de largo.

—Medina.

—Buenos días.

—A estas horas de la mañana no esperaba hallarlo ya levantado, sobre todo después de la noche pirata. Tampoco esperaba que partiera sin despedirse de su anfitrión —contra los rayos del sol naciente vi destellar la silueta del hombre que me saludaba. No estaba armado, pero sí los hombres que lo cuidaban.

—Debo tomar un avión esta mañana.

—¿Con esa cara de resucitado?

—Sí, señor Santiago López.

Al pronunciar su nombre me dio vuelcos el corazón. Por su gesto, ya me vi secuestrado, ejecutado, mi cuerpo arrojado desde un coche en marcha en Ciudad Juárez, la frontera del mal. Me abstuve de darle la espalda por miedo a ser acribillado. También podría mandar arrojarme a los rottweilers de Wenceslao H. Perea, el filántropo psicópata que presidía las campañas de la Cruz Roja, los patronatos contra la drogadicción y el sida, las comisiones en pro de los derechos humanos y las fundaciones niños de la calle. Solía vérsele al lado del presidente del República en giras políticas. Para encubrir mi ejecución, los verdugos harían creer al mundo que en Bogotá me habían asaltado en el aeropuerto. O transportarían mi cadáver a la Zona del Silencio para desaparecerlo en el hoyo negro de la injusticia nacional. "Andaba de narco, lo ejecutaron otros narcos", los diarios independientes justificarían mi asesinato, "No vale la pena emprender una investigación." Aunque también era posible que se encontrara mi cuerpo con una nota comunicando mi suicidio: "No se culpe a nadie de mi muerte."

—¿Algo le preocupa, Mike?

—No, nada, eché a volar la imaginación.

Estábamos parados junto a la mesa del almuerzo. Ollas, platones, tazas, jarras de jugo de naranja y aguas frescas, vasos y cubiertos anunciaban el festín de pozole, chilaquiles, carnitas, chicharrones, frijoles refritos, brochetas de carne, camarones al ajillo, salsas rojas, guacamoles y tortillas de diferentes colores. No quise aventurar la mano hacia los alimentos por miedo a recibir un balazo. Adustos guardaespaldas aplastaban con matamoscas los insectos de seis patas, cabeza elíptica y trompa chupadora que se llaman moscas, pero no a los insectos bípedos. El desayuno estaba listo.

—¿No gusta quedarse? Va a estar bueno —Santiago López me observó burlesco.

Entonces me pregunté si estaría enterado del trueque de personas que había tenido lugar en la madrugada. Por su falta de sorpresa y por su perverso sentido del humor, inferí que estaba al tanto. ¿Habría él mandado a María Walewska a mi cuarto para engatusarme? Nunca lo sabré.

—Gracias por asistir a mi fiesta de cumpleaños. Ojalá que no indigeste su mañana lo que vio y oyó aquí.

—Hasta pronto, Santiago.

—Ya nos veremos en otra ocasión, don Amigo, no pierda las esperanzas. Venga cuando quiera, aquí no hay agentes de migración ni de aduanas para pedirle pasaporte o para inspeccionarlo, estamos en territorio libre —sonriendo levantó una mano que no me extendió.

Yendo por la terracería, aún me sentí perseguido por su expresión malévola. Detrás de los impenetrables lentes negros sus ojos seguramente abarcaban mi cuerpo, apuntaban a mi cabeza, me hacían picadillo. De un vistazo columbré a dos guaruras de rostro enjuto y sombra larga que me espiaban. Guaruras y sombras parecían espectrales, como si los cuerpos verticales no tuvieran más realidad que sus contrapartes horizontales. Ellos y ellas, pura nada.

Ya cerca de la salida, tuve la impresión de que no sólo escapaba de una trampa mortal, sino de una pesadilla festiva. Aunque era urgente abandonar el rancho El Edén algo adentro de mí me demoraba. Además, la alegría de haberme sustituido por el hombre gorila me hacía disfrutar más la mañana soleada, y hasta me divirtió la forma caprichosa de un banco de fierro.

Vigilado por los peones del camión de redilas, rifle en mano, avancé entre los carros estacionados. El Guarura Mayor, camuflado en una pared, los ojos enrojecidos por la falta de sueño, aparentaba estar leyendo la historieta *Juventud Desenfrenada* que había comenzado anoche. Se hallaba en la página 19. La mujer de sus sueños exhibía sus voluptuosidades desbordadas en una piscina, glotonamente abrazada por un mecánico greñudo.

Los Norteños, con sombrero y pantalones vaqueros, chamarra de seda con pericos estampados, botas de piel y cinturones con hebillas gruesas, en el autobús de giras acomodaban el equipo de sonido, listos para marcharse. No lejos, el coche del agente de la DEA era un esqueleto sin puertas, sin llantas, sin salpicaderas, sin antenas, sin placas y con los cristales rotos. Ladrones de coches se habían dedicado a desmantelarlo durante la noche, delante de la policía que lo cuidaba.

Al fondo de la calle hallé el modesto automóvil que me había traído. Lázaro no se había bajado del auto ni una sola vez, permaneciendo todo el tiempo con los vidrios cerrados y la cabeza baja, como se lo habían ordenado. Al verme, se atrevió a abrirme la puerta.

—Nadie se puede ir de aquí sin recibir un regalo —Miss Veracruz, guapa y sumisa, en falda corta y tacones altos, me alcanzó con un paquete en las manos—. Es un recuerdito del señor licenciado.

—Muchas gracias —extendí la mano y recibí una charola de plata envuelta en papel celofán y listones rojos. En la tarjeta que acompañaba el obsequio no había nombre ni remitente. Sólo decía:

> A Quien Corresponda,
> No te molestes en deducciones, el médico forense expidió ya el certificado de defunción del director de Parques y Zoológicos, S. A. de C. V., fallecido el domingo 21 de los corrientes de un paro cardíaco.
>
> Firma (un garabato)

Me reí en mis adentros mirando la cadera sinuosa de Miss Veracruz, quien se alejaba pisando con dificultad el empedrado. Guardé el papel en el bolsillo.

Lázaro arrancó como si cien demonios lo vinieran persiguiendo desde los cinco puntos cardinales del espacio y el tiempo. El radio dio el pronóstico de clima para el Valle de México: "Un día despejado y caluroso."

Las tiendas estaban cerradas y había poca gente en la calle. Sin embargo, el tráfico del domingo empezó a hacerse notar cuando entramos al periférico. Le pedí a Lázaro que apagara el radio. Tenía dolor de cabeza.

—¿A casa, señor? ¿Lo llevo a descansar?

—En este mundo nunca se descansa, Lázaro, aun cuando estamos dormidos tenemos pesadillas.

—Mi madre dice que si uno está soñando y no puede gritar ni despertar es que tiene el muerto encima.

—Así me siento yo, Lázaro.

—¿Le compro el periódico? —el muchacho señaló al puesto de periódicos con el encabezado LA SANTA MUERTE VUELVE A MATAR. La noticia venía acompañada de mi artículo y una fotografía donde se mostraba una figura roja entronizada con cara esquelética y cuerpo de araña. En la mano sostenía una espada sangrienta.

—Lo compraré en el aeropuerto.

—Como usted diga, señor.

Entonces, acostado en el asiento trasero para no ser visto desde afuera, mirando el techo de plástico color beige del vehículo, me puse a pensar en María Walewska, mi botín de la noche pirata, despertándose a la hora del crepúsculo. Acabada la fiesta, pasados el almuerzo, la charreada y el jaripeo, me la figuré saliendo del cuarto en el preciso momento en el que todos, absolutamente todos, tanto invitados como guardaespaldas, se habían marchado de El Edén. No había rastro alguno del reventón de Santiago López ni de la presencia de los capos. Aun ella, fantasma verdadero, no hubiese sido capaz de decir que allí habían estado personas que habían bebido, comido, orinado y fornicado durante las últimas veinticuatro horas. La casa aparecía limpia, reluciente, recortada nítidamente contra el cielo azul. Por mi parte, no sin macabra satisfacción, no sin reírme, dando rienda suelta a mi imaginación, seguí a mi hermoso botín de piernas esbeltas en su recorrido por el rancho, por los jardines y los patios, los pasadizos y las instalaciones, de casa en casa, de cuarto en cuarto, hasta entrar al número cuarenta, hasta toparse con el hombre gorila: acribillado, desenmascarado, con sangre en la boca, con una cuerda de guitarra alrededor del cuello, tendido con los brazos abiertos sobre un lecho que no era para él. Casi me hubiera gustado estar allí con ella para observar su cara y para ver por sus ojos, mis ojos, a ese muerto que debí ser yo.

Inventando el pasado

Si hubiera ido más rápido el tren.
Si en lugar de ir a B hubiera ido a C.
Si nada hubiera sido verdad.
Si todo hubiera sido mentira.
Si tú, si yo, si sí, si no.
LOUISE CHAZAL, *Una vida entre lápidas de color*

1

Vivía en la colonia Roma un hombre llamado Gabriel Lieberman. El quince de septiembre había cumplido noventa años. A ese cumpleaños él lo llamaba la fiesta nacional del yo.

Durante las últimas décadas Gabriel Lieberman había sido un fotógrafo de sociales bastante antisocial. Pero ya no tomaba fotos de bodas, quince años ni de aniversarios. Ni siquiera cogía su cámara, arrumbada en un rincón de su estudio como un ojo negro. Igualmente, sus álbumes estaban arrumbados.

Desde hacía más de cincuenta años Lieberman estaba casado con Louise Chazal, una artista surrealista francesa, la primogénita rebelde de una familia marchante de vinos de Burdeos. Ella era diez años más joven que él.

A los dos meses de sus esponsales había nacido Pálida en un hospital que servía a los refugiados españoles en México. Ocho años más tarde vino al mundo Jean-Pierre, en el hospital ABC.

Ahora Pálida vivía en París, Jean-Pierre en Los Ángeles. La primera había ingresado al servicio diplomático, el segundo era dentista. Ambos se habían casado, tenido niños, divorciado, casado de nuevo y tenido más niños. Hijos y nietos visitaban poco a los abuelos, por la distancia y porque los abuelos querían ser poco visitados.

Esas visitas ocasionales, sin los cónyuges, se parecían más al cuadro de Max Ernst "Excursión Familiar" que a una apacible escena de la Tercera Edad: vasos de refresco volcados sobre la mesa, fideos regados fuera de los platos, flores decapitadas y sillas tiradas, bebés pataleando en las piernas de Jean-Pierre o jalándole los pelos a Pálida.

Hacía lustros que Gabriel y Louise dormían en cuartos separados. En realidad ninguno de los dos recordaba cuándo había sido la última vez que se habían acostado juntos. Sobre esa última vez que habían hecho el amor, a Louise le gustaba contar el cuento del lobo: Auuuuuuu.

Desde el día que se casaron Gabriel Liebermann se convirtió en el señor Chazal, el marido de Louise Chazal, el compañero de Louise Chazal, el fotógrafo de Louise Chazal, el asistente de Louise Chazal, como si los amigos de la pintora no conocieran su nombre. Y si llegaban a conocerlo optaban por seguir ignorándolo. "A nadie le importan mis apellidos, bien podía llamarme Iván Petroff, Monsieur Dupont, Giuseppe Papini o Juan Meyer", se quejaba.

Louise Chazal había escogido para sí misma la recámara del tocadiscos y de la televisión, del calentador y el ventilador, y de la ventana que daba a la calle, con su vista del edificio colapsado durante el terremoto de 1985. Gabriel Lieberman habitaba el cuarto de enfrente, el de la escasa luz, el que parecía bodega de arte, con su clóset lleno de muñecas en pelotas descabezadas y sin brazos, pues él era coleccionista de las obras del más perverso y despiadado asesino serial del mundo: el tiempo.

Por costumbre se hablaban en francés, como en los años cuarenta y cincuenta del siglo veinte, cuando se encontraron en México. En los albores del tercer milenio, ese idioma les servía para malentenderse y disputar; más para disputar, aunque naturalmente el repertorio de palabras ofensivas de Louise era mayor que el de Gabriel.

El hombre que había cumplido noventa años pasaba las horas en su cuarto sentado al borde de la cama, observándose la punta de los zapatos o calibrando la sombra que arrojaba al suelo esa punta de los zapatos. Veía pasar la vida desde su cama como otros la ven pasar sentados en la banqueta.

Cuando una conversación no le interesaba, simplemente se alejaba del interlocutor o del lugar cerrando los ojos. Así buscaba atenuar su tedio. Pero como al cerrar los ojos oía más claramente las palabras, los abría de inmediato sin saber qué era peor, si aburrirse con los ojos cerrados o con los ojos abiertos. Con él nunca se sabía cuando estaba despierto (con los ojos cerrados) y cuando estaba dormido (con los ojos abiertos). Y si no se le llamaba para comer se quedaba el día entero en ayunas, pensando, dormitando, inventando el pasado.

Un baúl (transportado de Europa) y una cama (estrecha y modesta) estaban pegados a la pared. En los muros colgaban los cuadros de la colección particular de Louise Chazal. Esas obras salvadas de los coleccionistas eran su herencia a la vaga posteridad, a los críticos del futuro.

Los lienzos, con sus paisajes oníricos y sus criaturas fantásticas, con sus médiums en trance y sus *séances* inspiradas por el espiritismo en boga en el siglo XIX, daban la impresión de haberse integrado a la monotonía del cuarto y a la desazonada vejez. Desde la perspectiva de Gabriel Lieberman, las escenas plasmadas por la ardiente imaginación juvenil de Louise ahora eran inofensivas como un burgués. La ventana con marco negro carecía de cortinas. Lo que divertía la luz diurna era la espalda de la casa vecina y un macetón con geranios de un rojo delirante, como ojos desorbitados pintados por Odilon Redon.

Lo curioso es que en los cuadros de Louise Chazal de los años de 1950 (su mejor época), Gabriel era el personaje recurrente de sus sueños, aunque en la actualidad ya no se identificara en ellos y mirara a su cuerpo, que había dado forma a esos cuerpos, como ajeno: el hombre que aparecía en un bosque con cuartos traseros de caballo, rodeado de animales híbridos, tenía su cara. El pájaro de vistoso plumaje blanco y ojos fulgurantes parado al borde del cráter del volcán Popocatépetl, era él. A su lado aparecía "el miedo", una doncella encinta con el cabello tapándole media cara, Louise.

Ella lo había pintado también como a un mono rascándose la cabeza en las ramas de un árbol y como a un ancestro vestido de rojo, y como a un minotauro caminando una medianoche de verano por una ciudad bañada de luz verde.

En un librero de pino se encontraba la biblioteca esotérica de Louise Chazal: *Le livre des esprits* por Allan Kardec, *Conseils aux médiums* por Saint-Éloi, *Isis Unveiled: A master-key to the mysteries of ancient and modern science and theology* por Helena P. Blavatsky, *Tertium Organum* por P. D. Ouspensky, *Tegorilaphie* por Rudolf Steiner, *Les vies successives* por Albert de Rochas, *La réincarnation. Le métempsychose* de Papus, *The Riddle of the Universe* por Ernst Heinrich Haeckel, *The Nagas, creatures of the subterranean aquatic world* de Heinrich Zimmer, *L'ornement des noces spirituelles* por Ruysbrock L'Admirable, *Aurora* de Jakob Boehme; dos libros de Emmanuel Swedenborg: *Le ciel, ses merveilles et l'enfer d'après ce qui a été vu et entendu* y *L'église adamique.* Además, *Misérable miracle* de Henri Michaux, *Livro do Desassossego* de Fernando Pessoa, *The Lives of Alcyone* y *Memorias de abajo* de Leonora Carrington.

Treinta años después, aún estaba recargada en un rincón la vara con la que Gabriel Liebermann había apuntado a Pálida y Jean-Pierre los retratos (en la pared de su cuarto de niños) de Miguel Hidalgo y Costilla y José María Morelos y Pavón, fundadores de la patria mexicana, temeroso de que sus hijos repitieran en la escuela las palabras de Louise Chazal sobre ellos: "santones pelones".

2

Al hombre que había cumplido noventa años ya no le gustaba llevar el nombre de Gabriel Lieberman y una mañana se puso otro: Edward Weston.

Había encontrado ese nombre hojeando una revista *Mexican Folkways*, junio 1926-enero 1927, con portada de Diego Rivera. Arrancó la portada, tiró la revista a la basura y se quedó con el nombre y las fotografías.

En los últimos meses, cuando se le preguntaba por su obra, con manos inflexibes mostraba las fotos de pulquerías que Edward Weston había tomado en la 1ª calle de Bartolomé de las Casas, la calle de Rayón, la 4ª calle de Libertad: *Lujosos Premios, Gran Fonda, Las Proezas de Silveti, La Hija de Bachimba, Me Estoy Riendo* y *Los Changos Vaciladores*. Esas fotografías ajenas eran las suyas, y no las de quinceañeras, recién casados, aniversarios de estaciones de radio y agencias turísticas.

—La otra noche estuve platicando en casa de Remedios Varo con un viejo fotógrafo polaco que dijo llamarse Gabriel Lieberman; me invitó a ver una serie de fotos hechas con una Polaroid —reveló una tarde ex Gabriel Lieberman, entre lentas cucharadas de cereal. Llovía a cántaros en la colonia Roma y hablaba en voz baja, indiferente a los relámpagos que iluminaban las ventanas como flachazos de una cámara fotográfica.

—Tomar el nombre de otro es cómodo, sobre todo si el otro no protesta, yace con los dientes saltones y los ojos pelones en algún cementerio. Quiero decir, si ya murió —replicó Louise.

—No es cierto, él está aquí.

—¿Te comparas con él, tú que te has pasado la vida sentado en la misma silla y encerrado en el mismo cuarto oscuro?

—No me comparo con él, porque yo soy él.

—¿Eres tú, un desempleado sexual, el usurpador de su obra? ¿Te acostaste con Tina Modotti, con las prostitutas de La Merced y con las sirvientas adolescentes que trabajaban en su casa?

—Hice fotos de desnudos.

—¿También de culos y de excusados?

Media hora antes, detrás de la puerta, Louise me había preguntado:

—¿Quién es?

—Yo.

—¿Ibas a venir hoy? No me acordaba. Es la edad. No hay nada que hacer. Todo se olvida.

—Vengo a que me platiques sobre tu pasado.

—Estás hambriento de recuerdos. La memoria es una rama de la necrofilia.

—También la fotografía —agregó él—. Una fotografía no es otra cosa que una poca de luz vestida de sombras.

—¿Cómo estás? —me concentré en ella.

—Horrible. No puedo pintar. Tengo que ir de compras y cuidar a este monstruo de hombre.

—¿Qué pasó con tu sirvienta?

—No me gusta vivir con el enemigo.

—¿La despediste?

—Era un regalo de mi dentista. Dejó de pagarla.

—Soy Edward Weston, mucho gusto —insistió Lieberman, peleando por mi atención.

—¿Dónde dijiste que tuvo lugar el encuentro con el viejo fotógrafo? —Louise, cigarrillo en mano, dio un trago a su whisky, se alisó el pelo plateado, lo miró con dureza.

—En la calle de Gabino Barreda.

—Ah.

—Decidimos intercambiar nombres. De ahora en adelante me llamo Edward Weston y él Gabriel Lieberman.

—¿Ya no eres tú?

—No, el hombre que partió de Polonia en 1935 y caminó a pie hasta Francia con una cámara fotográfica en su mochila ha desaparecido. Nadie hizo ese viaje.

—Entonces, ¿quién lo hizo?

—Lieberman.

—Y ¿qué comió el fulano en el camino?

—Las comunidades judías locales lo albergaron y lo alimentaron durante los meses que duró el viaje.

—Y mientras andaba, ¿en la cabeza de cuál de los dos flotaron las imágenes de las ciudades y la gente? ¿En ojos de quién danzaron los árboles del bosque? ¿En los de Gabriel Lieberman o en los de Edward Weston?

—En la mente de Lieberman sucedió eso, pero en realidad Edward Weston se hallaba en esos tiempos tomando fotos de Charis desnuda. Le había entrado una fiebre por retratar mujeres en cueros. Entre 1933 y 1935 hizo ciento cincuenta desnudos.

—Y aquel amanecer de otoño, ¿quién fue el primero en vislumbrar París?

—Lieberman.

—¿Qué pasó luego?

—Aguardó a que anocheciera, temeroso de que su aspecto desaliñado le diera un aire de extranjero indeseable.

—¿Y?

—En una estación del Metro se quitó los zapatos y halló lo que ya sabía: unos calcetines hechos pedazos y unos pies que olían a kilómetros de polvo. Sus pies habían perdido su forma y el calzado su número. La vista de un gendarme lo disuadió de tomar descalzo el Metro. Nunca antes en su vida había considerado que unos zapatos podían ser tan importantes como un pasaporte o una visa.

—¿Entonces?

—Se fue a buscar a un amigo polaco que habitaba la buhardilla de un inmueble por el Metro Pére-Lachaise. Él trabajaba en el establecimiento de Victor Bonnet, 8 rue de Tourelles, en la manufactura de juguetes automáticos. La fábrica había sido creación del ingeniero mecánico Seraphim Fernand Martin. En el cuarto había varios juguetes: *La Mouche*, *Le Marchand de Cochons*, *Les Forgerons Infatigables* y apenas cabía uno sentado. Al levantarse de la silla si uno no era un enano se golpeaba la cabeza. Durante la Segunda Guerra Mundial el señor Lieberman no dejó de congratularse por su buen juicio: la larga caminata que había emprendido hacia la libertad lo había salvado de las fuerzas nazis del atroz Jurgen Stroop.

—Mmmmhhhh. El señor no había dicho nada en un mes y ahora nos cuenta su vida entera.

—Fue cuando visité la tumba de mi abuelo materno en el cementerio judío de Varsovia, que decidí partir. En ese cementerio de muros blancos enceguecedores enterraban a los judíos desde 1806. Mientras lo hacían, los sepultureros comían sándwiches de ajo y de cebolla.

—¿Los sepultureros no quisieron besar tus labios rojo jugoso?

—La mañana del lunes regresé al cementerio por la Ulica Okopowa. Y la tarde del martes y el mediodía del miércoles. ¿Mi propósito? Fotografiar desde distintos ángulos la lápida desecrada del padre de mi madre, del tío de mi cuñado y del hijo de una vecina. Borradas con una navaja, las piedras carecían de fechas de nacimiento y de muerte. En su lugar habían grabado cruces gamadas. Nunca supe a qué edad murió mi abuelo, sólo me enteré de que se dedicaba a fabricar arreos para caballos. Mi madre, que nunca abandonaba la Ulica Podwale, donde vivíamos, tampoco conocía sus años. Volví al cementerio la semana entrante, por la Ulica Stawki. Encontré la reja cerrada. Entonces supe que yo era como un cadáver anónimo, como una víctima de la historia sin importancia para la historia. Decidí partir.

—A mí también me gustan los cementerios. Los prefiero a los parques. Tienen más atmósfera y no están llenos de niños idiotas comiendo dulces pegajosos.

—A mí no me gustan los cementerios. Nunca lo dije.

—No dije que lo hayas dicho. Estaba hablando de mí misma. Además, en este país no tengo parientes difuntos. Mi familia se pudre en Burdeos, en el Museo de Aquitania, como reliquia del paleolítico.

—En París viví en el Boulevard de Ménilmontant, casi esquina con rue de Repos, deberías recordarlo. Mi cuarto se asomaba al cementerio de Le Pére-Lachaise. Cada ventana frontal daba a ese dominio de la muerte donde los crepúsculos de la mañana y de la tarde se juntan.

—¿Y qué hacías tú allí?

—Pulía mármoles en la tienda de pompas fúnebres. Al concluir mi jornada visitaba los sepulcros de mis muertos favoritos: Gérard de Nerval, Guillaume Apollinaire, Federico Chopin, Seraphim Fernand Martin y el mago Robertson. Baudelaire, Rimbaud y Lautréamont no estaban allí. Desde la ventana de mi cuarto observaba el cementerio y desde el cementerio la ventana de mi cuarto y el panorama de París. De paseo entre las tumbas, pronunciaba en voz alta el nombre de las señoras y los señores desconocidos célebres. El límite de mis andadas era la Ancienne Séparation du Cimetiére Israélite.

—Eres un necrofílico.

—No lo soy, mas creo que la materia gris del hombre es una lápida. Y que para conocer a un país es necesario saber cómo se casa y cómo se mata la gente.

—No lo niegues, cuando llegaste aquí pasabas las tardes en el Panteón de Dolores.

—Tomaba fotos de perros callejeros haciendo el amor entre las sepulturas. Una tarde una pareja se cayó en una fosa y el perro no podía desasirse de la hembra.

—Volviendo a París, hay una foto tuya acostado sobre una lápida cubierta de musgo. Pareces perro echado en un tapete.

—Es cierto.

—Con un fémur en la mano.

—Para alejarse de ese ambiente fúnebre, Gabriel Lieberman se marchaba en Metro al Barrio Latino. Entre los surrealistas hice amigos y enemigos. En el Café Brasserie A La Nouvelle France un poeta peruano de pelo negro, ojos hundidos y rasgos indígenas iba de mesa en mesa ofreciendo la primera edición de su libro *Trilce*, impreso en Lima, en los Talleres Tipográficos de la Penitenciaría: César Vallejo. Le cambié un ejemplar por una transparencia mía. Se fue mirándola contra el sol.

—Gabriel Lieberman se cambió a una buhardilla en rue Casimir Delavigne y mandó fotografías a la revista italiana *Valori Plastici* que publicaba la "pittura metafisica" de Giorgio de Chirico, ¿no es así?

—Era un ingenuo, estaba sinceramente interesado en la fotografía sediciosa y en la poesía rebelde.

—El señor Lieberman aprendió muchas cosas, excepto el arte de ganarse la vida —Louise rodeó con las manos la taza de té para recibir su calor.

—Cuando el mariscal Petain presidió el estado de Vichy, él se fue de Francia. Su equipaje, una cámara.

Por unos momentos imaginé a ese hombre con cara de pájaro cruzar la frontera francesa por La Jonquera, refugiarse en Ripoll, ignorante de que en el monasterio de Santa María se conservaba una de las más grandes bibliotecas del mundo medieval. Lo seguí por España, con la idea fija de alcanzar Portugal. En Lisboa, Lieberman trabajó en el Hotel Avenida Palace y moró en un cuartucho de la rua dos Douradores, entre las mil sombras del entonces desconocido Fernando Pessoa. "Sí, para mí la rua dos Douradores contiene el sentido de cada cosa y la respuesta a todas las adivinanzas, excepto a la adivinanza de por qué existen las adivininzas, la cual no puede ser contestada", había escrito en una pared el poeta de los heterónimos.

De Lisboa, la policía política de Antonio de Oliveira Salazar lo devolvió a Francia y el 24 de marzo de 1941 partió hacia América en barco. Sus compañeros de viaje fueron el poeta André Breton, el revolucionario Víctor Serge, el pintor Wifredo Lam, el antropólogo Claude Lévi-Strauss, la llamada "chusma" de a bordo. La nave hizo escalas en Casablanca, Nueva York, Isla de Guadalupe y Ciudad Trujillo. En La Habana, donde Lieberman pasó cuatro días, un viejo negro santero le reveló el mundo de las imágenes claroscuras que habitaban en su cabeza esperando que alguien les abriera la puerta para fluir. Ese alguien era una mujer. Un día, la mujer se materializaría en su camino.

3

Por ex Gabriel Lieberman supe que Gabriel Lieberman desembarcó en Veracruz. En el malecón del puerto, bajo el crepúsculo de la mañana una orquesta de invidentes tocaba la trova yucateca *Ella*. Emocionado por su arribo a las tierras nuevas, en lo único que pensó fue en mandarle a su madre una tarjeta postal. La tarjeta nunca salió de Veracruz. No importó, su madre ya había muerto en un campo de concentración.

Con Gabriel arribó una pareja de refugiados húngaros trotskistas, huyendo de los nazis y de Stalin. Rumbo a la capital del país cogieron juntos un camión de segunda clase. Los pasajeros ricos tomaron el ferrocarril mexicano, en un viaje escénico que duraba doce horas a través de "campos tropicales de verdor perenne". En la terminal de autobuses se separaron. La pareja partió hacia Puebla; Gabriel se hospedó en el Hotel Geneve, en Liverpool 133.

—Bienvenido a México Tenochtitlan, sede del imperio fantasmal de los aztecas y centro actual de las autoridades eclesiásticas, políticas y criminales de la nación. Todo el año el clima es ideal para dar un tour por *the very heart of the city*. Pero si así lo desea, podemos irnos de compras a Casa Cervantes, *authentic mexican curious at reasonable prices* —afuera de las oficinas del Departamento de Turismo, en las calles de Cinco de Mayo y Filomeno Mata, se le apareció un hombre algo calvo, con bigote y barba untada, la frente vendada y los ojos castaños un poco extraviados. Llevaba puesto un viejo uniforme del ejército francés.

—No guía de turistas.

—Por cortesía de Cook's Tours, *travel without trouble*, en Madero Avenue, el servicio es gratuito, caballero.

—No aceptar.

—Comenzaremos por el Museo Nacional, la Catedral y el Conservatorio Nacional de Música y Declamación; luego iremos al Portal de Mercaderes. En este lugar hay escribanos, por si necesita que le redacten una carta para su novia o por si requiere de un diploma de licenciado de la Facultad de Leyes, o de un título de matasanos de la Academia de Medicina. Por cincuenta pesos puede conseguir una cartilla de servicio militar con grado de sargento.

—Catedral, no.

—Podríamos asistir a una corrida de toros. Aunque le confieso que estoy más del lado del toro que del torero.

—No, gracias.

—Antoine Apollinaire. Mexico Tourist Service, Inc., Madero 6, Oficina 212. Tel. Mex. L-00-60 —el desconocido le dejó su tarjeta, lanzándose a la persecución de un posible cliente norteamericano.

Cuando al día siguiente lo divisó en el Sanborns de la Casa de los Azulejos, Antoine vino a su mesa. Tomando café con él se enteró de que se había quedado cojo el año anterior al caerse de un camión urbano que llevaba pasajeros colgados de la puerta. Supo que era hijo de Albert Apollinaire y de Bernarda Gómez, una mesera que trabajaba en la sección Art Shop de Sanborns.

Otro día, abordaron un tranvía amarillo que se dirigía a la plaza de toros, Gabriel cámara en mano. A la salida comieron tacos en El Retiro y bailaron en el Salón México, un dance hall dividido en primera, segunda y tercera clases, donde Gabriel fotografió a una piruja indígena de trenzas negras con los pechos desnudos bajo un huipil. Se estaba pintando los dientes de rojo delante de un espejo del baño de caballeros. A medianoche, en una fonda de Salto del Agua, se hartaron de manitas de cerdo con flores de calabaza y escucharon cantar a los mariachis.

El sábado en la mañana, a petición de Gabriel, Antoine lo llevó al Panteón de San Fernando para que tomara fotografías de muertos ilustres. Entre las tumbas, Antoine le compró a un vendedor de cara y manos cadavéricas un billete de lotería terminando en 0. El vendedor le aseguró que obtendría el premio gordo.

—No compro dinero —Gabriel se negó a adquirir "un cachito", aunque a la salida no resistió las tarjetas postales de mausoleos.

—¿Las mandaste? —le preguntó Antoine el miércoles siguiente.

—Las escribí.

—¿Enviaste las mías dirigidas a mis amigos de París?

—Eran postales cursis.

—¿Dónde las depositaste?

—En el buzón de la basura.

Esto le cayó en gracia a Antoine. Y ese jueves lo introdujo a un círculo de intelectuales y artistas que se reunían en el apartamento de Remedios Varo, una pintora española bajita, de pelo rojizo y ojos vivaces. Su marido, Benjamin Péret, era poeta y vivía de dar clases de francés en la Escuela de Pintura y Escultura La Esmeralda. Al apartamento, en la calle de Gabino Barreda, colonia San Rafael, se accedía por una ventana. Los cuartos estaban cubiertos de talismanes y hechizos contra el mal de ojo. En las paredes había dibujos de Max Ernst y Pablo Picasso. Los agujeros en el piso servían de ceniceros. Gatos y pájaros enjaulados eran su familia. Como del hospital cercano arrojaban la basura en un baldío, un día tiraron un frasco de vidrio con ojos humanos. Remedios Varo lo recogió y colocó en una mesa.

Para ayudar a Gabriel, los del círculo le encargaron que fotografiara sus obras. Y él asistió a las *séances* de la pintora surrealista Leonora Carrington, casada con el fotógrafo húngaro Emérico Weisz. A las reuniones de la Varo venían el cineasta español Luis Buñuel, con su cara de máscara de tigre; el poeta peruano César Quispes alias César Moro, el pintor Wolfgang Paalen y su esposa la pintora Alice Rahon, y Frances Toor, la editora de *Mexican Folkways*. Una tarde, Frida Kahlo posó con ellos. Sentada en una silla, llevaba corset, el pelo suelto, un collar de piedras prehispánicas, la mano izquierda anillada, un cigarrillo humeando entre las uñas pintadas, las cejas espesas, bigotito y un mono en los brazos. Lieberman perpetuó el momento.

que se sentaba junto a la ventana que daba a la calle con botellas de tequila blanco, ginebra Oso Negro y garrafones de ron Glorias de Cuba, todas vacías. Era 1950.

—El hombre ordenaba el filete de la casa, un enorme pedazo de carne roja. Todavía lo veo con dedos amarillos desgarrándola mientras el dueño del lugar ponía música en la rockola a todo volumen.

—Una noche el hombre se nos presentó: "Soy Bill S. Burroughs, estudiante del Mexico City College. Yo comunico." El tal Bill me dio la mano como si me diera una pistola, inclinándose y estirándose como un muñeco propelido por un resorte.

—Era horrendo. Un *asshole*. Misógino. Uno de los hombres más malvados que he encontrado en mi vida. Tenía voz desagradable, dientes podridos, piel macilenta, ojos mortíferos, cara maligna. Era un imbécil. Lo visualizo claramente porque era horrendo. Su mujer, Joan Vollmer, era una alcohólica drogadicta, tenía llagas en el cuerpo, excepto en las pantorrillas —Louise se exaltó, como si Burroughs estuviera allí presente.

—A veces él llevaba lentes, traje, sombrero y camisa blanca; otras andaba de abrigo, con los ojos pelones y un mechón sobre la frente.

—La mujer acostumbraba leer la *Frances Toor Guide to Mexico*. "Bebe", le decía él. "No quiero beber más", rezongaba ella. "Bebe, como un carajo", le pegaba él en el brazo.

—Bebiendo los fotografiaba, desde adentro del bar y desde la calle. "Retrátelos a las once de la noche, cuando El Bounty cierra sus puertas", me sugirió un mesero. "¿Por qué?" "Porque a esa hora él se va chocando contra los árboles y los coches estacionados, y amenaza a los peatones con una pistola. Es un traficante de drogas, un pedófilo." "¿Qué pasó, gringo?" "¿Está cargado tu juguete, gringo?" "Vamos, gringo, guarda tu pistolita", en la calle la gente lo acosaba.

—El estudiante del Mexico City College llevaba dos pistolas debajo del cinto, bajo el saco, fumaba opio, se inyectaba heroína y seducía a niños de la calle: "¿Por qué triste?", les hacía conversación. "Vámonos a otro lugar."

—Rara vez salía a la calle antes de la hora de comer, pero cuando salía trataba de mantener cierta distancia entre su cuerpo y su sombra. Daba pasos rápidos y la sombra lo seguía. Se detenía y la sombra se paraba. En su delirio creía que su sombra lo estaba espiando.

—Los vecinos se quejaron de sus escándalos y dos policías borrachos vinieron a interrogarlo a su departamento en la privada de Orizaba 210. Tocaron a la puerta. "¿Sí?", preguntó con voz desconfiada. "Abra. Tenemos una denuncia." La sirvienta Carmelita abrió. En una habitación sin muebles él estaba en calzoncillos, boxeando contra su sombra. En el piso había botellas y vasos vacíos. Joan Vollmer estaba oyendo la radio en otro cuarto. Al verlos él se puso un chal rojo sobre los hombros. Les dio unos billetes doblados y los policías se fueron.

—Me quedé allí para tomar unas fotos. Burroughs se puso a mirar por su ventana a los vecinos. Pistola en mano se me acercó: "Nunca fallo." Joan entró con un cerillo. "Qué estás haciendo", le preguntó él. "Caliento coca en una cuchara."

"¿Qué más?" "Enseño al niño a lamerla." El otro hijo, pegado a la pared, desde lo alto de la escalera nada más se me quedó mirando.

5

Aquella tarde de septiembre llegué a casa de Louise con la determinación de arrancarle los secretos del affaire que había tenido en Francia con el pintor Raoul Tarthus antes de conocer a Gabriel. Persistía en ocultarlo.

En las calles de la ciudad la gente se preparaba para celebrar esa noche la fiesta del Grito de la Independencia, así que la venta de alcohol y las actividades laborales se habían suspendido desde el mediodía. Como solía ocurrir cada año, el cielo estaba nublado y amenazaba lluvia.

—Luego que te separaste de Tarthus, ¿tuviste noticias de él? ¿Algún contacto?

Me escrutó un instante y, como si Gabriel no estuviera sentado delante de nosotros, me dijo:

—En 1950 recibí una carta suya, fechada en París.

—¿Qué decía?

Louise me tendió un papel con manchas viejas de café. Leí:

> Querida Yegua:
> De ninguna manera te quedes en México, la diosa Coatlicue te comerá el corazón.
> Si no tienes plata para regresar a Europa, te la mando. Dime cuánto dinero necesitas, ahora soy un artista rico. Si es preciso, le pago tam-

bién el viaje a tu marido. Aquí puedo emplearlo de fotógrafo y darle un cuarto al fondo de la casa. Como a un *voyeur*, le daremos una ventana interior que dé a nuestra alcoba. Desde allá podrá dar testimonio de nuestros abrazos y tomar algunas imágenes para la posteridad.

Se me olvidaba decirte: me quedé viudo hace dos años. Mi mujer ya no hará mal tercio. Mis hijos han partido.

Pensar en tu amor me quita el sueño.

La memoria de tu cuerpo me da hambre.

Quiero leer contigo los *Cantos* de Lautréamont (en la cama o en el piso). Vente ya, te espero ayer. Tan grande es mi urgencia.

El buitre del amor roe mi corazón.

Raoul

—¿La señora Lieberman le contestó?

—El día de la carta salió con su marido de paseo a la Alameda. En la Avenida Juárez nos retratamos de paisaje con la pareja sagrada de los volcanes como fondo. En el Hotel del Prado vimos a Diego Rivera pintando *El sueño de una tarde dominical.* Más tarde entramos al Cine Balmori.

—Un cine de pulgas —afirmó Gabriel.

—Exhibían *El tesoro de la Sierra Madre*, acompañada de un episodio de la serie *La sombra del escorpión*. A la salida, un perro de la calle nos siguió hasta nuestro domicilio. Lo adoptamos y lo llamamos Pancho.

—En la calle de Amsterdam, en la tienda de abarrotes de Margulis, un judío polaco, compramos jamón, queso manchego, pan integral, aceitunas españolas y una botella de vino tinto. "A ver si el vino no te da acidez", me dijo ella. "La acidez te la dará la carta que recibí esta mañana", le conté. "¿Puedo verla?" "No." "¿De qué se trata?" "De lo mismo, Tarthus me pide que te deje y que vuelva con él."

A mi lado, Gabriel Lieberman no manifestó celos retrospectivos ni presentes, más interesado en los restos de queso en el plato que en la posibilidad de haber sido abandonado hace cincuenta años o la semana pasada. Louise encendió un cigarrillo. Intenté orientar el duelo de recuerdos:

—¿Qué sucedió luego?

—Recibí otras cartas. Una por mes. Las guardé en una caja de chocolates. Buscando Carlos V él las encontró, diez años después. Era un jueves, recuerdo, se metió en la cama y se puso a leerlas.

—¿Te disgustaste? —le pregunté.

—La pasión ajena me aburre, pasé la tarde estudiando las rayas del piso y las manchas en la pared. Delineé una cuchilla y un caballito de mar.

—Como pasaban las horas y no salía, abrí la puerta de su cuarto: estaba sentado en el piso haciendo un rompecabezas de una pintura de Sandro Botticelli. "Fíjate donde pones las piezas, porque luego no las encuentras y es un viejo juego que me regaló mi madre", le advertí.

—A mí no me gustan las recepciones —explicó Gabriel, sin aparente conexión con el tema de nuestra plática—. En los cocteles vagaba entre los invitados tratando de pararme en un rincón donde no me hablara nadie. Cuando alguien se me acercaba, "Ahorita vuelvo" le decía. Me encerraba en una pieza. Desde allí observaba en la pared de enfrente la sombra del árbol como un negativo de película. Cuando Louise entraba fingía estar dormido.

—¿Por qué te estabas haciendo tonto? —le preguntó ella, como si hubiera sido ayer.

—No me estaba haciendo tonto, estaba imaginando cosas.

—¿Todo el tiempo?

—No, a veces leía revistas.

—¿Cómo se encontentaron?

—Me fui a Oaxaca a visitar el centro arqueológico de Monte Albán, en preparación de mi fresco "El mundo erótico de los murciélagos zapotecas".

—¿Se fueron juntos?

—Me fui sola. Gabriel nunca ha querido salir de la ciudad, dejar la casa. Cincuenta años después, todavía no conoce el país. No ha llegado ni a Cholula. Se niega a abandonar la colonia Roma, hasta para acompañarme en mis exposiciones en Monterrey y en Morelia. Tampoco asistió a la graduación de Pálida y de Jean-Pierre. "Nadie va a venir a la fiesta escolar", me dijo. "¿Por qué?" "Porque no mandé las invitaciones."

Sedentario fanático, Gabriel tenía miedo de las terminales de autobuses y de las estaciones de ferrocarriles, no se diga de los aeropuertos. Temía caminar en línea recta hacia la costa del Océano Atlántico o de cruzar la frontera con Estados Unidos. Cualquier desplazamiento podría llevarlo a los confines de lo desconocido. O devolverlo al pasado. Simplemente lo paralizaba la idea de irse caminando, caminando y de llegar tan lejos que ya no pudiera regresar. Su espanto mayor era caer en el pozo horizontal de la historia y retornar a su adolescencia en Polonia, donde durante la guerra los nazis habían matado a su padre y a su hermana. Respecto a su madre, prefería callar las circunstancias de su muerte. El escenario histórico donde habían ocurrido los crímenes contra su familia no había cambiado: era el mismo de sus pesadillas de niño. Los trenes de la muerte seguían saliendo puntualmente de Auschwitz con su carga humana.

En la calle, viendo su pelo blanco, los niños le preguntaban de qué país era. Pero su miedo a salir no carecía de fundamento. Según Louise, seis meses antes su perro Pancho Tercero había sido atropellado por una combi y hacía cuatro semanas, camino del supermercado, dos granujas lo habían tirado sobre la banqueta, poniéndole la punta del zapato en la boca, y le quitaron cien pesos. "Órale, pendejo", "Pinche gringo", le dijeron, mientras le sacaban el dinero del bolsillo. "No vuelvo a poner un pie en la calle, me roban el dinero, los camiones se me echan encima y me llaman gringo", regresó diciendo, ofendido tanto por el insulto como por el asalto. "Soy polaco y he vivido en la ciudad más años que esos pillos juntos."

—Trata de recordar dónde dejaste esta mañana los doscientos pesos que te di, si pusiste el billete en alguna parte. El café que tomas en el desayuno te está afectando la memoria —Louise se volvió hacia mí—. No sé quien fue el idiota que habló de la vejez idílica.

—Volvamos al pasado, a Tarthus —le dije.

—Cuando llegamos a este país, me chiflaban los cristales de cuarzo, el copal, los brebajes y las curanderas.

—A mí, la piña. El postre hecho con media piña, maicena, un litro de leche y cuatro yemas de huevo, lo tomaba tres veces al día. Cada día de la semana, piña.

—Mejor fíjate con quién te topas en la calle cuando vas al supermercado a comprar piñas, la próxima vez no podrás levantarte del suelo.

6

Bajo la luna de octubre, cualquiera que hubiese visitado a Louise Chazal en su domicilio de la colonia Roma lo primero que hubiese notado era que del otro lado de su casa todavía estaban las ruinas de un edificio colapsado durante el gran terremoto de septiembre de 1985. La estructura parecía un carro comprimido por una máquina descomunal. Todos los ocupantes habían muerto. Quince años después, nadie había removido los escombros. Las víctimas del sismo descansaban allí bajo toneladas de cascajo sólido, entre cadáveres de perros, gatos y loros, y entre pedazos de muebles de cocina y de recámara, de ventanas y de espejos. Todo eso parecía material para una arqueología del futuro.

Louise y Gabriel se habían acostumbrado tanto a esa tumba obrada por lo imprevisible que no la veían más. Aunque ella, al día siguiente del sismo, había abandonado apresuradamente la ciudad con destino a Seattle. Gabriel, a quien ni con grúa era posible sacarlo de su casa, mandó por correo a su hija Pálida sus mejores fotos para que se las guardara, fotos comparables, a sus ojos, a las obras maestras de Alfred Stieglitz, Paul Strand, Tina Modotti y Edward Weston. Nunca supo si ella las recibió.

En Seattle, en un apartamento situado en las inmediaciones del Pike Place Market, Louise permaneció cinco años, manteniendo sólo contactos esporádicos con Gabriel por carta, rara vez por teléfono. ¿Qué hizo durante todo ese tiempo? Nadie lo sabe y ella nunca lo dijo. Cuando una mañana de septiembre de 1990 apareció en la puerta de su casa, descendiendo de un taxi de la estación de Buenavista, para su sorpresa (no para la de Gabriel, quien la recibió como si se hubiese marchado ayer), el edificio colapsado todavía estaba allí.

—Es un monumento a la muerte.

—Es una obra maestra de la desidia.

—Un recordatorio de la espontaneidad de la tierra.

—Una arquitectura futurista hecha de bloques de concreto, pedazos de vidrio, restos humanos y varillas en ristre.

—Un aviso material del olvido —fue su diálogo, no el cómo estás y el cómo te fue de viaje, antes de que ella se dirigiera a la cocina para servirse un whisky.

A la semana de su regreso, trabajadores anónimos de la delegación colocaron sobre las ruinas una jardinera con plantas marchitas. La jardinera se convirtió en un basurero. De sus entrañas emergieron cucarachas, ratas y alacranes.

Inspirada por la negligencia oficial, Louise se dio a la tarea de pintar un cuadro, del que hizo bocetos y versiones. Le puso los siguientes títulos: "Coatlicue, Madremuerte", "Diosa Importamadre", "La caracalavera", "La abuela de la risa y el horror", "La gran paridora (de muerte)", "La cuñada del je, je, je".

En torno de ellos la colonia se transformó. De antiguo barrio residencial ahora en sus calles abundaban las oficinas de gobierno, las tiendas abiertas toda la noche, las clínicas clandestinas de abortos, las academias diurnas y nocturnas para secretarias ejecutivas y para contadores, las papelerías con Internet y máquinas fotocopiadoras, los vendedores ambulantes de la fayuca global, un burdel de lujo con prostitutas latinoamericanas y de Europa del Este, y hasta un edificio de la Policía Judicial (éste último tan dañado por el terremoto de 1985 que los vecinos no sabían cuándo les iban a caer del cielo mapaches con pistola).

Todos los días surgían giros negros, table dances, bares, boutiques de masajes tailandés, clubes exclusivos para hombres, casas de citas y funerarias al alcance de todos los bolsillos, todas las edades, todas las perversiones y todas las necrofilias. Al caer la noche, prostitutas y prostitutos, repartidores de tarjetas a comisión anunciando los antros, contingentes de policías, clientes a pie o en coche, inundaban los espacios cívicos y privados de esa colonia fundada a comienzos del siglo XX. A veces ocurrían pequeños cambios que pasaban inadvertidos: el sexoservidor o sexoservidora que se paraba en la calle de Jalapa desde hacía ocho días deambulaba por la calle de Córdoba; el asaltante que desplumaba a los parroquianos en la plaza de la Cibeles ahora operaba en la calle de Guanajuato. La patrulla policiaca que intimidaba a los noctámbulos en Álvaro Obregón ahora lo hacía en la plaza Río de Janeiro.

Ese anochecer, cuando llegué a casa de Louise, ya custodiaban la puerta del burdel de la esquina dos agentes judiciales con pistolas, cadenas y garrotes. Eran los encargados de permitir la entrada de los clientes y de vedar la salida de las mujeres. Hasta para comer éstas tenían que pedirles permiso.

A unos pasos, una funeraria mantenía abiertas sus puertas las veinticuatro horas. Ataúdes negros, blancos, grises, dorados, ornamentados o simples, de metal o de madera, eran exhibidos con sus precios. En el interior de la casa de pompas fúnebres, la empleada pasaba el tiempo coloreándose las uñas. Junto a la morada de la artista, una empresa de bienes raíces construía un edificio de departamentos. Al fondo de la calle, por un eje vial de seis carriles, los automóviles pasaban a toda velocidad.

Solicito sirvienta. Buen salario. No se requieren recomendaciones, el aviso que había colocado Louise sobre la puerta no había tenido éxito. Las pocas candidatas que se habían presentado no deseaban vivir en esa morada oscura, con dos viejos que comían mal, vestían mal y eran cascarrabias. A ninguna se le había antojado compartir el cuarto con el gato siamés Crevel, nombrado así en homenaje del poeta que habló de las moscas que sólo tienen un ala y encienden mezquinas estrellas de sangre. Debajo del buzón alguien había pegado una calcomanía: *Casa censada.*

Antes de entrar a ese vestíbulo de losa fría, al que no le daba el sol, eché un último vistazo a ese anochecer luminoso en el momento justo en que los fulgores del otoño parece que van a durar para siempre en los espacios de lo efímero. En la cocina, como era mi costumbre, besé con afecto la mejilla ajada de Louise Chazal.

—Cuidado, Miguel, la silla tiene uñas. Puede arruinar tus nalgas y tus pantalones —así me advirtió que la silla estaba ocupada por Crevel.

La cocina era su centro gravitacional. En su madurez artística, aunque detestaba cocinar, en ese ámbito Louise había concebido platillos estrafalarios con ingredientes fantásticos: sopa de manos de aguacate carmesí, souffle de siameses de ojos blancos, bocadillos de labios negros en forma de dientes de ajo, gallina pelirroja a la tres patas, mole negro con monja dominica en el centro, caldo de mango de Manila y perlas de Filipinas. Las ollas, los embudos, las balanzas, los comales, las jarras, las coladeras y los frascos del ritual doméstico le servían para sus pucheros alquimistas. Todos ellos le pertenecían a ella, mala cocinera y oficiadora de visiones culinarias.

Desde su cara negra, Crevel me escrutó con ojos hipnóticos. Pero no caí en sus garras, lo quité de la silla. Por lo que, frustrado, con la pata derecha tiró al suelo mi cuadernillo de notas y salió de la cocina. Gabriel presenció el hecho, imperturbable.

—¿Cómo va la vida por estos rumbos? Veo que florearon geranios en el edificio de enfrente —rompí el hielo.

—Cuéntame chismes de políticos; entre más atroces, mejor.

—¿Quieres que te cuente lo que pasó en una fiesta fantástica de narcos?

—¿Hay misses emparedadas en tambos de cemento?

—Necesito que Luisa me hable de su pasado, el perfil que haré de ella será también un reconocimiento de su obra.

—La fama se me ha negado. Todavía estoy aquí, sentada, esperándola, mientras a otros idiotas se les da fácilmente. Su ausencia no me quita el sueño. Ve nada más el rostro insatisfecho de los famosos, para quienes nada es suficiente, y no te dan ganas de tenerla. La celebridad de mucha gente está escrita en un papel de baño.

—De todos modos, me gustaría que fueras reconocida.

—Lo que quiero es hacer obra nueva. No importa cuán vieja estés, siempre quieres hacer algo que no has hecho antes.

—La originalidad no está reñida con la fama.

—Quién va a contestar cincuenta llamadas de teléfono diarias. En mi vejez, no quiero un teléfono sonando todo el tiempo en mi cabeza.

—Podrías conseguirte una asistente.

—Lo que me urge tener es una enfermera para Gabriel. Para ser yo no necesito muletas. Un momento, ¿adónde está Crevel? Crevi, Crevi, ¿adónde estás, gato malvado? Crevi, Crevi, ¿adónde te has metido, gato bribón?

Louise salió a buscarlo con unas tijeras de coser en la mano izquierda; en su derecha, el cigarrillo humeante. Ese felino, calamidad de mariposas, lagartijas y ratones, había aparecido en su azotea. "Hay un animal aquí", le había gritado un albañil que estaba revisando los tanques de gas. "Es un gato siamés."

Mientras escuchaba el tijeretear de sus llamados, me puse a observar el perchero, la estufa, el refrigerador de la cocina. Gabriel —con boina, chaqueta negra y cara de pajarito— se puso a comer el pan dulce de La Tía Concha, ese pan con el que solíamos acompañar Louise y yo el té negro, el whisky con hielo y el café con leche. Las galletas baratas de canasta básica compradas por su esposa no eran de su agrado.

—Ya no cocino, ni de chiste. Eso se acabó. Tampoco voy de compras. Que cada quien se ocupe de sí mismo —había proclamado Louise tres meses atrás, cuando una visitante se quejó de la falta de comida.

—Nunca fuiste una gran cocinera, pero hacías un postre de piña riquísimo —reconoció Gabriel desde el otro extremo de la cocina. Rasurándose, se había cortado el cuello.

—Mira quién lo dice, el experto de la pulpa amarilla.

7

Louise ausente, exploré su cocina. La despensa sin puertas dejaba ver botellas de especias, saleros y cajitas para hacer gelatinas. El tostador estaba descompuesto. El linóleo del piso, quebrado. En la hielera se guardaba un radio sin baterías. En la mesa había bolsas de té de manzanilla, una azucarera de café de chinos y una botellita Gerber de manzana (alimento de Gabriel). El refrigerador tenía encima catálogos de exposiciones. La receta de Remedios Varo para provocar sueños eróticos estaba sobre la puerta, con una lista de ingredientes: "Un kilo de raíz fuerte, Tres gallinas blancas, Una cabeza de ajos, Cuatro kilos de miel, Un espejo, Dos hígados de ternera, Un ladrillo, Dos pinzas para ropa, Un corsé con ballenas, Dos bigotes postizos, Sombreros al gusto". De las paredes colgaban ollas, sartenes y máximas:

TODOS LOS GATOS SON LOCOS, PERO
ALGUNOS SON MÁS LOCOS QUE OTROS.
UN JOVEN ÁVIDO DE AMAR PUEDE

APRENDER EL ARTE DE PINTAR.
NO ME PREGUNTEN QUÉ HARÍA SI
FUERA PRESIDENTE DE LA REPÚBLICA,
PORQUE NO QUIERO SER PRESIDENTE
DE LA REPÚBLICA.
NO HAY NADA MÁS POMPOSO QUE UN
GENERAL CONDECORADO.
EL DELITO SEXUAL QUE MÁS
REMUERDE LA CONCIENCIA ES
EL QUE NO SE COMETIÓ.
CUIDADO CON EL PERRO QUE TODOS
LLEVAMOS DENTRO.
NADA VALE, TODO IMPORTA.

En eso se escuchó una explosión. Los vidrios de la casa se cimbraron, pero el sonar de los taladros no afectó la expresión del viejo fotógrafo.

—Los de la construcción están cortando mi jacaranda, que florea en abril y en mayo. Cada día tiene menos ramas —Louise volvió a la cocina, el gato sobre su pecho, mirándose uno a otro como *Edipo y la Esfinge* de Gustave Moreau.

—¿Qué haces contra el ruido?

—Pongo música, el *Catalogue d'Oiseaux* de Olivier Messiaen está bien. Con chachalacas neutralizo el chacachaca y el chis chás, porque el cataplum rompe la secuencia de las voces y mis mañanas son un concierto de cachazos.

—¿A quién le abriste la puerta? —preguntó él.

—A nadie, no fui a la puerta, sólo andaba buscando a Crevi.

—¿Vino el mensajero?

—¿Cuál mensajero?

—Jesús Domínguez, el de la agencia de viajes.

—No sé de qué hablas —Louise se sentó a la mesa. Cogió la cajetilla de cigarrillos y sacó uno para entretener sus dedos.

Él se quitó la chaqueta de lana y comenzó a comer con un palillo de dientes los pedacitos de queso blanco que quedaban en un plato. Sin fijarse, bebió Sidral en un vaso desechable en el que Louise había estado poniendo las cenizas y las colillas.

—¿Qué tanto comes en ese plato?

—Mi alimento, señora.

—¿Y el pan que se está quemando en el tostador?

—No es mío.

—¿Cómo que no es tuyo, si tú lo pusiste a calentar? —Louise sacó del aparato un pan ennegrecido. Parada junto a la estufa le mostró el frasco de mermelada de fresa con el cuchillo adentro—. Y este cuchillo, ¿a quién pertenece?

—No sé de quién es.

—Deberías comer tu helado de vainilla.

—No me gusta la marca que compras.

—La otra vez devoraste el sorbete de piña de esa marca.

—Prefiero piña de verdad.

—¿Te cayó mal?

—Me dio cólicos de cabeza.

—Querrás decir dolores de estómago.

—No, *cólicos de cabeza.*

—Tómate un Mylanta.

—Me da náusea.

—¿De dónde sacaste esa camisa? Nunca he visto una camisa de un verde tan horrible.

—Es beige.

—Te pregunté de dónde la sacaste.

—La traje de París.

—Hace cincuenta años.

—¿Qué tiene?

—¿Ves? Para el fotógrafo de tumbas todo el mundo es un Pére-Lachaise —dijo ella.

8

Era Día de Muertos, esqueletos articulados y calaveras de azúcar habían inundado el espacio material y sobrenatural del país entero. Solamente Louise y Gabriel vivían en un mundo ajeno a las fiestas populares.

—Disculpa que te presione, pero el editor de mi periódico me está exigiendo que le entregue tu semblanza esta semana. ¿Podrías ser más específica sobre tu relación con Raoul Tarthus? —sentado de nuevo en la cocina, rechacé el vaso de whisky que ella me ofrecía.

—Te puedo hablar de sus agarrones eróticos con Dorothea o de su actuación en *L'Age d'Or* de Luis Buñuel.

—Me interesan tú y él, no él y otros.

—Murió en 1976.

—Mi tema eres tú.

—¿Quieres que te cuente sobre el día que nos conocimos o sobre el día que nos separamos? —Louise Chazal dio un trago de whisky. Desde el cuarto de las esculturas, Crevel me clavó sus ojos negativos.

—Cuéntame sobre el día que te enamoraste de Tarthus y te fuiste a vivir con él, desafiando a tu familia.

—Todo está en los libros.

—Me interesan los detalles que no aparecen en las biografías.

—La historia es sencilla: Una francesa de veinte años compra una casona enclavada en el corazón de l'Ardeche. Allá ella pinta a su amante como a un caballo fantástico que se desboca tras de una mujer de pelo negro, grandes ojos y labios rojos.

—Esa mujer eras tú.

—Hay hombres que son en sí mismos una leyenda. Yo conocí a esa leyenda llamada Raoul Tarthus en un libro sobre el surrealismo. La portada reproducía una obra suya: *Dos pájaros procreados por la lluvia*. Todo fue simple. Fascinada por la obra, busqué al artista.

—¿Qué pensaron tus padres, sobre todo sabiendo que él era un temible erotómano?

—Ni idea.

—A ti, ¿te preocupó que él tuviera esposa e hijos?

—Haces preguntas sin tacto —fastidiada ella encendió un cigarrillo. El viejo fotógrafo escuchaba tranquilamente la conversación—. ¿Qué te pareciera que yo te preguntara sobre tu vida erótica delante de tu esposa?

—No estoy casado, pero si lo estuviera, contestaría a tus preguntas.

—¿Estás seguro?

—Pregúntame.

—Bueno, te voy a hacer la primera, ¿quién fue tu amante a los dieciocho años?

—Una bailarina de Costa Rica.

—Bueno, si eres así de franco, lo seré yo también.

—Soy todo oídos.

—Con el pintor austriaco Raoul Tarthus me fui a vivir a la granja que compré con dinero de la familia. La propiedad, que había sido cagada por generaciones de pichones, se hallaba en las afueras de un pueblo color petirrojo. Los dos trabajamos como perros, como obreros y como artistas en la reconstrucción de las paredes, el piso y los tejados.

—He visto fotos en revistas: decoraron con pinturas, bajorrelieves y gárgolas los muros interiores y exteriores.

—Los jardines los adornamos con esculturas. La gente local veía con horror esos caballitos de mar sexuados, esos lagartos con alas estriadas, esas mujeres desnudas con cabeza de ave y esos galgos de bulto parados sobre las cercas de piedra.

—Cuando los alemanes invadieron Francia, unos gendarmes se llevaron a Tarthus por ser un austriaco antinazi... Entraron a la casa, le apuntaron con fusiles, se lo llevaron a la cárcel.

—La vida sin él se volvió insoportable, la gente local me miraba con malicia, como a loca. Sola en la casona, dejé de comer, la carne me daba asco, bebí vino. Me mudé a un albergue, devoré lechugas.

—¿Lo visitaste en su celda?

—Le llevé cigarrillos, papel, colores y lechugas. Todo lo partían los guardias en dos o lo rasgaban para ver qué había adentro. Trasladaron a Raoul a otro campo, donde internaban a los nacionales de países enemigos. Allí los prisioneros se dedicaban al contrabando, la prostitución y la homosexualidad. Lo soltaron gracias a la intervención del poeta Paul Eluard, que tenía influencias con el mariscal

Petain. Pero un sordomudo lo acusó de hacer señales luminosas desde la estación al ejército enemigo que se aproximaba en un tren. Los gendarmes colaboracionistas lo trasladaron a otro campo.

—¿Es cierto que te negaste a comer durante dos semanas, que vaciabas botella tras botella de coñac, que perdiste la razón?

—Como estaba loca, no recuerdo. De lo que sí me acuerdo es que como los nazis estaban a la orilla del pueblo decidí marcharme a España, cruzar Portugal y venir a México. A un mesonero le cambié nuestra propiedad por una botella de aguardiente.

—¿Qué pasó con Tarthus?

—Escapó del campo y vino a buscarme a pie, de noche. Su decepción fue grande: la casa estaba vacía y ya no era nuestra. El mesonero lo delató. Lo arrestaron de nuevo y lo mandaron a un campo para extranjeros casados con francesas. Le fue mejor. Liberado, intentó cruzar la frontera por Campfranc. Cuando los aduaneros españoles le abrieron el equipaje le encontraron cuadros, cuadros, cuadros, que colgaron de los muros en improvisada exposición. "Bonito, bonito", decían. Raoul les explicó su arte. Mas el jefe de migración francés dijo que su pasaporte no estaba en orden.

—Los españoles lo dejaron partir hacia Madrid, tú te volviste loca, ¿no es así?

Sonó el teléfono.

—¿Qué? ¿Quién? No estoy —Louise fue al otro cuarto a contestar, más bien a colgar el teléfono.

—Necesito dinero para un negocio —me susurró Gabriel, su rostro blancuzco por la luz eléctrica.

—¿Algo relacionado con la fotografía?

—No.

—¿Lo vas a invertir en un banco?

—Es para pagarle el boleto a Jesús.

—¿Y cómo vas a pagarte el viaje?

—En el baúl guardo rublos, dólares, marcos, francos, pesos y pesetas. Todas, monedas fuera de circulación. También almaceno fotos de espectros.

—¿Cómo es eso?

—A veces tomas una foto en una calle y cuando la revelas aparece una silueta grisácea, un destello. Un espectro. Los espectros viven entre nosotros, aunque no los percibimos. Me han dicho que por la estación Hidalgo circula el mayor número de espectros de la capital.

—Espectros que a veces bolsean a los caballeros y nalguean a las damas.

—Me gustaría fotografiar esa multitud de espectros a las seis de la tarde.

—¿No sabes dónde guarda Louise la leche? La necesito para el café —le dije.

—Ella la esconde, dice que me la acabo.

La pintora regresó, buscó tazas. Dos o tres estaban en el fregadero, sucias; otras carecían de oreja. Arrojó un chorro de agua a una y la trajo a la mesa. Se sirvió una cucharada de Nescafé. Virtió el agua hirviendo.

—¿Adónde estará la azucarera?

—Aquí.

—Yo no bebo ese café instantáneo, sabe amargo —manifestó Gabriel—. Además, es corriente

—Yo sí lo bebo, cinco cucharadas, fuerte, para despertar en la mañana. Tú deberías beberlo, siempre andas dormido.

—Un sueño me roe las entrañas, métele la acidez del café y estoy liquidado.

—A mí la edad es la que me roe las entrañas.

—¿Cómo le haces para dormir con tanto café? —le pregunté a Louise.

—Cuando trabajo me caigo de fatiga. Aunque en estos días trabajo poco, muy poco.

—Volvamos a Tarthus, si no te molesta.

Tocaron a la puerta, Louise se levantó a abrir.

Gabriel desplegó una servilleta de papel, me confió con voz queda:

—Durante la Segunda Guerra Mundial estuve dos años en un campo de concentración en Marruecos. Salvé la vida porque me confundieron con un fotógrafo alemán que había sido arrestado por equivocación.

—¿Cómo te fue en el campo?

—No estuvo mal, la vida fue agradable, placentera —en su cara afloró una risa muda.

—¿De qué te ríes?

—No sé. Se me olvidó.

—¿De qué te ríes ahora?

—No sé. La nada toma mucho tiempo para ser dicha. No sé.

De regreso a la cocina, Louise lo miró con ojos críticos:

—¿Gabriel te dijo que durante la Segunda Guerra Mundial estuvo en un campo de concentración en Marruecos? No es cierto.

—Sí, fue cierto. Y no me llames Gabriel, soy Edward Weston.

—Sí, cómo no, Eddy. Y no te me quedes mirando con esa cara de borrega muerta que pones cuando estás contrariado.

Mas apenas ella se dirigió a retirar la tetera del fuego y a verter agua en su taza, él continuó:

—Desde el balcón del Princess Hotel, en Avenida Hidalgo 59, tomé una fotografía de un desfile de obreros en la Alameda. Hombres con sombrero blanco, vistos de espalda. El individuo que voltea hacia la izquierda soy yo.

—No es verdad, esa fotografía es de Tina Modotti —la tetera silbó en la mano de Louise.

—A Tomás Zafiro y Leoncio Sanmiguel, los indios tarahumaras que un domingo de noviembre corrieron en nueve horas cien kilómetros de Pachuca a México, yo los retraté.

—Eso se lo contaron —ella se molestó tanto que virtió el agua afuera de la taza.

—Bueno, me voy a mi cuarto a recordar —enojado, Gabriel abandonó el plato de cereal con leche y, bastón en mano, dando pequeños pasos, salió de la cocina y empezó a subir la difícil escalera de piedra.

—¿No vas a cenar?

—No.

—¿Por qué no?

—No tengo ganas.

—Mejor comes, porque más tarde no habrá nadie que te dé.

—Te dije que no tengo ganas.

—Allí sobre la estufa hay sopa, sírvete.

—No quiero —Gabriel alcanzó el último escalón.

—¿Lo ves?, ni siquiera recoge los trastos en los que come —se quejó ella—. Ya no tengo fuerzas para ocuparme de él. Debo ir a pagar las cuentas del teléfono, de la luz, del predial, y hacer compras en el super. Me falta tiempo para pintar, para estar sola.

—¿Qué hace él ahora?

—Pasa las noches sentado al borde de la cama cavilando, inventando el pasado.

—No ha entrado a su cuarto. Allí está, de pie en la oscuridad, escuchándonos hablar.

—Gabriel, ¿qué haces allí? —Louise dirigió la pregunta al piso de arriba.

—Ese señor no vive aquí —contestó una voz distinta a la suya, una voz con acento norteamericano, la voz de Edward Weston.

—Quiero hablar con el señor Lieberman, no con su sustituto.

—Gabriel Lieberman se fue a Los Ángeles.

—Ya déjate de juegos y baja a tomar tu sopa.

¿Oyes lo qué está diciendo?, me preguntó ella al cabo de un minuto o algo así. Mas, sacudida por un escalofrío, comentó: Qué frías están las noches, y apenas es noviembre.

9

Ese día de diciembre, armado con una página de preguntas para hacerle sobre su relación con Tarthus, me interrogué: ¿Arrancar de Louise los secretos más escabrosos de su relación con ese erotómano no es una forma de erotizar su pasado? ¿No es una manera subrepticia de introducirme en la vida sexual de ese icono del arte llamado Louise Chazal? ¿No es una argucia libidinosa mía atrapar retrospectivamente los años de esplendor sexual de esa mujer ahora vieja? Al escribir sobre ese periodo, ¿no comparto su pasado sensual?

Louise me abrió la puerta de prisa, pues sonaba el teléfono. Su pelo gris plata fulguró en la penumbra. Todavía era una mujer distinguida y atractiva.

Mi mirada resbaló por las losetas lavadas esa mañana por la mujer de largas trenzas blancas, anciana como ella, quien les había echado cubetazos de agua. En el vestíbulo estaban las esculturas de bronce, obras fantásticas de sus manos. Sin dar tiempo a que me sentara, Gabriel descubrió mi cuadernillo de notas y me espetó lo siguiente:

—Cuando en La Haya di un paseo con Mondriaan por Scheveningen, como él quería tomar fotos de púberes asoleándose en la playa, le dije: "Piet, aquí las dunas se parecen a cuerpos de mujeres muertas." Él, con ojos de geómetra ganoso, replicó: "Escucha, este día de verano, aquí entre las dunas, todas las mujeres se han quitado la ropa. El país de los calvinistas anda desnudo. Qué excitación."

—Respecto a Tarhus —lo interrumpió ella—, en 1976 me escribió diciéndome que como estaba a punto de morirse de un cáncer pancreático, antes de partir al mundo de los espíritus deseaba palpar mis huesos aunque fuese un momento. "Deja a tu marido, deja todo y vente conmigo, partiremos juntos a la eternidad. Atrévete."

Indiferente a su revelación, Gabriel continuó inventando el pasado:

—Corría la primavera en las calles de la ciudad, Luis Buñuel y yo buscábamos locaciones para *Los olvidados*. Él quería un lugar desolado para la escena donde los pelafustanes siguen al ciego para matarlo. Hallamos un baldío, junto a una construcción. Después de filmar la escena, durante tres noches soñé la cara del ciego herido de muerte. Le hablé por teléfono a Luis. "No te preocupes", replicó él, "tu cara y la mía son también sueños".

—Es aburrido eso, ¿a quién le importa? —Louise puso un vaso de whisky sobre la mesa, como si colocara un muro de vidrio entre él y ella.

—¿Te he hablado de aquella tarde en Acapulco con Ava Gardner? La actriz, en traje de baño, era una náufraga. Moscas mendigas zumbaban a sus pies. Sentados uno al lado del otro éramos dos extraños y no me atrevía a tomarle las fotos que me había pedido una revista. Hasta que ella me cogió la mano con tímido deseo y yo, buscando el mejor ángulo, le tomé la primera foto. En ese instante fue mía. "He estado ebria muchas noches. Pero hoy a las nueve de la mañana, desnuda en la playa, desperté de una cruda de toda la vida. Lástima que no estabas allí para retratarme. La próxima vez no falles, si no, nunca te volveré a hablar." "¿Podría fotografiarte ahora, así, borracha?" "¿Sabes una cosa? No sé quién soy, ni desnuda ni vestida. *I'm tired, good bye.*" Sin volver la cabeza se fue al hotel mientras yo le tomaba fotos a su espalda. Creí que se encerraría con un hombre: se encerró con una botella. Por mi parte, cámara en mano, anduve toda la tarde para arriba y para abajo pisando sin zapatos la arena caliente, retratando la fachada del hotel y la ventana de su cuarto.

—¿La beldad se enamoró del mísero fotógrafo?

—Ella no preguntó nada sobre mí, tampoco habló de su profesión, más interesada en saber si yo era feliz y en cómo pasaba mi tiempo libre. "Ven conmigo, huyamos a un país lejano donde nunca nos encuentren", me dijo. "Abordemos ese barco que está en la bahía, quiero que vivas a mis pies como un perro."

—Lo patético es que ese gran acontecimiento en la vida de Gabriel nunca figuró en los recuerdos de Ava Gardner, si es que realmente sucedió.

—En Los Changos Vaciladores me encontré con Antonin Artaud, quería que le tomara fotos. Me decía *Le surr alisme est mort du sectarisme imbécile de ses adeptes* cuando un macho bigotudo abrió la puerta de la cantina y se paró delante de la mesa. Preguntó: "¿Quién les gusta para muerto esta noche?" "Yo", respondió Artaud en broma y el tipo le vació la carga de la pistola. Al disparar el gatillo de la cámara alcancé a captar el bigote del homicida salpicado de sangre. La secuencia del asesinato la exhibí en el Palacio Nacional de las Bellas Artes en la muestra *Las siete muertes de Antonin Artaud.*

—Eso debe pertenecer a la vida imaginaria de Artaud, porque tú no estabas en México —en las facciones de Louise había desánimo, exasperación. Apoyó el rostro sobre la mano, con un cigarrillo humeando entre los dedos.

—Una historia más.

—Basta de invenciones, buenas noches.

10

El país entero había despertado esa mañana bajo el manto de la mentira con los periódicos trompeteando noticias falsas sobre muertes imaginarias de políticos y sobre gestos altruistas de los millonarios de la cerveza y el teléfono. Era el 28 de diciembre, Día de los Inocentes. Cuando por la tarde me dirigí a mi entrevista, el sol reverberaba en los vidrios de las viejas casonas y de los edificios tembleques de construcción reciente de la colonia Roma. En las ruinas que estaban enfrente de la casa de Louise, noté que cada vez había menos concreto y más vegetación. Asimismo, tiendas de colores chillones revelaban que en ellas había nuevos habitantes. Gatos negros y amarillos se asoleaban en lo alto de los escombros. Los felinos estaban gordos a causa de su ración diaria de ratas. A la izquierda una paracaidista, invisible pero patriótica, había plantado en su improvisada vivienda dos banderas tricolores.

—Tu calle se está poblando —le dije a Louise cuando abrió la puerta.

—Quizás su presencia allí también es una mentira —replicó ella—. No es cosa de broma, aunque esas personas raras veces salen de día pueden ser muy agresivas, avientan piedras contra las paredes, rompen cristales de coches. Prefiero que no vean que las veo.

—¿Quiénes son?

—Ni idea. Pero me preocupan, ya que entre ellos puede haber algunos delincuentes.

—¿Asalta transeúntes?

—Asalta viejos.

Poco después de que entramos a la cocina, Gabriel descendió la escalera de piedra lentamente. Recargó el bastón contra la pared y depositó sobre la mesa una carpeta con recortes amarillos.

—¿Quieres té? —le preguntó ella.

—No.

—¿Un whisky?

—Sabes que no bebo.

—Hay jamón.

—No quiero.

—Entonces se lo daré al gato.

Después de unos minutos de pesado silencio, él me abrió fuego:

—El jueves seis de septiembre de 1951 estaba sentado en una banca de la Plaza Río de Janeiro cuando pasó delante de mí un afilador de cuchillos. Lo fotografié de espaldas, con su sombra arrastrada sobre la banqueta.

—¿Por qué te importó fijar su imagen?

—Por la manera en que empuñaba el cuchillo, parecía que iba a matar a alguien. O por su cara de loco.

—Detesto la violencia, la de los otros y la mía —intervino Louise—. A veces me dan deseos de matar a cierta gente, ganas no me faltan, pero no lo hago por cobarde.

Gabriel continuó:

—Apareció Carmelita, con un niño de la mano. Ella trabajaba con los Burroughs, en ese departamento de la calle de Orizaba donde William y Joan se drogaban, peleaban y fornicaban. Con sólo verle la cara me di cuenta de que algo grave estaba sucediendo. La seguí hasta Monterrey 122, el edificio en cuya planta baja estaba El Bounty. Subí tras ella la escalera, al departamento número 10. Carmelita no entró. Desde la puerta captó algo que la hizo girar sobre sus talones. "¿Qué pasa?", le pregunté, cuando bajaba de prisa la escalera. "¿No ve?", me contestó, con la mirada fija.

—¿Y tú qué viste, testigo del mundo?

—"Nunca fallo", adentro del departamento murmuraba Burroughs borracho. Le tomé una foto. Dos. Había matado a su mujer de un balazo en la cara. "¿Por qué está Bill hincado?, pregunté. "Está soñando", contestó alguien.

Gabriel se detuvo, como si se le hubieran ido las imágenes y sufriera de una afasia momentánea.

—Uno de los presentes dijo que Bill se había levantado de una silla y le había dicho a Joan, quien estaba bebiendo ginebra con limonada en el otro extremo de la pieza: "*I guess it's about time for our William Tell act.* Pónte allí." Ella, con el vaso sobre la cabeza, cerró los ojos: *I can't watch this, you know I can't stand the sight of blood.* Él le disparó y le dio en la sien. El vaso cayó al piso, intacto.

Gabriel hizo una pausa. Un ojo se le entrecerraba, con una servilleta se limpió una lagaña:

—Retraté al escritor de rodillas. Delante de su mujer, con la pistola automática Star 380 del disparo. Se jalaba los pelos: *Joan, Joan, speak to me, speak to me.* A ella la fotografié tendida sobre los azulejos, inmóvil entre los vasos sucios y los ceniceros con colillas, entre las botellas de ginebra y de ron. Estaba moribunda, pálida, los ojos semicerrados. De su herida brotaba un hilillo de sangre. Con mi cámara perpetué ese cuarto, que era como una lata de basura flotando en el espacio.

—Imaginaciones. Imaginaciones —Louise levantó la mano, con el cigarrillo humeante entre los dedos amarillos.

—Espérate. Alguien llamó a la policía y media hora después una ambulancia trasladó el cuerpo de Joan a la sala de emergencias del hospital de la Cruz Roja. "Quién ha dejado los hielos afuera del refrigerador? Se están derritiendo", preguntó Bill, con los labios delgados y los dientes podridos, y clavando sus ojos mortíferos en mi cámara, como si ésta fuera parte de mi persona, parte de la escena y del momento.

—Ese hombre tenía cara de silencio pelado.

—Salí tras de los camilleros, les tomé fotos llevándose a Joan. "Regresa, caramba, aunque ya no esté aquí", me gritó él. "¿Quién?" "Yo". "¿Qué podré fotografiar cuando vuelva? ¿A tu fantasma?" "Toma la ausencia, la luz de la lámpara, el calcetín agujereado, la camiseta sudada, la sangre, el vacío." "Espera, no te muevas, necesito cambiar de rollo." "¿Qué ves ahora que estás viendo mi cara?" "Una nada terrible." Salí de prisa y cogí un taxi hacia la Cruz Roja. Allá me enteré de que su mujer había muerto.

—En el velorio ninguno de sus amigos se presentó, excepto Gabriel —recordó Louise—. Morboso, pasó la noche tomándole fotos al cadáver.

—El nueve de septiembre, la señora fue sepultada en la fosa 1018 A-New del Panteón Americano, sin lápida y sin nombre. Saqué fotos del entierro.

—Cuando recluyeron a Burroughs en el Palacio Negro de Lecumberri, obsesivamente repetía: *Ugly spirit shot Joan to be cause, an evil spirit possessed me.*

—Mientras lo retrataba, él me preguntó: "Hey, ¿cómo supiste que estaba allá?" "La noticia estaba impresa hasta en el aire, no sólo en los periódicos." "Me refiero a la calle de Monterrey, ¿cómo supiste que había ocurrido allí una desgracia?" "Lo supe antes de que ocurriera. Por mis antenas." "Media hora antes Joan estaba viva. ¿Tienes relaciones con el Infinito?" "Tengo influencias con Tezcatlipoca, el señor del espejo humeante, dios de la maldad y la destrucción." "Ahora escucha bien lo que te voy a decir, porque no lo voy a repetir", dijo, pero dijo nada.

—El abogado Bernabé Jurado sobornó a la justicia mexicana y el homicidio fue declarado imprudencia criminal, un accidente. El *asshole* quedó libre —afirmó Louise.

—Lo fotografié al salir de la cárcel. Llevaba traje y camisa blanca, mechones sobre la frente. Parecía más flaco de lo que en realidad era, más encorvado por la muerte que llevaba encima. "La prensa optimista. La prensa comunista. La prensa nacionalista. La prensa puritana. La prensa deportiva. Toda la prensa está en contra de mí", se quejó. Se puso un abrigo y un sombrero negro, y se perdió de vista.

—¿Cuándo fue eso, dices? —Louise, incrédula, dio un largo trago de whisky. Encendió un cigarrillo. Su rostro enjuto se cubrió de humo.

—En 1951 *I pictured him* de frente, de perfil, desde abajo y desde arriba, parado sobre una mesa, desde la puerta, desde la posición del cuerpo de la esposa muerta.

—*Of course*, de modo muy distinto al que él se hubiera retratado, mientras estaba inmóvil junto a la silla en la que ella se había sentado antes del disparo.

—Fotografié a sus amigos del Mexico City College. A un tal Eddy, a un Gene, a un Healey, no estoy seguro. Cerca de la ventana ellos miraban hacia dentro, hacia él, hacia la pistola caída sobre su zapato, hacia ella en su charco de sangre. Hacía mucho silencio. El departamento entero era un charco de silencio.

—El tal Eddy había dicho una vez: "Perturbaba tanto la presencia de Bill que cuando él llegaba a un lugar todo el mundo quería irse."

—Después de que la mató, Burroughs reveló: "Un poder maligno ha crecido fuera de mi cuerpo. Mas no se preocupen, la gente quiere atrocidades, está sedienta de imágenes violentas y de palabras sucias. Existe mucho mercado para el mal. *I have a ticket for the otherworld.* No voy a usarlo todavía."

—Se fue al Perú. De vacaciones a Cuzco, a aprender las técnicas del sacrificio entre los incas, porque según él eran buenos para despellejar conejos.

—Llegó la policía al departamento de la calle de Monterrey pateando puertas y gritando: "¡Pónganse contra la pared, cabrones, pinches cucarachas!" Cada vez que recuerdo la escena, la retrato en mi mente.

—¿Y dónde guardas esas fotos?

—Cuelgan de las paredes de mi cabeza.

—Oh, de un tiempo para acá este hombre se siente *the drama queen* —Louise no pudo ocultar su impaciencia y prendió otro cigarrillo.

—Es verdad lo que imagino, veo todo antes que suceda, recuerdo todo antes de que mi memoria se vaya. Tengo docenas de anécdotas para contar y miles de fotos de mi archivo personal para enseñar. Las fotos están en un cajón de mi cómoda y nadie las ha visto —de alguna manera era cierto lo que decía, porque la invención del pasado no tenía límites para ese hombre que había arrumbado su cámara y guardado sus fotos entre revistas y periódicos viejos.

—Eddy, muéstrale tus últimas obras maestras —lo retó Louise, con la intención de callarlo. Desde hacía rato lo observaba ansiosa, pendiente de sus movimientos, de sus palabras—. Tomaste sólo un zapato, el brazo, el vientre, la mano, el pelo del retratado, no captaste el cuerpo entero ni la escena completa.

—¿Me llamaste Eddy?

—Fue un error. Lo que quiero decir es que de un tiempo para acá los clientes rechazan su trabajo sin pagárselo, o se lo pagan sin recibirlo. En una estación de radio lo despidieron con una palmada en el hombro después de que entregó las fotos de su convite de aniversario mal enfocadas. El director de programas salió de espaldas y con su calva calavera expuesta.

—Lo que también es original —aduje.

—En la obra de todo artista hay agujeros negros. Al final, como los elefantes en su cementerio, todos nos iremos a morir en el océano frío.

—Te diré que vas a hacer ahora, me vas a buscar el tarro de miel que no encuentro desde la semana pasada —ella no disimuló su impaciencia. En vano busqué sus ojos, los cuales no hicieron contacto con los míos.

—Los pétalos del girasol se están cayendo en el florero. Al tocarlos con mis dedos se convierten en polvo. Los organismos vivos no son otra cosa que imágenes soñadas.

—Gabriel, ¿hablas todavía polaco?

—¿Con quien voy a hablar? —me miró tranquilamente, limpiándose de nuevo el ojo derecho con una servilleta.

—¿Quieres cenar? —le preguntó Louise.

—No.

—¿Más tarde?

—No, quiero subir.

—¿Sin comer?

—Sí.

—¿Ves? Intento pintar pero no puedo. Tengo que ocuparme de él, de hacer las compras, de cuidarlo. Yo también estoy vieja.

—Con permiso, me retiro a la vida sedentaria, soy el hombre sentado al borde de su cama —Gabriel Lieberman o Edward Weston subió la escalera de piedra volteando hacia atrás, hacia abajo, hacia nosotros.

11

De alguna manera Gabriel Lieberman sabía que inmóvilmente avanzaba hacia el océano frío. Sentado en la cama sin hacer, con un calcetín puesto, los zapatos perdidos debajo de algún mueble, mataba el tiempo contemplando los dedos de su pie desnudo, aunque de vez en cuando clavaba la vista en un viejo periódico con una foto del papa Karol Wojtyla en una plaza multitudinaria de Varsovia. Entonces movía los labios como si hablara con su pasado. Las figuras fantásticas de los cuadros de Louise Chazal acechándolo con ojos malévolos ya no le impresionaban, después de haber convivido tanto tiempo con ellas les había perdido miedo. En un texto surrealista las había definido como "Cuadrantes mortificantes, testigos facinerosos de la flor tronchada de mi existencia" y así las había vuelto inofensivas ante sus ojos.

Desde que había llegado a mi cita, media hora tarde a causa del tráfico, Louise se había mostrado particularmente ansiosa, más ansiosa que nunca, y no dejaba de observarlo y de escuchar la parca conversación que Gabriel mantenía conmigo. Varias veces se había quejado de que él la hacía desatinar adrede, que no quería hablar con ella, que le hacía las cosas más difíciles, que le guardaba resentimiento.

—Aun en los días bochornosos de mayo, mi cuarto es el más frío de la ciudad. En vez de aire acondiciado, tengo humedades en la pared —sentado a la mesa, a su derecha, le reprochó él.

—No soy responsable del clima, y además no estamos en mayo, sino en febrero —replicó Louise.

Gabriel, sin mirarla, se limpió el ojo derecho con la punta de una servilleta.

—¿Te fijas? Nunca me mira. Ese es su juego

—Bueno, me voy —cogí mi cuadernillo de notas y me levanté de la mesa.

—Te recomiendo que te quedes. Tengo algo importante que decirte —Louise, viendo la hora en su reloj de pulsera, intentó persuadirme para que prolongara mi visita, agotado el té en la tetera y el pan dulce en el canasto.

—No puedo, son las ocho y debo terminar esta noche un trabajo en el periódico.

—Lo siento, te vas a perder unas revelaciones sensacionales sobre Raoul Tarthus. Nunca se lo he contado a nadie, pero trató de seducirme mientras me enseñaba a jugar ajedrez.

—Vendré el martes próximo.

—Recreaba una partida jugada en el torneo de Berlín de 1913 por Raúl Capablanca y Jacques

Mieses cuando me puso la mano sobre la pierna. Si te vas ahora, el martes olvidaré detalles.

—¿Nos vemos a las cinco?

—Tengo la sensación de que esto que estamos viviendo ya sucedió —dijo Gabriel con voz casi inaudible.

—En su cara hay una calma chicha que no me gusta —lo escrutó ella.

—Nos vemos el martes —anduve hacia la puerta acechado por el gato, que se relamía.

—El martes está demasiado lejos, el martes puede no llegar nunca.

—¿Cómo te sientes? —le pregunté a él.

—Muy deprimido —me dio una mano flácida y fría.

—Ahora te vas a acostar. Tienes que ir al médico mañana —le ordenó Louise.

—No.

—Sí, te vas a acostar.

—¿Llegó correo hoy? Hace mucho no viene el cartero.

—Sabes bien que viene una vez a la semana, cuando viene —Louise me acompañó a la salida.

Desde el interior, Gabriel, apoyado en su bastón, nos observó sin moverse.

—¿Conoces a un gerontólogo?

—No. ¿El que se ocupa de Gabriel no es bueno?

—Podría ser mejor.

Por la puerta abierta noté en el suelo de la calle tres sombras. Tres hombres estaban afuera.

—¿Quiénes son?

—Los albañiles de la obra de al lado, están matando mi árbol.

—Ah, esa es la extranjera que protestó por un árbol —un albañil bigotudo exhaló delante de nosotros su fuerte aliento alcohólico.

En la calle pasaron dos muchachas, quienes, siguiendo la carrera de secretarias ejecutivas en la Academia Carlos Gómez ahora entraban al burdel de la esquina.

—Señores —me dirigí a los albañiles—. No es justo que le estén cortando su árbol a doña Luisa, una de las más grandes pintoras de este país. Ella misma lo plantó hace cuarenta años.

—Nada más lo estamos podando, su follaje se metió en la obra.

—No es cierto, lo están cortando —reclamó ella.

—¿Llegó correo hoy? —preguntó Gabriel detrás de nosotros.

—Mire, señora, usted como extranjera no comprende la constitución nacional sobre la propiedad. Usted no tiene derechos de propiedad aquí, ni siquiera de un árbol.

—Está usted borracho y no sabe lo que dice, la señora Luisa tiene más de cincuenta años en este país —intervine.

—La señora Esther es la que no sabe lo que dice, aunque pase cien años aquí siempre será extranjera.

—No se llama Esther sino Louise, Luisa.

—Es lo mismo.

—Es usted un necio.

—Por favor vete, me estoy poniendo nerviosa con la discusión —ella se metió rápidamente.

—¿Llegó correo hoy? —preguntó Gabriel del otro lado de la puerta.

—Si cortan ese árbol se echarán encima toda la sal del mundo —advertí a los albañiles.

12

Todos los días los escombros eran menos en la calle de Colima. Todos los días aparecían nuevas tiendas de plástico rojo sobre las ruinas grises. Amarradas a palos cada día ondeaban más banderas. Los habitantes seguían siendo invisibles. Y aunque de acuerdo a mi oficio, para mí hubiera sido bastante fácil apersonarme delante de ellos con un fotógrafo y sacarles no sólo la foto, sino también la sopa, Louise me había prohibido tajantemente que me metiera con ellos:

—No lo hagas, porque tú te vas y yo me quedo, yo sufro sus agresiones, sus insultos, ¿me entiendes? —y como si ya hubiese publicado el reportaje en mi periódico, adentro de la casa seguía repitiéndome, cada vez más enojada—: No quiero que les dirijas la palabra. Te pido que ni siquiera los mires. Pasa delante de las ruinas como si no estuvieran allí, como si no existieran. Tú no los ves, pero ellos te están mirando.

—¿Cómo sabes que son agresivos?

—Lo son.

—Quizás ellos son las criaturas fantásticas de tus cuadros que han tomado forma material y han venido a vivir delante de tu casa.

—No es chistoso —me dijo, conduciéndome a la planta alta para mostrarme el cuadro que estaba pintando. Un cuadro que le había brotado del temor a la muerte, pues desde hacía tiempo veía esquelas en cada carta y calaveras en cada cara.

—Me intriga esa gente.

—¿Quieres cambiar de tema? —en el descanso de la escalera se paró a tomar aliento, bastón en mano. Me arrojó una mirada molesta.

—Veo que has llenado los pasillos de cuadros.

—Me gusta que estén allí para saber quién soy —en el estudio se sentó al borde del sofá, los cabellos sueltos sobre los hombros como de bruja blanca. Nunca antes la había visto tan flaca y diminuta, tan frágil y asustada.

—La tarde es luminosa, afuera hay un sol radiante.

—Aquí hace frío, es húmedo y oscuro.

—¿Me enseñas la pintura?

—Otro día, me siento débil. Me voy a acostar.

—¿Quieres que me vaya?

—¿Te pido un favor? Cómprame en la farmacia de la calle de Durango un Mopral. La gastritis me está volviendo loca. Toma dinero de mi cartera, está sobre la banca.

—Regreso en media hora —al pasar por el corredor, noté que Gabriel estaba sentado en un sillón con una cobija de lana tapándole el cuerpo hasta el cuello. Inmóvil, atento, miraba hacia la ventana para ver si alguien pasaba. Cuando vi que me veía, me detuve para observarlo.

—Me hallarás dormida —gritó Louise.

En la esquina de las calles de Chihuahua y Tonalá, una joven prostituta platicaba con un cliente a través de la reja de la entrada del burdel. Con el cliente afuera, los dos cancerberos en mangas de camisa escuchaban el diálogo con atención. Ella tendría unos dieciocho años y se veía recién llegada de provincia, por su ropa de viaje. Llegué a la funeraria de la otra esquina, di vuelta a la izquierda, a la derecha, a la izquierda, esquivé los coches, entré a la farmacia. Cuando volví, toqué el timbre sin que nadie me abriera. Dispuesto a irme, la puerta de metal se abrió, sin nadie visible en el interior.

—Entraron a la casa —Gabriel estaba parado en la penumbra, apoyándose en un bastón metálico.

—¿Quiénes?

—Ellos.

—¿Dónde está Louise?

—La Novia del Viento se retiró a su recámara. Le dolía el estómago.

—Traje la medicina.

—No se puede entrar, los cuartos están llenos de engendros, los monstruos salieron de los cuadros.

—Quisiera verla.

—No se puede, un caballo blanco con cabeza humana se acostó a su lado.

—¿Está dormida?

—La Mosca entró primero, con las manos abiertas y los ojos sangrientos. Tras ella vino la Giganta, con el pelo pajizo y la cara blanca. Descalza, se cubría la espalda con una tela blanca. En la mano llevaba una cajita mágica. En la sala de baño, el rabino se instaló con su cuerpo en forma de tina. En la cocina hubo una estampida de puercos espectrales. Los animales transparentes se metieron en las paredes rojas. Ya no los veo. Alguien puso sobre la mesa de la cocina un mantel blanco y sobre el mantel un huevo de oro.

—¿Me dejas entrar?

—El Ancestro está aquí —Gabriel cerró la puerta y con pasos lentos (pude oírlo) comenzó a subir la escalera de piedra hacia la planta alta.

13

Esa medianoche, el hombre que había cumplido noventa años caminó en círculos, dando el paseo del tigre. La luz del foco se disolvía en los rincones de su cuarto como si se topara con los límites visibles de un presente olvidado. En el espejo de pared se reflejaba una figura, la suya, con una sombra tenue a los pies. Al cerrar él los párpados la figura se desvaneció. Al abrirlos, reapareció.

Con la intención de marcharse de sí mismo, Gabriel sacó del ropero las ropas con las que había llegado a México. Al empacar, metió en su baúl una revista *Life* del 3 de julio de 1939 con un artículo con fotos titulado THE GREAT NIJINSKY DANCES AGAIN IN A SWISS INSANE ASYLUM, un cepillo de dientes, unos pantalones sin botón en la cintura, una camisa blanca sin planchar, una *Monografía de 404 grabados de José Guadalupe Posada con introducción por Diego Rivera*, un caballo negro de ajedrez, una bolsa con monedas extranjeras distribuidas en bolsas pequeñas, varias fotos de pulquerías de Edward Weston arrancadas de un *Mexican Folkways* de junio 1926-enero 1927, un álbum de fotos de Gabriel Lieberman, una cámara descompuesta, una chaqueta vieja, un traje azul marino de tres botones y una corbata ancha hecha en Italia en los años cuarenta del siglo XX. Se dejó puesta su boina española, que no se quitaba ni para dormir.

—Los fotógrafos profesionales viajamos ligero como los trenes. Un maletero que no sea endeble podrá cargar el baúl en la estación de Balbuena —se dijo.

Caminando, se rascó la cabeza. ¿Se le olvidaba algo? No, que él supiera. Ya estaba vestido: camisa blanca, traje negro, zapatos negros. Arrastró el baúl hacia la puerta. Pesaba más la caja con su tapa arqueada que el contenido.

Louise, en su recámara, oyó unos pasos. Oyó una llave caer al piso. Desde el pasillo, por las ranuras de la puerta cerrada, vio los destellos de luz en su cuarto. Al entrar, lo primero que notó fue el baúl:

—¿Qué pasa? ¿Todavía no te duermes?

—No quiero dormir, apenas cierro los ojos tengo pesadillas en las que un brazo es una víbora que quiere morder al otro brazo.

—Vuelve a tu cuarto, te digo.

—Eduardo Weston se marcha. Después de la matanza de mis dieciséis gatos no vale la pena quedarse aquí.

—¿Adónde vas?

—A tomar el barco.

—¿Qué barco? Si estás a dos mil doscientos cuarenta metros de altura sobre el nivel del mar.

—Ayer en la tarde, el mensajero de la agencia de viajes me trajo los billetes, las guías, las reservaciones de hoteles y dinero en diferentes divisas.

—Billetes de qué, si nadie ha traído nada. Estuve ayer todo el día aquí y nadie vino.

—Cogeré el tren a Veracruz y de allí el primer barco que salga hacia Europa. Regreso a Portugal. De allá, parto a Barcelona. De París me iré caminando a Varsovia. Retorno al pasado —Gabriel empujó el baúl por el suelo y empezó a bajar lentamente la escalera.

—Escucha, todos tratamos de hacer esa jornada. Todos esperamos el momento oportuno para hacerla. Espera, todavía no te toca.

—Esta es una buena noche para partir.

—Escucha, al lugar adonde crees dirigirte no hay día ni noche. De hecho, no hay tiempo ni es un lugar.

—Flora me está esperando en Los Ángeles.

—¿Quién es Flora?

—Mi ex esposa. No lo sabes, pero durante estos últimos años hemos estado en contacto. He pasado horas tratando de leer una revista en ruso que me dejó, pero el alfabeto cirílico se me revuelve en el estómago. Falta de práctica.

—Vuelve a tu cuarto, estás loco —le gritó ella, el cigarrillo humeante en la mano derecha.

—También me dejó un teléfono celular para comunicarme con ella en caso de necesidad, pero llamo y me contesta una máquina: "El número al que usted llamó no existe, favor de verificarlo o de llamar a información."

—¿Qué teléfono celular ni qué diantres, si no puedes hablar ni por el que tenemos abajo.

—Adiós, Edward Weston se va de viaje. Adiós, querida. Ahora mismo me iré caminando sobre una alfombra de papel carbón. Un taxi me espera en la calle. Llegaré al alba a mi destino. Buenas noches —eso decía Gabriel cuando el baúl se le soltó de las manos y se deslizó por los escalones hasta llegar al piso. Tras el baúl rodó él.

—Levántate de allí, no seas payaso, no tengo fuerzas para ayudarte —Louise lo estudió de los pies a la cabeza para ver si había un lugar del cuerpo de donde pudiera asirlo.

—Ya me fui, ya estoy sentado en la silla, cuando el sol se levante sobre Los Ángeles de aquí a tres horas, la diferencia de horario me beneficia, estaré rígido —murmuró él, con voz queda, tendido boca arriba entre las esculturas de bronce de la más reciente exposición de Louise Chazal. Entre ellas, la de una calavera sacando la lengua.

—No es cierto, estás aquí, haz el esfuerzo de pararte. De otra manera tendré que esperar a que amanezca para que alguien de la calle venga a ayudarme.

—Si alguna vez me oyes tocar a la puerta, quiere decir que he regresado del viaje y vengo a retratarte. No hagas preguntas.

—Levántate, viejo pedo.

—No puedo, ya me fui, no estoy aquí —dijo él, sonriendo desde el suelo—. De ahora en adelante no voy a decirte nada porque ya me fui, retorno al pasado.

Una condición excepcional

Todos habían envejecido.

Después de esa lluvia de cenizas verdes bajo un cielo totalmente despejado, todos habían envejecido.

Mujeres y niños, hombres maduros y ancianos, a todos se les puso el pelo blanco, se volvieron calvos y los dientes se les aflojaron o se les cayeron. A unos más, a otros menos.

El paisaje humano era desolador, en los bancos de los parques y en los sofás de los vestíbulos de los hoteles, y hasta en la sillas de los dentistas, algunas personas se habían quedado sentadas en una extraña inmovilidad, sin revelar si estaban muertas, descansando la edad avanzada o solamente tomando una larga siesta.

Lo más curioso para mí fue ver a hombres y mujeres al volante de un coche, un autobús o un camión de carga sin poder oprimir el acelerador o sin poder accionar el freno: los brazos flácidos, las manos manchadas, vencidos por la debilidad o por la falta de ejercicio físico. Aunque algunos, miopes o con cataratas, senectos de los pies a la cabeza, simplemente no podían discernir lo que estaba delante de ellos. Ni siquiera el semáforo en siga. Cho-cho-chochez parecía ser la voz uniforme en los vehículos.

Un vocabulario de ancianidad vino a mi mente, palabras como vejarrón, carcamal y cotorrón se me pusieron en la punta de la lengua. Ochentón, noventón y centenario me salieron al paso, no sólo como adjetivos sino como ejemplos vivientes, inmediatos, deplorables.

Una arrugada inercia recorría la ciudad de Buenos Aires, de Villa Devoto a La Boca, de San Martín a Lomas de Zamora, de la Ciudad Universitaria al Cementerio de Flores, pasando por el Parque Chabuco a través de los clubes atléticos, los cuarteles y los campos hípicos. Dije arrugada inercia, pero bien pude haber dicho una amarga nostalgia, una tristeza ciega, una desazón provecta.

En el momento de la lluvia yo estaba en el estudio de mi casa. Por la ventana vi esos goterones verdes caer del cielo profundamente azul. Cuando salí a la calle me encontré en una ciudad de viejos.

Me di cuenta de ello en la esquina de mi calle, porque esperando el cambio de luz del semáforo descubrí que todos los peatones, absolutamente todos, se me quedaron viendo, asombrados por mi condición privilegiada. No sólo eso, varios de ellos, con pasos lentos y movimientos torpes, se me acercaron para observarme de cerca y para palparme. Querían cerciorarse de que no estaban soñando.

Comprobé este hecho extraordinario en una confitería de la Recoleta, cuando me miré de cuerpo entero en el espejo. Allí me di cuenta que yo, solamente yo, Luis Mario Andino, yo, pintor sin nombre y sin éxito, residente en un edificio sin número, muros descarapelados y techos decadentes, yo, el hombre sin futuro económico, yo, el pretendiente no correspondido de muchísimas mujeres, yo, yo entre todos, me había quedado joven, bello y deslumbrante. Al apreciarme en el espejo colegí los setenta y siete recovecos de la mirada.

Tenía razón en admirarme, aunque, por modestia, pretendí ignorar la enorme diferencia que existía entre esa generación caduca y mi persona, así como los ricos tratan de disimular su riqueza ante una legión de pobres y muertos de hambre.

En la Plazoleta me crucé con docenas de mujeres bien quemaditas por el verano rijoso. En la cara llevaban el gesto de la juventud defraudada. O sea, esa estafa de la esperanza que crece sintiéndose lo mejor del mundo y poco a poco se da cuenta de que nadie reconoce su superioridad, excepto la propia persona. Luego, frente a los cines y los restaurantes de la Recoleta, presencié una alucinante concentración, casi eclosión, de Lolitas en flor. Intimaba con ellas un calor impertinente.

En ese acervo de valores carnales localicé a la más atractiva: Ana Mora, la hija de una actriz famosa en Madrid y en Buenos Aires, en México y en Santo Domingo, y una de esas mujeres que uno lamenta perder sin nunca haber tenido. Andaba con Osvaldo Ruggiero, un actor alto y simpático, rico y mujeriego, la estrella masculina de la Compañía Recuerdos son Recuerdos.

Como este individuo había sido un cacho de mala suerte en mi vida, aunque ahora estaba hecho un cascajo y era más viejo que la sarna, sus ojos náufragos en órbitas aguadas no me conmovieron. Su mueca me tuvo sin cuidado, y también su cara de huevo hervido. A disgusto consigo, tal vez me odiaba. Por sus celos percibí que estaba enamorado de ella. Me abajó los ojos, con una expresión en la que se mezclaban la rabia, el fervor y la impotencia.

Ana estaba mortificada por tener la carne flácida, el pelo color cebolla y el rostro ajado. Llevaba pulseras de plata, pantalones apretados sin nada debajo, sandalias blancas y peinado a la última moda. Esforzándose por tapar con los labios sus dientes podridos, apenas sonrió. Coqueta hasta la muerte, me miró con complicidad. A su amigo, en cambio, le arrojó una mirada altanera. Tenía fama de no ocultar sus emociones.

Cansada siguió adelante, con el falso entusiasmo de una veinteañera que se dirige a un lugar donde no se encuentra lo que espera. Mas al reparar yo en sus pupilas agoreras, apenas pude creer que hasta el día de ayer ella era el epítome de la belleza en la tierra, la rosa carnosa de Avenida Caseros, con esa forma de tanguear andando. Porque con su compás sensual, a pesar de sus veinte años, Ana Mora ya había sacado de quicio a más de un hombre maduro y provocado divorcios, suicidios, como el de aquel profesor ruso que se había echado por la ventana de un quinto piso en Avenida del Libertador.

Lo lamentable es que Ana Mora pasó a mi lado tan ensimismada en sus pesares que no se dio cuenta de que yo me hallaba a diez metros de distancia de su ex adorable persona, ahora un vejestorio de pechos caídos, piernas flacas y caderas escurridas.

Otra cosa, nunca antes se me había ocurrido preguntarme si ella había asistido a la exhibición privada de la película *Por la Avenida Corrientes*, donde pasé tres segundos de espaldas a la cámara en medio de la multitud sabatina. No se me ve el cuerpo ni la cara, pues bajo la llovizna me cubren un impermeable y un sombrero. En la escena parezco una sombra parada, qué digo, un recuerdo.

El triunfo sobre mis rivales, incluido Osvaldo Ruggiero, y sobre miembros oscuros de mi generación y de la posterior era evidente. Y hasta me había resultado fácil. Qué competencia podían representarme galanes color piñón y vejetes apolillados. El estado de gracia con que me habían beneficiado los dioses, tanto los cristianos como los paganos, gracias a mi personalidad irresistible y mi talento genial, era cierto.

La pareja formada por esos individuos de cabellos blancos y párpados cansados se internó en la decrepitud colectiva hasta perderse en ella. Ni siquiera reparó en mi mano que les dijo adiós. En particular a él, a quien hubiera querido borrar mágicamente del momento y de la calle. La multitud huérfana los cubrió con su múltiple espalda. Me sentí dueño de la situación.

Con toda seguridad, desde hace tiempo los dioses de la excepción tenían sus antenas solares dirigidas a mi frente, sus baterías cargadas de genes volcadas hacia mí. Así que sin dificultad inferí que yo, sólo yo, sería el más grande tema de estudio de mi época. Mi único problema sería que no se me subieran los humos, que no me convirtiera en un pagado de sí mismo y me durmiera en mis laureles. Me prometí modestia y jalarme cada mañana el pelo frente al espejo, diciéndome: "Sos mortal."

Poco después me topé con un escuadrón de hombres decrépitos con cabeza de pavo. Entre ellos se encontraba el pintor Arnulfo Arnolfini Mendoza, un vejestorio descolorido, un artista mediano apocado por la vida, un malévolo mirón de mandíbulas maltratadas por los malos dentistas. Tres meses atrás había hecho un retrato de grupo de los hombres con cabeza de pavo sin sospechar que un día él también tendría cabeza de pavo.

Detrás del escuadrón de gallináceas emergió Francisco Marinelli, un vendedor de juguetes antiguos, un abuelo sin nietos, un optimista con los ojos tan cercanos uno al otro que parecía cíclope. Ya no necesitaba reírse, de aquí en adelante llevaría la boca abierta. Brillaban cosas en los dedos de sus manos. A imprudente distancia, me espetó:

—¿Sabes por qué traigo tantos anillos? Porque soy una loca.

Aquí descansan quienes nos precedieron en el camino de la vida.
Es un lugar respetable que debe ser respetado.
No fije carteles ni inscriba leyendas.

Ese aviso dirigido a los vivos estaba escrito por alguien ahora muerto sobre un muro del cementerio de la Recoleta. Su pórtico de estilo dórico me pareció indigno de mi atención. Sus cruces negras en la reja negra, sus mausoleos y sus tumbas, sus muertos ilustres (Domingo Faustino Sarmiento y Eva Duarte de Perón) me resultaron tan triviales como las mesas de plástico embrocadas una sobre otra en el pasillo de la cafetería. En principio, para contradecir al escritor Jorge Luis Borges, no se me hizo hermosa la serenidad de las tumbas, ni las que encerraban a doctores y a militares, ni aquellas más costosas que sepultaban a solemnes desconocidos de la burguesía reinante. *Requiescant in pace.* Detrás del ajetreo no hay más que muerte.

Un mendigo se recargaba en la blanca pared de la iglesia. Extendía la mano hacia la noche esperando que le cayeran pastillas psicotrópicas dispensadas por un santo alucinado. Mi mendigo no vestía harapos ni calzaba zapatos. Era pura fachada; debajo de los pantalones y la camisa (que no envolvían ni sus piernas ni sus brazos) estaba limpiecito, portaba cueros. Mi ojo morboso inútilmente buscó reacciones en su rostro: halló clavijas desvencijadas, órbitas sin ojos, oídos sin orejas.

Seguí caminando, pero cuando volteé la cara para ver a mi mendigo, éste se había desvanecido. "¿Cómo es eso?", pensé. "Si hace unos segundos el muerto estaba allí. No cabe duda que de un tiempo para acá los difuntos son unos bólidos arrojados hacia el espacio por fuerzas de propulsión extraterrestre."

Era verano en Buenos Aires, el calor bajaba hasta las manos y gotas de sudor bailaban en los ojos bajo la radiante luz del sol. A lo largo de la vereda, el bochorno abatía a los árboles y éstos arrojaban su sombra al suelo.

Yo anduve pegado a las paredes, yo me fijé en las calles que no me fuera a caer un objeto del espacio o que me fuera a asaltar un malandrín. Ahora, como objeto valioso, tenía que cuidarme mucho.

Un policía anciano en uniforme nuevo me examinó a unos metros de distancia. Pero no tuvo fuerzas para venir a interrogarme. Seguro que yo tenía cara de criminal camino de cometer un crimen.

Parapetado detrás de su volante, un taxista estaba escuchando mi presencia. Sin atreverse a entrar de lleno en la observación, fijaba las pupilas en el espejo retrovisor. Pretendía mirar otra cosa. Le palmeteé el hombro.

—No debió permitirse hacer eso, interrumpió el flujo de mi imaginación, en ese momento bailaba una milonga con mi pareja. No la había cogido del torso en diez años y teníamos el cuerpo enredado. Le estaba haciendo el amor —me dijo, con voz quebrada.

—Disculpe, ¿puedo hacerme oír?

—Qué impertinencia. Primero debió haberse percatado de la situación, después debió haberse entregado un minuto a la reflexión y luego tocar la ventana con mano tonta.

Me alejé de ese taxista maldiciente, de ese copulador mental de carros de alquiler. Hacía unos meses que no frecuentaba ese barrio y me encontré relativamente perdido. Las paredes de las casas no me reconocieron. Las empleadas de la tienda departamental no me saludaron. Mi vestir distinguido no despertó el interés del populacho. Habrá que admitirlo, en ese lugar todo había cambiado relativamente. La tienda de flores que estaba allá estaba aquí, la confitería que estaba allí estaba acá. Mi apariencia misma se había transformado un poco. A los sesenta años uno no puede estar usando las camisas ajustadas que cuando tenía treinta.

Hay barrios de los que se recuerda ninguna calle, hay parques de los que se tiene memoria de ningún árbol, hay multitudes de las que se conserva ningún rostro: barrios, parques y multitudes parecen desvanecerse en un sueño, en términos de solvencia material son como cheques sin fondos. Ese barrio era uno de ellos.

Me di el lujo de seguir a dos mujeres de exactamente las mismas facciones. Eran madre e hija, diferenciadas sólo por su indumentaria conservadora y juvenil. A sabiendas de que no me interesaba seguirlas, las seguí. Falto de interés en el grupo social al que pertenecían, acerté en decir que eran amantes del tango y habituales del Café Tortoni. Por no más de tres minutos anduve detrás, adelante y a su costado tratando de calcular la edad que habían tenido el día de ayer y la que ahora tenían. Se fueron por la calle de Riobamba hasta llegar al Palacio de las Aguas Corrientes. Cada una con un paraguas rojo, aunque no estaba lloviendo.

—Aquí yace el Depósito de Distribución de Agua Filtrada. Imagínate su túnel de toma, su casa de bombas y sus kilómetros de cañerías. Añade a eso tres pisos de tanques metálicos soportados por columnas de hierro fundido y podrás irte a dormir —dijo la indumentaria conservadora.

—No me lo imagino, madre.

—Agregale ciento setenta mil piezas cerámicas y ciento treinta mil ladrillos fabricados por la compañía inglesa Royal Doulton y te quedarás turulata.

—Puras macanas, madre, puras macanas —replicó la supuesta joven, sintiendo de repente dolor en la espalda.

Al cruzarme con ellas me arrojaron una mirada llena de reproches, pues habían oído y visto que con mano zurda yo jugaba con unas monedas devaluadas en el bolsillo del pantalón derecho. Esto era obsceno.

Desemboqué en un parque, emblema de la noche porteña. Todos los que estaban sentados en los bancos parecían contempóraneos: ser padres, hijos o hermanos uno de otro. Incluso los abuelos y los bebés, que distinguía sólo la ropa. A todos los presentes los abarcaba un pequeño letrero:

ESTE GRUPO ESTÁ FUERA DE SERVICIO, PORQUE HA QUEDADO OBSOLETO.

Como podrá suponerse, en esa muchedumbre en desuso el único fuera de serie era yo.

Pero sentí hambre. Hambre de bife y de ravioles, hambre de agua mineral y de chocolates italianos, hambre de pizzas y de lomos, hambre de comer mi hambre. Este opíparo apetito creció a medida que me di cuenta de que sólo yo tenía apetito.

La cachuza humanidad estaba descalificada por falta de dentadura. En ese feria de dientes flojos y de dientes fuera de lugar pocos cumplían con los requisitos de lo que un esteta hubiera podido llamar una arquitectura de la boca. No por nada, allí en la esquina un tanguero con chambergo y bandoneón que solía cantar *Adiós muchachos* escupía más dientes que palabras. Una nubecilla de polvo verde le cayó en los ojos.

En una funeraria, contigua a una pizzería con horno de leña y mesas con manteles blancos, abierta de par en par pero sin clientes, cogí un trozo de azúcar. En la capilla ardiente los cirios consumidos, excepto uno, honraban a un general encerrado en un féretro metálico. Nadie lo acompañaba en su descenso al reino de los ejércitos difuntos. Encendí mi cigarrillo en la llama del cirio mortecino.

Al agacharme a atar mis agujetas me di cuenta de que el taxista maldiciente me estaba siguiendo en su coche, de que al detenerme él se detenía, de que sentado en un cojín se campaneaba. Quizás era un espía al servicio de inteligencias extranjeras buscando adueñarse del secreto de mi edad. Pero él no vio que yo lo vi y que podía decretarle muerte súbita.

—Lo invito a que me vea bailar el tango *La cumparsita* con mi esposa —pensé que me dijo, antes de que prorrumpiera en un lunfardo incomprensible.

Echando mano a mi ingenio, me recargué en un muro y me rasqué la mejilla derecha. Eso lo despistó. Luego me fui por una calle peatonal en dirección opuesta a su coche.

El sol se estaba poniendo en todas las ventanas que daban al poniente: señal de que la noche rondaba a Buenos Aires.

Anduve con el crepúsculo a mi mano izquierda y la Luna naciente a mi derecha. El remoto, el invisible Río de la Plata fluía en el sentido que yo llevaba.

Por allí, consideré prudente cambiar de domicilio, mudarme a un departamento que estuviera a mi nivel social, correspondiera a mi fama. El problema es que no tenía siquiera para pagar la mensualidad de mi cotorro.

De todas maneras visualmente visité hoteles, albergues y edificios de lujo. No me fue necesario entrar, todo sin prisa, me bastó con vislumbrar las fachadas y arañar los vidrios de las ventanas y las puertas. Con esos movimientos básicos pude imaginarme el interior. Lo que sí llegué a preguntarme fue cómo sería vivir de este o del otro lado de la calle. Fuerte desazón me entró al enterarme de que radios y televisores daban aquí y allá información de última hora sobre los acontecimientos que habían tenido lugar en Argentina.

No pude oír con claridad las noticias, así que me coloqué a la puerta de un restaurante de bifes, estorbando el paso. El aparato de televisión, sobre una repisa, mostraba escenas del envejecimiento colectivo. No necesité saber más, el espejo de pared reflejó una sola sonrisa satisfecha.

Una reportera desmejorada informaba con voz afligida que una gran cantidad de ancianos se había ido derechito a la muerte (sin pasaporte, sin seguro médico y sin ingresar en las salas de emergencia) a causa de un empujón final de senectud.

No sólo eso, un canal mostró imágenes de un ex joven campeón de ciclismo tambaleándose sobre su bicicleta, incapaz de controlar no sólo los pedales, sino sus propios pies. Considero que lo atrajo hacia el piso la fuerza de gravedad del pavimento de Avenida de Mayo, un pavimento magnético y chicloso. El hecho fue observado por una párvula con cara de flor ajada.

Dos científicos desdentados de la Universidad de Buenos Aires, llevando mascarilla y bata blancas, infirieron que se trataba de una epidemia de progeria, enfermedad que hace que el cuerpo se deteriore rápidamente. Este raro padecimiento atacó a niños de Puebla, México, a fines del siglo veinte. Los menores de edad mexicanos presentaron síntomas de decrepitud, ceguera, encogimiento de huesos y caída de dientes. Víctimas de un raro envejecimiento prematuro, los poblanos anduvieron todavía un tiempo con bastón y muletas hasta convertirse en cadáveres.

Para apoyar su hipótesis, los genios desconocidos de la Facultad de Ciencias Médicas prometieron investigar de inmediato esa epidemia de senilidad masiva que había azotado a la Argentina sin causa alguna. No fijaron fecha para dar resultados. Pura masturbación, los dichos doctores eran más vetustos que los raquíticos objetos de su estudio y en esta vida, con la mejor de las intenciones, no podrían terminar sus investigaciones. Si al menos hubieran sufrido de agerasia, ancianidad robusta, pero eran pellejos solemnes.

Era un sábado de febrero y el clásico Boca Juniors versus River Plate, disputándose la copa de futbol soccer de las Américas, no tuvo público. Por lo demás, los jugadores no se presentaron en el estadio, demasiado extenuados para correr, chutar el balón y hasta para levantar el pie. El entrenador no apareció. Más tarde se le encontró descansando en el pasto.

En realidad, el paisaje del ejercicio, el deporte y el juego fue desolador, las máquinas, las pelotas, las bicicletas y los triciclos fueron abandonados en los gimnasios, los campos y los parques. Los teatros, tanto el Colón como el San Martín y otros, estuvieron desiertos. Lo mismo sucedió con los cines, las salas de concierto, las discotecas y los centros nocturnos, no hubo asistencia. Dígame usted, ¿a quién le gusta bailar danzón, tango o bolero con una anciana de boca desdentada y peluca floja al ritmo de una orquesta de matusalenes?

En el Café Tortoni, en Avenida de Mayo, no se pararon ni las moscas. A sus mesas solía yo venir a beber la tarde en una taza de café con crema y a leer el diario gratis, en particular los obituarios de personalidades famosas que me caían mal. Entre sorbo y sorbo miraba por la ventana el paso de la gente hasta que un mesero me traía la cuenta, anunciándome con los ojos que ya había estado demasiado tiempo.

En el interior del Café Tortoni despilfarré las horas, leí a mis autores favoritos, observé a mis vecinos de mesa, se me adelgazaron los pantalones de tanto estar sentado y me salieron canas. Pero, sobre todo, bailé, como dijo alguien, elevado del suelo y prendido a unas pupilas febriles de mujer, mientras un pianista ciego con lentes negros daba teclazos a la oscuridad como un escarabajo entusiasta. La tanguera vocingleaba: "Y sos tristeza de vida que se clava en un puñal." Mas qué digo que bailaba, la muerte bailó conmigo: el cuerpo de la mujer que cogí de la cintura fue puro olvido y la niña que me admiró cruda nostalgia.

En la Cafetería La Giralda, adonde se engaña al chocolate caliente mezclándolo con alcohol, no entraron ni los canillitas. En la Confitería Richmond, cuyos espejos repiten las sillas infinitas por un salón sin fin, no se sentó una mina esa noche.

En otros restaurantes no hubo ni cuatro gatos. Los cocineros y los meseros se declararon enfermos. Los clientes de pelo blanco y dentadura móvil ni siquiera cancelaron reservas. Sólo uno, un propietario, mostró la mano vencida por el peso de una cuchara.

Nadie holló las veredas de esa postal descolorida que es el Parque Lezama. Ni contempló su cielo alucinante color jacinto. La ruidosa Avenida del Libertador, en cambio, se permitió soñar… sólo silencio.

Los autobuses con salidas al Mar del Plata y Córdoba partieron vacíos, conducidos por choferes estropeados que aquí o allá se quedaron dormidos en las carreteras.

Los trenes del subte no partieron vacíos, porque nunca abandonaron las estaciones. En el aeropuerto todos los vuelos estuvieron demorados y los equipajes de los aviones que habían llegado con antelación no fueron reclamados, las maletas dieron vueltas y vueltas sin que nadie las recogiera. Cuando el sol se metió y el horizonte se tornó sangriento, la espalda vidriada de los edificios reflejó una luz póstuma.

Para no sentirme solo me integré al público que emergía de un cine. Pero la multitud duró poco, luego se disolvió. Así que, ¿a mí me van a hablar de vida nocturna en Buenos Aires? ¿Quién podría hacerlo? La ciudad duerme temprano y los letreros de los comercios inútilmente parpadean en las calles desiertas.

Lo notable sucedió en el barrio de Belgrano. De una casona ahogada por la oscuridad emergió una prostituta de mala facha. Momentos antes, en el salón de paredes forradas con terciopelo rojo de un grupo de hombres del mundo de las finanzas, del crimen organizado y de la política, todos chupatones, ella había cantado el himno sentimental argentino, *Caminito*. Al despojarse de la ropa, los ojos del público provecto se clavaron en un vientre carcomido y unos senos flácidos, por completo fuera de programa. Bostezo general y parpadeo consternado, ella desapareció del salón y apareció en la calle. De un vehículo estacionado en la esquina, fumando espero, salió el taxista maldiciente y la cogió del brazo con una ansia fiera en la manera de querer, como diría el tango.

Los seguí con la vista hasta que se metieron en el taxi. Prendió el radio y se oyó *El choclo:* "con este tango nació el tango y como un grito / salió del sórdido barrial buscando el cielo". Al evocar las formas de ella lamenté haber desperdiciado mis fines de semana manoseando revistas con mujeres extranjeras desnudas, ignorante de que es mucho más interesante tener a las nacionales en carne viva.

Yo caminé, caminé, con pasos rápidos, la camisa empapada de sudor, queriendo alcanzar en unos cuantos minutos toda una vida despilfarrada en pintar cuadros invendibles y en trabajos mal renumerados, y en abrir y cerrar puertas de edificios que no eran de mi propiedad.

En la mente cansada de mis contemporáneos el triunfo máximo es entrar de gorra a un lugar caro, filtrarse sin pagar en un teatro o viajar sin billete en un tren; el mío ha sido escapar de las leyes del tiempo y forjarme una personalidad propia. He amado la desolación que recorría, siendo la desolación parte de mi alma.

Ingresé a mi edificio como quien entra a un saco por la manga. En esa ruina alquilaba una penumbra desde hacía cinco lustros. En el vestíbulo un sofá se recargaba contra un espejo. Más para ser visto que para ser usado. Más por abandono del inquilino X que por utilidad pública.

Entre el segundo y el tercer pisos me topé con Fernanda, la hija adolescente del farmacéutico José Martínez Dorantes y de la bióloga Dolores Duarte Padierna. Por falta de aliento había abandonado su cuerpo en el intento de subir la escalera.

—No estoy en forma, debo ponerme a dieta —balbuceó, como si yo fuera el inspector de su estado físico.

Quién me iba a decir a mí que sería testigo de sus piernas enclenques y de sus dedos tembleques; que me la iba a encontrar en la vereda de la vida en ese estado lamentable. Su cintura, dicho sea de paso, mostraba todavía una acariciable condición de avispa.

Según recordé, mi sábados de ventana para Fernanda eran sábados deportivos. Según tuve presente, mis domingos de estar tumbado leyendo diarios para Fernanda eran tiempos de jugar a la pelota, a la rayuela o al fútbol en un club exclusivo. Siempre celada por papá, ahora era una cierva bañada de polvo.

Como en mi edificio no se conocía la palabra ascensor, la nueva anciana se había quedado sin aliento subiendo las escaleras para llegar al quinto piso, donde se encontraba su morada. Mas antes de que yo hubiera vislumbrado su figura ella ya había vislumbrado la mía, sus ojillos perdidos en la masa arrugada de su rostro se habían emocionado al verme.

En otros tiempos, sus ojillos de rendija me habían sugerido cosas, habían tenido un enorme poder de evocación. Pero ahora eran pobres círculos de melancolía. Su cara, antes no me había atrevido siquiera a mirarla de tanto que me fascinaba, pero ahora... Zapatos al lado, Fernanda se había recostado sobre el barandal de la escalera exhibiendo sus piernas flácidas y sus pies hinchados. ¿Cómo describir sus callos? No veo la necesidad de hacerlo.

Envidiosa me vio pasar: ágil, esbelto y en plenos poderes de la flor de la edad. Intentó levantarse, animada por mi ejemplo, pero se desplomó. Alcanzando el último piso a zancadas, devorando tres escalones a la vez, la vi desde arriba, mirándome, deseándome.

A punto de abrir la puerta de mi estudio evité toparme con María Estela, mi vecina. A partir de las tres de la tarde ya estaba borracha. No se diga a las nueve de la noche. Ebria, esta solterona se convertía en una metralleta de palabras no sólo en el pasillo, sino en la soledad de su cuarto, hablando sin parar con su imagen en el espejo o con interlocutores invisibles. Pasé de largo, sordo a sus embates y sin recoger el diario del sábado, no obstante que en la primera plana venía una foto de mi rostro. Cerré la puerta, decidido a no darme por enterado de la presencia de ese espectro necio vestido de azul marino.

Lo primero que hice fue limpiarme la ciudad de las manos, lavármela con jabón de almendras y cepillarme los dientes con pasta sabor a menta. Arrojé a María Estela de mi mente, no fueran a materializarse mis pensamientos. Miré hacia abajo, hacia la calle, descansando mi codo en la repisa del balcón. Una caída a la banqueta no sería grave y la rama de ese árbol, bien asida, y yo bien colgado, me podría servir de columpio para llegar al suelo. En caso de que perdiera el equilibrio, me fracturaría dos costillas. En eso, sonó el teléfono.

—¿Está Luis Mario Andino? —preguntó su voz.

—No, está en descanso, pero la escucha —respondí, fingiendo ser otra persona.

—¿Allí mismo?

—En otro lugar.

—Dígale que nos vemos hoy.

—No va a ser posible.

—¿Por qué? Tenemos una cita.

—Nada más le digo que no va a ser posible —colgué.

Durante dos largos minutos me quedé cazando sonidos provenientes del cuarto de la vecina, en especial el susurro de pantuflas arrastrándose por un suelo sin tapete.

Mi estudio era un Frankenstein de parches: una puerta había sido extraída de una casa en ruinas, una ventana tenía vidrios de distinto color, el mobiliario había sido recogido en las aceras o donado en la esquina por vecinos anónimos. Mi alfombra era de gato siamés, amarillenta y manchada de negro. Aunque desde hacía un año no pintaba por el costo de los lienzos y de los tubos de colores, allí estaban los veinticinco dibujos que había hecho en un arranque de inspiración; una inspiración que me había dejado casi sin comer una semana. Oí voces violentas, risas locas, gemidos de amor y un cuerpo que caía al suelo, o era arrojado contra la pared por una criatura de fuerza descomunal. Luego se hizo el silencio.

Imaginé a María Estela descompuesta como un objeto: el mentón sobre las rodillas, un pie en la cabeza, las orejas sobre el estómago, los brazos en la espalda, los senos en rotación.

Abrí mi puerta, empujé la suya, me asomé a su recámara. Atravesé la penumbra esperando hallar un cuerpo desconyuntado de risa. Pero sólo estaba nadie. Las voces provenían de la televisión prendida. Bajé el volumen, para oír sólo las imágenes. Y escuchar la nostalgia.

Regresé a mi estudio, me senté en la cama de faquir que era mi sillón. Recargué mi cabeza en las manos, mientras los resortes sádicos se me metían en el trasero. Me levanté de un salto, estiré los brazos satisfechos y me tendí en la cama. En el techo discerní una isla habitada por mujeres sin edad y sin muerte. Todas mías. En una orgía de corta duración.

Boca arriba, recorrí mi Buenos Aires querido. Me fui por calles nuevas, me crucé con peatones desconocidos. Los comercios eran otros. La niña vástaga de la panadera recién casada tenía cuarenta años. En el país había otro presidente, otro general. Sólo los árboles en las avenidas eran los mismos. Mas, ¿los perros y los gatos habían envejecido tanto que sus amos? No me lo había preguntado. Mis ojos derramaron lágrimas de melancolía. Solamente dos, una por los hombres y otra por las mujeres de mis tiempos. No hubo una tercera por los mal llamados amigos. Aunque debo confesar aquí que al término de mi repaso no encontré mucha gente de cabellos grises por la cual condolerme. Empecé a redactar mentalmente una carta a Ana Mora:

> Querida Ana,
> Quiero que seas la primera en saberlo. Mi secreto...

Dejé de pensar. Tiré las palabras al cesto. Me levanté de la cama para aplastar de un manotazo a un mosquito que me molestaba. De la criatura salió una gota de sangre mía. Luminosa.

En el cuarto contiguo los ruidos cesaron, como si una mano trémula hubiera apagado la televisión. La noche. Todos los espantos. Cerré los ojos y me adentré en la oscuridad como aquel que navega por un mar de posibilidades inéditas y deseos realizables. Por primera vez el anuncio de gas neón que intermitente encendía mi cama no me molestó. Sentí impaciencia por ver los colores del amanecer, la aurora de rosados dedos iluminando los edificios de enfrente. Algunas personas habían dejado la luz de las ventanas prendida para llamar la atención del geriatra que venía en camino. En los interiores, el agua guardaba sospechoso silencio.

Esa noche dormí a pierna suelta, como no había dormido en años en este mundo de mentes menguadas y de mensos truhanes, quienes escapan de los restaurantes evadiendo la cuenta, diciéndole a uno: "Voy al baño". Estaba seguro de que esa tarde al cruzarse conmigo la rosa carnosa de Avenida Caseros, la muy coqueta se iba a echar a mis pies como ante un Adonis; ante mí, el guapo entre los guapos, el simpático entre los simpáticos, el inteligente entre los inteligentes, el soltero más codiciado de Buenos Aires.

En sueños me dije que muchos filósofos han formulado la negación de la identidad del "yo", pero nadie ha podido poner en duda la existencia del ego argentino. Por eso saqué la conclusión de que nadie sería capaz de negar la supremacía del mío.

Las horas en brazos de Morfeo me fueron leves, pero tan cortas que intenté estirarlas hasta lo máximo, a la manera del hambriento que sabe que al final del ayuno lo espera espléndido festín. Dicho sea de paso, las horas nocturnas no me parecieron oscuras sino nítidas y risueñas, y alentadas por las tres madames que conforman la alegría del deseo: imagen de Ana Mora, ascensión a Ana Mora, satisfacción de Ana Mora.

El fulgor matutino hirió mis párpados y me desperté desbordante de una euforia semejante a la que experimenté cuando le di un beso a mi primera novia. A Clara Dominga Sarmiento, arrojada a las barrancas del olvido desde la mañana aquella en que habiéndonos citado en la Estación Once, para casarnos luego en el Santuario Medalla Milagrosa, me dejó plantado.

Esa tarde de junio arribé a la terminal ferroviaria media hora antes de lo acordado y me quedé esperándola tres horas. No sé por qué me la había imaginado viniendo por los andenes vestida de seda verde, el corazón en una valija. Partidos los trenes, bajo una lluvia pertinaz y vestido de novio me fui andando sobre un tendido de vía: Clara Dominga Sarmiento se había escapado con un rival.

Demoré el momento de levantarme del lecho, refocilándome en mis fantasías como un puerco en sus bellotas. Imaginé que en mi condición excepcional podía ser todo: presidente de la República Argentina, director del Instituto de Anatomía, jugador del River Plate, propietario del Cine Teatro Gran Rex, jefe de información de *La Prensa*, dueño del Edificio Sáfico o del Banco Provincial de Buenos Aires, detective de thrillers o cantante de tangos. Ese era mi halago. De repente me extrañó ver en la pared la gota de mi sangre, ennegrecida.

Bañé mi cuerpo con jabón de almendras, cuidando ajustar la boca de la regadera para que cayera el agua sobre mi cabeza y no afuera, sobre el piso. Qué reguero hacía esa cosa destartalada. Adrede el chorro de agua se burlaba de la cortina y de los agujeros en la pared.

Del ropero de tercera mano, que tenía temporalmente, saqué la camisa blanca, el traje azul marino y la corbata roja que había comprado para el día de mi boda. Aventé en un rincón el overol con que había manchado mis lienzos en los últimos veinte años. La ropa usada la guardaría en una caja de cartón, la nueva en camino de Europa, con mi ajuar.

Estaba en forma para el gran evento de mi aparición en público. Lo único que me turbaba es que no decidía si dirigirme primero a la Casa Rosada o visitar el canal 7 de televisión. Tal vez me mostraría un minuto en la Avenida Corrientes. Ansiaba ver desde temprano a mis congéneres con ojos cegatones y manos temblorosas nadar en ropa holgada, en zapatos que no eran de su número. Qué hilaridad me causaría el espectáculo de esas piernas flacas en pantalones gordos y esa humanidad moviéndose en silla de ruedas. Solamente quería ver eso.

Por distracción me puse el zapato izquierdo en el pie derecho. Los culos de vaso que eran mis lentes los metí en el bolsillo de un saco viejo que no me iba a poner. Ahora mis ojos tenían la visión prístina de un niño. El bisoñé color paja con que (en)cubro mi calvicie lo arrojé al cesto, ya no lo necesitaba. Tampoco incrusté en mi boca la dentadura postiza ni me lavé los dientes. Mi aliento olía a naranjo en flor.

Fue lunes. Nunca sabré qué pasó con el domingo y por qué el tiempo se había saltado un día. Fue lunes. Empezaba la vida, la vida del yo supremo. Por la mañana conduciría al sol por el cielo. Al atardecer dirigiría mi cara hacia el poniente para meterlo. Entonces sacaría a las estrellas de las catacumbas del pasado. Todo eso haría con el poder de mis ojos. Para protegerme de los rayos solares, llevaría sobre la frente un trapo negro. De esta manera las esquinas soleadas de mi frente no serían afectadas.

Dispuesto a caminar kilómetros para conocer el tamaño de mis dominos bonaerenses, me puse vendas blancas en los tobillos. Las aceras de la ciudad eran demasiado toscas y anchas para mi gusto. Algunas puertas eran delgadas como filos.

Pasé al baño. Me hice la raya exacta, ni más alta ni más baja, ni más a la derecha ni más a la izquierda, exactamente en medio del pelo negro lacio natural. A lo Carlos Gardel. Aunque sin echarme mucha brillantina, ya que él abusaba tanto de ese producto que llevaba el pelo pegado al cuero cabelludo como una capa de cerdas.

Mas cuál sería mi sorpresa que al limpiar el espejo con una toallita verde me miré viejo, terriblemente viejo, viejo como los otros, viejo como la sarna, viejo como uno de los vejetes hediondos que había hallado ayer en la tarde aquí y allá.

No, no era posible que mi privilegio hubiera durado tan pocas horas y que rápidamente me precipitara en la condición ajena. No, no estaba viendo bien, mi imagen estaba borrosa y el espejo empañado; debía ponerme los lentes y examinarme de cerca. Sin duda, mi vista estaba perdiendo lucidez. Busqué en el botiquín gotas para los ojos y pastillas contra la ansiedad. Pero no encontré goteros, frascos ni pomadas. Se me habían perdido.

Mi rostro se estaba poniendo asquerosamente ajado y mi piel se cubría de manchas negras. Mi papada era un buche de pavo. Mi cuerpo resentía el frío del verano, que sube por los pies y se mete debajo de los pantalones invadiendo todo el cuerpo.

Sin cerrar la puerta bajé las escaleras, casi perdiendo el equilibrio. No por premura sino por debilidad de las piernas. Salí a la calle. Mis ojos borrachos de oscuridad resintieron la luz.

Con pasos locos y los pelos blancos flotando ralos en una calvicie que parecía de calavera, alcancé la esquina, temeroso de convertirme en un montón de cenizas.

Ana Mora apenas me miró. Llevaba la cara alegre, las mejillas tibias como amapolas encendidas, los dientes blancos, la carne lozana, los ojos y el pelo castaños. Como de costumbre, vestía pantalones apretados e iba peinada a la última moda. Al buscar sus pupilas agoreras, comprendí que ya nunca se fijaría en mí.

La multitud de hombres pavo había recobrado su andar eficiente. Detenidos por la luz roja, cientos de zapatos relucieron bajo el sol. Ufana de sí misma, elegantemente vestida, la turba de caballeros me pareció feroz.

Detrás de Ana y de los hombres pavo vino tanteando el aire el pianista ciego del Café Tortoni, aquel que con lentes negros daba teclazos a las sombras como un escarabajo feliz. Al sentirme cerca ladeó el rostro como un saurio atento.

Luz verde. Quise tomar un taxi hacia Amsterdam, hacia Calcuta, hacia Minas Gerais, desaparecer del lugar y de mí mismo. Pero el taxista maldiciente no se detuvo, embelesado por un tango que escuchaba en la radio.

Mi sonrisa de ego caído no lo conmovió. Fríamente observó mis facciones y mis ropas, sacudió la cabeza y arrancó. Los cristales de mis gafas se habían salido de la montura al rozarse con las monedas y el llavero en el bolsillo del saco, y por causa del taxista los perdí.

En la esquina de ayer, junto al mismo semáforo, sin retroceder ni avanzar, no obstante los cambios de luz, descubrí que todos los peatones, absolutamente todos, rebosantes de juventud, gozosos de verano, se me quedaban viendo asombrados por mi condición excepcional, porque el único viejo era yo.

El perro de los niños de la calle

Yo iba por la vida como un pato con la boca tronada.
SILVIA, NIÑA DE LA CALLE

El perro es el único animal que vive con su dios,
pero ningún perro ha imaginado su paraíso
PICK, *Memorias de un perro*

El ojo de Pick

Nací en un prado de la Alameda Central. Mi madre fue perra callejera. Mi abuela también. Mi padre, tal vez. El color amarillo nos vino de generaciones de exposición al sol. Mis primeros días los pasé durmiendo en el regazo de una niña llamada Silvia.

Silvia llevaba ropa de colores y anillo en la oreja. Cuando ella estaba conmigo yo recargaba la cabeza en su regazo. Le hacía ruidos, como si le hablara. Y ella acostaba su cabeza sobre mi frente y me hablaba. Esos eran nuestros diálogos.

Esa noche de julio, mi ojo subía por su cuerpo, hasta detenerse en su blusa amarilla y en su cara morena. La luz de la luna brillaba en la punta de mi pata. Cada vez que me movía, la mancha se movía conmigo. Al perseguir una pulga sobre mi pierna, me mordía a mí mismo. Una vez despierto, me entraba una urgencia de aullar, sin razón y sin sentido.

Después del terremoto, partidos los damnificados, Silvia y sus amigos se habían instalado en este club social que era Plaza Solidaridad, abierto las veinticuatro horas del día. En este club no se hacían reservaciones ni se pagaba renta. Aquí, indiferentes a horarios y festividades, los niños de la calle pasaban los días y las noches charoleando, drogándose, peleándose, copulando.

—No te duermas, carnal, apenas es medianoche —Pelos Parados me sacudió. Cada vez que se acercaba me decía que no me durmiera. No sé por qué. Se le hacía chistoso.

—Tengo tanta hambre que me como el elote con todo y mano —Dientes de Peineta me observó con ojos entrecerrados.

Era difícil calcular la edad de Silvia y de sus amigos por el descuido de su cuerpo y el desaliño de su indumentaria. Eran carnales, aunque no los unían lazos de sangre. A diferencia de Silvia, algunos chavos tenían sólo apodo, o el nombre propio era un alias: Fernando, Armando, Pedro, Pablo, Luis, lo mismo daba. Cualquier apellido era útil: García, Gómez, Godínez, Gutiérrez. La edad era variable, al gusto del oyente: Once, doce, catorce, quince, veinte años. Hijos de la calle, sin actas de registro, varios desconocían la fecha de su nacimiento.

Según Silvia, la tarde de mi concepción mi futura madre fue perseguida por un chorizo de perros, a los que no les importó el tráfico, la gente ni la lluvia con tal de montarse en ella. En un callejón de Dos de Abril un perro fue el ganón. Arrastrándolo, ella llegó a Plaza Garibaldi, donde los mariachis berreaban una canción de amor. Resultado de esa pasión, yo salí amarillo.

—Pick —me llamó Silvia y yo levanté la cabeza, con una sonrisa en el hocico. Había respondido al nombre. De ahora en adelante yo sería Pick y ella mi carnala.

Al mes o algo así, mi madre salió a hurgar en las bolsas de basura depositadas afuera de un restaurante. Al querer cruzar la avenida, un autobús la atropelló. Nadie se dio cuenta de su ausencia. Tirada en la calle, ningún policía vino a investigar el accidente ni ambulancia alguna la recogió. El tráfico siguió fluyendo y golpeando su cuerpo, y ella no fue otra cosa que un pellejo embarrado en el asfalto.

Si tuve hermanos, no recuerdo. Si fueron abandonados en cajas de cartón, regalados a peatones o se perdieron en las avenidas, no me di cuenta. Como en sueños oí chillar a mi madre con los huesos quebrados y yo chillé con ella. Como en sueños. Eso fue todo.

Silvia y Pelos Parados

Hacia las dos de la tarde, bajo un sol esplendoroso, reinaba el silencio en Plaza Solidaridad. Todos los niños estaban acostados, los únicos que estaban afuera de las tiendas eran los perros asoleándose.

—Amo a esta niña, se lo hice sentir con un empujón, con un golpe en el vientre —confesó Pelos Parados. Y a Silvia, se le declaró:

—Piensas pinche pendeja que nadie te quiere, pero te amo yo, te amo yo, te amo yo —y procedió a besarla, haciendo espacio entre sus ropas para meterse en ella.

Como si estuvieran solos en el colchón y no hubiera nadie de la banda en el suelo inhalando activo, o como si durante el sube y baja del amor yo no estuviera lamiéndole los pies a mi ama, él la recorrió de arriba abajo.

Alargué el cuello y le olí las piernas flacas. Él quiso empujarme, pero le gruñí feo y me pateó.

En venganza le mordí el dedo gordo del pie, me emperré en el lugar.

—Ja, ese perro no sólo parece persona, sino que se pone celoso —observándome con ojos extraños, él se acomodó para poder alcanzarla.

Se habían conocido junto a la fuente de la Virtud, poco después de que la policía expulsó a la banda de las afueras del museo y selló las coladeras. En verdad no les fue difícil hacerse carnales, por esos rumbos llegan continuamente niños y niñas de los barrios marginados y de las entrañas del país.

Las historias de los niños, extraordinarias para ellos, son comunes para los demás, incluso para mí. Algunos viven semidormidos. Otros, iniciados en la inhalación de solventes y en la prostitución, caen en mundos más bajos. Por el uso del activo, la piedra y el chemo se olvidan de sí mismos hasta perder los detalles de su pasado, acabando por dividir su existencia en tres edades: los años de vida, los que tienen en la calle y los que llevan en la droga.

Pancha Gómez, la madre de Silvia, no sabía dialogar. El único idioma que conocía era el de los golpes. Su padrastro era peor, la había violado a los siete, a los ocho, a los nueve años. Hasta que ella escapó de casa.

Silvia tenía cuatro años en la droga. "Un chingo", aseguraba. De las facciones y del nombre de su padre no se acordaba. Su hermano mayor estaba en una cárcel de Chalco. "Es que a nosotros nos llegan puras bendiciones", creía Silvia.

Lo que más me gustaba de Plaza Solidaridad era mi ama (tan inocente y tan ajena a la carne cruda de la realidad). Allí compartíamos piso, palizas y piojos. Me costaba trabajo apartar los ojos de ella, no sólo por cuestiones de lealtad, sino porque la acompañaba a todas partes. Diré una verdad de a kilo, la pura neta: por más golpes que le diera la vida, nadie podía quitarle ese fulgor en los ojos rienhotes, esa alegría de la cara, esa cara de risa, esos hoyuelos irresistibles que se le formaban en las mejillas.

Dientes de Peineta tendría dieciséis años, una mitad en la calle, la otra mitad en Puebla. Se vino de aventón en camión de redilas. Cayó con la banda de los Cosmos. Éstos lo echaron, no sin antes enseñarle a ponerse la mona y a soplar bolsas de chemo. Le halló gusto a la inconsciencia, pues le quitaba el hambre, el frío y la desesperanza.

De los Cosmos se fue con los de la Guerrero. Mas una tarde que se peleaban por activo Catalina y Tomasa, Tomasa le echó a Catalina thinner en los ojos. Casi la dejó ciega. Él se salvó por unos albañiles que lo protegieron, pues los chavos le iban a dar de botellazos. Cuando a los tres días fue a buscarla a la casa hogar, la encargada le dijo: "¿Adónde está Catalina Pérez? Se peló".

Catalina le había pedido que no le entrara a la mona, porque le afectaría el cerebro y los pulmones. Dientes de Peineta le contestó que pos sí, que esto de la calle era malo, pero se sentía libre y soberano sin jefa y sin jefe y que "Aquí nadie te pone caras, nadie te manda y nadie te grita, y nadie te despierta a patadas". Mas, la verdad, a veces se sentía solo, como un bulto abandonado en una banca, como un periódico en la basura, como una araña pisoteada.

Dos semanas después del incidente de la Guerrero, Dientes de Peineta fue arrestado y enviado a un reclusorio para menores. Se escabulló, porque era el pichón de los internos. Se unió a la banda de Tacubaya. No le gustó allí y se vino a Plaza Solidaridad. Admitido en el grupo, desde entonces no pensaba en otra cosa que en la mona, hacía trueques por una mona, pasaba día y noche con la mona, mareado hasta el alma por la mona. Su vida era el bote metálico de color amarillo usado para limpiar tuberías y destapar caños, el activo. Hacía un agujero en el bote, impregnaba trapos que vendía a los otros, y al alucine.

Esa tarde era rico y los demás lo envidiaban: traía en la mano un tubo amarillo con tapón negro: "UHU, EL PEGATODO impermeable, inflamable y flexible". Lo había comprado en una tlapalería con un tubo de pegamento RESISTOL 5000. Aunque apenas podía leer y escribir, presumía de sus buenas relaciones con los zapateros y los peleteros, de los que conseguía cementos Marca Libre, producidos por la próspera Industria de la Muerte.

Pelos Parados era de Chalco y hablaba poco de sí mismo. Los pómulos se le iban saltando, los dedos entumeciendo, perdía fuerzas cada día, y todo por la droga. Siempre dubitativo, comenzaba sus frases con un "No sé si me acuerdo", "No se si te acordarás", "No sé si fue la semana pasada". Su única certidumbre era su amor por Silvia, su carnala. No disimulaba que le agradaban sus ojos francos, sus labios gruesos, sus orejas pequeñas, su rostro melancólico, su pelo negro con raya en medio, y hasta su nerviosismo. Por su parte, Silvia no necesitaba que le dijeran que era bonita, desde temprana edad la gente había elogiado sus facciones y su cuerpo.

Cuando estaban haciendo el amor Pelos Parados y Silvia, Dientes de Peineta irrumpió en la casita con una cámara desechable en las manos, birlada a alguien. También su saco Calvin Klein y su corbata italiana eran hurtados.

—¿Y eso? —Pelos Parados cubrió a Silvia con una cobija.

—Una foto, para la posteridad.

—Retrátanos desnudos —ella se descubrió.

—¿Y qué hacemos con el perro?

—Tápalo con un sarape.

—Sale foto.

—Ja —era el sí de Pelos Parados.

Batalla campal

Al amanecer me adormeció el rasguido de las guitarras y el olor del activo, pues el aroma de los solventes que envolvía a la banda me envolvía a mí. Mientras el músico, sentado de espaldas sobre periódicos viejos, con dedos invisibles se las ingeniaba para sacar notas de las cuerdas de su instrumento, me invadió el chipichipi de la llovizna que algunos llaman nostalgia.

—No te duermas, flojo —Silvia me sopló en las orejas.

Abrí los ojos.

Mi mirada se deslizó por las losetas del piso, se meció en las lámparas y llegó a la escultura de una doncella que tenía en las manos una paloma. Por un momento tuve la sensación de que el pecho de la doncella palpitaba y la paloma movía la cabeza. Puro alucine.

Mis ojos caminaron hasta la Alameda y hallaron una fuente de cantera labrada con cuatro ángeles sosteniendo una pila. Sin mover el cuerpo del regazo de Silvia, atravesé los prados hasta detenerme en la escultura de un músico, el cráneo lleno de vasos desechables, bolsas de plástico y envases de refrescos. Era Beethoven. Mi ojo vislumbró entonces la mole blanca del Palacio de las Bellas Artes y la boca tragagente del Metro. A la derecha parecía seguir creciendo la Torre Latinoamericana.

En las vitrinas de Avenida Juárez los maniquíes se desabotonaban el saco o la falda, como si tuvieran existencia propia y sostuvieran raras relaciones cuando las tiendas estaban cerradas. En otros establecimientos comerciales las luces interiores traspasaban la reja de las cortinas y rayaban la acera. Delante de un hotel, un portero uniformado le abría la puerta a una señora ebria que descendía de un coche.

Las personas que a esas horas pasaban por la avenida eran en su mayoría veladores, sexoservidoras, meseros, ebrios, vagabundos. Había pocos niños, ellos solían venir los domingos y en época de Reyes Magos, cuando las aceras se llenaban de Santa Clauses cagándose de risa. La contaminación daba un brillo turbio a las estrellas, como si fueran alas de mariposa rociadas con insecticida. Aunque los carros de la basura arrastrándose por los arroyos del pavimento y las patrullas policiacas alborotaban a la misma oscuridad, los niños, afectados de la vista y del oído por las monas, parecían bultos mortuorios en el suelo de la casita. En esa atmósfera de abandono, de repente un niño o una niña se levantaba, e indiferente a la hora y al clima cruzaba la calle como un zombi a punto de ser atropellado, pues el tolueno le hacía perder el sentido de la realidad y de las distancias e ignorar los automóviles. Para protegerlo hubiese sido necesario ponerle delante de los ojos, como se pone en los espejos laterales de los coches, una advertencia: "Atención, los objetos en el espejo están más cerca de lo que parecen." El problema es que no le hubiese importado la advertencia.

El ojo de Pick, mi ojo, se topó entonces con una plazoleta, adornada su fuente con una escultura representando una diosa. Apagado el surtidor, los bordes secos servían para que se sentaran los niños de la calle. En esa dirección, en el centro de la plazoleta, alumbrada por las lámparas de postes negros, mi vista se posó sobre una ninfa con un ramillete de flores. Echado a los pies de Silvia, por un efecto de la luz lunar, me pareció que tenía miel sobre mi pata, y me puse a lamerla. Silvia, por su parte, se puso a contemplar a su perro amarillo, de cola enroscada, ojos negros, pestañas rizadas, cuello suave, piernas esbeltas y orejas gachas, que se había convertido en una extensión de su cuerpo y en un receptor fiel de sus emociones, de tal manera que podía distinguirla en las multitudes.

—¡Carajo! —el hombre que hacía unos minutos tocaba una guitarra, con las piernas abiertas y los zapatos sin agujetas, ahora rompía su instrumento contra el piso y se llevaba la mano crispada a la boca para inhalar activo.

Era Carlos Resistol y estaba hasta las chanclas de alucine. Olía fuerte, pues no se había cambiado de ropa en meses o años. Yo, de buena gana, hubiera querido ladrarle y morderlo, pero traía cuchillo. Por eso me quedé inmóvil cuando se levantó con un palo en la mano.

Dos bandas se enfrentaban con botellas, varas, piedras y fierros. Toda cosa que tuviera filo pasó volando sobre mi cabeza, acompañada de gritos, gemidos, soplidos y sangre. Era una batalla campal bastante enredada, pues en cada colonia residían entre veinte y treinta individuos, algunos ya grandes, y era difícil saber quién era quién, y sobre todo de qué lado estaba Carlos Resistol, pues daba palos a diestra y siniestra (incluso a mí me dio una patada en las costillas).

En respuesta a una llamada telefónica anónima —que reportaba que dos grupos de menores de edad, que antes estaban inhalando activo, ahora se estaban peleando con armas punzocortantes—, cerca de veinte policías preventivos acudieron en patrullas y elementos del cuerpo de granaderos saltaron de camiones sin puertas para arremeter contra chavos y chavas. Los comandaba un policía judicial apodado El Diablo.

Sin decir agua va, los agentes del orden, disparando al aire, jalonearon, persiguieron y golpearon con pistolas y macanas a todo aquel que se movía o tenía cuerpo, sin que se escaparan cuatro misioneros de la iglesia cristiana Príncipe de la Paz, que se encontraban allí con comida y ropa para regalar a los niños.

A Delfino le pusieron una pistola en la sien. A Marisol le dieron en la cabeza y le quitaron su bolso. A tres los pasearon en patrullas, amenazándolos con mandarlos al Tutelar de Menores si no les daban droga o dinero. Cuatro fueron detenidos y enviados a una agencia del Ministerio Público para abrirles averiguación por los cargos de daño en propiedad ajena y resistencia a la autoridad. Los lesionados fueron atendidos en un hospital de la Cruz Roja. Erika se subió a un árbol y se escondió entre las ramas. Desde allí vio cómo a Jorge lo jalaron de la camisa y le dieron un macanazo en la espalda, cómo a Luis le pusieron las rodillas sobre la panza y le dieron de bofetadas.

—Ya párale, mano, no soy tu costal de boxeo —desde el suelo gimió El Gas, a quien le daban puñetazos en el pecho.

En medio de la trifulca sentí el impulso de correr hacia una de las fuentes, pero la confusión de piernas y zapatos me estorbó el paso y sólo atiné a deslizarme hacia la casita haciéndome chiquito, chiquito. Ese movimiento me dolió mucho, por el patadón que me había dado en las costillas Carlos Resistol.

Como los más grandes se defendían encarnizadamente, los policías pidieron refuerzos y contraatacaron apoyados con mangueras. Incluso a mí los chorros de agua me dejaron hecho una sopa y un policía de ojos amarillos me arrastró por el suelo, cogiéndome del pellejo, no obstante que intenté clavar las uñas en la tierra.

Al verme pateado y temblando, aunque temblaba más de hambre que de dolor, Silvia me recogió de entre las hierbas y trató de arroparme. Pero en ese momento, como a través de un velo de lágrimas, vi cómo ella era jaloneada de un brazo por un policía calaco.

—Adiós, Pick —subida a la patrulla C-186 me dijo desde la ventanilla, mientras el vehículo se alejaba con la sirena prendida y una linterna arrojando luces rojas.

Quise correr hacia ella, mas una patada en el estómago me hizo rodar por el suelo y solamente alcancé a ver al dueño de la bota riéndose.

—Aquí te esperas, amigo —un policía, El Rondón, me miró desde detrás de sus lentes negros, como si los lentes fueran sus ojos.

—Está de pelos este can, ¿nos lo llevamos? —me cogió de las patas el policía calaco.

—¿Pa qué?

—Para hacerlo chicharrones.

Al oírlo, me fui corriendo.

El Toloache

Al caer la tarde vi venir por avenida Juárez a un joven de expresión maliciosa, con el pelo color zanahoria y unos pantalones de mezclilla que parecían haber barrido todos los suelos, por dormir a la entrada de los cines, debajo de los árboles o donde lo cogiera el sueño. Sus calcetines blancos estaban mugrosos. Sus manos amarillentas mostraban cicatrices. Era El Toloache.

—Allí viene ese granuja, cuidado con el dinero, te roba sin que te des cuenta —el expendedor de billetes de lotería previno a su mujer cuando lo vio a distancia.

—No necesitas decírmelo, lo conozco.

—Un entero, que caiga en cuarenta y nueve —pidió El Toloache.

—¿Con qué ojos vas a pagarlo?

—Ai le pago después del sorteo.

El hombre señaló al letrero: HOY NO FÍO, MAÑANA SÍ.

En la esquina El Toloache descolgó el teléfono y sin meter tarjeta ni marcar número se puso a parlotear:

—Atención Señora Seguridad Pública, le hablo para reportar los movimientos sospechosos de un individuo apodado El Toloache, quien en estos momentos se dirige a la Alameda con la intención de violar a un honesto anciano. ¿Descripción? Se la debo.

—¿Con quién hablas, carnal? —remedó la voz del peatón que pasó mirándolo.

—Con la autoridad —se contestó.

El Toloache se detuvo en el umbral de una tienda de ropa. El propietario salió para darle una moneda, indicándole que se marchara. Cuando se cruzaba con otros peatones, éstos lo rehuían.

—Tres tacos de cachete —con sonrisa torcida, El Toloache se plantó delante de una taquera.

Ella notó que observaba a su niño, sentado en una caja de refrescos:

—No sé qué hacer, señor, estoy sola y el escuincle es muy desobediente.

—Préstamelo unos días, María.

—Ese es un robachicos, mamá —el niño irrumpió en llanto.

La mujer le extendió el envoltorio de tacos, pero El Toloache ya se había ido. Se paró delante de una vitrina. Un niño lustrador de zapatos miraba las cámaras fotográficas.

—¿Por qué triste?

—No estoy triste.

—¿Hace hambre?

—Una poca.

—A la vuelta tengo cuarto con comida.

El lustrador de zapatos, mirándolo con desconfianza, se alejó. El Toloache lo siguió. El pequeño se escondió detrás de un coche. Pasó de largo, buscándolo.

—¿Se le perdió algo, joven? —un policía lo atajó.

—¿Fuma mota? —El Toloache le ofreció un cigarrillo—. ¿O prefiere chochos, piedra?

Como el policía puso cara de molesto, El Toloache prosiguió su camino. Minutos después se acostó en la banqueta para ver en el aparato de televisión de una tienda de videos las caricaturas de Los Simpson. Poniéndose cómodo, se quitó los zapatos y los puso a manera de almohada.

—¿Qué pasó, carnal, no que estabas en la correccional? —el niño lustrador de zapatos se tendió a su lado.

—Me soltaron.

—¿Te dio miedo?

—Me consoló pensar en ti, corazón —de repente El Toloache se volteó hacia el niño y con las piernas lo inmovilizó en el suelo. Al mismo tiempo le metió la mano debajo de los pantalones sin cinturón y le agarró el miembro. Riéndose, inhalando la sustancia en el trapo que traía en la mano izquierda, hizo que el niño chillara de dolor. Una vez que lo soltó, él menor se puso a oler activo y a ver televisión a su lado. El Toloache, con la mano derecha, se paró el pelo.

Apareció en la calle una adolescente de la banda de la Hidalgo. Hablando sola, palmeteaba las manos y olía la manga de su suéter, impregnada de activo. Daba la impresión de querer ir a alguna parte, sin saber a dónde.

Era la hora de cerrar la tienda de videos y un empleado apagó la televisión y bajó la cortina. Salió por la puertita central y le dijo algo al oído a la adolescente. Ella asintió y se fueron juntos.

—Ay, Catalina, adiós —El Toloache se levantó. Meneando las caderas, se alejó por Avenida Juárez.

El Palacio de las Bellas Artes

Esa medianoche, El Toloache se abrió la gabardina delante de la señora que salía de la ópera en el Palacio de las Bellas Artes. Para el horror de ella, él no llevaba camiseta ni calzoncillos debajo.

—Eso no se hace, amigo —el acompañante lo amenazó con un paraguas.

—¿Qué hacen, carnales? —preguntó Dientes de Peineta.

—Aquí namás charoleando en el Palacio de las Pesadillas —Pelos Parados señaló al público que salía de la sala.

—Aparténse de esa niña, hijitas — al ver a Silvia ordenó una mujer cara de conejo, con pestañas postizas y uñas esmaltadas, peluca rubia y joyas relucientes.

Enseguida dos estudiantes de ballet, con tutús rosas, zapatillas de punta y moños de seda colgados del pelo, se alejaron de ella.

Cada vez que había teatro, conciertos de música clásica y funciones del ballet folklórico, la banda de Plaza Solidaridad esperaba a que emergieran los espectadores para charolearlos. Los más acosados eran los turistas norteamericanos. El mejor momento para pedir era cuando los hombres descendían al estacionamiento subterráneo en busca de sus carros y la familia aguardaba en el pórtico. Mas al verlos grifos, sucios y hasta con costras en los brazos, la gente los evadía. O, pretendiendo compostura, les dejaba caer una moneda desde el aire, evitando todo contacto físico con cuerpo o ropa.

Chavos de otras bandas también bloqueaban el paso del público. Algunos traían tenis, la camisa desabotonada y de fuera. A través de los pantalones desgarrados se asomaban pedazos de piernas, nalgas o barriga. Un cordón era su cinturón. Si lo llevaban.

—Por favor, señora, un peso —La Rana estiró la mano.

La mujer se alejó casi corriendo de ese muchacho de cara hinchada, movimientos acartonados y andar sesgado que apenas podía moverse.

Sin propónermelo me encontré entre un hombre calvo con pecho de pichón y un hombre flaco con la manzana de Adán salida. Dialogaban:

—Esos chicos pueden trabajar, cuando crezcan serán criminales, secuestradores, rateros.

—Son los descendientes de aquellos que durante la Colonia fueron llamados ciudadanos cero.

—Más valía matarlos tiernitos en el nido, como en Brasil.

—Ese perro de la calle también es un paria, deberían eliminarlo antes de que se ponga rabioso.

—O castrarlo.

—No sirve ni para tacos.

—Esos aguantan todo, por el tolueno no sienten hambre ni frío. Duermen en las bancas, en la banqueta, en las entradas de los cines, en las estaciones del Metro, en las centrales camioneras, en las alcantarillas, en los corredores comerciales, en los rastros, en los panteones, en los terrenos baldíos; se acuestan en colchones sucios con los resortes salidos y hasta en sacos de vidrios rotos.

—Comen galletas, papas, tacos, lo que la gente les da.

—Son adictos a las drogas, a la calle, al sexo. Las niñas se acuestan hasta con los perros y acaban embarazadas. Los niños se meten unos con otros. Desde los diez años son putos y putas. No se diga a los quince, son maestros.

—Son víctimas fáciles de las redes de prostitución infantil. Unos usan condón, otros nada. No tienen higiene, están llenos de piojos.

—Por eso hay tantas enfermedades horribles.

—Se pasan el día echados y de noche son cabrones, más los fines de semana. Nada más se pone el sol y salen a asaltar. Si no tienen activo pueden ser agresivos. Algunos ya están enganchados con la cocaína.

—El gobierno debería mandarlos a fuerzas a campos de rehabilitación, desintoxicarlos y enseñarles un oficio, de niños de la calle se convertirán en chavos banda, y de chavos banda en secuestradores.

—Afuera de los restaurantes y de los bancos, en avenidas y cruceros, en mercados y parques charolean, cuidan coches, limpian parabrisas, cargan bultos, son payasos, tragafuegos, mendigos.

—Por Anillo de Circunvalación he visto a niños de la calle dando vuelta en pasarelas. En el Cine Teresa son muy buscados por los jotos. Sobreviven al maltrato de la gente y de la policía, hasta que se los chinga el mundo.

—Hola, señor —Dientes Parados les abrió una mano en cuya palma las líneas se le habían borrado.

—No lo toques: puede estar enfermo de la piel o del estómago; puede tener herpes, sífilis o sida —advirtió el hombre calvo con pecho de pichón al ver a Pelos Parados. Súbitamente se quedó abismado al descubrir en esa tez morena sus propias facciones. El niño lo miró a su vez, buscando en su rostro una paternidad ignorada. El hombre se alejó de él.

—Lárgate chamaco, sólo quieres lana para comprar inhalantes —el flaco con la manzana de Adán salida lo ahuyentó con la mano.

—Por cierto, la chica no está mal —el hombre calvo con pecho de pichón examinó la panza prominente, los senos incipientes, la playera apretada de Catalina.

—Por cincuenta pesos te la llevas.

Metro Hidalgo

—No se admiten canes —el policía detuvo a los niños a la entrada de la estación del Metro Hidalgo cuando me quisieron pasar. Afuera, muchachos de la calle acampaban en el piso, indiferentes al charco que les había dejado allí la última lluvia.

Pelos Parados y Dientes de Peineta se fueron por la avenida. Silvia se quedó conmigo, pero luego se metió en un local de videojuegos sin pensar que podían atropellarme los minibuses que pasaban raspando la banqueta. Bolsas de plástico rozaron mi cabeza. Sobre mis orejas la gente vino a gesticular y hablar. El carnicero arrojó a mi hocico papeles grasosos.

—Ricas tortas. Cubana, especial y rusa doce pesos. Milanesa, pierna y quesillo, tres pesos. Tacos de bistec, cinco pesos.

Cuando Pelos Parados y Dientes de Peineta regresaban con una caja de cartón, antes de que me vieran yo los vi a ellos desde la sombra del árbol a la que estaba echado. Asimismo Silvia, al salir del local de videojuegos, reconoció mi cuerpo amarillo, mi cabeza pequeña y mis ojillos negros del tamaño de la bola negra de mi nariz.

—¿Tiene un peso, seño? Voy pa Observatorio —El Toloache interceptó a una empleada cuando abría su bolso.

—Uno.

Pelos Parados y Dientes de Peineta me levantaron en vilo y me pusieron en la caja de cartón. La bajaron alzada por las escaleras. En los pasillos que llevaban a los andenes, muchachos de la calle se acostaban en el piso, envueltos en cobijas. En la ciudad había tantos lugares de encuentro que era imposible conocerlos todos. Además, la competencia para pedir era tan dura que se tenía que rivalizar con niños indígenas, con ciegos, inválidos, enfermos y desocupados; con Marías, asociaciones sociales y hasta con músicos desentonados. Cualquier persona salía con un bote y se paraba en la calle.

Miles de hombres y mujeres bajaban aprisa las escaleras y se amontonaban delante de las máquinas recogedoras de boletos. Era la hora de mayor afluencia del Metro en una ciudad donde todo el día había multitudes. Pelos Parados y Dientes de Peineta aprovecharon que unos trabajadores pasaban con unos costales blancos sobre los hombros para introducir la caja. Los policías no se dieron cuenta de que iba yo adentro, ocupados en obstaculizar a los usuarios, desviarlos, bloquearles los accesos a las correspondencias, hacerlos dar vueltas y taparles las salidas.

Tres niños de la calle estaban sentados en el piso, en triángulo, cerca de la pared, comiendo quesadillas; sucios, chidos, se reían de todo.

—Soy Arturo.

—Denise —se presentaron.

—¿Y tú, maestro, cómo te llamas? —preguntó Pelos Parados al que se había quedado callado.

—¿Maestro? Soy niña. Norma.

El Toloache se nos juntó, aunque de inmediato se nos separó tratando de apreciar la marca de reloj que llevaban algunos pasajeros.

Pelos Parados descendió sentado sobre una escalera automática.

—Tienes mano loca, buey —protestó un gordo bigotudo, recargado en una barandilla para observar abajo a la gente. Dientes de Peineta le rozó el trasero.

Los gritos del Metro resonaron en el corredor:

—Para su mejor lectura, diez pesos le vale la lupa.

—Adquiera su regla de aluminio. Cinco pesos.

—Compre su Constitución, para que no le den con ella en la cabeza.

—Lleve su pegamento, joven, con sólo seis pesos se pondrá a todo aire.

—Ayuda, por favor —un cojo con voz de becerro herido mostraba un letrero: PERDI LA PIERNA EN LA REVOLUCION DE 1910

El Toloache le tiró la muleta con el pie.

—Hijo de puta —el cojo rodó escaleras abajo.

—Ole —El Toloache regresó en otra multitud y le pasó el zapato sobre las greñas.

A la vista de todos, La Rana estaba tratando de abrir con un desarmador la máquina de estampillas del Servicio Postal Mexicano.

—Ya se retardó un chingo.

—No se dice ya se retardó, si el tren no es pendejo, sino se atrasó —corrigió Pelos Parados a Dientes de Peineta.

No pudieron abordar los trenes que llegaron: el gentío que se arremolinaba a sus puertas impedía toda entrada y toda salida.

Silvia se imaginó que serían las seis de la tarde, pues en el cuadrante del reloj sólo había un aviso que decía Fuera de Servicio.

El Toloache apareció recargado en una pared. Los lentes oscuros sobre la nariz le permitían ver sin ser visto. Sus manos nerviosas jugaban con una botella de refresco vacía. Arribó un tren y se metió entre los pasajeros.

—Suba las manos, joven —chilló la empleada que le había dado el peso.

—¿Qué quieres, mamacita, que me cuelgue de tus peras? —la atacó él.

En el carro Pelos Parados y Dientes de Peineta aparecieron junto a una niña gorda. Vestida de blanco, tenía cara de haber hecho esa mañana su primera comunión. Silvia me sacó de la caja, protegiéndome para que no me pisotearan.

—Qué perro tan bonito —dijo la niña de blanco.

—¿Traes lana? —Pelos Parados se cogió del tubo.

—Ahhhhh —rezongó Dientes de Peineta.

—¿Traes o no traes?

—Ahhhhh.

—¿Cómo le pagaremos al vendedor de activo?

—Ahhhhh.

—¿Cómo estás? —le preguntó Silvia a El Toloache.

—Chido.

—No te me acerques —Silvia lo empujó hacia atrás.

—Ay, el sube y baja del amor me pone nerviosa —la remedó él y se metió entre los pasajeros para esculcarlos. En una chamarra doblada sobre el brazo ocultaba lo hurtado. Cerca de un grupo de chicanos y una mexicana andaba La Rana de cómplice.

—¿Ya casi llegamos? —preguntó el chicano.

—No sé —replicó la mexicana.

—¿Tu familia no te deja subir al Metro?

—No.

—Se me hace raro verlo por aquí, don Jerónimo —dijo una señora por encima de mis orejas.

—No es mi rumbo, Rosita —Jerónimo dobló *La Prensa*.

—¡Grosero! —gritó la niña gorda a El Toloache cuando éste, tocándole el trasero, descendió en la estación con algo envuelto en la chamarra.

Con él se vació el carro; en la explanada del Zócalo había un concierto al aire libre. Entre poca gente subió un ciego berreando, los ojos blancos, la nariz arisca, los dientes pelados. Se abrió paso, sujetándose del pasamanos con la mano izquierda y tanteando a los pasajeros con la derecha. Al arrancar el tren, por debajo de los pantalones de La Rana comenzó a correr un líquido que se desparramó sobre sus zapatos. Se estaba orinando.

—Sin aludir a los presentes, ¿no cree que huele mal este carro? —comentó la señora.

—No huele, hiede —dijo Jerónimo.

—Esos deberían bañarse más seguido. Y cambiarse de ropa.

—Y usar desodorante.

—Mejor nos cambiamos de lugar.

—O nos bajamos y esperamos el próximo tren.

Los que nos bajamos fuimos nosotros. Con ojos refulgentes, Silvia vio perderse en la distancia el gusano anaranjado del tren. La Rana a bordo.

A la salida de la estación dos policías hablaban con los niños de una banda que les entregaba dinero. El Rondón, moreno y regordete, y El Flaco con lentes, interrogaban a un adolescente afeminando, de pelo rizado y ojos verdes. Los policías llevaban chaleco antibalas de Seguridad Pública.

—¿Qué andas haciendo por aquí, mano?

—Soy de Acapulco. Tengo cinco días de llegado.

—Ay, yo en cambio soy de Puebla.

—¿Adónde sería bueno ir?

—¿Conoces Coyoacán?

—¿No quieres dar una vuelta por Garibaldi?

—Vamos para allá.

—¿Me llevan a oír mariachis?

—Lo que quieras, corazón —El Rondón se lo comía con los ojos.

—¿Vendrá también él?

—Él será el primero.

El muchacho de Acapulco y los dos policías abordaron una patrulla.

El músico

Esa mañana, sin apetito, entre mis patas solares abandoné el hueso que me había regalado Silvia. Invadido por un extraño desasosiego, contemplé mi sombra como si fuera mi espectro y me puse a aullar por mi suerte, porque en la pared negra de una alcantarilla vi escrito mi nombre.

Silvia no estaba y El Toloache con halagos me condujo a un baldío de la calle López. Allí, me entregó a un músico ciego.

—Te lo alquilo por cincuenta pesos. Pick es un perro tranquilo y sabe cruzar la calle. Un perro así es útil para un ciego.

—Trato hecho —El Toloache recibió el dinero en morralla que el invidente había limosneado, y partió.

Cuando horas después Silvia se enteró de lo que El Toloache había hecho, se enojó mucho.

—¿Dónde está mi perro?

—El perro se murió.

—Cómo que se murió, se lo alquilaste a un pinche ciego, devuélvemelo, lo quiero de inmediato.

—Los perros callejeros abundan, allí hay otros, escoge el que quieras —El Toloache señaló a un can blanco, de orejas gachas y nariz pelada, y a un can negro, de orejas y cachetes color cajeta, echados al pie de un banco. Apuntó a La Rayas, la perra preñada que nunca me atrajo, aun cuando estaba soltera—. Esa pronto tendrá cachorros, uno será para ti.

—A veces El Toloache se pone así, loquito —Francisca, la hermana mayor y encargada de la banda, se alzó de hombros.

Silvia, desolada por haberme perdido, se sentó toda la tarde en una banqueta para ver si regresaba. A ratos, es verdad, se dio toques de inhalante y se durmió. Llegó la noche y en compañía de Pelos Parados se fue a charolear en las inmediaciones del Cine Palacio Chino.

Yo husmeé la melena blanca y el mantón negro, como chal de mujer, de mi nuevo amo. La piel se le había secado sobre la cara y las manos y parecía de lagartija. Católico pagano, llevaba un escapulario con imágenes de la Virgen de Guadalupe y del dios Tezcatlipoca. Los ojos no se los miré, porque los ocultaba detrás de lentes negros y porque me daba miedo la ceguera. Nada hay más triste en este mundo que un perro ciego. En adelante lo identificaría por su voz y su mal aliento. Más que por su nombre.

No podía verlos, pero los perros eran la pasión de Adán Pan y los percibía a distancia y con la mano palpaba sus quijadas. En su error, el pobre hombre pensaba que todos los ciegos tenían un perro y todos los perros un ciego. Al acariciarme, pronto se dio cuenta de que yo tenía las orejas gachas y la cola enroscada, el hocico pequeño y era medio flaco. Cómo adivinó que tenía pelo amarillo y ojos negros, y era un perro encantador, es un misterio.

—Te daré un hueso cada día a cambio de que me asistas en mi trabajo, pero, por favor, no aúlles, me ponen muy nervioso los aullidos —me dijo y me llevó de una correa por las calles del centro histórico.

Allá pasamos el primer día y el segundo y el tercero, berreando él con la mano tendida a la espera de la bondad de criaturas invisibles. Para no cansarme, yo permanecía con la cabeza acostada en el piso, mirando a la multitud venir, irse, desaparecer sin darle nada. Me entretenían los olores a queso y sardina, a huevo podrido y a perfume barato de algunas mujeres. Hasta que en la tarde del quinto día vino a sentarse con nosotros un guitarrista desdentado de un tufo insoportable. Cuando se quitó la chaqueta para ventilarse fue peor, pues ahora mis narices fueron acosadas por dos hedores. El hedor fue largo, pues ambos tenían bastante tiempo para matar conversando.

—De noche, para que no se te vaya, enciérrarlo en el baño —fue el mal consejo que le dio el guitarrista apestoso a mi nuevo amo.

Se despidieron al cerrar la noche y nos metimos en su cuarto de vecindad, con los vidrios de la ventana pintados de negro. Se me ha olvidado decir aquí que lo primero que hice en su morada fue figurarme una posible salida, un escape; pero como aparte de la puerta atrancada y de la ventana negra no había muchas opciones, me resigné a esperar una oportunidad mejor para evadirme, tal vez un día que me fingiera enfermo y me dejara solo.

—Te tienes que acostumbrar a la buena vida, carnal, no te vayas a enfermar del estómago, porque de aquí en adelante vas a tener festines diarios de palabras. Lo que no comas hoy lo guardaremos para mañana, así de económica andará la austeridad en nuestro territorio —Adán Pan me puso delante del hocico un plato con huesos de pollo podrido. Luego, con mano zurda me indicó una vasija mosqueada, que parecía haber servido a otros perros lo mismo para echar carne, caldo de pescado, frijoles, chilaquiles y atún; nunca había sido lavada—. No seas tímido, si tienes sed de pescado allí hay suficientes espinas. Si te apetece el agua, allá hace calor para que te bañes. En ese rincón repleto de triques hay espacio para que te eches una siesta.

En el cuarto, Adán Pan de pronto se ponía a cantar. En particular, boleros. A cualquier hora, sólo necesitaba sentimiento o insomnio, para berrear:

Relámpago, furia del cielo,
que has de llevarte mi anhelo,
a donde no pueda más.

Y como no sabía cuando era de día ni de noche, me daba serenatas al oído. Por fortuna, en la madrugada su cantar era ahogado por la competencia de las toses de los camiones que pasaban afuera. Los sonidos hacían vibrar los vidrios y yo sentía no sé qué, como cuando rasguñan un cristal.

—Ay, mamacita —escuchaba yo, con la cabeza pegada al piso y los ojos siguiendo sus movimientos: se había caído otra vez, tropezándose con mi cuerpo, por ese hábito mío de tenderme en el suelo.

—Sin duda agachas las orejas por humildad, pero también para que no se te escape de las orejas mi bello canto —de buen humor, y sin rencores por haberse lastimado las rodillas, con dedos ásperos me acariciaba la frente. Y como a persona me explicaba, pegando su cara a la mía, respirando yo su jadeo:

—Aunque no lo creas, carnal, yo fui tragafuegos. En un mercado de Toluca obtuve enormes ganancias escupiendo llamas. Lo que más agradaba era verlas. No que ahora. Te confiaré un secreto: mi padre, que era un pirómano ciego, me enseñó a hacer incendios. A medianoche, carnal, a medianoche encendíamos periódicos, cartones, sillas, botellas, bolsas de plástico, llantas de coche. Y todo para sentir el calor del fuego en la cara, carnal.

Adán Pan, en su exaltación se quitó los lentes oscuros y me descubrió sus ojos. No quise verlos, porque, ya lo he dicho, me da miedo la ceguera, y porque asomarme en su intimidad hubiera sido como adentrarme en la relación.

—No vas a creerlo, pero soñé que compuse una canción maravillosa. El problema es que se me olvidó —se levantó una tarde Adán Pan después de tomar una siesta—. Qué pena que no la soñaste conmigo, tú sí tienes memoria, carnal.

Como respuesta a ese homenaje a mi memoria, le di un ladrido.

—Me gustaría convertirte en el Midas de los perros. Pero pinche miseria, carnal —me aseguró esa noche en la que los dos ayunamos.

Lo que sea de cada quien, Adán Pan no fallaba en sacarme desde temprano, jalarme por las escaleras y en apostarse afuera de la estación del Metro. En torno de él fluía la multitud invisible. A veces, por hambre, yo arrojaba a los transeúntes mi ojo fiero, como si fuera capaz de morder a alguien.

—¡Qué perro tan feroz! —decía la gente.

—El perro es malhumorado —replicaba el músico al peatón imaginario que ya se había ido. Y a mí me decía: si en una semana has envejecido, significa que tu ama también ha crecido, tendrá más carne que palpar.

Mas un anochecer, mientras sentados en un escalón de la estación del Metro me acariciaba la cabeza, habiéndose apoderado la apatía de mi persona, alcé la cabeza y vi venir hacia mí a la niña de mis ojos.

—Silvia —corrí a su encuentro.

Ella me extendió la mano. El ciego cayó de espaldas por las escaleras y se quedó así un rato, como si se hubiera muerto o estuviera mirando el cielo. Los lentes negros entre sus zapatos.

Calle San Mateo

El sábado los niños se levantaron tarde. Habían dormido hasta la madrugada. Después de ponerse una mona, se fueron a La Merced. Dientes de Peineta iba en busca de su hermana.

Con ellos atravesé la Alameda. Para cruzar el Eje Central esperé el momento en que no hubiera coches. A partir de entonces, ya no me separé de ellos.

Los niños no respetaban altos ni señales de tránsito, ni se fijaban en los camiones que a toda velocidad pasaban junto a nosotros. A ratos no sabía si devolverme al otro lado de la acera o correr y correr.

—Pendejo —le gritó a Dientes de Peineta un automovilista que había estado a punto de atropellarlo.

—El colmo, está a punto de matarte y todavía te insulta —Pelos Parados le hizo un gesto obsceno.

La verdad era que no les importaban los semáforos ni los cláxones. El calor derretía las piedras, hacía sudar el pavimento y el fino abrigo de piel que traía encima me hacía sentir incómodo. Por eso jadeaba.

Silvia entró en una carnicería y salió con un envoltorio. Me lo puso en el hocico para que lo abriera. Gustosamente saqué unos pellejos del papel periódico y antes de que me diera cuenta ya los había tragado.

—Caramba, gastaste la lana para los tacos y los toques —Pelos Parados le reclamó, frotándose uno con otro los tenis.

—Me abrieron el apetito, lástima que no soy perro —a Dientes de Peineta se le hizo agua la boca, pues no había comido desde ayer o antier.

En las calles contiguas a La Merced, los comercios estaban pintados de verde. En las bodegas había barriles con cacahuates, nueces, pepitas de calabaza, ciruelas pasas y avellanas. El olor de las especies recorría la calle.

En las fruterías las cajas de duraznos y de peras estaban descubiertas. Sandías, mangos, papayas y melones estaban apilados. Las coronas de las piñas estaban regadas por el suelo. Pencas de plátanos colgaban de las paredes. Ojos morados como uvas miraban desde los racimos. Cajas registradoras hacían ruido. En algunos establecimientos vendían jamones, chorizos y quesos, duraznos en almíbar y fruta cristalizada. Camiones con el motor prendido apestaban el aire. Los niños de la calle ofrecieron su ayuda a los fruteros y a los verduleros, pero a éstos no les gustaba su aspecto ni que anduvieran entre los clientes. Al contrario, les bloqueaban la entrada a sus comercios. Los chavos seguían su camino.

Por allí, colegas míos hurgaban en la basura desparramada sobre la calle. Sentados en la banqueta, los desempleados anunciaban con letreros su oficio, esperando ser alquilados.

Prostitutas en minifalda eran de la condición del tordo: las piernas flacas y el culo gordo. Con tacones altos y una bolsa de plástico colgando del brazo o de la mano, acechaban en las esquinas o detrás de enrejados verdes. Entre ellas, un vago de cara polvorienta y pelo hirsuto, con una prenda negra que alguna vez fue suéter o algo así, sin zapatos pero con calcetines, mostraba las nalgas secas debajo de los pantalones caídos a lo Cantinflas. Era el eremita de los basureros.

Pasamos junto a puestos de dulces y de zapatos, de jabones y de champús, de juguetes de plástico y de perfumería local, de cazuelas de barro negro y de ollas de Santa Clara del Cobre, de juegos de la Oca y de Serpientes y Escaleras. Usuarios pacienzudos formaban colas largas para tomar el minibús a Santa Martha; vendedores de lotería ofrecían billetes para el próximo sorteo.

Arrastrando los pies, los niños dejaron atrás la Maderería Las Selvas, el Centro Botánico Azteca, la Taquería Me Vuelves Loco y el Almacén de Plantas y Hierbas Medicinales. Afuera de la iglesia de La Soledad, construida con piedra roja de tezontle, y de un expendio de cerveza, mujeres en pantalones negros y zapatos de tacón alto esperaban a sus clientes.

—Pusieron rejas en las ventanas para que no te metas, carnal. Pero estás tan anémico que cabes entre los barrotes —dijo Pelos Parados.

Dientes de Peineta respondió algo ininteligible, una especie de "O sea" arrastrado y pastoso.

Aquí y allá, mujeres indígenas con faldas tradicionales, tapándose con el rebozo la cabeza para protegerse del sol, acompañadas de sus críos, vendían chiles, jitomates, hojas de mazorcas, cebollas y limones.

A través del ruido del tráfico me llegó la voz de un merolico ofreciendo pomadas para los calambres, los desgarres, la mala digestión, los dientes cariados y para cualquier dolor. Sus gritos me atrajeron, quizás porque parecían ladridos.

Desde un camión los cargadores aventaban naranjas podridas al suelo. No se fijaban en peatones, ni en bicicletas ni en diablos. En medio de la calle daban la impresión de estar solos en su actividad. Detrás del camión una perra chata me gruñó, no sé si por ganas o en defensa de sus desperdicios. Encadenada a un refrigerador descompuesto, era patética.

En la calle Santo Tomás, docenas de hombres, con cara alerta y ojos aguzados, observaban el desfile de las sexoservidoras, quienes en pasarela continua mostraban sus encantos físicos.

Chicle en boca, la piel morena, el pelo negro suelto, la minifalda roja o negra y los pantalones lilas o anaranjados, las botas negras y los zapatos de tacón alto, las mujeres estaban paradas delante de una casa en ruinas. Una por una se desprendían del muro para presentarse a los hombres. Una música ranchera salía vociferante de la boca de una cantina hedionda. Un perro blanco sucio las seguía. Un padrote lo pateó.

Al cruzar la calle, las mujeres susurraban:

—Psssst.

—Psssst.

—¿Vasssss?

—¿Vasssss?

—¿Qué dicen? —preguntó Pelos Parados a Dientes de Peineta.

—¿Vienessss?

—¿Vasssss?

—Cien.

—Ochenta.

—Depende.

Cuando Dientes de Peineta descubrió a su hermana entre las mujeres que hacían la pasarela, salió a su encuentro. Quizás se apresuró, porque cuando ella lo vio venir se echó a correr, volteando hacia él para cerciorarse de que no la siguiera.

La hermana desapareció detrás del portón de una vecindad dilapidada. O tal vez se deslizó por una fachada sin casa. O entró a un traspatio. O a la tienda de abarrotes. O a la cantina. ¿O al Hotel San Mateo? En su deterioro, en su sordidez, las construcciones eran intercambiables.

—Con esos dientes no puede ser más que tu hermana —se burló Pelos Parados—. Parecen gemelos.

—Ella es mayor que yo.

Dientes de Peineta y Silvia entraron a la vecindad. Yo los seguí, pisándoles los talones. No supe si Dientes de Peineta iba riéndose o era incapaz de taparse la dentadura con los labios. Con él no se sabía cuando estaba serio. A veces daba la impresión de hablar en broma, pero estaba enojado. En los cuartos del pasillo apenas cabía un colchón. Una cortina zancona protegía mal la intimidad de los fornicadores, cuyos pies se asomaban, cuya ropa estaba tirada en el piso, cuyas voces se escuchaban:

"Apúrate." "Espérame." "Ya salte." "Un minuto más." "Ya quítate." Al fondo del lavadero estaba un altar con una imagen de la Virgen de Guadalupe, con veladoras prendidas.

—Hasta aquí llegaron, carnales, ¿qué se les ofrece? —nos salió al paso un hombretón de más de cien kilos.

—Vengo a ver a mi hermana.

—Aquí no hay hermanas, aquí hay putas.

—La vi entrar.

—Ya la verás salir.

—Voy a buscarla.

—No puedes, la pieza está ocupada.

—Me espero.

—En la calle —el hombre nos acompañó a la salida y dio el portazo. Volvió a abrirla—. No vuelvas a tocar, cabrón, porque te rompo la madre.

Largo rato esperamos a la hermana de Dientes de Peineta. Pelos Parados y Silvia se recargaron en una pared pintada de amarillo, mientras él exploraba con los ojos la calle, los cables colgando de los postes. O leía los letreros de Miscélanea La Providencia, Bar La Corneta y Joyería El Hormiguero. No se cansaba Dientes de Peineta de mirar y mirar la pasarela de las mujeres callejeras. Mas cuando apareció la muchacha, que estaba con un cliente, se decepcionó: No era su hermana.

De pronto, dos mujeres nos aventaron cubos de agua sucia que habían sacado de los cuartos.

—Para los culeros.

—Para los mirones.

A mí me cayó el agua encima.

La Alameda

El atardecer del domingo salió de la estación del Metro un hombre de pelo gris, lentes de sol, pantalones caquis y chamarra negra. Tendría cincuenta años. Muchachas en pantalones de mezclilla y blusas de manga corta se asoleaban en las escaleras del palacio de las Bellas Artes.

En la Alameda, el hombre pasó junto al monumento a Beethoven. El olor de los charcos se mezclaba al de los tacos de tripas. Mujeres con carros de elotes enfriaban refrescos en las tinas con hielo. De las ollas salía vapor. Una pareja lamía una paleta verde, lentamente, para que les durara.

El hombre se sentó en la silla de un lustrador de zapatos con gorra Nike y uniforme azul. Estaba tirado en el pasto alguien que se tapaba con una colcha. No lejos, sus botas y pantalones. No se sabía si estaba dormido o muerto.

—¿Cuánto tiempo lleva así?

Siete, indicó con las manos el lustrador de zapatos. Era mudo.

—¿Desde la mañana?

"No lo toque, si lo despierte le dará de madrazos", el mudo escribió en un papel.

—¿Cuánto es?

"Siete", le indicó el lustrador de zapatos.

—Diez.

En eso, de la colcha emergió El Toloache, con el pelo enmarañado y los pantalones sucios, la camisa morada y la chamarra mugrosa. Traía un calcetín puesto; la planta del otro pie, desnuda. Se peinó con una cosa blanca y empezó a meter sus propiedades en una bolsa de plástico. Gateó para alcanzar sus botas. Con ojos desconfiados miró en torno. Se echó la bolsa al hombro y se alejó por la Alameda. Se detuvo para ver un espectáculo al aire libre.

El Yermo, comediante de la Alameda, micrófono en mano, era un chorizo de groserías. En camiseta y pantalones caquis, sin cuello y con melena enorme, se puso una máscara del presidente Vicente Fox y comenzó a hacer chistes de doble sentido. Su público, mixto, estaba compuesto en su mayor parte de trabajadoras domésticas en su día libre.

—¿Por qué tan chiveados? —El Yermo se quitó la máscara de presidente y se puso una de la muerte.

La mujer que lo acompañaba se levantó de un banco para recoger con un bote "lo que usted desee dar". Vendía casetes con los chistes de El Yermo. Yermo-La Muerte se contoneaba:

—¿En qué se parece una botella de vodka a las rubias mexicanas? En que las dos traen su Oso Negro. ¿Por qué el Papa usa condón? Por si la santa cede. ¿Por qué las mujeres ya no se casan? Porque por un pedazo de salchicha se tienen que llevar todo el marrano. ¿Cómo se escoge al hombre más pendejo del mundo? Al azar. ¿A quién quiere ahora Bill Clinton por esposa? A Mary Boquitas. Llega la princesa Diana al cielo y San Pedro le dice: "Hija mía, mira qué aureola te botas." Contesta la princesa: "Qué aureola ni qué jodida, es el pinche volante."

En los prados las parejas se abrazaban ignorando al prójimo. Algunos solitarios usaban los tocones de los árboles como taburetes. O se recargaban en los troncos de los álamos secos y las palmeras marchitas. Silvia olía activo con la mano derecha metida debajo de la sudadera para alcanzarse la nariz. Niños pequeños jugaban en el polvo y en la hierba. Una vendedora empujaba un carrito de helados Ray's. Muchachas ofrecían fruta pelada y bisutería. Dientes de Peineta y Pelos Parados iban abrazados como carnales. Un cantante religioso, crucifijo en mano, berreaba:

Que tú amas, que tú amas,
con inmenso amor.
Que tú amas, que tú amas,
con inmenso amor.

Un catequista flaco competía:

—El pueblo de México es un pueblo de indigentes: el hombre de Dios siempre será próspero. Dijo Cristo Jesús: Reconózcanlo, hermanos, la envidia existe, es la que hace que tu vecino arroje basura a tu puerta porque esta mañana estás feliz.

El religioso cantó a la cara de Pelos Parados:

Aleluya, Aleluya.
Ven, Espíritu Santo,
llena los corazones de tus fieles con amor.

—Vámonos mentalizándonos porque va a venir el agua —una mujer conminó a hombres y mujeres a mostrarles la mano—. María, la palma de tu mano dice que a pesar de lo joven que eres has sufrido una decepción. No te preocupes. Pero espérame tantito, te voy a regalar el secreto para que tu vida cambie.

Entre los catequistas y los merolicos, un fotógrafo ambulante con cara de loro trataba de hacerse oír:

—A ver, chaparritas, se van a retratar bonitas.

Localizó a Silvia, quien estaba inhalando activo con una servilleta:

—A ver preciosa, una foto a colores.

—Me gustaría, don Chucho, pero no traigo dinero.

—No te preocupes, chula, para ti las fotos son gratis.

—No estoy bañada, traigo el pelo sucio.

—Ahora te arreglo —el fotógrafo fijó la cámara en el trípode y, sentándose en una silla, la sentó sobre sus piernas. Le abrió la blusa y le untó crema en el pecho.

—Y eso para qué, don Chucho.

—Para que no salga tu piel reseca —le pasó la mano por los muslos—. Tienes los chamorros blandos, debes hacer más ejercicio.

—¿Necesita hacerme eso para una foto?

—Ya se me había olvidado qué se siente ser macho, ¿cuándo vienes a visitarme? Atrás de la Dos de Abril tengo un cuartito. Aquí cerquita. Si quieres vámonos para allá.

—Otro día, don Chucho —ella trató de levantarse.

—¿Te lavaste el pelo? Hueles a champú —él la apretó contra su cuerpo.

—Ya le dije que traigo el pelo sucio. Me voy.

—A tu edad no necesitas lavártelo, tu cabello tiene perfume natural —el fotógrafo le acuencó un pecho.

—Se me hizo tarde, adiós.

—Espera, te voy a dar un dinerito, cuando quieras activo namás ven conmigo —le ofreció una moneda de cinco pesos, pero cuando la buscó, ella se había ido.

Pasó El Toloache oliendo un trapo impregnado de solvente. Llevaba abiertos los pantalones verdes, la camisa y la chamarra desabotonadas. Un calcetín extraviado. Andaba como ebrio. Cerca, un hombre con lentes negros y cabeza rapada saludó a Catalina. Ella, sombrero de hongo, pantalones amarillos y blusa azul, se acomodó las tetas sueltas debajo de la blusa. El Toloache saltó la jardinera pintada de negro, se metió en un prado. Un aviso decía:

PROHIBIDO PISAR LAS AREAS VERDES

—Cabrones, namás no les dan, se ponen agresivos —el fotógrafo con cara de loro le dijo al hombre de pelo gris—. Tons qué: ¿una foto, caballero?

El hombre pasó entre dos fuentes con esculturas de bronce: la de Venus y la de las Danaides. Por el piso azul el agua se veía azul.

Dientes de Peineta, separándose de Pelos Parados, atravesó las plazoletas con fuentes y estatuas de bronce. Tenían nombres como *Malgré Tout* y *Desespoir*. En un momento de alucine vio animarse las figuras femeninas. Observó sus movimientos hasta que se quedaron inmóviles de nuevo. Luego se posicionó a una mesa de juego y apostó dos monedas a los dados. Perdió.

—Ahueca el ala, buey. Hay gente que quiere jugar —el tahúr lo ahuyentó.

Dientes de Peineta se quedó pasmado en la acera, sin saber adónde ir. Le sobraba tiempo. Los jubilados y los desempleados —sentados en los bancos de fierro con sus sacos viejos y gastados, sus canas bien peinadas y sus bigotitos finamente recortados— pretendieron no verlo, aunque como perros de picnic pasaban las horas y los días esperando que alguien les aventara el hueso de una conversación. Poco después paró afuera del restaurante El Horreo. El mesero salió para correrlo. En la esquina se sintió miserable. Dudoso, el fulgor de la tarde enrojeció su mejilla derecha.

Pelos Parados y Silvia se encontraron. Sin mirarse, sin tocarse, empezaron a caminar juntos.

El hombre de pelo gris se dirigió a la iglesia de la Santa Veracruz, edificada con piedra roja. En un costado de la puerta principal se anunciaba que adentro estaba sepultado el arquitecto y escultor Manuel Tolsá. Entre las losetas de piedra crecía el pasto. Alguien ladró por un aparato de sonido: "Todo me gusta de ti."

—Sale al Toreo, sale al Toreo —gritó un minibusero.

El interior de la iglesia era amarillo. Atrás del altar estaba el Señor de los Siete Velos, cada uno con los colores del iris. Abajo había imágenes de bulto de María y de San Juan. Arriba, vitrales de la Virgen de Guadalupe y de San Antonio. En el piso, floreros con gladiolas blancas. Silvia y Pelos Parados se sentaron en un banco de madera. Yo, a sus pies.

—¿Qué es la riqueza de este mundo? Nada. ¿Qué es el poder? Nada —profirió el cura de sotana roja y pelo grueso de cepillo.

La iglesia estaba casi vacía. Pelos Parados extendió los pies debajo del banco de adelante. Se le antojaba recostarse en el banco y dormir la mona. En su alucine, oyó a un loro parlotear adentro de San Antonio, quien permanecía con los labios cerrados.

—Qué Dios los bendiga, eh. Que el Espíritu Santo los ilumine, eh —el cura alzó las manos. Los fieles se hincaron. Pelos Parados se quedó sentado, las manos adentro de la sudadera, inhalando. Los fieles se formaron para comulgar. Un hombre gordo se arrodilló.

—Ustedes no, no se han confesado —el cura les negó la comunión a Silvia y Pelos Parados—. Además, saquen de aquí a ese pinche perro.

Con un movimiento de mano llamó al sacristán:

—Tengo que retirarme, pero no dejes la iglesia sola un momento, ya se han robado los cirios y las bases de los candelabros. El robo está fuerte.

El sacristán fue derecho a los niños:

—Los invito a que pasen afuera.

Los niños salieron por la puerta que daba a la iglesia de San Juan de Dios. Por el rabillo del ojo vislumbré a un hombre vestido de blanco, descalzo, con melena y manos atadas, el Cristo Nazareno. Delante de la capilla, veladoras ardiendo.

En el atrio de esa iglesia alguna vez se habían instalado Pelos Parados y Silvia. En un escalón de la escalera de piedra se habían sentado para cachondear la noche. En el vallecito entre las dos iglesias habían hecho el amor bajo el gorjeo de los canarios.

Desde lo alto de la escalera se veían los árboles de la Alameda, los coches estacionados, la plazoleta. En el kiosko, una banda de músicos con casacas burdas tocaba un vals. A un costado de Bellas Artes brillaba la luna. A la derecha, el sol poniente se reflejaba en las ventanas. A la izquierda, la montaña blanca de una nube parecía levantarse de la mole del edificio de correos. El instante era color miel. Una manta colgaba entre dos árboles:

DELEGACION CUAUHTEMOC
SANITARIOS PUBLICOS

Plaza de la Solidaridad

El anochecer del domingo apareció en Plaza Solidaridad el hombre de pelo gris. Al notar su presencia algunos niños salieron de la casita, formada con plásticos atados con cuerdas a las jardineras y a los bancos de fierro. En el suelo estaban los colchones. Los miembros de la banda habían estado acostados casi todo el día, indiferentes a la gente paseando por la Alameda. Los ajedrecistas jugaban en las mesas cercanas. Echado afuera, con las patas extendidas y el mentón en la tierra, yo era una mancha amarilla, unos ojos observalotodo. Dientes de Peineta traía pantalones de mezclilla y una sudadera azul, adentro de la cual movía las manos, cubriéndose con los bordes medio rostro. Cada vez que se tapaba la boca era para darse un toque.

—¿Qué traes en la mano? —le preguntó el hombre.

—La mona.

—¿Qué sientes?

—Me alucino.

—El tolueno te saca de la realidad, te va a hacer daño.

—Por eso me gusta, porque quiero estar fuera de mi realidad.

—¿Cómo te llamas?

—Luis, soy de Neza. Tengo doce años —mintió Dientes de Peineta, el arete en la oreja y una lagartija tatuada en la muñeca.

El hombre apuntó sus palabras.

—¿Cómo se llama usted? —le preguntó Pelos Parados, a su lado.

—Miguel Medina.

—¿Es policía judicial?

—Periodista.

—¿Por eso el cuaderno?

—Sí.

—A mí me dicen Beto —se le presentó un muchacho sin cinturón y sin nada debajo de los pantalones. Los ojos se le cerraban. Casi había perdido la capacidad de ver y de oír. Apenas podía mantener el equilibrio.

—Mis padres me metieron en un internado y no me gustó. Me pegaban. Todo me lo quitaban —inventó La Rana, la boca grande, los cabellos enmarañados, los ojos opacos y la chaqueta grande.

—Yo cuido coches en una terminal de camiones, pero los guardias me golpean, mire —Juan Carlos le mostró heridas y costras en piernas y brazos.

El hombre escribió.

—Cuando llegué a México dormí en un baldío, donde estacionan los autobuses.

El hombre apuntó.

—Soy de Pachuca. Un trailero me dio un aventón. Me vine de mosca. Me quedé a vivir en el Metro Indios Verdes.

—Mire a La Ponciana, está preñada y no sabe de quién. Le gusta el dinero fácil. La otra vez se la llevaron unos granaderos y a cambio de comida durmió con ellos —Juan Carlos señaló a una chava de unos trece años, descalza y desgarbada, el cuerpo como de pollo flaco con una bola en el vientre. Llevaba una sudadera en la que parecía nadar y unas chanclas más grandes que sus pies.

El hombre regaló unos pesos y otros niños de la plaza vinieron a rodearlo. Dando pasos con dificultad, charoleaban con la mano extendida.

—Tengo dieciséis años —Beto se acercó tanto a sus bolsillos que el hombre retrocedió, temeroso de un asalto o de un contacto físico cercano.

—Retírate.

—Hoy los cumplo.

—Creí que no sabías el día de tu nacimiento.

—Me acabo de enterar.

—¿Quién te dio esa camisa?

—La encontré tirada —Beto le quiso sustraer del bolsillo un billete de a veinte pesos.

—Eso no se hace —el hombre le apretó la muñeca para que abriera la mano.

—Devuelve el dinero —varios niños lo rodearon—. No se roba a quien nos ayuda.

Como no hizo caso, Juan Carlos lo empujó hacia atrás, hasta que se quedó inmóvil. Y así se quedó el resto del tiempo: sin avanzar, sin retroceder, luchando por mantener el equilibrio. Tampoco podía hablar. Por la presión de los otros abrió los dedos, soltó el billete.

—Señor carnal —Pelos Parados quiso estrechar la mano del hombre. Por un momento él dudó en dársela. Pero se la dio, sintiendo su palma lisa, flácida y sin calor. La retiró con alivio. Los niños le daban asco y tuvo el impulso de lavarse de inmediato. Y hasta de tirar el cuaderno de notas y la pluma que le habían tocado.

—Me vine de Veracruz.

El hombre sacó del bolsillo dos monedas de a diez pesos y una de a cinco.

—Yo distribuyo el dinero —La Rana cogió las monedas.

—A mí no me dieron nada —Pelos Parados fue desplazado por los chavos más agresivos.

El hombre le dijo adiós con la mano. Caminó rodeado por un grupo de turistas norteamericanos, con la cámara colgando del cuello. Lo seguí, hasta que un hombre gordo de camisa roja me dio una patada, pues para alguna gente no hay nada más fácil que desquitar sus frustraciones maltratando a un perro callejero.

Un niño de pelo lacio y perfil de águila se acostó boca arriba y con las piernas abiertas sobre un macetón de piedra. Llevaba pantalones de mezclilla, desamarradas las agujetas de los zapatos. Media cara le tapaba la sudadera.

—Soy César —dijo.

El hombre escribió su nombre en el cuaderno.

—Vengo de Puebla. Tengo once años.

Se hizo el silencio.

—Me abandonaron. De eso me acuerdo.

El hombre anotó sus palabras.

—Mi padre me trajo a la ciudad y aquí me dejó. "Espérame tantito", dijo, y nunca volvió. O ssseeea —César se tapó la cabeza con la sudadera, los brazos adentro—. Me abandonaron hace tres años. O ssseeea.

El hombre recogió sus frases.

—Mi papá, cómo se llama, quería quemar la casa, nosotros fuimos a demandarlo y lo metieron a la cárcel. Cuando salió me correteó con un machete. Me quería cortar en dos pedazos. O ssseea, mi madre lo detuvo. Me sacó al corral y allí me colgó de cabeza en un árbol, las manos y los pies amarrados con un mecate mojado. "Hágame lo que quiera, mi jefe, namás le digo una cosa: No lo quiero", le dije. O ssseeea. Me trajo a la ciudad y aquí me abandonó —César, se acostaba en el piso, con los ojos perdidos.

—¿Cómo te sientes?

—Estoy triste. Sí, triste.

—¿Qué quieres ser cuando crezcas?

—Arquitecto. O ssseeea —el niño pronunció la palabra como si no conociera su significado. Dobló y estiró los brazos adentro de la sudadera.

—¿Sabes leer?

—Aprendí.

—¿Cuántos viven en la casita?

—Como treinta, grandes, chicos, medianos. Hombres y mujeres. Allí nadie manda, pero sí pegan. Yo doy mi dinero a guardar, si no me lo roban.

—¿Ese perro es tuyo?

—Es de todos.

—¿Has estado en una casa hogar?

—He ido. Me tomaron radiografías del pie. Me dijeron que fuera el lunes porque sábado y domingo no hay servicio.

Pasó Silvia, con restos de maquillaje en las mejillas y alrededor de los ojos. Por su expresión había tomado algo. Miró sin decir nada. Se metió en la casita.

—Amigo, ¿me va a dar o qué? —César, con los brazos debajo de la sudadera se llevó la mano izquierda a la boca y se chupó el dedo pulgar.

El hombre sacó del bolsillo otras dos monedas de a diez pesos. Dudó en dárselas, considerando que iba a comprar solventes. Le regaló una.

—O ssseeea.

El hombre se alejó, seguido por niños que seguían pidiéndole dinero. Lo observé: Se sentía seco, arder por dentro. Se aguantaba la sed. No quería tocar siquiera una botella de plástico con las manos sucias. Pensativo atravesó Plaza Solidaridad. El sol se ponía en el horizonte. En la banqueta, dos pequeñas jugaban con un envase de refresco. César se subió a una escultura de manos superpuestas y se sentó encima, poniéndose la mona.

—O ssseeea.

Policías

A medianoche Silvia, Paty y Erika salieron a charolear. Tomaron la calle de Valerio Trujano hasta Pedro Moreno, rumbo a Garibaldi. Afuera del Teatro Blanquita se toparon con una patrulla. Sin bajarse, los policías les echaron encima las luces del carro, casi atropellándome al frenar en seco.

—¡Alto allí, cabrones! —salió del vehículo un agente rubio, pistola en mano.

Una cabeza negra observó el cuerpo de las niñas desde detrás del cristal.

—Que nos apañan —sopló Erika.

—Súbanse en el asiento de atrás —ordenó el agente.

El bolso de Silvia cayó al suelo con un ruido sordo, pues no llevaba nada que sonara. El agente lo recogió, pero ella no quiso recibírselo y él lo tiró de nuevo al suelo. Ella entonces se agachó para alzarlo.

Apareció Pablo, el carnal de Paty. Lento, acartonado, tardó en darse cuenta de la situación. Quiso decir algo, pero las palabras no fluyeron en su boca.

—Toma, mano, ponte chido —el policía que no se había bajado del vehículo le dio unos chochos.

Pablo los vio partir, conmigo a su lado. Caminamos juntos un minuto o dos y luego nos separamos en la soledad de la calle. No había gente, no había coches. En una esquina oscura se detuvo la patrulla. Corrí hacia Silvia. Ella quiso subirme, pero no pudo abrir la puerta por dentro.

Lo que ocurrió lo oí de sus labios al día siguiente, cuando se lo contaba a la hermana Francisca tirada en un colchón con los ojos cerrados, pues se había puesto la mona:

—Les vamos a dar setenta y dos horas de arresto y luego las llevamos al tutelar —en el vehículo las amenazó el policía calaco.

—Para que les den una madriza —el de la cabeza negra arrancó.

—Nos están metiendo miedo —Silvia notó que les daban vueltas y vueltas por callecitas laterales, por colonias desconocidas. Paty guardaba silencio.

—No les estamos metiendo miedo, si dicen algo las matamos.

—¿Adónde nos llevan?

—A bailar.

—¿A bailar?

En un crucero de Reforma un policía de tránsito en motocicleta y un taxi blanco con cuatro policías vestidos de civil siguieron a la patrulla. Se pararon en un canal de aguas negras. Allí había un nido de avispas. Erika quiso echarse a correr. El policía de la moto la alcanzó, dándole con un bat en las corvas. Desde el suelo, Erika vio que el tipo le hizo la finta de darle en la cabeza, pero la levantó de un brazo y le puso un desarmador bajo el mentón.

—La próxima vez te chingo.

Erika regresó, con él cerca. Las otras dos ya estaban en los coches. Los vehículos tomaron la carretera a Pachuca y al poco rato ingresaron a un hotel de paso por el estacionamiento subterráneo.

Los policías descendieron, tres adelante, tres atrás, y el de la moto. Siete en total. Ellas en medio. Silvia se dio cuenta de que eran jóvenes.

—¿Verdad que cuando te violan y te hacen el análisis si tienes el himen elástico sigues siendo virgen? —dijo Erika.

—Eso dicen.

—A mí me han violado tres veces, una en un vocho en el estacionamiento del Teatro Blanquita, otra uno del ajedrez y otra ya no me acuerdo. El del vocho me dio droga y cuando me desperté estaba en el piso con los pantalones abajo de las rodillas. Al menos había usado condominio.

El agente rubio se arregló con el recepcionista. No hablaron, se hicieron señas.

—El cuarto de siempre, no es necesario registrarse —el empleado le dio una llave y se metió en una sala con las luces apagadas. Para ver televisión.

Era el cuarto cinco en el primer piso. Allí, pateando la puerta, los policías les arrancaron las blusas, les bajaron los pantalones, las faldas. Como Erika se resistió, el policía de la moto le dio un golpe en el estómago y la dobló. Luego la aventó contra los muebles, contra la pared, contra la ventana.

Los dos policías uniformados, violentamente tendieron a Paty en la cama y le quitaron su virginidad. Los otros, en traje de civil, sucesivamente se montaron sobre Silvia, quien lloraba. A Erika no le hicieron nada. "Hueles feo", le dijo el de la moto. Parada junto a los cinturones con las pistolas, ella dudó en sacarlas y matarlos mientras estaban violando a sus compañeras. Se redujo a insultarlos.

—Cállate el hocico o te madreamos —el policía de la moto la aventó contra la ventana.

—Vístete, desvístete, vístete, desvístete —le ordenaba a Silvia el agente rubio.

Erika y Silvia volvieron en el taxi blanco, el policía motociclista azotando a Erika contra el vidrio, pues a ella se le ocurrió decirle que iba a denunciarlo.

Salido el sol, Silvia regresó a la casita, despeinada, demacrada, las ropas desgarradas, la mirada fija en ninguna parte, los labios temblando, en el bolso unos pesos que le había aventado el policía rubio; las piernas apenas podían mantenerla en pie.

—¿Te violaron? —Pelos Parados bajó un instante la mirada. Estaba sentado en una jardinera. La había estado esperando toda la noche.

Ella asintió. Había inhalado activo y no dijo nada más. Pero al verla venir con el cuerpo maltratado, rendido, como si le hubieran dado una paliza, él lo había sabido de inmediato. Silvia sonrió cuando me le acerqué moviéndole la cola.

La patrulla dejó a Paty en una calle lateral. Tenía la ropa desgarrada y los ojos amoratados, y el lápiz labial fuera de los labios como si le hubieran untado fresas en la boca.

—Los policías nos violaron —Paty se echó a llorar.

—Chochos, chochos —repitió Pablo, sentado en la banqueta, sin mirarla siquiera.

Buscando a Paty

Otro día fuimos a buscar a Paty a la calle de Bucareli. Cerca de las bodegas de los periódicos, una nueva banda se había establecido y Pelos Parados tuvo que subirse a un muro reblandecido por las lluvias para llegar al otro lado. A cada momento estuvo a punto de venirse abajo con todo y muro. Preguntó por ella. Nadie la había visto.

En Casa Alianza le dijeron a Silvia que Paty había estado allí hace tres días, pero se había marchado. Entraba y salía de la casa sin avisar, a veces sólo venía por atención médica. No había dicho a nadie lo que le había pasado. Silvia también guardaba silencio sobre lo suyo y durante días anduvo pensativa, sin querer comer ni tocar nada. Le daba miedo salir de noche, aun en grupo, por miedo a encontrarse con los policías. Yo la seguía de cerca haciéndole ruidos, pero no me contestaba.

Los de la banda de la Guerrero vivían afuera de la estación del Metro. Los chavos se dedicaban a asaltar gente. Las chavas, a la prostitución. A los bebés, producto de su promiscuidad, les daban cemento en vez de leche. Eso a los que conservaban, porque a otros los abandonaban donde fuera. Los chavos solían pelearse por dinero, activo o por el control de la banda. Utilizaban los puños y los pies, y hasta armas blancas y de fuego. Algunos habían muerto en riñas o se pudrían en la cárcel.

El Gas y El Pescado, dos mozalbetes desencajados, con las manos como carcomidas y los ojos sin brillo, desde un banco de madera nos vieron venir entre los puestos de los ambulantes. En esa parte cuidaban coches, limpiaban parabrisas o charoleaban. El Gas, subteniente de Carlos Resistol, nos desafió con ojos mandones. El Pescado nos cerró el paso.

—¿Qué onda?

—Andamos buscando a Paty —Dientes de Peineta se sacó la mano de la boca, la servilleta deshecha por tanto activo.

—¿A qué se debe el horror?

—La violaron.

—No la riegues, buey.

—Es la neta, buey.

—No la mames, buey.

—Ya la manché, buey.

El Pescado y Dientes de Peineta se estrecharon la mano. Eran viejos conocidos.

—¿Traes foto?

—No se dejó retratar ni de recién parida.

—Esa qué, ¿es tu carnala? —Pelos Parados señaló a una adolescente de complexión delgada, cabello oscuro rapado, pómulos amoratados, mejillas raspadas y boca regular, que se le quedaba mire y mire.

—Es Marta.

—¿No puede decir ella su nombre?

—No habla.

—¿Ni para decir que no, no, no?

—No sabe ni su apellido, ni qué horas son. Anda ida.

—¿Chida?

—Más que eso.

—¿Cómo sabes que se llama Marta?

—Su madrastra le amarró una etiqueta en la muñeca, por si se perdía.

—¿De quién?

—De ella misma. Llegó aquí escondiéndose, un hermano la quería madrear.

—¿Y aquella?

—Es Claudia, mi carnala.

—¿Le duele la rabadilla?

—La violaron. La otra noche, en una terminal de camiones, aunque se echó a correr, Los Felinos la cogieron de los cabellos y la subieron a un carro. No supo ni cuántos ni quiénes. En pleno clímax le metieron chochos en la boca y se durmió. Al despertarse, lo único que vio fue al sol entrar por la ventana de un cuartucho. Se dio cuenta de lo que le había pasado porque tenía las nalgas adoloridas y no podía pararse. Salió a la calle y ¡sopas! que se cae. Llega una ambulancia y ¡sopas! que la trasladan al hospital de urgencias. Y ¡sopas! que le dan unos antibióticos y ¡sopas! que otro día la ponen de patitas en la calle.

—¿Tiene familia?

—La tía nunca estaba en casa. Cuando sus cuatro primos supieron de la violación se pusieron en fila. Al fin ya estaba amolada. Ella se echó a la calle, la tía no le creyó lo de los primos, le dijo que era una mentirosa.

—Volviendo a Paty.

—Dos hombres se la llevaron en una camioneta de Protección Civil. Fingió insomnio y dolores de cabeza para escaparse de la enfermería, porque una señora licenciada de pelo corto y hombros anchos la dedeaba para ver si era virgencita.

—¿Qué más?

—En los interrogatorios de la licenciada negó todo, respondió a las preguntas con un "No pasó nada. Nada pasó." Así que no hubo investigación. Después quiso desquitarse con su cuerpo quitándose la vida, aventándose a un coche. No se lo permitieron unos azules.

—¿Dónde está?

—No sé, ai nos vidrios.

El Gas y El Pescado se despidieron. Nosotros nos fuimos a la calle de Panaderos. Allá dijeron que Paty había ido el sábado en la tarde a una tlapalería para comprar un bote de activo y no había regresado.

De allí nos fuimos a las estaciones del Metro Revolución, Insurgentes y Chapultepec, entramos a los pasillos de la estación Buenavista y a otros lugares de enganche. Al caer la tarde llegamos a un jardín desierto y sin alumbrado. Adentro de una camioneta amarilla para repartir mercancías estaban sentadas dos niñas de doce años. En la parte de atrás había cuatro. Al vernos, el chofer arrancó y se las llevó con rumbo desconocido. Tres chavas paradas junto a una casa de ladrillo se nos quedaron viendo. Dos con minifalda y sandalias, la de en medio en pantalones. Las tres, con el pelo largo y los labios pintados, nos miraban con gesto retador y descarado. Una mostraba los muslos, otra cruzaba los brazos debajo del busto. Dientes de Peineta y Pelos Parados anduvieron entre ellas, las prostitutas niñas, pero no hallaron a Paty.

Silvia dijo que sería bueno darse una vuelta por La Merced. Mas yendo hacia allá, cuatro bodegueros, confundiendo a Pelos Parados y Dientes de Peineta con unos chavos de la Guerrero que les habían robado unos sacos de harina y otras cosas, comenzaron a seguirlos a pie y luego a perseguirlos en un taxi verde, hasta que los acorralaron en un callejón. Ya les iban a dar de cuchilladas cuando alguien dijo que no eran ellos, que eran otros. Así que los dejaron ir.

Llegó la tarde y nos apersonamos en un barrio cercano a la estación Villa de Cortés, para preguntar por Paty. Unos chavos, sin conocerla bien, nos dijeron que se había ido al cine, otros que andaba por un Burger Boy.

Ya de noche, Silvia sugirió que nos asomáramos debajo de los puentes. Todos los lugares del suelo estaban ocupados por chavos y chavas, algunos de ocho años de edad. A los que estaban tapados con cobijas no se les pudo mirar la cara.

—¿Qué frijoles? —El Zurdo nos confrontó, parado en una escalera de cemento.

—Buscamos a Paty.

—¿Y por qué el interés, Dientes?

—Es mi carnala.

—Ja —El Zurdo les ofreció unas piedras para sentarse. Yo me eché junto a Silvia.

—Vente pacá, pa que duermas calentito. Allí te vas a enfriar en la noche —al poco rato El Zurdo me empujó y cogió a Silvia de un muslo, tratándola como si fuera ya su mujer.

—No te le acerques —le advirtió Pelos Parados.

—¿A quién perteneces?

—A mí misma.

—¿Tan chamagosa y con tantos moños?

—Déjala en paz.

—Bueno, si así es la neta, ai muere —El Zurdo se alejó por un sendero y a los pocos minutos le vi la silueta parada en el puente. Luego se perdió en la noche.

Pelos Parados y Silvia se pusieron la mona hasta que los sorprendió el sueño. Yo me dormí cerca de ella, aunque en una orilla, donde abajo pasaban los camiones. Antes de que saliera el sol, cuando estábamos más desprevenidos, El Zurdo y otros chavos aparecieron con cuchillos y palos y empezaron a quitarles la ropa, el dinero y los tenis. A cambio les dieron unos andrajos para irse. No sólo eso, uno de ellos avisó a los policías El Rondón y El Calaco de que allí andaban unos sospechosos de la Guerrero, y tuvieron que partir antes de que los cazara su patrulla. Por fortuna, al amanecer llegamos sin problemas a Plaza Solidaridad.

En el palacio de Carlos Resistol

En la hora espectral, cuando los cuerpos que cruzan la Avenida Cien Metros no se distinguen bien de la oscuridad reinante; en esa hora fácil para atropellar, cuando los automovilistas pasan nerviosamente sin prender las luces y en las inmediaciones se cometen asaltos y secuestros, violaciones y pequeños robos, en la distancia vislumbramos el molusco gris de la central camionera. Pero no entramos al edificio, el fin del viaje era visitar a Carlos Resistol.

Junto a la boca destapada de una coladera que había sido habitada y abandonada por sucesivas bandas de niños de la calle, se sentaba un muchacho acartonado, con los ojos opacos y la piel cetrina, quien al darse cuenta de que por allí andaba cazando El Gato, un espía de los guardias privados de la central camionera, se levantó y se fue. Incapaz de alejarse mucho de la coladera, se recargó en una pared. El Gato, varilla en mano, lo sorprendió enseguida. Pero el individuo, con parche de pirata, se contuvo al vernos. Al menos mientras los niños se deslizaban uno por uno a través del estrecho espacio, sin luz y maloliente, que conducía a la morada de Carlos Resistol. Yo bajé al último, en brazos de Pelos Parados.

El palacio subterráneo estaba iluminado por luz eléctrica robada de los postes de arriba. Y hasta teléfono tenía, gracias a los cables descendidos hasta el sillón de grandes patas donde se sentaba un rey único, Carlos Resistol. La mesa que le servía de escritorio tenía tabiques en vez de patas. El ropero, erigido con cajas de mercado, estaba repleto de botellas con chochos y de botes con activo, de tubos con Resistol 5000 y con UHU, de charolas con polvo blanco y con marihuana. En un nicho, Carlos Resistol había colocado latas de leche condensada La Pastora, que bebía él mismo. El lugar olía a thinner y a otros solventes. El olor, embarrado en las paredes y flotando en el aire, casi podía tocarse con las manos.

—¿Para qué soy bueno, carnales? —los ojos de Carlos Resistol se ocultaban detrás de lentes con vidrios espejeantes.

—Venimos a pedirle un favor.

—Los favores no son gratis, los favores se pagan.

—Señor Resistol —mientras hablaba, Pelos Parados fue aluzado por El Gas.

—Deberías llamarme don Carlos El Redentor. ¿Ves allí a esa chava flaca, desnutrida e infeliz? Es Mónica. Su padre la rifaba en las ferias y la apostaba en los juegos, abusaba de ella desde que tenía seis años. Se escapó y yo le di cobijo. Aquellas son las hermanas Ibarra, Natalia y Nancy, de nueve y once años. Al huir de su padrastro y de su madre golpeadores y adictos, llegaron aquí por principio de urgencia. Aquel niño de ojos azotados, asomándose entre ellas, no conoce su nombre. Tampoco su edad. Lo único que recuerda es que sus padres murieron. También vino conmigo.

—Disculpe que lo interrumpa, ¿dónde está el baño?

—Silvita, el Salón de las Damas Primerizas está al fondo. Que El Gas te dé una lámpara de baterías, no vaya a ser que te caigas en el drenaje profundo.

Delante del espejo incrustado en el cemento, Silvia pasó sin verse, como ciega ante su propio rostro. En las paredes negras leyó el nombre escrito con spray de algunos niños muertos:

> Roberto. 14 años. Consumió tres días seguidos activo hasta olvidarse de comer y de moverse.
>
> Rivas. 12 años. Atropellado por un coche que se pasó un alto.
>
> Susana. 15 años. Después de ser violada, la estrangularon en un baldío.
>
> El Trueno. Falleció de sida.
>
> Lupe. 11 años. Desapareció después de que se la llevaron unos judiciales.

El Chiapas. 17 años. Apuñalado en una riña con Los Felinos.

Yéssica. 14 años. Se suicidó con pastillas.

Francisca. 15 años. Apareció sentada en una jardinera. Tenía dos días de muerta.

El Correcaminos. 10 años. Cayó a las vías del Metro.

Rufino. 13 años. Fue baleado desde un auto en marcha.

El Acapulqueño. 14 años. Estrangulado por un pederasta en un hotel de paso.

Dientes de Peineta. 16 años. Murió del tiro de un policía judicial apodado El Diablo.

Silvia leyó otra vez. No decía Dientes de Peineta, decía:

El Pollo. 16 años. Murió del tiro de un policía judicial apodado El Diablo.

—Cuidado, porque de la oscuridad salen manos cachondeadoras que te agarran las nalgas —le gritó Carlos Resistol, en un efluvio de risa.

Le gruñí. Lo que molestó al sujeto, pues me cogió de las quijadas y con voz ahogada por la tos me escupió:

—¿Sabes cómo curan la roña en estos días? —la expresión de ese individuo me pareció tan repugnante que mejor volví la cara hacia las lágrimas de la oscuridad, el agua sucia que transpiraba la pared.

—Despellejan al paciente.

Ante su mirada perversa, en mi peludo pecho el corazón cobró la forma de una molleja desnuda, de una molleja caliente extraída por un galeno sádico.

—¿Quieres? —Carlos Resistol me abrió el hocico para meterme el cigarro de marihuana que acababa de prender. De mi jeta salió humo.

—Este es el excusado más peligroso del mundo, da al abismo —Silvia regresó, un poco asustada.

—Cómo que al abismo, si conduce a la escuela secundaria para mujeres Sor Juana Inés de la Cruz. Allí mandaremos al perrito, si le ponemos faldas.

—No le hagas caso, es una broma —Silvia, como si fuera yo persona, trató de calmarme.

—Ah, cómo no me va a hacer caso, si ese perro cabrón no va a salir vivo de aquí.

—¿Desde hace cuánto tiempo reside en este palacio, señor?

—Mira, Dientes, desde que me lo permiten Los Felinos y los del cuerpo de seguridad de la central camionera.

—¿No son los mismos que una madrugada madrearon y desnudaron a unos niños de la calle atrás de la central?

—Quisieron hacerme lo mismo a mí. Pero me la pelaron. Un domingo en la mañana, cuando vinieron a echarme chorros de agua, cuál sería su sorpresa: yo tenía aquí a El Diablo, su jefe, con tremendo pistolón en la sien, y los empezamos a balear. El Diablo no estaba conmigo por gusto, lo había agarrado con un cargamento de coca y lo había amenazado con denunciarlo a sus superiores. Con las debidas precauciones, pues el alacrán que prendió fuego a esta coladera, calcinando a cinco niñas y a dos niños de la calle, fue él —Carlos Resistol le dio un manotazo a un mosquito posado en su mejilla.

—¿Lo detuvieron?

—El gobierno lo castigó tan duramente que a la semana siguiente ya estaba encabezando la violación múltiple de Marisol, Maribel, Catalina y Claudia, y dos semanas después la desaparición de Alberto, Roberto y El Gafas, raptados por Los Felinos.

—¿Por algún motivo?

—Un viernes en la noche Los Felinos habían querido quitarles las drogas y las chavas y ellos los mandaron al carajo. Satanás se encargó de la represión... y de la investigación.

Al borde de la coladera se oyeron pasos. Apareció una sombra en el agujero. Carlos Resistol cogió una pistola y apuntó hacia arriba. El Gas cogió un cuchillo. Cayeron dos bolsas en el piso. Descendió El Gato. Vació el contenido de las bolsas sobre la mesa, junto a la televisión portátil, aún con la etiqueta de la tienda.

—¿Cómo te fue, Gato?

—Salí de cacería.

—¿Qué nos trajiste?

—Joyas, tarjetas de crédito, un pasaporte, dos cámaras fotográficas.

El Gas abrió una caja de pizza con una navaja. El Gato se sentó con las piernas abiertas para ver televisión. Carlos Resistol se sirvió un vaso de whisky, cogió una pierna de pavo. De repente, los tres se pusieron alertas al oír una sirena de policía.

—Caramba, creí que era aquí arriba —Carlos Resistol respiró aliviado, el ruido provenía del televisor.

—No le cambies el canal, quiero ver las noticias para ver si dicen algo de mí —El Gato le quitó el control.

—En fin, ¿para qué soy bueno, jóvenes? —Carlos Resistol se volvió hacia ellos.

—Señor, pasábamos a saludarlo —balbuceó Pelos Parados.

—Para que lo sepas, no soy afecto a excusas ni a pretextos, de buenas intenciones está lleno el infierno y el cementerio. Se hace noche, chamaco, dime en dos palabras a qué han venido —Carlos Resistol dio un largo trago a su Coca Cola Light.

—No sé cómo pueda ayudarnos.

—¿Cómo puedo ayudarlos, campeón? ¿Quieres que los pase al otro lado de la frontera? Por diez mil pesos cabeza mis polleros les ofrecen pasaje, comida y escondite.

—Buscamos a Paty. No sabemos si El Toloache o El Diablo le hicieron algo.

—No me mencionen a esos cabrones. Con sólo oírlos mentar me truenan las orejas. El méndigo del Toloache todavía no perdona a las mujeres porque la madre lo regaló de niño. El Diablo, namás pa decirles cómo es, la otra noche se estaba robando un Grand Marquis y le dio una patada a la ventana. "¿Para qué haces eso, carnal, si aquí traigo la llave de la puerta", le dije. "Es la pinche costumbre de romper cristales para robar radiocaseteras", dijo. ¿Cuánto traen?

—Cien pesos —Pelos Parados sacó un billete apeñuscado.

—Uy, eso no alcanza ni para la saliva —Carlos Resistol se levantó para salir. Era ya de noche y frecuentaba las calles hasta el amanecer.

No fue necesario buscar más a Paty, el domingo en la mañana la hallamos sentada en el suelo, entre los coches estacionados en Garibaldi. Silvia se acercó a hablarle, pero ella no la reconoció.

La Jefa

Hacia la hora vaga de la comida, los tres niños y yo nos fuimos por la lateral de Paseo de la Reforma rumbo a Puente de Alvarado. Seguimos por la Ribera de San Cosme y nos detuvimos en la calle de Nogal. Dientes de Peineta se paró delante de la ventanilla de una casa pintada de amarillo. La fonda de la Jefa. Pelos Parados y Silvia se quedaron esperando en la esquina, el sol de la tarde en la cabeza, sin quitar la vista de Dientes de Peineta. Él era el encargado de adquirir a crédito los guisados de la Jefa. Estaban alertas, pues temían que pudieran irrumpir Los Felinos y golpearlos. Yo me figuraba ya los tacos de ojo y de cachete, de sesos y criadillas, pegado a Dientes de Peineta.

—¿Qué se te ofrece, mano? —la Jefa abrió la ventanilla de madera, en sus mejillas había resabios colorados.

—Pos.

—Pos, qué.

—O ssseeea.

—Andas desplumado.

—Usted lo dijo, Jefa.

—Hay guisados de chile con frijoles, de frijoles con chicharrón y de papas con tomatillo verde, ¿qué te apetece?

—Lo que me fíe.

—Por lo visto vienes a charolear, no a comprar —la mujer se acomodó el pelo cano con la mano grasosa.

Dientes de Peineta la contempló como si viera por vez primera su rostro curtido por los calores del campo y de la cocina. Pensó:

"¿Cuánto valdrá el colmillo de oro que lleva en los dientes? ¿Cuánto valdrán sus arracadas de oro? A lo mejor podría caérsele un arete. Lo que sea de cada quién, qué ojazos."

—Pos si tiene la bondad, guisado para tres y pellejos para la mascota. Mas le advierto, no tengo con que pagarle, perdí el dinero en el Metro.

—Eso no es problema, Dientes, puedes pagarme de otra forma —la Jefa cerró la ventana y desapareció. Él pensó que iba a reaparecer con la comida. En vez de eso, la mujer surgió en la puerta con el pelo arreglado y bilé color vino en los labios—. Pásate.

Dientes de Peineta la siguió por el interior de la casa, siempre recibía los recipientes en la ventana y los devolvía en el mismo lugar. En el pasillo había tanques de gas conectados a la estufa de la cocina. Miró de cerca los grandes platos de su trasero.

—Hace mucho no viene Paty.

—Anda de viaje.

—En las esquinas.

—O sssseeeea.

—¿Y Mónica?

—La mató un judicial.

—¿Cuándo?

—Hará un año.

—Pero si la vi hace dos meses.

—Tons hará un mes y pico.

—Eres igualito a un hijo que tuve.

—¿Tuvo usted hijos, Jefa?

—Dos. Uno está en Chicago, al otro lo mataron en Ciudad Moctezuma. A ese que era igualito a ti. ¿Quieres beber algo? —en la cocina, la mujer le dio un vaso de agua.

—Qué triste —Dientes de Peineta bebió el agua.

—Vente —en la recámara, ella le indicó con la mano la cama matrimonial, junto a la ventana. Una colcha bordada a mano cubría la cama. En frente estaba un altar con una Virgen de Guadalupe. Delante de ella, una veladora.

—A ver, vamos a desvestirnos —la Jefa le sacó la sudadera por la cabeza, se desabotonó la blusa. Le levantó los brazos. Se los olió—. Báñate, hueles gacho.

Dientes de Peineta se quedó parado en el umbral de la sala de baño, separada de la recámara por una cortina de plástico y un escalón. Regresó desnudo. Miró asombrado las carnes de la mujer en pelota.

—Eres chico, muy chico para mí —la Jefa lo observó de arriba abajo con desdén.

—Puedo.

—Primero vemos y luego lo dices.

Un uniforme café oscuro colgaba de una percha, pues ella había sido policía de tránsito. Sobre una mesita había figuras imitación Lladró. Un mapa de la ciudad estaba extendido sobre la pared. La ventana daba a un eje vial. Afuera pasaba un tráfico constante de minibuses y camiones. El ruido de los cláxones y de los motores se metía al cuarto. Dientes de Peineta tuvo la sensación de hallarse en el periférico. Yo me eché en el piso sin tapete, sobre los mosaicos como de baño público.

—Ahora concéntrate, hijo —la Jefa lo levantó en vilo y lo jaló hacia su cuerpo como si fuera un saco de carne y hueso. Con poca delicadeza se lo montó encima, poniéndolo por aquí y por allá en busca de acomodo. Finalmente lo agitó sobre su vientre con ambas manos, igual que si ella fuera una licuadora y él el objeto a licuar. De pronto dejó de moverse y me examinó con ojos fijos.

—A ver si tu amigo se anima.

—¿Cuál?

—Ese.

—Es joto.

—Esperamos que tú seas más hombrecito que él —la Jefa lo meneó de nuevo. Pero desistió. Bruscamente lo hizo a un lado y alcanzó de un manotazo una cajetilla de Tigres en el buró. Prendió un cigarrillo. Arrojó enorme bocanada al techo. Con desprecio clavó su mirada en la panza de Dientes de Peineta.

—Con los apretones que te di no se te hizo grande sino chiquito, pasó tu cosa de plátano macho a plátano dominico —el cigarrillo entre los dientes, le abrió las piernas y le mostró su lamentable condición física—. Pareces pollo flaco.

—Otra vez.

—Tu último chance —la Jefa lo subió y lo bajó con ambas manos, lo empujó hacia la derecha y hacia la izquierda. Lo puso de espaldas sobre ella, lo puso de cabeza. Le apretó las nalgas, las costillas, las piernas. Lo pellizcó, lo rasguñó, le dio de bofetadas.

—Es que me duele.

—A ver, más suavecito.

—Todavía me duele.

—Si chillas, no seguimos.

—Me arde.

—¿Dónde?

—Aquí abajo.

—¿En los pies?

—No, arriba.

—¿En el cuello?

—En medio.

—Rajón, aquí le paramos. Ve con mamá por teta.

—No tengo madre.

—Vístete y lárgate, antes de que te dé de chingadazos. Más puede ese perro mirón que tú.

—Me da pena por usted —Dientes de Peineta recogió su ropa y empezó a vestirse.

—A mí me da pena por ti.

—¿Cuántas pechugas me dará?

—Por el trabajo que me hiciste, ninguna.

—Es que quedé de traer comida a mis amigos.

—¿A esos muertos de hambre? Te la debo para mañana. Ahora toma veinte pesos y vete a charolear a otra parte. Y no creas que agarré barco, el barco lo agarraste tú, con estas torres y peñas que tengo.

El Valle de Chalco

—¿Señora Pancha Gómez? —preguntó el hombre de la chamarra negra y el pelo gris después de atravesar un corral con gallinas y macetas con geranios. Una enredadera polvorienta había escalado las paredes de la casa construida sobre una barranca.

—¿Para qué soy buena? —una mujer desaliñada y con delantal de plástico salió de la pieza de ladrillo. Un niño de dos años colgaba de su falda. Mocoliento y en calzones chupaba una galleta.

—Mamá, te traje un amigo, te quería conocer —le dijo Silvia.

—Estoy planchando una sábana, orita vengo —la mujer se volvió a meter.

La casa de la madre de Silvia era de un piso y medio, la otra mitad a medio acabar. Las varillas atravesaban el cemento.

Desde allá se divisaba el paisaje grisáceo de la mancha urbana, con su escasa vegetación. Los caminos de tierra se detenían contra los cerros tajados. El horizonte de casuchas no tenía fin.

—Aquí le traigo a su hija —le dijo el hombre cuando ella volvió, ahora sin delantal.

—A esa ni la conozco.

—¿Cómo es posible?

—Cuando se fue de aquí para andar en la calle dejó de ser mi hija.

Hubo un silencio. La televisión hablaba.

—¿Podemos apagar el aparato?

—No.

—Su hija ha regresado, ¿no le interesa?

—Para mí la fuga de los hijos es cosa de todos los días. No me sorprende ni me duele. De otra manera no podría vivir.

—Silvia está aquí.

—Sólo se acuerda de mí cuando le pasa algo —la mujer en la puerta no nos dejaba entrar.

—No vengo a verte a ti, mamá, vengo por Martita.

—Está con tu tía Clara.

—¿Por qué?

—Tu hija tuvo sarampión. Mi hermana es buena enfermera.

—Dame noticias de mi hija.

—Hoy no, estoy ocupada.

—Desde hace seis meses estás ocupada.

—Se la quité, señor, porque de comida le daba pegamento.

Se hizo el silencio de nuevo. El hombre había aparecido hacia las dos de la tarde en Plaza Solidaridad, había acordado días antes venir con Silvia a ver a su hija. En el interior de la casita Erika estaba profundamente dormida. Silvia, tendida entre los colchones, se ponía la mona. "¿Aún dormida?", el hombre se plantó delante del bulto acostado. "Aquí estoy echada, señor, preguntándome quién chingaos anda en la Alameda a estas horas de la mañana", Erika pensó que le hablaba a ella y le ofreció la colilla de la marihuana que estaba fumando: "¿Quiere un toque? Tómela, le quitará el hambre". Silvia se levantó.

—¿Vas a hacerte análisis? —le preguntó Pancha Gómez.

—¿De qué?

—De sida.

—Mamá, no jodas.

—Deberías hacértelos, ya ves, tu hermana está sidosa.

—Mamá, te traje un gatito.

—Gracias, pero no tengo tiempo para ocuparme de animales callejeros.

—Te lo compré en el camino.

—Mejor devuélveme los cien pesos que te llevaste para hacer compras en la tienda de abarrotes. Aún estoy esperando los víveres. Supe que esa noche te fuiste con un gandalla.

—No muelas, te los voy a pagar.

—Traes las chanclas sucias, como aquel día.

—No la riegues, mamá.

—Gracias por preguntar cómo me siento.

—Te veo bien.

—Me duelen las chiches.

—Como ve, señor, mi mamá y yo siempre nos peleamos, por todo.

—Cuando nos venimos del pueblo a la ciudad creímos que íbamos a mejorar, pero ahora no sé.

—Señora, ¿por qué no nos deja entrar? —preguntó el hombre.

—Para que se vayan luego.

—¿Es todo, señora?

—Estás muy fría, hija —como concesión, la mujer le pasó a Silvia la mano por la frente.

—Estoy bien, mamá, no jodas.

—Mi plan es este: te quitas la mona y la droga, los cuates y la calle, y vuelves a casa y recobras a tu hija.

—Mi plan es este: mandarte a la tiznada.

—Contigo no se puede.

Silvia cogió al gatito.

—Si realmente la quiere ayudar, señor, consígale un trabajo.

—Uggggh.

—Ponte a estudiar.

—Uggggh.

—Silvia pudo haber tenido una vida decente, un novio con coche y carrera, casa en la colonia Narvarte, vacaciones en Acapulco, no que así, poniéndose la mona día y noche es buena para nada.

—Ay sí, qué chido, extraño esos días felices cuando juntas atravesábamos lodazales y basureros para ir a traer agua a cinco kilómetros de aquí, después de que el padrastro borracho te madreaba y a mí me violaba. Y extraño la época de lluvias cuando a medianoche yo me despertaba con el cuarto inundado de aguas negras.

—El señor pagaba el gas, la electridad, la tenencia, las únicas cuentas que llegan puntualmente en esta parte del mundo.

—¿Dijiste *pagaba?*

—Lo metieron al bote.

—Habrás descansado de las cachetadas.

—Desde que lo enlataron tengo que pagar los frijoles, las tortillas y el pollo, y hasta el aire que respiro.

—El muy jodido, ojalá se pele.

—Ya ve, señor, hasta yo me desespero. Desde que a la salida de la escuela un chavo le ofreció una mona, ya no es la misma. Se fue con él. La hallamos moneando en Garibaldi.

—¿Qué quieres que haga, madre?

—Que dejes la calle y la mona.

—Ahorita vengo —Silvia le dio la espalda con la intención de irse.

El hombre la siguió hasta el coche por la calle sin pavimentar. La voz de un gallo se oyó en el corral.

—Hey —salió la madre gritando tras de ella—, no se te olvide tu pinche perro.

—Es mi mascota.

Ya en el auto, Silvia le jaló el saco al hombre.

—Deme veinte pesos para una mona.

—¿Ahora mismo?

—Por si llega la urgencia.

Cine Mariscala

En la esquina de Cinco de Mayo y el Eje Central, un muchacho estaba acostado de espaldas sobre una bolsa de vidrios abierta en el pavimento. Un semáforo en rojo detenía el tráfico y los limpiaparabrisas se aprovechaban para restregar los cristales de los coches con trapos sucios. Entre secretarias y empleados menores, los niños se detuvieron a presenciar el acto del muchacho, hasta que éste recogió los vidrios y vino a recargarse en la caseta de un teléfono público. Prendió un cigarrillo y un fuerte olor a marihuana atravesó la calle.

—Chócala, soy El Faquir, vengo de Villahermosa —la cara morena, con sus labios quemados y sus encías descoloridas se abrió en una sonrisa que más bien pareció una boca cortada.

—¿Nos conocemos, carnal? —Pelos Parados no le dio la mano.

—Todavía no, pero pronto seremos cuñados.

—¿Tienes hermanas?

—Las tuyas.

—Ella es mi amiga.

—No soy celoso.

—Estás ruco para cabrón.

—Veinte años.

—De anciano.

—¿Cómo le haces para no cortarte? —Dientes de Peineta examinó los vidrios.

—Fácil, namás te echas aceite en la espalda y te haces pendejo.

—Así namás se acuesta, sin echarse nada —un niño limpiabrisas con una sudadera anaranjada chupó una colilla de marihuana.

—No mames.

—Te das un toque de mota, y ya.

—¿Y tú, qué?

—Soy Pepe. Tengo trece. Soy de aquí cerquita, de la colonia Guerrero —mintió el de la sudadera anaranjada.

—A poco.

—Si no me crees, es tu problema.

—¿Desde cuándo andas chido?

—Desde los ocho —el niño cogió una botella y con ella golpeó la caseta telefónica.

—¿Quieres romper la botella?

—No, el pinche teléfono.

—Deberías estudiar música. Le suenas bien a los aparatos.

—¿No saben? Es Pepe Pérez Prado.

—Yo soy tragafuegos, escupo gasolina y franeleo —los labios de El Faquir parecían quemados—. Vivo allá enfrente, en la planta baja del City Bank —Pepe le dio una fumada al cigarrillo de marihuana.

—Yo, El Faquir, duermo en la calle, en los árboles, en los manchones de hierba. Si llueve busco hules para taparme.

—Bueno, ai nos vidrios —los niños se despidieron. Por un efecto del sol poniente sus sombras breves parecieron avanzar dobladas sobre el muro del edificio de correos. Sólo por un momento, porque luego grandes nubarrones cubrieron el sol.

—Pásenle de gorra, sin hacer ruido —la señorita pecosa que recogía boletos en el cine Mariscala les permitió el ingreso.

—¿También Pick?

—El perro se queda afuera.

Los niños no replicaron, pero cuando estaban adentro Pelos Parados silbó y yo me metí corriendo. Silvia me acomodó a sus pies.

La sala estaba casi vacía, con sólo dos parejas abrazadas atrás. En la caseta de proyección no había nadie. La película era vieja, en inglés y con colores deslavados.

Mis amigos recargaron la cabeza en el respaldo de la butaca, se pusieron cómodos y con la mano tapándose la boca inhalaron activo. El olor a solvente los rodeó.

—¿Qué día es hoy? —Pelos Parados miró hacia el rayo proyector.

—Lunes —los ojos saltones de Dientes de Peineta brillaron en la penumbra.

—¿Qué le pasó al domingo?, ¿dónde está?

—Pos nada, que pasó, que se fue.

—No me di cuenta.

—¿Pos dónde estabas?

—Yo sé dónde estaba, lo que no sé es donde está el domingo.

—Acuérdate qué hiciste ayer.

—No me acuerdo, no hubo domingo.

—Ya cállense, cabrones —un vozarrón amenazante sacudió la sala.

Empezó a llover. Empezó quedito, pero pronto, entre truenos, el aguacero dio de patadas al tejado y el edificio pareció venirse abajo. Los ruidos de afuera se mezclaron con los de la película y los ojos azorados de los niños miraron hacia arriba, hacia el techo, hacia el lugar donde golpeaba la tormenta.

Siguió lloviendo despacito y como la película no les interesaba, se durmieron. O quizás no durmieron, sólo entrecerraron los ojos, inmersos en su alucine.

Terminó la función y las luces se encendieron. Los espectadores de atrás abandonaron la sala.

Los niños, con la mano en la boca, no movieron los ojos de la pantalla. El olor a solvente flotaba sobre ellos.

—Vámonos —Pelos Parados se levantó cuando las luces se apagaron y los anuncios se iniciaron.

—¿Pa qué? Aquí está calentito —Silvia se quedó sentada.

—Vamos a Garibaldi.

—Tengo los zapatos mojados. Tengo los pies siempre fríos —ella dejó caer los brazos, echada hacia atrás en la butaca.

—Los mariachis son unos pendejos —afirmó Dientes de Peineta.

—El pendejo eres tú, con esas monas que te pones.

—Tú también te las pones.

—Me callo el hocico.

—Chido.

Salieron a la calle. A los pocos metros, Pelos Parados se detuvo en la contraesquina que formaban el correo y el Eje Central.

—Ahora qué.

—Voy a miar.

Silvia, Dientes de Peineta y yo esperamos afuera. Pelos Parados se coló en el Sanborns. Atravesó la sección de joyas y chocolates, de revistas y periódicos, en busca de los sanitarios. Seguridad se dio cuenta y lo siguió un elemento vestido de civil, walkie-talkie en mano. Al pasar junto a los teléfonos, Pelos Parados oyó a El Toloache dando la descripción de sí mismo:

—Atención señora policía, le quiero reportar que a las dicienueve cuarenta y dos horas he observado a un individuo sospechoso que se dirige a Plaza Garibaldi, viste pantalones verdes...

A la entrada de los sanitarios, el elemento de seguridad aguardó su salida. En el interior, un hombre se paró junto a Pelos Parados para verlo orinar.

—¿Por qué tan callado?

Él no contestó.

—¿Te comieron la lengua los ratones?

—...

—¿No quieres decirme cómo te llamas? ¿Quieres darte una vuelta conmigo?

—¿Qué onda? — un muchacho amanerado, con pantalones ajustados y el pelo teñido de azul, se dirigió al hombre que trataba de ligarlo.

—Aquí namás, pero no interrumpas, que mirar es cosa seria —el aludido no apartaba la vista de Pelos Parados.

—¿Nos vamos con los sardos del Catorce?

—Como quieras, mi rey, pero ya clausuraron ese club los judiciales.

—¿Cuándo?

—Hace dos sábados, por el degenere.

—¿No que el comandante era cliente?

—Lo era, pero lo decidió un chingón más grande que él.

—Ay, ese la otra noche me empezó a hablar, quería llegarte.

Antes de abandonar el sanitario, Pelos Parados se arremangó los pantalones, se cepilló los zapatos y pasó frente al espejo sin mirarse. El hombre de seguridad lo acompañó hasta la salida:

—Que sea la última vez que te veo por aquí.

Plaza Garibaldi

En Plaza Garibaldi nos recibió el chillido de una trompeta. Un viejo mariachi de voz cascada cantaba:

> Tres días sin verte mujer,
> tres días llorando tu amor,
> tres días que miro el amanecer.

Las losetas mojadas reflejaban las luces de las lámparas. El altar de Santa Cecilia, la patrona de los músicos, estaba iluminado. En la explanada abundaban los mariachis vestidos de negro. Las melodías se enredaban en el aire, las de los sones jarochos y las de los corridos norteños, las de los boleros y las cumbias. Del estacionamiento subterráneo emergió una joven en blue jeans. Iba al Salón Tropicana. Desde el portal del centro nocturno, una turista tomaba fotos. Un conjunto tocaba para una pareja abrazada en el interior de un coche. Mujer y hombre, escapados de un lugar adonde habían estado bebiendo, se abrazaban. El cantante principal, con pañuelo rojo y dientes de oro, berreaba un son:

> Cuando no puedo dormir,
> al tesoro de mi amada
> se lo muerdo como a un bizcocho.

De una limusina negra bajaron un hombre trajeado de blanco y dos mujeres con vestidos negros entallados. Eran el alcalde de Pentitlán y sus amigas. Seguidos por mariachis ofreciendo sus servicios, entraron al Tenampa. Llegó tras ellos un hombre gordo, con pantalones caquis y camisa de manga corta. Era el diputado Pancho Botellas.

—A ver, ¿adónde hay putas? —preguntó.

Dientes de Peineta lo miró sin comprender.

—Respóndeme, pendejo.

Dos policías judiciales vestidos de negro se pararon en la escalera del módulo de vigilancia. En la plaza había patrullas y policías uniformados con metralletas y chalecos antibalas. Pelos Parados reconoció al Rondón y al Calaco. Eran los que venían a Plaza Solidaridad para extorsionar a los niños. Sentado en un banco estaba el adolescente de Acapulco. A través de la camisa desabotonada se le veía el pecho lampiño. Con los ojos clavados en el vacío, repetía:

—Me lo hizo el muy puto, me lo hizo cuando estaba dormido, me lo hizo.

No nos reconoció. Y si nos reconoció, nuestra presencia le importó un rábano. Después se supo que cuando El Rondón y El Calaco lo tuvieron en la patrulla lo acusaron de vender drogas. Lo llevaron a un hotel de paso y allí lo interrogaron, hasta que se doblegó.

Una perra blanca, no fea, echada en un macetón abrió los ojos grandes cuando me miró. Pensé que se estaba enamorando de mí, pero volvió a cerrarlos. En el macetón, alguien había dejado una bolsa con un pollo podrido. Más interesante que yo. Así que me alejé de la perra blanca. Por la puerta abierta de El Tenampa salieron las voces de mariachis cantando el himno nacional de los borrachos:

Con dinero y sin dinero
hago siempre lo que quiero
y mi palabra es la ley.

—Orita vengo —Dientes de Peineta se dirigió a la turista que tomaba fotos, ahora sentada en un banco de fierro.

Incómoda por su presencia, la mujer se cambió de lugar. Él regresó.

—A sus órdenes, carnales —se presentó Carlos Resistol.

—Véndanos un bote de activo —Dientes de Peineta le enseñó un billete apeñuscado.

—Con eso no te alcanza.

—Sólo uno, después le pago el resto.

—Traes ojos de alucine.

—Mira quién lo dice.

—¿Te me pones al brinco, buey? —Carlos Resistol le dio un golpe en la cabeza.

—Calma —Dientes de Peineta levantó las manos, adolorido.

—No le saques —Carlos Resistol se llevó la mano crispada a la boca e inhaló algo. Yo hubiera querido ladrarle, morderlo, pero él cargaba cuchillo.

—Tons qué, ¿esquilamos las orejas del perro? —sacó unas tijeras de un bolsillo, divertido por causarme miedo.

—No hay bronca —Dientes Parados le extendió el billete.

—¿De cuánto es el billete?

—De a cincuenta.

—¿A quién se lo robaste?

—Me lo encontré tirado.

—Se lo birlaste a la gringa. Te vi.

—Ni se dio cuenta. Escuchaba a los mariachis con el bolso abierto.

—Aquí está el producto. En el callejón hay sanitarios. No lo usen aquí.

—Sólo una aspiradita.

—Te lo advierto. No me conocen —Carlos Resistol se fue al encuentro de dos policías que vigilaban la plaza.

—Bienvenidos a mi santo reino, hijos de la Resistol —como caído del aire El Toloache saltó detrás de los niños. Venía con El Diablo, un policía judicial con el cuello torcido, brazos largos y piernas cortas. Había comenzado su carrera en la Central del Norte como miembro de los guardias privados Los Felinos. Se decía que él había sido el que echó la gasolina en la coladera, quemando a vivos a los niños que estaban adentro. Pertenecía a una banda de policías que cometía asaltos y secuestros en la ciudad y las carreteras. Policía judicial, él mismo se buscaba. Les mostró, sin darla, su tarjeta de presentación:

El Diablo, Presidente Fundador de la Sociedad
de Policías Judiciales Desquiciados

—¿A quién chingamos? —Pelos Parados creyó oírle decir.

—Escuchen, carnales, chupen hoy y paguen mañana —El Toloache les mostró un sobre.

—¿A qué se debe el derroche?

—Háblenme más cerquita, ojetes.

Se le rodeó con tiento.

—¿Hay coro? Pos sí. Bueno, atención, cámaras: Hay un buey que tiene un chingamadral de lana. Es un médico. Da dinero a la casa del niño desamparado y otras madres. De una casa hogar me robé su tarjeta.

—¿Y?

—Los necesito para hacerle una visita.

—¿Vendrá El Diablo?

—Él participará en el asalto y él estará a cargo de la investigación.

—¿Nos agarrará?

—Solamente las nalgas.

El Diablo sonrió. Su mueca torva era lo más cercano a una sonrisa de lo que era capaz. El Toloache alguna vez había contado que tenía los muros de su cuarto adornado con fotos de niñas de la calle en situaciones de violencia extrema: golpeadas, violadas, torturadas o asesinadas. Y que también poseía una colección de videos pornográficos de niñas abusadas. Le dijo que cuando una niña era violada tumultuariamente y llegaba a los separos de la policía, él era el encargado de interrogarla. Su método: acusarla de mentir. Sistemáticamente negaba la realidad de lo que ella decía para sacarle los detalles más sórdidos. Luego, colérico, la abofeteaba. Así establecía con la víctima una relación perversa.

—Si el médico nos ayuda, ¿por qué robarlo? —Pelos Parados se dio un toque de activo—. Lo voy a pensar

—Al Diablo no se le puede decir que no.

—Bueno, jalamos.

—Chido —El Toloache meneó, afeminado, las caderas:

Comí las hojas del toloache
y las hojas me marearon.

Silvia me acarició la cabeza. El Diablo me echó una mirada de pocos amigos.

—Ai nos vidrios —El Toloache y El Diablo se alejaron por la plaza.

Entonces estalló una riña en La Barca de Oro. Como un fogonazo salió una bola de gente de la cantina y empezó a moverse de un lado para otro. La oleada humana atravesó la plaza. La masa de curiosos siguió a la oleada. Meseros de pecho blanco estaban golpeando a alguien. Los policías volteaban hacia otra parte. Las puertas de La Barca de Oro se cerraron.

—Es una pelea de meseros contra un cliente —un mariachi chaparro se paró en una banca para ver.

—Le trajeron la cuenta y no la pagó. Por eso la madriza —balbuceó otro.

—En esos antros roban, por eso la gente no viene.

—El Torero y El Padrote están madreando al cuate.

En ese momento, El Torero cogió al joven de los cabellos y le dio un derechazo en la cara, sacándole sangre de la nariz. El Padrote lo sujetó de las muñecas y le dio un rodillazo en los genitales. El Torero lo dobló de una patada en el estómago. Nadie intervenía. Un conjunto de mariachis comenzó a cantar. El joven golpeado, incapaz de defenderse, se quedó tumbado entre una cubeta de agua sucia y un trapeador. Desde el suelo veía pasar a las mujeres.

—¿Por qué le pegan? —preguntó la turista.

—Nos invitó a tomar unos tragos y no traía dinero para pagar la cuenta —masculló El Torero.

—Nos salió el chiste en trescientos pesos y en una cadena de oro —El Padrote le arrebató del saco una pluma fuente y unos lentes de sol.

—Lo que sea de cada uno, es un hijo de perra.

El joven hizo la finta de querer sacar un arma del bolsillo. El Torero le dio una patada en la mano. El vaso con una cuba rodó a sus pies. Al darse cuenta El Padrote de la curiosidad de Dientes de Peineta, lo desafió:

—¿Se te ofrece algo, amigo?

Dientes de Peineta le sonrió. Mas su expresión no le gustó, o el encuentro breve con sus ojos no le agradó, porque le dio una bofetada. Dientes de Peineta se ruborizó.

—Ya deja a ese ojete, carnal y vámonos —El Torero lo jaló del brazo y juntos se internaron en la llamada zona peligrosa, el área ubicada más allá de las cantinas y de los centros nocturnos. Antes de irse, El Padrote dio unos tragos a su botella de tequila y se paró para examinar a Dientes de Peineta. Un policía los saludó desde la escalera del módulo de seguridad.

—Conozco a esos bueyes, siempre andan por aquí madreando gente —aseguró el mariachi.

El joven golpeado permaneció en el piso, boca arriba, los zapatos apuntando hacia mí. Empecé a lamerle la sangre de la mejilla.

—No jodan, quítenme a ese animal de encima, me está dando besos —se rio.

Pelos Parados y Dientes de Peineta le dieron la mano para que se levantara.

—Gracias —él se apoyó sobre sus manos y sus rodillas, atravesó la plaza y se plantó delante de una prostituta.

—Soy Conchita, ¿vamos?

—No traigo con qué pagarte. ¿Quieres mi reloj?

—Depende de la marca.

El joven se alzó la manga de la camisa.

—El cuarto, ¿cómo lo pagamos?

Él le mostró su cadena con una medalla de la Virgen y uno detrás de otro, se dirigieron al Hotel Riva Palacio, del otro lado de la calle.

El regreso del hombre

Desde la tarde del miércoles grandes nubarrones cubrieron el cielo. Que caería tremendo aguacero nadie lo dudaba, sólo era cuestión de saber cuándo. Los ajedrecistas hicieron mutis y los juegos de ajedrez fueron guardados en cajas. Yo debí haberme quedado dormido entre los otros perros, porque en la oscuridad me despertó la tormenta, el techo de plástico se había venido abajo por el agua y los colchones estaban mojados. Un rayo me hizo salir de la casita. Otro rayo me hizo entrar corriendo. Un rayo más me mantuvo a la entrada. Mientras esperaba el fulgor del próximo relámpago, me puse a observar los charcos en los prados y las semillas transparentes, que por millones se clavaban como lanzas en el suelo. La lluvia dibujaba diagonales en el viento. La lluvia de piernas largas bailaba en las banquetas. Las cortinas de la lluvia cerraban velozmente las calles y ráfagas oscuras intentaban llevarse la casita por los aires.

Los niños en la mona dejaban que sus ropas se empaparan. Tarde, dos de ellos pusieron la mochila sobre la jardinera. Más rayos cayeron y fui a meterme debajo del banco donde se recostaba Silvia. Cada vez que el espacio era alumbrado por un relámpago, yo quería clavarme en la tierra, esconderme en los confines de mi cuerpo. Ella me acariciaba la frente para quitarme el miedo, pero no me lo quitaba.

Salió luz azul en medio de la noche. El piso húmedo reflejó las luces de las lámparas. Nadie deambulaba por Plaza Solidaridad, la Alameda estaba misteriosamente vacía. Entonces, un coche negro se estacionó entre los jardines y un chofer salió para explorar. Echó un vistazo a la casita. Adentro nadie se movió, los chavos y las chavas estaban tapados con cobijas. Yo, con la cabeza en el piso, lo vi asomarse y salir.

—Tienen hasta televisión y son como quince —el chofer regresó para decirle al hombre de pelo gris, pantalones caquis y chamarra negra que había venido aquel domingo.

El hombre salió del coche. Le llamaban la atención las lámparas de la plaza.

Los dos caminaron por la acera llena de hojas caídas. Un chavo de ojos rasgados, boca grande y pelo enmarañado, temblando de frío, le extendió la mano. No traía nada debajo de la delgada camisa. Nada debajo de los pantalones. Las líneas de la vida se le habían borrado en la palma. Con los dientes cariados, la piel marchita, los ojos sin brillo, la expresión alucinada, quiso decirles algo pero no pudo hablar.

Al levantarse una cobija se descubrieron tres cuerpos. Tres cuerpos acostados en un colchón. Dos niños flacos y una chava gordita, de unos catorce años, recién escapada de su casa.

—No me gusta que me vean así —la chava se tapó de nuevo.

Otros chavos, moviéndose con lentitud entre los perros, la mano en la boca, inhalando activo, miraron a los intrusos en silencio.

—Tengo hambre —el chavo de ojos rasgados tembló de frío.

—Mi carnal —Silvia les presentó a Pelos Parados. Ambos tenían la ropa y los zapatos mojados.

—Soy Marcos, tengo once años. Vengo de Chalco. Me fui de mi casa por maltratos —todos querían contarle al hombre su historia, pues habían visto que regalaba dinero.

—Soy Víctor, tengo quince años, seis en la calle. Ando chido por mi problema.

—Alucino corazones. Veo corazones —reveló Delfino.

Vino César, flaco y con la mirada perdida. Olía a solvente. Antes de acercarse anunciaba su dependencia. Drogado, se puso necio pidiéndole al hombre trescientos pesos para irse a Veracruz. El hombre le dio diez pesos, pero minutos después lo acosó con la mano abierta.

—¿Adónde dijiste que te querías ir?

—A Veracruz.

—¿No que eras de Puebla?

El niño, para presionarlo, trató de cerrarle el paso con el cuerpo.

—¿Qué tienes en la mano?

—La mona.

—¿Cómo te sientes?

—Chido.

—¿Qué quieres?

—Tus zapatos, te doy los míos.

—Son muy grandes para ti.

—Los vendo.

—Edgar —lo llamó el muchacho con arete en la oreja, lagartija tatuada en la muñeca y paliacate rojo.

—¿Se llama César o Edgar?

—César, soy César.

El hombre buscó la verdad en la cara del muchacho que antes había dicho llamarse Raimundo, Fernando, Jerónimo, Luis y Bernabé. Los nombres eran intercambiables, no tenían importancia. Lo mismo los apodos: El Morelos, El Rambo, El Ángel, El Muerto, El Caballo.

—¿Hoy es jueves? —Raimundo arrastró las palabras.

—Es miércoles.

—Se me perdió un día.

—¿Adónde andabas?

—Inhalando.

—¿Qué sientes cuando inhalas?

—Alucino, así como que sale una luz de los focos y se me entierra en la frente.

—Qué más.

—Parece que estoy soñando.

—¿Qué?

—Que los árboles se me vienen pabajo.

—¿Estás tranquilo?

—No siento hambre ni frío. Sólo me siento seco por dentro, con mucha sed.

—¿Cómo le haces para comer?

—Charoleo.

—¿Y cuando no inhalas, qué pasa?

—Me desespero. Tiemblo, quiero conseguir rápido el activo. Me dan ganas de robar dinero, carteras, de entrar al Metro y esculcar mujeres. Me dan ganas de bolsearte a ti. Quiero correr por el callejón de la Guerrero y agarrar el botecito amarillo.

—¿En las calles de Luna y Zaragoza?

—Allí por donde roban coches, allí venden activo. También piedra de coca. Esa te chinga más rápido —el muchacho se rascó la cabeza sucia.

—Aquí a dos pesos la mona —intervino César.

—¿Ese perro es tuyo?

—Es de todos. Es Pick.

—¿Y esas muchachas embarazadas? ¿Quién es el padre?

—Salvador El Chocolate. Anda con todas.

—Tengo hambre —dijo Silvia.

—Yo también —Erika, con rizos en la frente, se acercó al hombre.

—Podemos llevar a tres a comer algo, de preferencia a un sitio donde podamos sentarnos a platicar —el hombre miró a su chofer.

El chofer abrió la puerta del coche. Silvia, Erika y Pelos Parados se sentaron en el asiento de atrás. Yo junto a Silvia.

Despacito atravesamos calles oscuras. Los establecimientos estaban cerrados y el pavimento resplandecía por la humedad. El carro hacía splash en los charcos. En una esquina una joven salió de un antro que tenía las luces apagadas. Se acercó al vehículo.

—¿Table dance? ¿Table dance? —ofreció.

—No, gracias.

—¿Puedo recostarme en el asiento? —Erika estiró brazos y piernas.

—Desde luego que sí.

—¿No le tiene miedo a los niños de la calle? —Silvia miró al hombre por el espejo retrovisor.

—No, ¿por qué?

—Otros sí le tienen miedo a que los roben, a que les peguen una enfermedad, a los piojos.

—Nosotros, no —afirmó el hombre y ella sonrió.

—¿Pueden poner el radio? —Erika echó la cabeza hacia delante.

—¿Qué quieres oír?

—Música.

El chofer prendió el radio. El coche dio algunas vueltas y entró en el Eje Central.

—¿Puedo monear? —Pelos Parados, aunque los tres tenían la mano en la boca, se tapó la nariz con el dedo índice.

—Ya me siento mareado —bromeó el hombre, pues el interior estaba impregnado de olor a activo.

—También yo —rio el chofer.

—¿Cuánto dura una mona?

—Cuatro minutos.

—¿Es pastor? —preguntó Silvia al hombre.

—Soy periodista.

—¿Cómo se llama?

—Miguel Medina.

—¿Saben leer? —preguntó el chofer.

—Yo, sí —afirmó Erika.

—Yo, también.

Pelos Parados se quedó callado.

—¿Les gusta el chocolate caliente? ¿Quieren churros? —el hombre vio que El Moro estaba abierto.

—¿No le tienen miedo a la policía? —Silvia señaló a una patrulla estacionada en la calle. Un agente policiaco parado afuera miró llegar el coche negro.

—Agente, nos vamos a estacionar aquí, ai le encargo el coche —el hombre se dirigió al policía.

—¿No se tardan?

—Una media hora.

—Está bien, jefe.

El hombre, temeroso de que no admitieran a los niños en El Moro, entró primero. Casi todas las mesas estaban vacías, excepto una, con una pareja abrazada. Los meseros merendaban en una mesa pegada a las máquinas para hacer chocolate y churros. Esa noche había habido juego de futbol entre las selecciones de México y Brasil y no había gente. La televisión estaba prendida, aunque nadie la veía. El chofer entró con los niños y ocuparon una mesa al fondo.

—Cinco chocolates con órdenes de churros —el hombre ordenó a la mesera que estaba merendando, temía que podría rehusarse a servir o pedir que los niños se marcharan. El olor a activo comenzaba a expandirse en el local.

—Ahora estoy con ustedes —la mujer echó un vistazo a los niños y a mí.

—Voy al baño —se levantó Pelos Parados.

—Yo también.

—Los sigo.

Los tres subieron por la escalera de mosaico blanco. Yo me quedé con el hombre y el chofer. Como la mesera trajo las tazas de chocolate y los platones con churros y ellos tardaban en regresar, el hombre fue a buscarlos. Lo seguí.

—El chocolate está sobre la mesa, vengan —la puerta de los sanitarios estaba abierta y él los vio parados delante del espejo poniéndose la mona.

Volvieron, oliendo a solvente.

El hombre observó en silencio las facciones de Silvia, el rostro melancólico de Pelos Parados, la expresión alegre de Erika. No se acabaron los churros y él pidió a la mesera que se los pusiera en una bolsa para llevar. Silvia me dio uno. La mujer retornó con una bolsa de papel de estraza. Desconfiada, Erika quiso guardarlos ella misma. La mesera, tenazas en mano, no se lo permitió. Cuando trajo la cuenta de ciento cincuenta pesos, los tres pusieron ojos de plato.

—¿Pos qué comimos?

El hombre dejó quince pesos sobre la mesa.

—Y ese dinero, ¿pa qué?

—Es la propina.

—La... ¿qué?

Cuando iban saliendo, Pelos Parados recogió el dinero. Se arrepintió y devolvió dos de las tres monedas que el hombre había dejado.

En la calle, la patrulla se había marchado.

—A partir de la semana próxima les encontraré sitio en una casa hogar. Allí estarán a gusto y dejarán de inhalar activo. ¿De acuerdo? —el hombre los miró por el espejo retrovisor. Los niños lo miraron sin responder.

—Déjenos en Paseo de la Reforma, del lado de Hidalgo —pidió Erika.

Al despedirse, el hombre abrazó a Silvia y notó que su cuerpo estaba rígido, frío, casi ingrávido, como si abrazara aire, ropa. Respecto a Pelos Parados, su cuerpo era una cosa fofa, una chamarra grande, más grande que su cuerpo.

Robo a la casa

Ese anochecer los niños me levantaron por las nalgas para subirme al coche. Se sentaron a mi lado y El Toloache arrancó. Me balanceé sobre mi trasero, apoyado sobre mis patas y con la lengua de fuera. Atrapado en el tráfico, a veces el vehículo flotaba en un mar de smog. Poco antes El Tolache había aparecido en Plaza Solidaridad alzando con su mano mugrosa el plástico azul. Para ver hacia adentro metió su carota. Silvia, envuelta en una bolsa de dormir con el cierre roto, se tapó los pechos con las manos.

—¿Qué frijoles? —Pelos Parados vio por debajo de la cortina sus tenis.

—Este lugar es un cochinero.

—¿Vienes a limpiarlo?

—Ya sálganse, bueyes.

—Mira quién lo dice.

—Ahora soy fino, uso perico y gallo.

—¿Coca y mota?

—¿Cuántas monas te echaste hoy?

—Tres.

—No debiste hacerlo, tenemos que hacer. Por eso no me gusta juntarme con perdedores, con abuelitos a los que se les fue el tren, con señoras a las que no les cayó el veinte, júntense con triunfadores.

—Pos vamos.

—El perro no viene —El Toloache se puso una gorra roja—. El perro se queda aquí.

—El perro viene —Silvia emergió de la casita.

—Allá tú si hace pendejadas.

—¿Y si nos matan, qué? —Dientes de Peineta se cubrió la boca con la mano.

—Ni lo digas, pendejo.

—Me da miedo morir.

—Tu muerte no me interesa.

Dejamos atrás Avenida Juárez y cogimos Paseo de la Reforma, atravesamos el bosque de

Chapultepec y entramos a una colonia lujosa por una calle circular. Las mansiones estaban protegidas por altos muros de piedra. Grandes árboles crecían en las banquetas. La indumentaria de mis acompañantes no sólo contrastaba con la ropa fina de la gente que pasaba en coche, sino aun con la del personal de servicio parado afuera de las casas. Después de dar vueltas y vueltas, El Toloache estacionó el coche junto a un terreno baldío. Y nos bajamos. Yo, el último.

El Toloache anduvo contoneándose por una calle llena de lámparas que alumbraban las entradas. Se detuvo frente a una casa con altas alambradas. Las ventanas con vidrios ahumados. Las rejas automáticas. Delante de una puerta de madera pulida, activó un aparato.

—Fácil.

—Chido.

—La puerta se cerrará sola.

—¿Estás seguro de que los señores andan de viaje?

—Claro que sí, Dientes de Peineta.

—¿Y los criados?

—Cómplices de nosotros, se tomaron el día libre.

—¿De veras?

—Como que te estoy viendo, cachorro.

La casa estaba a oscuras. El Diablo prendió las luces. Todas las luces, las del techo y las de las vitrinas, las de los pasillos y las que alumbraban las plantas, los cuadros y los nichos. En el vestíbulo todo era verde. Cortinas verdes, tapetes verdes, paredes verdes, ventanas verdes, muebles tapizados de cuero verde, objetos verdes, espejos que reflejaban un universo verde. Y hasta los pliegues y los ángulos, las rendijas y los intersticios, las sombras y las manchas eran verdes. En plena noche verde, por tantas luces parecía de día.

Me estaba sintiendo a gusto cuando empezó a ladrar, parado de manos sobre una reja, un rottweiler. Encerrado en un patio interior, gruñía ferozmente, como sufriendo ahogos de cólera. En un principio, como no sabía si él estaba adentro o afuera y solamente percibí el peligro, me fui haciendo chiquito, chiquito, hasta casi desaparecer en el suelo. Llegué al grado de no querer avanzar, de clavar las patas en el suelo. Pelos Parados se dio cuenta de que me oriné.

—Les advertí que no trajeran a ese animal, ni siquiera tiene collar —el fulgor rabioso de los ojos de El Diablo cayó sobre mí.

—Le compraré un collar, y de los buenos —Silvia me acarició la frente.

—Ya te veo paseándolo por la Alameda —El Diablo se sirvió una copa de coñac y encendió un puro. Se recostó en el sofá.

—Ese debe de comer por diez —Dientes de Peineta estaba fascinado por el rottweiler, que en ese momento saltaba sobre la reja como un becerro enfurecido. Silvia tembló.

—No tengas miedo, carnala, si el perro se sale namás ponte el brazo alrededor del cuello, porque ataca a la garganta. Si te destroza el brazo, no te preocupes, habrás salvado la vida —El Toloache se fue abriendo puertas: la de la sala de lectura, la del bar, la del cuarto de televisión, la de la galería de arte, la de la piscina y la del jardín. Y la del salón de juegos con billares, mesitas para jugar a los naipes, a las damas chinas, al dominó y al ajedrez. Finalmente se introdujo en una recámara cuya cama era tan grande que cuatro niños de la calle hubieran podido acostarse en ella fácilmente. Sillas y sillones estaban forrados de verde. Adornaba la pared central una fotografía amplificada de una mujer de cuerpo esbelto, pecho transparente que mostraba el corazón, facciones finas, sonrisa franca, ojos claros serenos y largo cabello castaño. Con los brazos abiertos parecía volar sobre un paisaje de colinas verdes y campos amarillos. Era la dueña de la casa.

—Esta señora no tiene problemas de dinero, ni de zapatos, ni con la policía ni con madres hijas de puta —la miró resentido Dientes de Peineta.

—Esta casa está a toda madre, parece anuncio de periódico —El Toloache se acostó en una alfombra, se metió coca en la nariz y se levantó.

Pelos Parados se metió en el cuarto de baño más grande que jamás había visto en mi perra vida. Tenía piso de mármol veteado de verdes, espejos y luces, estantes con cepillos y peines, vaporizadores y frascos, champús y perfumes; dos lavabos, dos excusados y dos bañeras con tubos dorados de forma estilizada. Y tapetes y toallas verdes.

El Diablo se quedó atrás en la sala, abriendo el correo y guardándose los cheques de unos sobres. A su izquierda estaba la biblioteca con un librero que llegaba al techo cargado de libros con títulos en varios idiomas. Muchos estaban encuadernados en piel verde.

—Hace hambre. Quiero una limonada. Y una torta —Dientes de Peineta, en la cocina, sacó cosas del refrigerador.

—Tomaré una ducha —Silvia empezó a desnudarse.

—Yo contigo —Pelos Parados la siguió.

—La puerta no cierra.

—Es para que los sirvientes no se pongan la mona en el baño.

—No corre el agua.

—Así los amos ven lo que los sirvientes han comido.

Silvia se sentó en la taza, la mano en la boca, poniéndose la mona.

—¿Qué ves?

—Chorrear el agua.

—¿Y?

Pelos Parados abrazó a Silvia. Ella era un pollo flaco, tieso, tendido en la bañera sin agua como en un catafalco. Sus pechos, pelotitas. Hacer el amor con ella sería como hacerlo con una muñeca.

—No sé si dormirme o tomar un baño.

—Diviértete, cariño —Pelos Parados se fue a la cocina.

El Toloache se asomó, se había puesto la bata de seda del dueño de la casa sobre su ropa.

—Se pregunta si se puede —Silvia se sentó a la orilla de la bañera, envuelta en una toalla blanca.

—¿Está caliente el agua?

—No, ya se enfrió.

—Me esperaré un ratito a ver si se calienta.

—Mejor te sales.

—Debe ser sabroso tener un cuerpo como el tuyo sin necesidad de operarse. ¿Cómo era tu madre?

—No digas cómo era, no se ha muerto.

—Nunca conocí a la mía, nunca supe si tenía badajo o rendija. Pero cuando me encuentro en la noche a una mujer callejera me pregunto si no será ella.

—¿No te acuerdas de nada?

—De nada, una vez que la fulana me parió me puso en una bolsa de plástico y me dijo adiós en una banqueta. Me crié en el orfanatorio. Como nadie me adoptó, me salieron barbas allí, hasta que me escapé.

—Pobrecito. Ahora salte, o me salgo yo.

—Ah, canijo —El Toloache me vio mirarlo desde la ducha con ojos de lobo. Cuando Silvia salió, abrió el gabinete del espejo y metió objetos en una mochila y en los bolsillos de los pantalones. Se amonestó a sí mismo: "Esto no se hace, en la calle cualquiera notará que has robado. Busca una maleta, así la gente pensará que vas de viaje." Al notar que observaba de cerca sus movimientos, se quedó como pensando y de repente cerró la puerta, dejándome encerrado en la sala de baño. Luego de un rato empecé a tener miedo de que al término del robo se fueran y se olvidaran de mí. Arañé la puerta. Y ladré.

—Tranquilo, carnal, nos vas a delatar —Pelos Parados vino a abrirme.

—Me gustaría ser rico —Dientes de Peineta se sentó a la mesa, encorvado, vencido, con los brazos hacia abajo.

—Cuesta trabajo ser pobre, pero ser rico no es fácil, tienes que estar en el gobierno o en una empresa y robar un chingamadral de lana —Pelos Parados se sirvió un vaso de leche.

—¿No que te ibas a bañar? Estás igual de mugroso.

—Ya me bañé. Con aire limpio.

Los dos se pusieron a comer. Yo me senté sobre mi trasero como perro de picnic, esperando que me aventaran un bocado. Pasó El Toloache, cogió del platón de carnes frías una rebanada de jamón y me la acercó al hocico, pero en el momento en que la iba a morder la retiró, haciéndome desatinar. Así varias veces.

—¿Hay algo para Pick? —Silvia en la cocina, en bata, descalza, goteando lluvia, buscó con los ojos comida para mí. Descubrió el platón repleto de queso, rosbif, jamón, pavo y chuletas de puerco. Me dio rebanadas de todo.

—Se va a enfermar ese perro cochino —El Toloache le detuvo la mano con un pedazo de pavo.

—¿Y a ti qué te importa?

—No se vaya a hacer del baño aquí, y, entonces, quién limpia —dio una mordida a una pierna de jamón y me arrojó lo masticado. Sin reparos, lo comí.

—El carnal siempre está famélico —Pelos Parados cogió rosbif—. Namás huele la carne y te mete el hocico debajo del brazo.

—Apetito cruel —Dientes de Peineta me echó una bocanada de humo a los ojos.

—Denle un hueso con carne —Silvia buscó una chuleta de puerco en el platón.

—¿De veras andarán de viaje? —Pelos Parados se sobresaltó al oír un ruido de coche—. Si están de regreso, estamos jodidos. Ya veo al rottweiler corriendo tras de mis nalgas.

—Allí va la rata, vaciando la casa —Dientes de Peineta señaló a El Toloache echando joyas, ropa, todo lo que estaba a su alcance, en bolsas para basura. El Diablo, recostado en el sofá, miraba contra la luz de una lámpara una piedra preciosa. A su lado estaban dos cartones de helado vacíos y una revista abierta en una página sobre La Habana. De pronto comenzó a toser. El Toloache se acercó a él para conferenciar. Hablando, se llenaban los bolsillos de objetos y dinero. En unas bolsas para basura echaron ropa y comida.

—Buenossss díassss, carnalessss, el dessssayuno esssstá sssservido —El Toloache regresó a la cocina, quiso tocar a Silvia.

—Estás tísico.

—Si crees que enseñar los calzones es sexy, mostrar lo de abajo es mejor.

—¿Le llamo un taxi al señor? —Pelos Parados le hizo un saludo de sirviente.

—Mejor mándame un camión de mudanzas —El Toloache sacó una cerveza del refrigerador, la destapó, la bebió y se metió en la recámara principal para echar vestidos y abrigos en una maleta grande. Entró a la sala de baño y arrancó la cortina.

—Y esa cortina, para qué te la llevas.

—Para mi ducha.

—No la manches.

—Ai me guardas esto —El Toloache depositó en las manos de Dientes de Peineta una bolsa llena.

—¿Por qué yo?

—Porque así lo quiere El Diablo. Oyéme, carnal, si la policía te busca, te pelas. Y no corras como pendejo por la calle, porque nos delatas a todos.

—Nadie nos busca.

—Los buscaré yo —El Diablo lo miró siniestramente. Y con una pistola le apuntó a la sien. Disparó. Pero el arma estaba descargada.

Regreso a la Alameda

Cuando descendimos en la Alameda, El Diablo arrancó con el coche lleno de maletas. El Toloache se quedó cargado de bolsas, gesticulando como si hablara con un acompañante invisible. De repente empujó un hierro corrugado que servía de puerta a un terreno baldío y entró. El terreno era una ruina del terremoto de 1985. De inmediato comprendimos que era un lugar seguro para ocultar cosas: en frente del Hemiciclo a Juárez, el sitio estaba a la vista de todos, pero nadie se aventuraba adentro. Además, los exteriores de la Avenida Juárez estaban bajo el control de los vendedores ambulantes.

Entre pilas de ladrillo y grandes pedazos de concreto anduvimos, hasta que El Toloache pidió con las manos alzadas que nos detuviéramos. Entonces se internó solo en un cuarto sin puerta ni ventanas; acarreó cartones, láminas y llantas viejas que colocó sobre unas cuarteaduras, cerciorándose a cada momento de que no lo espiábamos. Cuando se dio cuenta de que un vago quería entrar al terreno por una ventana, varilla en mano lo ahuyentó y cambió de lugar las cosas. Escondido el botín, salió y abrazó a Dientes de Peineta:

—Si tú o uno de los carnales dice algo, lo degüello.

El niño atinó a decir que no se había fijado en nada.

—Más te vale, porque las piedras que trajimos no son joyas preciosas, como en las películas, sino canicas, puras canicas —entonces El Toloache se alejó de prisa por Avenida Juárez.

Ya cerca de la casita, Silvia vio un minibús estacionado entre la Alameda Central y Plaza Solidaridad, recordando que esa medianoche los evangelistas de la iglesia Príncipe de la Paz iban a traer ropa y comida.

Del interior del minibús emergieron un pastor, su esposa, dos hijos pequeños y muchachas de blanco. También bajaron voluntarios, los guardianes del grupo. Al divisar a un muchacho de ojos claros, alto y sonríente, Erika corrió a abrazarlo. Era el hermano Simón.

Allí estaban también los gemelos Anastasio y Artemio. Aunque Artemio era idéntico a Anastasio, yo tenía una manera de no confundirlos, pues a uno movía la cola y al otro no, a uno le tenía confianza y al otro no, quizás porque el primero refrigeraba cadáveres en la morgue y el segundo era jardinero.

—Eres un perverso —me regañaba Silvia—, te gusta el necrofílico.

Todos estaban afuera: Marcos, Fernando, El Caballo, Víctor, Delfino, Susana, Aguilar, Jonathan, Pedro, Juan Carlos, Víctor, César, Nancy, Marisol, los perros. Cada uno de los voluntarios tomó por su cuenta a un niño para socializar con él y darle consejos.

Luego los chicos se formaron. Las muchachas de blanco les dieron un plato desechable y les sirvieron una porción de arroz y de frijoles calientes, también les regalaron un pan y un refresco. Susana, Nancy y Marisol subieron al minibús para probarse ropa. Juan Carlos, Víctor y Delfino pidieron tenis, calcetines, camisetas, chamarras, algo para mudarse o calentarse. Los que estaban adormecidos por la mona miraban desde un banco a los demás. No podían moverse ni hablar. Había charcos. Y Luna.

—¿Un sandwich? —el hermano Simón le dio un envoltorio a Erika.

—No.

—¿La mona te quita el hambre?

—Siento náusea.

—¿Por el embarazo?

—No estoy embarazada, simplemente no tengo hambre.

—¿Adónde está Pablo?

—Desde ayer no lo he visto.

—¿Adónde se va?

—No sé.

—¿Hoy es jueves? —preguntó un muchacho con paliacate rojo que había dicho llamarse Raimundo, Jerónimo o Bernabé, y apodaban El Morelos, El Rambo y El Caballo.

—Es viernes —aclaró la mujer del pastor.

—Se me perdió un día —el muchacho retrocedió.

—¿Qué te pasa?

—Alucino que la luz sale de los focos y se me entierra en la frente.

—Andas chido.

—Los árboles se vienen pabajo —dijo, pero en el momento en que columbró al pastor se alejó asustado, sin darle la espalda y sin quitarle la vista. Quién sabe qué estaba imaginando o qué veía, pero le tuvo miedo.

—Te ves limpia —le dijo la esposa del pastor a Silvia.

—Me bañé.

—¿Adónde?

—Después le digo.

—¿No traen champú? —Erika se aproximó a la mujer.

—¿Para qué lo quieres?

—Para lavarme el pelo en la fuente.

—La próxima vez te traigo.

César le extendió la mano.

—No le den dinero, lo quiere para la mona —le advirtió Erika.

—No le daré.

—Tengo veintisiete años, llegué a la calle desde hace dieciséis, he visto morir a muchos niños: enfermos, asesinados, atropellados, locos; su vida es como la de los perros callejeros, cuando desaparecen nadie lo nota —un hombre con curitas sobre la nariz le contó al pastor—. He visto a varios irse y regresar, morir en accidentes, en peleas. Algunos bebieron el activo y se les pegaron las tripas. Hay hermandad entre nosotros.

—¿Qué pasa con el Clandestine Club?

—¿Cuál?

—Ese club de gays, en la calle de Colón.

—No lo he visto nunca.

—¿Cómo, teniéndolo enfrente?

—El mundo me pasa de noche.

—¿Qué se puede hacer con esas adolescentes embarazadas: dejarlas que tengan la criatura o hacerlas abortar? —la mujer del pastor le preguntó a Erika.

—¿Por qué estás en la calle? —el pastor tomó a un niño bajo su brazo.

—Porque me gustan las drogas.

—¿No quieres volver a casa?

—No.

—Piensa en tu madre, está llorando por ti.

—No me gusta mi madre, por eso me fui.

—Entonces, en tu padre.

—No tengo padre.

—¿No quieres estudiar?

—No.

—¿Hacer algo en la vida?

—Ugh.

—En la casa hogar que te estoy buscando no hay sexo, no hay drogas, no hay calle, tampoco hay peleas ni robos, pero a la primera falta se les castiga, a la segunda se les manda al tutelar, ¿entendido?

—No quiero ir a un hogar, en la calle me siento como en mi casa, la calle es mi casa.

En eso, las muchachas vestidas de blanco comenzaron a bailar al ritmo de una canción religiosa, tocada en un aparato de sonido. Los niños de la calle bailaron. Los perros nos echamos:

Aléjate Satanás
del reino de Jesús.
Y no regreses jamás.
Aleluya, Aleluya.

De madrugada partieron los evangelistas. Algunos niños se acostaron en los colchones y se entregaron a la mona. Otros se fueron a charolear en bares y centros nocturnos. En la plaza vacía, yo dejé de roer la pata de pollo que me había dado una muchacha para mirar a un animal que llamaba poderosamente mi atención. Era una sombra blanca que había saltado de la ventana del muro de enfrente, adonde habíamos ocultado las cosas, hacia la calle.

Salí a la persecución de la sombra, que siseaba entre las plantas y miraba con pequeños ojos malvados. Quería darle alcance entre las jardineras antes de que se escapara por una alcantarilla o se metiera en el baldío. Otros perros se sumaron a la caza. Más jóvenes que yo, corrieron a mi lado y adelante de mí.

La sombra que perseguíamos era una rata blanca, que iba y venía entre las raíces de los árboles y entre las patas de los bancos de fierro. En unos momentos aparecía lejos, en otros, cerca: como si anduviera en círculos. Al verla delante de mí, no la agarré con el hocico, por miedo a que me saltara encima. Así que cuando se lanzó en una coladera, los otros perros y yo nos quedamos esperando a que emergiera. Pero después de un rato volvimos a la casita.

La fuga

La tarde del martes, Silvia me paseó por la Alameda Central con un collar de piel de becerro pinto. El collar tenía untada una sustancia antipulgas y mi nombre grabado en una placa de metal. Los otros perros callejeros, consumidos por la envidia, en particular La Rayas, se burlaron de mí. Ajeno a sus resentimientos, yo me sentí el perro más guapo del mundo. No obstante que, cuando ella me probó el collar en la Tienda Canina, me vi en el espejo como un preso animal cumpliendo una condena injusta. Mi impulso fue quitármelo con las patas o frotarme el cuello contra la defensa de un coche, pues en ese momento no sólo la correa me incomodaba, sino mi abrigo de piel me hacía cosquillas. "Qué ganas de que me bañen", me dije, sin ver mi deseo cumplido.

Poco después, yendo por la Avenida Juárez, Pelos Parados y Dientes de Peineta se dieron cuenta de que alguien los seguía y cuando ellos se paraban él se paraba. Tras un puesto de periódicos surgió la efigie de su perseguidor: El Toloache, ahora ricamente vestido.

—Pssst, la policía los busca —desconfiado, volteando en torno suyo, los arrinconó contra una pared.

—¿Por qué a nosotros, si tú te llevaste las cosas?

—Tienen que pelarse, si los agarran los mandarán al Tribunal de Menores.

—¿Y Silvia?

—A la carnala la mandarán a la correccional de Tlalpan, donde los custodios madrean, violan y confinan en celdas solitarias a las internas. El Diablo dio el pitazo.

—Ah, será por eso que ayer andaba un judicial preguntando por ti.

—Otra broma como esa y te corto el gañote.

—No te enojes.

—La policía los busca por el robo a la casa de Virreyes y por asaltar a una turista afuera de Bellas Artes, los implica en asaltos a transeúntes y en robos a comercios, también dice que se llevaron una camioneta con aparatos de televisión y dieron un cristalazo en un asilo de ancianos. ¿Tienen pasaporte?

—¿Para qué?

—Los voy a pasar al otro lado.

—No tenemos ni acta de nacimiento.

—Se las conseguimos. Si no pueden pagarse el viaje no hay problema, llegando harán un donativo de hígado, riñón y corazón al laboratorio de órganos de Ciudad Juárez.

—Vendrá Pick.

—Escucha, carnal, si el perro ladra en un camión con indocumentados los denunciará a todos, les recomiendo que lo dejen conmigo o lo donen al laboratorio de investigaciones animales de la Universidad.

—Si nos agarran diremos que tú y El Diablo planearon el robo de la casa y nosotros sólo les echamos aguas.

—Si desembuchas, te mueres.

—¿Cuándo nos vamos?

—Hoy.

—Huy, ¿así de rápido?

—Ya se les fue el tren.

—Y si no quiero irme, ¿qué?

—Llamaré a El Diablo para que te convenza. Te darán veinte años.

—Bueno, no te enojes.

—Si te agarran no ocultes la verdad, di puras mentiras, confiesa que arrojaste la lana al gran canal.

—¿Y si me torturan?

—Acuérdate de una cosa: no recuerdas nada —El Toloache sacó una botella de entre sus ropas y les dio para que bebieran.

—Esto sabe a orines.

—Son orines, no la manches.

—Bueno, nos vemos en la terminal de Observatorio.

—Reciban mi bendición: en el nombre del Padre, del Hijo y del Espíritu Santo, que se los lleve la chingada.

El Toloache se alejó por la calle, volteando para ver si nadie lo seguía.

Dientes de Peineta, al cruzar la avenida, ansioso de contarle a Silvia sobre el encuentro, estuvo a punto de ser atropellado por un taxi.

—¡Pendejo! —el chofer asomó la cara roja y el puño crispado por la ventanilla. Era el colmo, después de estar a punto de matarlo lo insultaba. Dientes de Peineta le sonrió.

La historia de Pelos Parados

Llegó el tren, con dirección a Indios Verdes, pero no lo abordamos, planeando coger el siguiente. Tampoco lo hicimos: dos tipos que estaban a nuestro lado nos parecieron judiciales. Con un codazo, Dientes de Peineta se lo hizo saber a Pelos Parados. Pero los tipos, al darse cuenta de que no entramos, desde adentro del carro nos miraron con la cara pegada a la puerta de vidrio y luego hicieron una llamada por un teléfono celular.

—Vamonos en dirección opuesta, a Universidad —sugirió Silvia.

—Mejor a Zipolite. En la Tapo tomamos un autobús a Oaxaca.

—O a Maravatío, allá vive una tía.

—O a Tijuana, y cruzamos hacia Estados Unidos.

—O nos escondemos en una casa de pueblo, cerca de la estación de trenes.

—¿Adónde estará el hombre que nos llevó a comer? —Silvia iba sentada en el asiento del fondo, lejos de los otros pasajeros—. ¿Cómo se llamaba?

—¿Para qué quieres saberlo? —Pelos Parados se acomodó el cabello con la mano.

—Para que nos proteja, era periodista.

—Insisto, podemos irnos a la frontera de aventón. Les diremos a los camioneros que vamos de vacaciones.

—Ay, sí, con estas garras de ropa. Cuando los camioneros nos vean van a decir: "Ah, no, los tres no, sólo la chava." Y a los diez kilómetros, la violan.

—A mí qué me importa que la policía me busque por las méndigas calles, ¿no ven? Soy invisible. Desde la hora cero hasta las veinticuatro horas no tengo existencia real, ¿no ven? Me escondo y nadie me pela. Aunque no faltará un buey dispuesto a denunciarme por unos cuantos pesos o por un bote de activo. Así de méndiga es la gente, ¿no ven? —irrumpió Dientes de Peineta.

Nos bajamos del tren casi cuando iban a cerrar las puertas y cambiamos de ruta. Varias veces. Aunque no sé si alguien nos seguía, lo hacíamos para despistar. En el andén de la estación Pino Suárez se mostraban en un tablero los retratos de los últimos niños desaparecidos. Dientes de Peineta leyó:

> SE BUSCA
> Nombre: Tomás Tovar Tejada alias El Toloache y El Teresa.
> Sexo: Masculino. Edad: 22 o 25 años.
> Estatura: 1.69. Complexión: Delgada.

Tez: Trigueña. Cara: Larga.
Tipo de Cabello: Quebrado negro.
Frente: Amplia. Nariz: Recta.
Cejas: Delgadas. Mentón: Oval.
Color de ojos: Café amarillo.
Señas particulares: Dos lunares en el antebrazo izquierdo,
una cicatriz en la mano derecha.
Ropa que viste: Se desconoce.
Lugar de extravío: Reclusorio Preventivo.
Para informes: Policía Judicial Preventiva.

Poco después, no sé si lo imaginé o fue cierto, pero vi a El Toloache leer el aviso, desprenderlo del tablero y guardárselo en el bolsillo.Una niña con trenzas se le quedó viendo con cara de chango asustado.

Partimos. El gusano del Metro se detuvo en una estación elevada. En cada estación, Dientes de Peineta se asomaba a la puerta para cerciorarse de que no subía ningún policía.

Más tarde, en un banco de la estación Taxqueña, mientras Dientes de Peineta y Silvia estaban ocupados hablando con unos chavos banda, Pelos Parados se volteó hacia mí y me dijo:

—Te voy a contar mi historia, Pick, para qué guardarla más: Cuando vivía con mi abuela Carmelita allá por el Cine Cosmos, mi madre estaba sola. En una tienda de abarrotes que ella tenía, yo la ayudaba a bajar cartones de veladoras y sacos de azúcar, y a acarrear botes de manteca y costales de maíz. La abuela me mantenía a puros huevos y tacos de frijoles refritos. Mas como a mí me gustaba jugar al futbol, me pelaba de la tienda y me iba con los chavos a un baldío. Mi padre era trailero y había regado hijos por las carreteras. Una noche, él se metió con mi madre y nací yo. El hermano de mi madre, un hombretón de dos metros de estatura, fue a buscarlo y lo amenazó: "Ai te encargo a esa morena chaparrita a la que le vas a cumplir." Así lo casó a la fuerza. Pero él siguió teniendo aventuras y un sábado, borracho, que le estaba pegando a mi mamá, le grité: "Ya déjala, cabrón." Él se me vino encima con un tranchete y le di un palo en la cabeza. Me escapé. A la semana me vio en la calle y me dijo: "Vuelve a casa." No le hice caso, porque era traicionero y tuve miedo de que me matara dormido. Además, mi madre me había mandado decir que no volviera porque él quería darme una paliza y encerrarme en un cuarto oscuro. Un día se fue con otra. Entonces mi madre empezó a salir de noche y a volver de madrugada, y su hermana Berta empezó a decirle de cosas y a reclamarle que le dejara el escuincle, y a mí ella me decía que si iba a ser delincuente me metiera a la policía, porque así formaría parte de la banda de los de la ley. Luego, cuando un trailer atropelló a la abuelita y se murió, mi madre y mi tía comenzaron a pelearse por cualquier cosa, todos los días. Así que mi madre desapareció con frecuencia, a veces hasta por una semana. Y si estaba en casa, se salía de noche. Un viernes, diciendo que iba a buscar un cuarto de hotel donde llevarme, no volvió en un mes. Mi tía dijo que estaba hasta el gorro, que no podía más con la carga y que yo era un estorbo, que no hacía nada para ayudarla y que mi madre andaba de puta. Pero me iba a dar un chance, un chance namás, y sólo porque ella era la hermana a la que más había querido, aunque ya no. Me dijo algo que no sabía, que hacía cuatro miércoles mi madre había traído a un fulano a dormir a la casa y como a la medianoche éste la comenzó a golpear, los corrió a los dos. Un jueves en la mañana, dos semanas después, le hablaron a ella por teléfono desde un hotel de paso para decirle que fuera a ver a una señora que había llegado anoche con un tipo y que el tipo se había ido, pero la señora no salía. La tía me mandó al hotel, allá por las calles de Sullivan, y cuál sería mi sorpresa que en un cuarto encontré a mi madre colgada.

En eso, un hombre vestido de negro se asomó y se fue, pero Dientes de Peineta vino a decirnos que era un judicial y que nos fuéramos de allí ya. Pelos Parados descubrió entonces que mientras había estado hablando conmigo alguien le había robado una bolsa negra con unos pesos y unos tubos de resistol. Así que cuando el gusano anaranjado llegó, lo abordamos. Atravesando la madrugada oscura, desde afuera se veía vacío, con las luces encendidas, pero adentro iban los niños dormidos. Silvia sola en un asiento.

El Rey de los Subterráneos

El jueves dormimos debajo de un puente. Silvia se acostó sobre un bloque de concreto a manera de cama, mientras pasaba la gente encima de nuestras cabezas. Un vehículo se estacionó allí cerca y Dientes de Peineta fue a ver, pues tenía miedo de que fuera la policía. Eran unos amantes del mismo sexo.

En misión especial, Pelos Parados partió en busca de los chavos de la banda de la Guerrero. Afuera de la estación Hidalgo, El Gas y El Pescado le contaron que la policía había realizado operativos en Plaza Solidaridad y en la zona de Garibaldi, la Central de Abastos y La Merced, y andaba registrando otros lugares de encuentro: los pasos y los puentes peatonales, las salidas del Metro, los callejones donde vendían activo y las centrales camioneras. En una coladera, como los de adentro no habían obedecido las órdenes de salir, los agentes judiciales les habían arrojado gasolina y papeles encendidos. El Latas y La Canaria habían muerto achicharrados. Durante días nadie los sacó, dejaron sus cuerpos tirados junto al drenaje. La Cabra y El Chivo emergieron de la alcantarilla con las manos en alto, encañonados por El Diablo. Los agentes se los llevaron, los interrogaron y los soltaron. El Gas le aconsejó que se pelara luego, porque allí andaban Los Felinos buscando niños para madrear, con el pretexto de que molestaban a los pasajeros con su mal aspecto.

En la Central del Sur, La Rana le dijo a Pelos Parados que los judiciales le habían preguntado a Delia, la de la limpieza, si ellos no habían ido por allí a charolear o a dormir. Delia recordó que hacía dos tardes tres chavos estaban allí mezclando chocolate en polvo y café soluble con solventes, pero no estaba segura si eran ellos. Pelos Parados se enteró que El Diablo había interrogado en La Merced a un vendedor de droga, quien le dijo que unos bodegueros habían sorprendido a tres delincuentes robando cajas de naranjas, creyendo que eran paquetes de cigarros. Los bodegueros los agarraron a patadas y les arrojaron cerillos a las sudaderas, de manera que uno empezó a incendiarse, revolcándose en el suelo, hasta que se levantó con la piel pegada a la tela. Allí mismo, una señora de un puesto de periódicos les regaló una botella de agua. Más tarde, un informante le sopló a El Diablo que tres chavos andaban durmiendo en Acapulco y él telefoneó a la policía del puerto para que les cayera de noche. Agarraron a un chavo de Guadalajara, creyendo que era Pelos Parados. Lo dejaron en libertad.

Yendo por un puente, Pelos Parados fue interceptado por El Toloache, quien a golpes lo tiró al suelo. Pelos le dio un gancho al hígado. El Toloache lo tendió de una patada. Pelos le zumbó con una varilla. El Toloache se la arrebató y le pegó con ella en las corvas. Y con un cable de luz quiso estrangularlo. Apareció El Gato:

—Déjalo en paz, a Carlos Resistol no le gusta lo que estás haciendo.

—Pelitos, no te peles, ¡carajo!, di algo —por puro teatro, El Toloache comenzó a gimotear.

A oscuras se levantó Dientes de Peineta (sus dientes castañeteando de frío). Pero no partió: se puso a monear. Así que no fue hasta que salió el sol y regresó Pelos Parados, con un cartón de leche robado de un camión repartidor y se metió en una coladera como un vampiro, que mostró el periódico:

ATRAPAN AL REY
DE LOS SUBTERRÁNEOS

En una alcantarilla ubicada en las inmediaciones de la Central Camionera del Norte, ayer en la tarde fue arrestado por policías preventivos y judiciales el distribuidor de drogas Carlos Resistol, El Rey de los Subterráneos, acusado de vender pegamento a niños y niñas de la calle, y de explotarlos sexualmente. El sujeto en cuestión obligaba a los menores a trabajar y prostituirse en las calles de la ciudad. Resistol fue remitido al Ministerio Público para rendir su declaración. El Gas, uno de sus socios, cuando en la coladera iba a ser detenido, intentó aferrarse a un cable de alta tensión. El Gato, su cómplice, huyó.

Además de mantener en su guarida todo un almacén de drogas (solventes, pastillas, piedras y marihuana), Resistol y El Gas confesaron dedicarse también a la prostitución de menores; en el momento del operativo se encontraron en ese lugar tres niñas, quienes interrogadas por un policía judicial apodado El Diablo dijeron llamarse Natalia y Nancy Ibarra, de nueve y once años respectivamente. La otra, Mónica, de catorce años de edad, presentó problemas mentales. Tanto a las niñas como a los niños de la calle el hampón de las coladeras les exigía cuotas para dejarlos operar, aunque se defiende diciendo que de ninguna manera era un explotador, sino un recogedor de niños en lugares de encuentro: "Como sufrían de hambre y yo había sido también un niño de la calle, les ofrecía un sitio donde estar y ellos vivían conmigo por gusto."

Cuando lo arrestaron, El Rey de los Subterráneos estaba sentado viendo televisión, sobre la espalda un pedazo de alfombra oriental y en la mano una Coca Light. Al notar la policía opuso resistencia y quiso aventarse contra los agentes de la ley con un guitarrón, mas El Diablo lo sometió apuntándole con una pistola a la cabeza.

Se cree que el lugar servía de cementerio clandestino a los dichos sujetos, pues en las paredes había grafitos adornando los nombres de niños y niñas difuntos. "Era la más chida de las alcantarillas, tenía hasta espejo en la pared", declaró Nancy, quien condujo a la policía a una cámara secreta que era un verdadero rastro, albergando máquinas de coser, tocadiscos, relojes de pared, proyectores de películas de 16 milímetros, cámaras plegables, estufas y cilindros antiguos, y hasta tinas de lavar y cestos con muñecas del siglo pasado.

"Es detestable que existan personas como ésta que explotan la vulnerabilidad y la desesperación de los niños en situación de calle", manifestó a este diario Heriberto López, director de la Casa Hogar Josefa Ortiz de Domínguez. "Los vapores del pegamento, inhalados o aspirados por nariz o boca, van directo al cerebro del niño provocándoles sensaciones de euforia y haciendo que por un momento se olviden del frío, del hambre y del abandono en que viven. Pero el abuso produce daños irreversibles en el cerebro, el hígado y los riñones. Uno de los pegamentos más tóxicos es el usado para la confección y reparación de calzado. Por esto y otras cosas, la vejez de un niño de la calle se presenta a los dieciocho años".

"Me voy a morir en las coladeras. De aquí no me van a sacar ni muerto, cuando llegue mi hora me arrojaré al drenaje profundo", hace unos días había asegurado a sus lugartenientes el rico indigente apodado El Rey de los Subtérraneos. Rodeado de maletas y cartones con objetos robados, y embriagado por el hedor de las cloacas, el destino le jugó una mala treta y ahora pasará el resto de su vida en un reclusorio.

La entrada a su palacio hediondo fue sellada por trabajadores del Sistema de Transporte Colectivo.

Visión en la Alameda

La madrugada del lunes los niños volvieron a Plaza Solidaridad, con gran atrevimiento, porque podrían ser arrestados. El plan era partir el sábado en la mañana hacia un pueblo de Michoacán. Y llevarme con ellos.

Como el piso de la casita estaba lleno de cuerpos durmiendo, Pelos Parados y Dientes de Peineta se sentaron en un banco junto a Erika. De hecho ella abrió los ojos cuando los vio llegar, pero la venció la mona.

Silvia no podía dormir, o temía hacerlo, y vino a sentarse en un banco que daba a la Alameda. Yo me tendí a sus pies, mirándola a la cara, a una cara dominada por el alucine.

—¿Habrá un ladrido después de la muerte? —me pregunté, pesimista, estimulado por los eventos de los últimos días—. ¿Habrá un más allá para los perros o sólo somos criaturas del más acá? Si no hay, Silvia me llevará con ella al paraíso de los humanos, compartiendo conmigo la bienaventuranza que se merece. Si existe un dios perro, yo llevaré a Silvia, pues de ninguna manera podría abandonarla en el mundo de los espíritus. El perro es el único animal que vive con su dios, pero ningún perro ha imaginado su paraíso.

De repente, Silvia clavó los ojos en la distancia y, con un lenguaje desconocido en ella, me contó su visión:

—En la terraza del convento de Santa Isabel hay una niña de espaldas a nosotros, mira a una mujer sentada y a un hombre parado. El hombre observa con un catalejos. Un niño los acompaña. Entre fuentes y árboles, por un sendero una pareja de negro se aleja conversando hacia la huerta. La sigue El Diablo, en hábito de monja. En un banco platican cuatro caballeros. Por la calzada del Calvario viene El Toloache, con el pelo teñido de verde. Con él se acercan dos arrieros, el burro de adelante carga barricas de agua, el de atrás un cofre aforrado por de fuera con pellejos de animal y por dentro con pellejos de gente. En el cofre oculta los objetos robados. Una vez que El Toloache y El Diablo se encuentran, se dirigen juntos a la Plazoleta de San Diego, el antiguo quemadero de la Inquisición. A su paso, un guarda les hace un guiño. No lejos, una placera prepara una comida de Día de Muertos: en sahumerios de barro negro tuesta maíz azul, en cazuelas negras cocina mole negro y mezcla frijoles negros con hongos morilla. Qué alucine, ahora me veo a mí misma ir hacia ella por un prado que ya no existe. Lo más curioso es que la que anda por allá y la que está aquí somos la misma persona, aunque no nos conocemos.

Envuelto por el olor de los solventes, llegué a preguntarme si no era yo el que veía doble y oía visiones, y no ella. Lo extraño es que Pelos Parados y Dientes de Peineta no se dieron cuenta de nada, embobados por la corona de novia que arrastraba el agua, como si un pedazo de alba anduviera flotando a deshoras. Hacia Silvia vino un joven de pelo blanco, cargando sobre la espalda un pedazo de carne, y alcé la cabeza. Había hurtado la carne de un camión repartidor, porque el costillar estaba marcado con un número y traía una dirección de entrega. En el alucine, Silvia no creyó que el joven fuese real, mucho menos la carne.

—Soy El Gato —se presentó éste, depositando el costillar a sus pies.

—¿Para qué me das eso?

—Para que no estés triste.

—No estoy triste, es un regalo absurdo para una persona que no come carne y no tiene estufa.

—Tu perro tendrá carne para toda su perra existencia —él colocó delante de mi hocico el futuro filete, provocando que me ensalivara.

—No la quiero, llévatela.

—De acuerdo —El Gato se echó sobre la espalda el pedazo de carne. Y se alejó por la Alameda, sin saber yo si había soñado la visión de Silvia y la visita del joven de pelo blanco. Lo que no era un sueño era mi hambre. Así que retorné a mi reflexión de antes, diciéndome que la vida de un perro es un largo ladrido.

El Toloache

Otro día El Toloache fue aprehendido. Silvia me leyó la noticia publicada en un diario de la tarde, escrita por Miguel Medina:

> Un hombre fue consignado en el Reclusorio Preventivo Varonil como presunto responsable de los delitos de violación en contra de cuatro

niños de la calle, informó la Procuraduría de Justicia del Distrito Federal. Este individuo, identificado como Ramón Rojas Ramírez o Tomás Tovar Tejada, alias El Toloache alias El Tequiero alias El Teresa, utilizaba un domicilio en la calle República de Honduras, en el centro de la ciudad, para realizar sus ultrajes a menores. Agentes de la Policía Judicial adscrita a la Dirección General de Investigaciones que patrullaban la zona, se dieron cuenta de que por esa calle corría un niño desnudo intentando escapar de un hombre adulto. Al ver la patrulla, el niño, de ocho años de edad, solicitó el auxilio de la policía. Su perseguidor trató de darse a la fuga y se introdujo en una vecindad ubicada en esa calle. Los agentes lo siguieron y lo hallaron oculto en su domicilio particular.

"Ese Toloache tenía un colmillo que rayaba el piso", declaró el menor, quien dijo llamarse Martín (sin apellido), revelando que en la calle República de Honduras estaban encerrados otros tres menores, a los que este tipejo violaba sistemáticamente, ofreciéndoles dinero y drogas a cambio de guardar silencio. Todos ellos ya han sido trasladados al Centro de Crisis de una casa hogar.

Buscado por la policía por otros delitos, El Toloache se había teñido el pelo de verde, usaba lentes y se había dejado crecer el bigote y la barba, haciéndose pasar por un maestro de escuela. Se comprobó que el sujeto en cuestión era aficionado al transvestidismo, ya que en un ropero se le encontraron una peluca rubia, ropa de mujer y un traje de lentejuelas, tal vez robado, y en una recámara, un tocador de dama con productos para maquillarse la cara, los ojos y los labios, y un espejo. De manera que no resultó extraño que durante su arresto, a causa del calor, el maquillaje se le derritiera en las mejillas como un helado de fresa. "No soy un malvado", confesó, "solamente me gustan los niños".

En una silla se hallaron los pantalones remendados y los zapatos rotos del pequeño fugitivo. Al escapar de su captor, en el piso del cuarto, el niño dejó atrás sus útiles de trabajo: unos malabares con aros, unas pelotas y una antorcha.

Terminal Observatorio

Ese sábado los niños emergieron del Metro Observatorio. Dientes de Peineta, con una mochila negra en la espalda; Pelos Parados y Silvia, con bolsas en las manos; yo, atrás.

Cuatro policías auxiliares estaban parados a las puertas del Metro. La explanada olía a hidrocarburos y fritangas. Se oían soplidos de trenes. Uno tras otro pasamos junto al muro amarillo. Bajamos la escalera. Dimos vuelta a la derecha. Afuera de la terminal docenas de taxis verdes estaban estacionados. Cruzamos la calle. La musiquita de los puestos de refrescos zumbaba en las orejas. A la entrada, se decidió separarse y encontrarse más tarde en el autobús. Cada boleto a Maravatío había costado 95 pesos, incluso el mío. Partiríamos a las 18:20 horas. Dientes de Peineta columbró a El Diablo y a dos policías parados delante de un puesto de periódicos. Uno de ellos era El Rondón. El otro, El Calaco. Dientes de Peineta quiso sacar un cigarrillo de la bolsa del pantalón, mas no atinó a meter la mano. Entonces giró hacia la derecha y se echó a correr. El Rondón trató de interceptarlo, pero lo empujó. Corriendo por los corredores, daba la impresión de que los dientes le saltaban en la boca.

—¡Ladrón! ¡Ladrón! —El Diablo y los policías se pegaron al mostrador de los autobuses Flecha Roja para dispararle.

En su fuga, Dientes de Peineta vio que las flechas de la compañía de transportes apuntaban a la izquierda, que los empleados de la dulcería y de la tortería, de la panadería y de las guarderías de equipajes salieron a verlo, haciéndose a un lado. Se les hacía cómico que a un niño tan pequeño lo correteran tantos policías del sector 13 y miembros de seguridad de la central. La meta del fugitivo era alcanzar los autobuses ETN. Llegar hasta allá sin resbalarse en el piso imitación mármol le resultaba difícil.

Ajenos a la persecución, Silvia y Pelos Parados adquirieron en una panadería conchas de dulce para mí. Compraron dos y se robaron dos.

—Si nos detienen, diremos que un judicial y su madrina cometieron el robo de la casa de Virreyes, pero que nosotros no conocemos su nombre, ¿entiendes? —estaba diciendo Pelos Parados cuando se dieron cuenta de la persecución de Dientes de Peineta. Entonces se separaron y caminaron de prisa por Plaza Poniente, dejándome atrás.

A Dientes de Peineta, en su carrera, la gente y los letreros de los establecimientos comerciales (Tortería Tropicana, Dulcería París, Fuente de Sodas) le bailaban en los ojos. En una sala de espera todos los asientos estaban ocupados, todas las miradas se volvieron hacia él. Hombres en camisa, mujeres con bebés y bolsas de plástico, nadie con maletas, se divirtieron viéndolo correr. Puerta 2. Bloqueada. Puerta 1. En Reparación. Por allá, por aquí, él hubiera querido estrellarse contra los vidrios, pero no lo hizo, porque eran irrrompibles. El techo estaba altísimo. Imposible saltar y alcanzarlo.

Al pasar junto a un bote de basura arrojó la mochila. El Diablo y los policías lo notaron. Intentó esconderse en el Baño de Caballeros. Una señora le cobró la entrada. Salió rápido. Temió que lo agarraran adentro. El Baño de Discapacitados estaba cerrado. Intentó subir por la escalera de las Oficinas Generales. Gerencia de la Terminal. En el muro había un aviso ridículo:

A Toda Persona Que Se Le Sorprenda En
El Estacionamiento
Y No Justifique Su Estancia Será Consignada

Se tropezó con el trapeador que la mujer de limpieza empujaba. Se fue de bruces sobre dos sillas anaranjadas, sobre una mesa redonda. Se raspó la frente y las rodillas. Se halló en un restaurante. Tiró al piso el plato con papas y catsup que comía una mujer. En las bocinas se escuchó una voz femenina:

—Atención, señores pasajeros, se anuncia la salida del autobús Herradura de Plata de las dieciocho veinte, seis veinte de la tarde, con destino a Maravatío vía Toluca. Dignarse abordar el autobús por la puerta tres.

Dientes de Peineta quiso pasar por la puerta que daba acceso al autobús a punto de partir. El Diablo le disparó cuatro veces. Le dio en la espalda. Dientes de Peineta siguió andando. El Diablo, con la pistola en mano, lo miró alejarse. Dientes de Peineta atravesó la puerta de entrega de boletos y se halló delante del conductor de la unidad Dina 371 de Herradura de Plata. El conductor llevaba camisa blanca, corbata azul con las iniciales HP, bigote bien recortado. Olía a bañado, a limpio. Por encima de los autobuses, del otro lado de la terminal, Dientes de Peineta apreció las casas pintadas con colores vivos: rojo, azul y amarillo; vislumbró copas de árboles, estructuras de cemento con varillas desnudas.

—Por allá los de primera, con destino a Morelia —una señorita indicó otro autobús a un pasajero de pelo gris y chamarra negra, el periodista de la Alameda—. La botella de agua y la leche sabor chocolate son gratis.

El motor de su autobús se puso en marcha. Dientes de Peineta escuchó sus hipos, sus tronidos, su impaciencia.

El conductor iba a cerrar la puerta. Dientes de Peineta le extendió el boleto y subió. En la espalda tenía dos agujeros de bala. Adentro vio los asientos rojos, cinco al fondo, todos vacíos. Adelante, una mujer. *Escalón abajo*, se avisaba. Bajo los grises envolventes de la tarde, la terminal se quedó por un momento silenciosa. Hasta que un vendedor ofreció: "Papas fritas, papas fritas". De inmediato el autobús en marcha ahogó la voz.

Dientes de Peineta cayó sobre la pasajera sentada en la primera fila. En su regazo se quedó inmóvil, sin decir palabra. Ella se puso pálida y levantó las manos mirando sobre su falda la cabeza de ese niño muerto. El chofer abrió la puerta, descendió.

—Apareció aquí, no sé qué pasó —explicó a los curiosos.

No había policías a la vista, El Diablo y los otros habían desaparecido. Literalmente se los tragó la tierra, aunque se fueron por los andenes del Metro sin que nadie hubiera hecho nada para detenerlos. Más bien las autoridades los protegieron, aunque iban armados. En apariencia, nadie disparó a Dientes de Peineta. Nadie lo mató. La mujer pasajera y el conductor vieron nada, oyeron nada. El cadáver chorreando sangre apareció solo en el asiento. Hubo asesinado, pero no asesinos. Cuando los camilleros se lo llevaron y una ambulancia de la Cruz Verde lo recogió para trasladarlo a la morgue, una empleada de la compañía de autotransportes Herradura de Plata vino a pedir a los pasajeros que ocuparan sus asientos de nuevo. La unidad partiría a su destino en unos minutos. El anuncio que hizo la voz femenina por micrófono se oyó en todas las salas de la terminal.

—Nunca he visto un autobús tan vacío en esta ruta —la señora se sentó.

—Había más pasajeros con boleto, no se presentaron —dijo el chofer.

Yo me quedé abandonado en esa estación que parecía crecer de tamaño a medida que el mío disminuía. Mi soledad era completa. Por los corredores me quedé viendo al vacío, a las escaleras desnudas, a las salas de espera llenas de fantasmas vestidos, a los tableros. Alrededor pasaban sin cesar muertos vivos.

Anocheció y me fui a Plaza Solidaridad, resignado a encontrar mi fin. Enterados de la noticia, los miembros de la banda sacaron la colchoneta de hule espuma en que dormía, sus tenis, su sudadera sucia y otras pertenencias de poco valor. Todo eso lo depositaron en un altar: el pasto. En se acto de veneración, no quisieron que nadie tocara sus cosas.

Más tarde, Silvia estuvo llamando a la casa Alianza para ver si Pelos Parados se había refugiado allí. Pero le decían "Un momento" y ponían una musiquita. Desocupó la caseta telefónica cuando vio venir al Rondón. Al principio ella no supo lo qué le había sucedido a Pelos Parados, si lo habían arrestado o escapado. Tendría noticias suyas meses después desde Cancún. Esa noche vino por mí y los dos partimos hacia destino desconocido.

Dientes de Peineta mereció una nota de Miguel Medina en un diario:

> MUERE BALEADO POR POLICÍAS
> La calle lo mató. El sábado falleció el niño apodado Dientes de Peineta.
>
> La mañana de este sábado de septiembre sucumbió Dientes de Peineta (sin nombre conocido) a las balas de policías preventivos y de un judicial vestido de civil en la Estación Observatorio. Antes fueron los solventes los que minaron su salud, ahora un agente judicial no identificado le cortó su breve existencia al dispararle en la espalda.
>
> Después de cerca de cinco años de vivir en las banquetas con los niños de la banda de Plaza Solidaridad, Dientes de Peineta murió desangrado en el asiento del autobús en el que se

disponía a viajar a Maravatío, Michoacán, de donde era oriundo, después que un judicial le disparó. Los testigos del homicidio señalaron que la persecución se dio porque el occiso no quiso entregar una mochila donde llevaba objetos robados. Sus cómplices, que huyeron por temor a represalias, en apariencia no llevaban nada. Una testigo simplemente manifestó que vio huir a un niño por los pasillos de la terminal de autobuses y a tres policías corretearlo.

Los policías Rubén Bedolla García y Emiliano Santos González, de 31 y 33 años de edad respectivamemente, consignados en el Reclusorio Preventivo Norte por haber tomado parte en el suceso y por acostumbrar relacionarse con el ahora occiso y otros niños de la calle, dejándolos "tranquilos" a cambio de exigirles dinero y favores sexuales, fueron liberados por falta de pruebas. Del tercer participante en el homicidio, y supuestamente el que realizó los disparos fatales, se ignora su paradero y hasta su nombre. Los policías mencionados revelaron que el dicho individuo apareció fortuitamente en el lugar de los hechos y no lo habían visto antes.

Una observación curiosa. Después de muerto, las botas de Dientes de Peineta desaparecieron: alguien se las robó.

La calle de las vidrieras

> Por los trópicos de la mente vamos tú y yo
> diciendo adiós con los ojos a Amsterdam.
> Nos despedimos de nosotros mismos
> en ese espejo ajeno que es la gente.
> Vida mía, tú y yo, antes de que el deseo muriera
> anduvimos juntos ese ayer.
> WILHELMUS JONGH, *Amsterdam en un diario*

> ¡Huid de la prostitución! "Todo pecado
> que pueda cometer el hombre está fuera
> de la esfera del cuerpo", pero el que practica
> la prostitución peca contra su propio cuerpo.
> ¿Es que no sabéis que vuestro cuerpo es templo
> del Espíritu que está en vosotros y os dedica a Dios?
> SAN PABLO, *Segunda Carta a la Comunidad*
> *de Corinto*

1

En Amsterdam llovía. Llovía sobre los tejados de la zona roja y sobre la gente envuelta en gabardinas oscuras y chaquetas de colores. Gotas negras salteadas de amarillo como pan quemado se clavaban en las formas visibles del olvido, mientras un acuciante anhelo de vivir agobiaba el pecho de Wilhelmus, sobre quien también llovía.

No obstante el diluvio efímero, el viejo Wilhelmus sólo tenía un deseo: antes de morirse contratar en la calle de las vidrieras por quince minutos a una mujer que satisficiera sus fantasías eróticas. Sus fantasías eróticas, dicho sea de paso, cambiaban según las estaciones, las cuales casi todas están marcadas en Amsterdam por la lluvia.

La diversidad sexual ofertada en las vitrinas era abrumadora para un hombre de su edad y se renovaba constantemente con adquisiciones sorprendentes venidas de Europa del Este, el Caribe y Latinoamérica, Asia y África (las holandesas preferían los clubes privados y trabajaban checando el reloj para que no se les pasaran los quince minutos reglamentarios). Ante esas circunstancias, Wilhelmus no se había decidido por ninguna de ellas; como inveterado soñador, deseaba a todo el género femenino.

Wilhelmus era el hombre de las vidrieras, el viejo verde que a lo largo del día se paseaba famélico por el Red Light District, llamado por los holandeses también Wallen y Rosse Buurt, Barrio Rosa. Las calles y las callejuelas de los *raambordelen,* burdeles de ventana, estaban circunscritas por el palacio real, la estación central, la Oude Kerksplein, la Universidad de Amsterdam, el Nieuwmarkt y De Waag, la vieja puerta de la ciudad y, durante la Segunda Guerra Mundial, lugar de concentración de los judíos deportados por los nazis a los campos de la muerte. Canales como el Oude Zijds Voorburgwal y el Oude Zijds Achterburgwal atravesaban el distrito. Los canales eran unidos por los llamados "puentes de las pastillas".

Parado o deambulando, Wilhelmus devoraba con los ojos a las *hoertjes* exhibidas en las vitrinas. Para ellas y para algunos parroquianos, la vista de ese hombre orejudo, barba y bigote blancos, labios rojos y cara enjuta como un personaje de El Greco, les era familiar. Se protegía de la lluvia no con el paraguas, que llevaba cerrado bajo el brazo, sino con una boina negra, vestido él mismo de negro, con chaleco de rayas blanquinegras, camisa blanca y corbata roja. Sin duda, un hombre de otra época. Nadie sabía que de pintor amateur ahora, indiferente a la estación del año y al clima, agazapado en estratégica penumbra, él se había convertido en el hombre de las vidrieras. Con ojillos de lancero, pequeños pero insaciables, después de la cara, estudiaba los pechos, las piernas, el trasero, los meneos, la minifalda y la lencería de las prostitutas. En ese laberinto del sexo se podía encontrar exhibida a una muchacha reminiscente de un amor perdido en las buhardillas de la memoria, como aquella colegiala que se había negado a salir con uno en la escuela secundaria. Esa imagen abolida podía hacerse asequible y viable en el presente por una cierta cantidad de florines.

Jaurías de hombres de diferentes países, condición social y edades recorrían las calles echándose tacos de ojo en lo que en inglés llaman como *window-fucking*. Después de estudiar la oferta, el momento decisivo venía cuando un cliente tocaba a la puerta, negociaba con una dama y la cortina roja se cerraba. En ese momento también palpitaba el corazón de Wilhelmus, quien se ponía a calcular los florines gastados, el estado civil del varón y sus minutos de permanencia en el cuarto. Porque el ex pintor, entregado a su propia imaginación, se deleitaba en las variantes de la cópula ajena, llegando al extremo de escudriñar el gesto del individuo al salir. Y de seguirlo con la vista hasta que se esfumaba en la noche o daba vuelta en una esquina.

Era todo un espectáculo gratuito. Una ocupación de jubilado. Y hasta una coparticipación.

Wilhelmus, desde el anochecer, recorría las calles del barrio rojo, absorto en sus sueños pornográficos, que podían satifacerse en cualquier sex-cinema, porno shop o live show. Sabía en qué casa y en qué vitrina estaba la nueva importación, qué edad tenía la recién llegada y si era brasileña, dominicana, tailandesa, ucraniana, búlgara o de Ghana, Gabón o Togo, y si usaba drogas suaves o duras, y si había tenido enfermedades venéreas o sida. Conocía los cuerpos, las tarifas, el tiempo en la vitrina, el tipo de cliente que buscaba a cierto tipo de prostituta. Se enteraba si el negocio iba bien para ella, ya que había visto a varias mujeres aparecer y desaparecer en las vitrinas, convertidas en *tippelaars*, trotacalles, por no haber podido pagar la renta.

Wilhelmus se paraba delante de la filipina, una pantera voluptuosa que iba y venía de un extremo a otro de su jaula de vidrio parodiando el acto sexual para excitar a incautos. Después examinaba a la colombiana, recién traída de Cali, a la húngara, procedente de Budapest, o a una de nacionalidad desconocida, pues se negaba a hablar. Sin prisa y con detenimiento, Wilhelmus escrutaba la expresión, el lenguaje corporal, la ropa fosforescente de las venus venales. Pero no sólo eso, además escuchaba las voces de adentro y de afuera de las vitrinas, detectaba la luz en las piezas por encima de las cortinas corridas. Sus oídos recogían los comentarios de los mirones, sus chistes, sus risas, sus silencios. A veces tenía la impresión de que mientras espiaba a alguien otro alguien lo estaba espiando a él desde una ventana con las luces apagadas.

"En Amsterdam siempre hay oportunidades para perderse a sabiendas, con guía y mapas, en el laberinto del vicio", se dijo Wilhelmus, caminando sin quererlo entre un grupo de extranjeros de tour por el Rosse Buurt.

A este hombre solitario las multitudes lo atraían y lo estimulaban y como por tropismo se integraba a ellas. Desde su entrada al Centrum van Ouderen Juliana, diez años atrás, había adquirido el hábito de meterse en el gentío en busca de calor y compañía. Presenciar fundido en la muchedumbre un espectáculo en Museumplein o un concierto de rock al aire libre, o una protesta gay, era mejor que presenciarlo solo, aislado, hurañamente. Cualquier circunstancia que lo hiciera olvidarse de la muerte de María Hendricke era bienvenida. El problema llegaba cuando la multitud se disolvía en torno suyo; entonces, la soledad era más intolerable. Por otra parte, se había acostumbrado a la viudez como otros se acostumbran a llevar el mismo traje todos los días.

2

En tardes ociosas, otro pasatiempo de Wilhemus era caminar detrás de una muchacha holandesa, escogida al azar, y seguirla por sus andanzas en Warmoes Straat, De Waag o Damstraat, esperando que sus pasos lo condujeran a la *privehuis* donde trabajaba. Pero no, de repente ella entraba a De Bijenkorf, al Hotel Krasnapolsky o abordaba un tranvía rumbo a la Estación Central. Como perro perdido, él se quedaba entonces en la calle sin saber si tomaba hacia la izquierda o hacia la derecha.

"Amsterdam en febrero se parece al día de ayer y al día de mañana. Uno tiene la impresión de que navega por la misma hora", se dijo, ante la perspectiva de otra tarde de lluvia. Porque en la ciudad concéntrica llovía no sólo sobre los canales, las calles y los árboles, sino también sobre la lluvia. Sobre los suelos de antier y de pasado mañana batía, como en un fragmento de Heráclito, la misma y otra lluvia. No sólo eso, la basura también navegaba: cartones, latas de refresco, bolsas de plástico y hojas otoñales atravesaban inmóviles el día húmedo. Sobre esa naturaleza muerta de débil movimiento, chillaban gaviotas blancas.

Además, el cielo invernal parecía una alucinación del pasado, una escena de Hendrick Avercamp (aquel pintor sordomudo que en el siglo XVII representó las figuras humanas atravesando los grises y los negros del paisaje helado como si la vida fuera una pista de patinaje). Excepto que ahora, aquí, en lugar de damas y caballeros patinadores había automovilistas y *hoertjes*, y detrás de las puertas de las casas con fachada respetable se vendía erótica y droga. Una enorme y homogénea nube moral color chocolate cubría el Rosse Buurt. En las ventanas de los inmuebles de ladrillo la terca lluvia borraba los brillos del poniente y quitaba precisión al tiempo. La grisácea hora actual bien podía pertenecer a cualquier destello de la memoria. En Amsterdam, el clima había expulsado los espacios azules.

Bromista, un sol anémico salió minutos antes de que el día feneciera. Pero, como arrastrado por una noche mitológica, ese sol efímero se precipitó en el abismo oscuro de la noche, seguramente hasta el próximo crepúsculo. Este era un sol para expertos, los que lo localizaban en un punto recóndito del cielo. Este esplendor postrero deprimía a Wilhelmus, quien sufría de penuria solar.

"Las nubes son las montañas de Holanda", se confortaba observando los Andes, los Alpes y los Himalayas de lo impalpable. "Montañas que llueven no sólo de arriba hacia abajo, sino hacia los lados y de abajo hacia arriba. Qué maravilla." Por esta causa, en la calle llevaba el paraguas bajo el brazo y la boina en la mano, la lluvia regándole el pasto blanco de la cabeza.

La humedad subía de la banqueta y le entraba por los zapatos y los pantalones, alcánzandole el cuerpo. Y hasta sus ojos tenían lágrimas de lluvia. Mas a causa del suelo resbaloso tuvo cuidado de no caerse cuando emprendió el regreso a la residencia de ancianos, que él llamaba albergue.

En ese momento, yendo por el Oude Zijds Voorburgwal, del otro lado del canal, percibió en la ventana del primer piso a una mujer con un manto de plumas fosforescentes de colores inverosímiles. En la noche helada, su desnudez no podía ser más sorprendente, en particular por el esplendor tropical de su cuerpo.

Por un minuto o dos no se atrevió a moverse de su sitio por miedo a disipar esa aparición de piel bronceada, ojos dorados, caderas anchas, pechos generosos y pelo suelto.

La visión duró poco: un hombre se desprendió de una obra en construcción, atravesó la calle, abrió la puerta exterior, subió la escalera, empujó la puerta interior y se encontró con ella. Intercambiaron unas palabras y la cortina roja fue cerrada.

El amor fue breve. El hombre emergió de la puerta, la cortina se descorrió y ella se mostró de nuevo en la vidriera.

Otros clientes subieron. Excepto Wilhelmus. El corazón latiéndole fuerte y la sangre agolpándosele en la cabeza, como si fuera un jugador que agoniza de ganas de apostar a la ruleta presintiendo que puede ganar, pero no tiene dinero para hacerlo.

3

El viernes Wilhelmus se levantó antes de la hora acostumbrada. No podía conciliar el sueño, la imagen de la venus de la calle de las vidrieras le daba vueltas en la cabeza como una pesadilla erótica que tenía lugar en el laberinto concéntrico de Amsterdam.

¿De dónde era ella? ¿Cómo se llamaba? ¿Cuánto tiempo llevaba allí? Poco antes había tenido la sensación de fundirse en su cuerpo en un abrazo serpentíneo, mas volviéndose bruscamente se dio un tope contra la pared. Repuesto, pasó al baño para orinar. Allí, confrontó su rostro en el espejito. Abrió la boca. Tenía un grano blanco debajo de la lengua. Sin darle importancia, volvió a la cama. Pero al recordarlo empezó a sentirse enfermo, muerto y enterrado. Así que volvió al espejo: el forúnculo era más profundo que la cavidad faríngea, más largo que la lengua, más letal que el cianuro.

Otra vez en el cuarto, con ojos desganados se despidió de sus pocas pertenencias: su traje de verano, colgando detrás de la cortina; sus zapatos blancos, sobre las losetas del piso; su otra camisa, doblada sobre el asiento de la silla. No hizo lo que quería hacer: abandonar la habitación por la pared y echarse a correr por el aire, con la velocidad que le permitieran sus piernas y su angustia. O largarse a la zona roja y atacar a la primera mujer que saliera a su paso, bajarle la minifalda y plantarle el miembro en la espaciosa barriga. Se quedó inmóvil, dudando si ponerse la corbata o no, llevar reloj o no. Habló a su grano:

—Quieras que no, me espantaste.

Se plantó delante del calendario y alzó las hojas de los meses hasta dejar el año en blanco. Tuvo el presentimiento de que moriría pronto. ¿Cuán pronto? No podía precisarlo hasta ver al médico. Pero ¡pronto! le gritó su mente, con esa carga de apremio que tiene la palabra aplicada a un tren que parte de la estación de uno mismo hacia un destino desconocido.

No tan pronto, desde luego, se dijo, como para no tener tiempo para hacer compras en un supermercado Albert Heijn o para beberse una cerveza en el Café Fonteyn. Evitaría tomar café aguado en el comedor, aunque fuera barato. No tenía humor de sentarse ante una mesa cerca del hombretón en silla de ruedas o de la mujer catatónica de pelo blanco que pasaba las horas mirando a la pared. Lo único que temía era una larga estancia en el pabellón de cancerosos del hospital AMC.

A su parecer no había nada más lamentable que clavar el pico entre gente más lamentable que uno. En compañía de personas patéticas el dolor le resultaría intolerable, pues no sólo se tiene que presenciar la desintegración física personal, sino también la ajena. Por desgracia, un salto desde el segundo piso no mitigaría sus penas, por la sencilla razón de que a través de la ventanilla de su cuarto no cabía su cuerpo, y por esa estúpida manía holandesa de colocar las ventanas grandes en la planta baja y las pequeñas arriba. Al contrario, deberían de poner las ventanas pequeñas abajo para ver hacia fuera y arriba las grandes para suicidarse.

Sentado al borde de la cama mordió una manzana agria. Salió al pasillo y se topó con la camarera marroquí. Aspiradora en mano, ella se le quedó mirando. No se detuvo a ver sus propios cuadros, que adornaban los muros, y dejó atrás la turbadora quietud de las puertas iguales de su piso.

El panorama de la casa le era desoladoramente familiar: el hombre cabeza de huevo recostado en un lecho esperando a que viniera la ambulancia a recogerlo; la pieza ventilándose después de la muerte de Joost a causa de veintisiete complicaciones, todas graves; el convaleciente de dientes amarillos que acababa de regresar a la residencia de ancianos después de una operación y le sonreía siniestramente; el discapacitado que subía y bajaba por el elevador como si hacerlo fuera la ocupación principal de su vida. Todo eso le era desoladoramente familiar.

Wilhelmus descendió por la escalera hasta el vestíbulo. Marijke Pronk, la administradora del Centrum van Ouderen Juliana, había recargado su bicicleta en la pared. Lívido, se apoyó en el mostrador de la recepción esperando a ser atendido.

Ella, vestida de negro, revisaba facturas. Ella, indiferente a su presencia, apenas levantó los ojos. La verdad es que ese viejo arrogante, con tendencias a la melancolía, le interesaba poco. No era alguien fácil de manejar, más bien era problemático, terco y hasta pretencioso, por creerse pintor. Según ella, el individuo en cuestión bien podría llamarse Hans, Bert, Gerrit, Karel, Pieter, Willem, Adriaan o Jan, como los otros huéspedes, todos ellos intercambiables desde el momento en que dejaban la vida activa y pisaban los umbrales del asilo. Delante de ellos se podían hacer planes y hablar de líos sentimentales como si no les concirnieran. Los anuncios en los periódicos con ofertas turísticas a Aruba y Surinam no eran de su interés. Fantasmas de sí mismos, encarnaban el pretérito presente y su lugar estaba en la sala de recreo, en participar en las actividades diarias o en mirar la televisión.

—¿Adónde va? —Marijke depositó sobre el escritorio la taza de café.

—Voy a dar un paseo por el Rosse Buurt —el tono de Wilhelmus era desafiante, engarrotado sobre ese piso de linóleo gris pisoteado por generaciones de jubilados de la vida.

—Usted ya no está para esas danzas. Usted lo que necesita es un baño.

—¿Un baño? Me bañé la semana pasada —él la miró con ojos extrañados. Bañarse era lo que menos quería en vísperas de morirse.

—Sí, un baño. Huele mal, hasta aquí me llega su hedor. Apesta a rancio — con un plumón amarillo Marijke marcó unos números en una cuenta.

—Hace frío —para Wilhelmus llevar el olor de su cuerpo era como llevar su traje favorito. Quitárselo era como entregar su saco de recuerdos a la tintorería.

—¿Ha hecho su cama? —afuera pasó la recamarera empujando un carrito con sábanas y toallas sucias.

—No.

—¿Qué espera? Suba y hágala.

—Es que —en ese momento el padre de Marijke, el difunto señor Pronk, desde su retrato arrojó a Wilhelmus una mirada de aprobación. Conocido por su afición a la bebida (su cara mustia no lo ocultaba), nadie comprendía cómo alguien así había podido engendrar a una hija tan severa.

—¿Limpió su cuarto? —austera en el vestir, el cuerpo rígido, las manos tiesas, los labios descoloridos, los ojos duros, el carácter seco, Marijke Pronk hubiera podido ser una de las viejas que regenteaban el hospital de Santa Elizabeth, el asilo de ancianos de Haarlem donde Franz Haals pasó los últimos años de su vida.

—No.

—¿Por qué no, si bien sabe que en Holanda la vida y la muerte son pulcras como una ventana?

—Necesito ventilarme.

—¿Adónde cree que puede llegar con esta lluvia?

—Nada más voy a la Oude Kerk.

—¿A manosear a las *hoertjes* en las vitrinas?

—¿Cómo podría manosearlas a través los vidrios? —Wilhelmus se tapó la sonrisa con una mano.

—¿Se está riendo de mí?

—Me estoy riendo de otra cosa.

—Haga lo que quiera, pero le advierto que usted está ya para recogerse, para arreglar sus papeles y prepararse para una pequeña posteridad —Marijke engrapó unas fotocopias, que guardó en un cajón del escritorio junto a un ejemplar de la Biblia.

—¿Una pequeña posteridad?

—Lo que quiero decirle es que sus cenizas reposarán en una cajita de metal.

—No antes de que cumpla mi último deseo.

—¿Cuál es ese deseo?

—Ah, es mi secreto.

—Desde ahora le aviso que vamos a racionarle las salidas a la calle y que tendrá prohibido fumar y beber en su cuarto. En sus últimos días no debe molestar a la gente. Su fin debe ser austero y económico. Allí está la puerta.

Wilhelmus salió a la calle.

4

En la parada no había nadie. El tranvía acababa de pasar. Wilhelmus estudió el horario. Aunque no tenía una cita concreta, los doce minutos de espera le parecieron exasperantes. "En Holanda todo está programado, pocas veces ocurre algo que perturbe la agenda. Si uno tiene un compromiso de aquí a dos meses, nada ocurrirá entretanto", se dijo.

—Cuidado, está muy resbaloso —le advirtió una mujer con sombrero negro. Bonachona y más joven que él era poco mirable.

"Un viejo que conversa con una vieja, por simpática que sea, comete un acto de perversión: el peor espejo es un contempóraneo", se distanció de ella y acechó las vías por las que debía aparecer el *tram*.

Las calles estaban como barridas por la lluvia. Los adoquines, las casas, los establecimientos comerciales habían recibido ramalazos de agua. "Aquí el tiempo sucede en forma de llovizna, lo demás parece no moverse", agregó para sí mismo. "Si la noche blanquea, la luz no es responsable de ese efecto, es la nieve; no es el sol, sino el hielo."

Anduvo de aquí para allá: "Aquí uno se pasa la vida temblando. Aun en la playa, en verano, llega una brisa y se le clava a uno como un cuchillo en la espalda."

No se había decidido a abordar el tranvía 1, 2 o 16. En esa parada o en la otra. Todo dependía del contenido humano, si era atractivo. Lo que más temía era que una vez adentro una joven le ofreciera su asiento como a un súbdito respetable de la Reina Tercera Edad. El cataplum, no la vida, comenzaba a los setenta años.

Cansado de explorar el cielo en busca de atisbos de sol y de caminar sobre el mismo sitio para que los pies no se le entumecieran, sus ojos repararon en una persona tendida afuera de un hotel.

"Será mi imaginación, pero creo que es un muchacho vestido de negro, con las suelas de los zapatos dirigidas hacia mí. Un drogadicto, sin duda", Wilhelmus se sintió vivo por esa deduccción, como en el tiempo en que en la *postkantoor* donde trabajó durante unas vacaciones descubría cartas con datos incompletos o que carecían de estampillas para llegar a su destinatario.

Pero como nadie pasaba por la calle, comenzó a frustrarse. Imposible saber si el muchacho estaba vivo o muerto, le había dado un infarto y necesitaba atención médica o estaba allí tomando una siesta al aire libre.

Cuando un peatón pasó cerca de él, su desilusión fue más grande, porque no le importó el cuerpo tirado en la acera. Lo rodeó y ya, como quien evita un bulto. Sus gafas estaban ahora junto a la cabeza (del bulto), como si hubiera sufrido una ligera convulsión o una ráfaga de viento las hubiera movido.

"Qué tipo falto de curiosidad", se dijo. "A ver si pasa otro."

Mas como en los próximos minutos pasó *meneer*, nadie, impelido por una acuciante responsabilidad moral, en la que estaban cifrados todos sus principios, los de sus padres y abuelos y los de generaciones de holandeses, cruzó la calle y se puso a examinar al hombre tieso. "Quizás ha muerto. Lo cual es grave. Y frustrante", pues no había nadie para comunicárselo (la mujer con sombrero no contaba). La hora de salida de labores había pasado. Y no había cines por allí, restaurantes ni bares, solamente expendios de papas fritas y de arenques, todos cerrados.

—Permítame decirle, señor gerente, que hay un hombre tumbado afuera de su establecimiento —Wilhelmus se dirigió a un empleado del Black Tulip Hotel.

—Mi trabajo es atender la recepción, no la calle —respondió secamente éste al verse importunado por un deber que no era el suyo. Ni siquiera abandonó la lectura del *Volkskrant.*

—¿Entonces, qué? —Wilhelmus se le quedó mirando.

—¿No entiende que sólo atiendo a gente hospedada en el hotel?

—No entré para que me atienda, sino para que se fije en el joven que está allí afuera, quizás muerto.

—No recojo cadáveres.

—Allá usted —mientras Wilhelmus echaba un vistazo al perro negro lamiéndose una pata en el vestíbulo, escuchó los chirridos del tranvía que se acercaba y se apresuró a salir.

Los coches que pasaban entre él y la parada le impidieron cruzar. Fastidiado vio a la pasajera abordar el tranvía. Si tan sólo fuera más lenta en subir podría alcanzarlo. No fue así. Y tuvo que quedarse otros doce minutos esperando, sin apartar la vista del bulto negro tirado en la acera del Black Tulip Hotel.

5

Al atardecer, cuando las callejuelas del Rosse Buurg palpitan a un ritmo más acelerado, se vio venir a un hombre pisando su sombra bajo la llovizna. Vestido de negro, la boina en la cabeza y las manos en los bolsillos, Wilhelmus no parecía uno de los varones que diariamente transitan por la zona roja; había en él algo de diferente, de ensimismado y hasta de distante. Este día, como en el barrio había cientos de vitrinas, se limitaría solamente a recorrer algunas. No había prisa en visitarlas todas. Allí estaban las *hoertjes* día y noche, hoy y la semana próxima, pagando su renta y repartidas en tres turnos. Si no las mismas, otras. Todas intercambiables entre sí, excepto una: la Venus de la calle de las Vidrieras.

Ajeno a las mezquinas negociaciones que realizaban los clientes en las callejuelas y los puentes, Wilhelmus anduvo pegado a las paredes atisbando las ventanas iluminadas por adentro, con su contenido humano expuesto como en una carnicería. A veces, el fulgor rojizo de un anuncio prendido le caía sobre la espalda o le daba de filo en la cara.

Las mujeres pintarrajeadas, con su ropa fosforescente, parecían payasos de amor. Las jaulas de vidrio casi no variaban en su economía de espacio. Dos-tres metros de ancho por tres-cuatro de largo. Admitían cosas básicas para el oficio: un retrete, un lavabo, un tocador y una cama con dos sábanas y una almohada. Disponían de una lámpara, un perchero y una alarma para llamar a la policía en caso de violencia. En invierno, disfrutaban de calefacción.

Wilhelmus no se detuvo en el Prostitution Information Center, situado en Enge Kerksteeg 3, para conversar con Jacqueline, quien solícita respondía a las preguntas de los curiosos y les vendía condones, lubricantes, mapas, libros y souvenirs. "No necesito información, necesito florines. Y servicios de quince minutos", se dijo, divertido en observar los paraguas que el viento volteaba al revés. Entre las vitrinas, se le había olvidado el grano debajo de la lengua.

"Debí haberme casado con una búlgara, una tailandesa y una colombiana, con las tres al mismo tiempo. Migrantes ilegales, cualquiera de ellas estaría a mi servicio", Wilhelmus atravesó un rebaño de turistas que había tomado un tour por el Red Light District. Casi sobre su cabeza, unos miembros de los Hell Angels Holland Inc. se gritaron unos a otros como patos excitados. El motivo de su excitación era una prostituta dominicana novata parada a la puerta de un bar del que salía música del Caribe.

—*Goedenavond, goedenavond* —un ciego con lentes espejeantes tanteó el aire con su bastón.

Vestido de negro, andaba perfumado. Salía de un sex show en la Casa Rosso.

Wilhelmus no contestó, no era persona que intercambiara saludos con desconocidos. A causa del tráfico, el invidente esperó para atravesar la calle. Luego, se detuvo delante de una vitrina. Adentro estaba una mujer enorme con el pelo teñido de verde y los pechos desbordados sobre el escote. Sus miradas se cruzaron a través de la puerta de vidrio, pues en apariencia el ciego era capaz de distinguir las formas femeninas.

"Soy de Budapest", una joven se le propuso a Wilhelmus en el siguiente escaparate.

En la Warmoesstraat, pasando los antros gay Mister B, The Eagle Amsterdam, Sex on Sunday, Wilhelmus se topó con un travesti que salía del bar Stablemaster. La cabellera color paja que le caía sobre las clavículas huesudas y la bata de satén azul claro, untada sobre las piernas, le daban aspecto de muerte mexicana.

—*Do you want a lady or a private show? Condoms or new needles? A privehuis? Porno photos? Soft drugs in a coffee shop?* ¿Crack? ¿Éxtasis? ¿Coca? —en el puente de las pastillas, un sujeto se le acercó. Mas de inmediato lo abandonó por un cliente más pudiente.

—¿Soy un súbdito de la Reina Tercera Clase o qué? ¿O soy acaso un viejo con los bolsillos del saco llenos de borra que ni siquiera tiene para pagarse un saté en un restaurante indonesio? —Wilhelmus estaba molesto por la facilidad con que el *dealer* lo había desechado.

Cuando unas ancianas envueltas en impermeables amarillos que salían del restaurante indonesio se perdieron de vista, Wilhelmus volvió a sus reflexiones: "Si llegamos a un arreglo, la búlgara, la tailandesa y la colombiana podrían desempeñar su oficio sin problemas con la justicia y yo obtendría sus servicios gratuitos. Y hasta un porcentaje. En esta época de prostitución globalizada, holandeses más listos que yo han realizado matrimonios de conveniencia con ilegales y viven de sus rentas femeninas. La contrayente cae en sus redes financieras sin esfuerzo. Los tratantes que abastecen las vitrinas, los burdeles, los hoteles y los clubes exclusivos para hombres de Amsterdam serían mis asesores. Con tres damas trabajando a cien florines la hora, diez varones por noche, descontando las rentas y los gastos de operación, tendría un ingreso mensual de unos diez mil florines por cabeza. Considerando que la trabajadora autónoma descontara lo que paga a la asociación de propietarios de burdeles de escaparate por su cuartucho, aún me quedaría bastante para comprar un piso en Laren."

Las tres extranjeras esperaban cliente. Paradas entre una silla y una cama, exhibían los accidentes del cuerpo más que sus glorias: el vientre prominente, el trasero salido, las caderas lonjudas, los pechos hinchados, la piel estriada, los dientes ennicotinados y las uñas rotas. Wilhelmus encontró en la colombiana ingenuidad a prueba de golpes. La búlgara y la tailandesa se paseaban mirando frontalmente al transeúnte que se detenía para echar tacos de ojo o para escrutarlas en su *window fucking*. Otras *hoertjes* de Rumania, Ucrania, Polonia y Hungría, y de Latinoamérica y África, indiferentes al ojo táctil que las exploraba, confinadas en jaulas de vidrio como reses en mataderos sexuales, no se dejaban retratar por los turistas. *No pictures* advertía un letrero pegado al vidrio.

En el silencio de una vitrina, Wilhelmus detectó a una joven tipo Rubens, seguro de Europa del Este. De cuerpo voluptuoso y rostro aniñado, al notar su presencia ella se bajó el sostén blanco y le mostró un seno.

Atravesó la llovizna mirando a las mujeres explayadas sobre un sofá (como la Miss O'Murphy de Boucher) o semidormidas (como un Giorgione), con los pechos enhiestos (como la *Baigneuse blonde* de Renoir) o apretándose la mama con la mano (como la Cleopatra de Rembrandt). Aisladas por las vidrieras, resultaban inodoras.

De vitrina en vitrina, iluminadas todas desde adentro como por granadas de luces rojas, los ojos sagaces de Wilhelmus escrutaban las formas de las féminas como un hambriento repasa los platos sobre la mesa de un bufé. Su mirada recorría lentamente una pantorrila, un lunar en el sacro, un vello axilar, las venas en un muslo, un empeine, unos tobillos gruesos, la delgadez de unos labios, los surcos de un ombligo, la raja del culo, una cintura de avispa y el color del cabello.

En su ávido escrutinio, Wilhelmus localizó a una mujer que la semana pasada le había ofrecido sus favores cubriéndose la panza con el bolso mientras tomaban el elevador de un hotel —adonde él había ido a recoger un paquete enviado por una pariente de Maastricht—. Ahora, como entonces, la prostituta embarazada se tapaba el vientre con las manos.

"Mille peintres sont morts sans avoir senti la chair, mas cuántos holandeses morirán sin haber sentido el cuerpo, apreciando solamente su vigor y

su salud, su lugar en la iglesia y su utilidad en el trabajo", reflexionó Wilhelmus, consciente de que la intimidad de una mujer comienza en la cara y, sobre todo en la boca, la cavidad más pública y más secreta, la que con simpleza definen algunos técnicos de la anatomía como la entrada al aparato digestivo y el conjunto de dos labios.

6

Bajo la luz avara de Amsterdam, su cara blancuzca interrogó una cortina blanca, sus manos heladas tocaron un vidrio gélido: la Venus de la calle de las Vidrieras no estaba.

"Quizás", razonó Wilhelmus, "ella estará con un cliente realizando un servicio a domicilio. Eso ocurre. O estará enferma. O estará siendo interrogada por los agentes de migración del Ministerio de Justicia por su condición ilegal. El código penal holandés tolera la prostitución de vitrinas en las áreas alrededor del Burgwallen, parte de la Spuistraat y el barrio Pijp, pero no la permite en menores de edad o en migrantes sin papeles."

"Las mujeres de este oficio no tienen nombre. Y si lo tienen es comercial. El nombre verdadero lo guardan para sus íntimos. Las letras bestias que lo conforman son un secreto de familia. Nadie conoce su edad. Todos, su tiempo profesional. Practican un deporte de alto rendimiento que las acaba rápido. Por eso, en sus ratos libres algunas estudian para ser secretarias o enfermeras".

"Esta primavera cumplí setenta y tantos años (los tantos no son importantes). Mi estado físico no está mal para un hombre de mi experiencia. No niego que me agradaría tener el cuerpo de un cuarentón. Como cuando tenía cuarenta años deseaba tener el de uno de treinta. En diez años estaré feliz de sentirme como ahora. Aún cumplo con las funciones propias de mi sexo. Mas qué pantera sexual es esa filipina, yo no podría con ella. Con sólo verla me desmoralizo. Hace cinco años que visité a una de Mozambique, me quedé en cama tres días, como si me hubieran apaleado. Ya no tengo pilas para dejarme energizar por esa Combustión Impulsiva que se llama Deseo. Mucho menos para vivir la muerte pequeña de la cópula. En otras circunstancias, una breve inmersión en la fuente de Juvencio no me caería mal."

Wilhelmus dejó atrás la Oude Kerk y se dirigió a Prins Hendrikkade por la Warmoesstraat. Ya cerca del canal, sintió que su cuerpo atravesaba el espacio húmedo como un iceberg desprendido de un glaciar, ambos parte de una materia orgánica que se desintegra. Singel, Herengracht, Keizersgracht y Prinsengracht, los canales de su juventud, eran ahora una metáfora de la muerte concéntrica, del círculo visual del tiempo, del laberinto de los sentimientos que a cada momento nos está gritando que nada es como antes.

Wilhelmus se encontró en el mismo rumbo después de andar una media hora. "No cabe duda de que ella es la mujer más atractiva del Red Light District. Aún no la contactan los proveedores de mujeres de las *privehuis* y de los clubes exclusivos, de otra manera ya se la hubieran llevado. En el Club Elegance, con sus veinte señoritas disponibles el viernes por la noche, ella sería la atracción principal. El

Club Chatterley, el Golden Key y el Vienna Massage se la pelearían, sus hostess holandesas no son más interesantes que las *hoertjes* extranjeras de las vitrinas. En esos lugares las *ladies* calvinistas se introducen a sí mismas, sonriendo le dan al cliente un nombre falso. Y si su nombre no es falso, a quién le importa. Enseguida, hacen mutis. El Fulano dice: Gracias, regreso más tarde, y se acabó el asunto. El negocio en esos antros marcharía de perlas para ella, pero la sola posibilidad de que otros la administren me da celos. En principio, yo no podría pagar los precios que ellos cobran por minuto. Ni los florines que los taxistas cargan al cliente por traerlo y devolverlo. ¡Qué bobos son los turistas! En el Candy Club los sábados en la noche sólo admiten parejas. En sus rincones oscuros todo está permitido, hasta meterse con la señora del vecino en presencia del marido, y con su consentimiento. Yo no soltaría a mi acompañante, salvo que no la amara suficiente. El cancerbero en tuxedo del burdel de cinco estrellas Yab Yum, en el canal Singel, no me permitiría la entrada. Mi facha de jubilado no es tarjeta de crédito."

Bajo el cielo estrecho de la calle, mientras andaba por la Warmoesstraat, Wilhelmus vio a un gato gris hurgando en la basura. Feo como Jean Paul Sartre —Wilhelmus recordaba un retrato suyo—, el felino era también huraño.

—Ya deja de espiar a mi ama. La hostigas con tus pupilas impudentes. Largo de aquí, animal —le dijo el gato.

—Hey, no sabía que te expresaras con voz humana —Wilhelmus se le acercó con la debida precaución.

—Estás loco, yo he dicho nada.

—Creo que te oí hablar.

—Ya deja de importunar al prójimo, animal —el felino se dirigió a una puerta.

—Hey, quisiera hacerte unas preguntas.

—Miau-miau.

Una mano enguantada abrió. Wilhelmus alcanzó a vislumbrar la sombra de un cuerpo del otro lado de la puerta. Sólo por un momento. La mano dio el portazo. Los rayos turbios de la luna parecieron turbios en la ventana del piso superior. Un hombre destituido apareció en el umbral de una casa contigua. En la mano traía un frasco con polvo blanco. Sus dientes castañetearon de frío. Wilhelmus giró sobre sus pasos y se internó en la zona roja.

Los ojos feroces de una joven en ropa interior, que miraban hacia fuera, lo miraron a él. Compartía vitrina con una mujer adulta de brazos delgados y pechos caídos.

En la siguiente vitrina, una mujer estaba sentada con las manos sobre las rodillas, con el trasero y los muslos expuestos. Apreció su perfil, bastante fino; su sonrisa con brillo de pasta de dientes.

Se detuvo frente a una chica hincada con las tetas al aire (el rostro moreno cubierto por el cabello; los zapatos de tacón alto, puestos). Al sentirse observada, se puso en cuclillas, las manos entre los muslos apuntando al sexo.

Dos mujeres se dividían vitrina. Una adulta, sentada, y una, casi adolescente, apoyada sobre una mesa con el culo parado. Un mechón de pelo negro azabache le tapaba la cara a la grande. La chica en pantalones mantenía una expresión traviesa. Sobre el vidrio de la puerta alguien había escrito la palabra *Sexy*.

En los charcos se ahogaban las luces. Sobre los adoquines la humedad destellaba. El cielo era de un color chocolate amargo. Claridades ambiguas halagaban poco la figura humana. Como si el burdel la hubiera echado a la calle, una mujer drogada se esforzaba en una sonrisa de falsa alegría. En vano trataba de sostenerse de una pared que se le retiraba. Wilhelmus creyó oír al viento ulular, pero no, era la mujer aullando levemente.

—Psssst, pssst —lo llamó ella, tan alta y flaca que al andar su cuerpo se le distorsionaba como una calaca—. Dime la hora, corazón.

Él baboseó cualquier tiempo.

—Para la luna de miel tengo una cama para acostarnos, una ducha para bañarnos y una película porno para gozarnos. Aquí está la llave. ¿Cuánto pagas?

—Discúlpeme, Su Majestad, pero no tengo presupuesto para gastarlo en pergaminos.

—Acuérdate de Martinique —la mujer le entregó una tarjeta con una dirección y un número telefónico, y se metió en un bar. Adentro, un hombre de Surinam masticaba un *broodje* de queso como si lo meditara.

Un tranvía salía de la estación. Por varias puertas la gente subió. Dos hombres, innecesariamente altos, lo abordaron antes que él. "¿Para qué sirve la estatura?", se preguntó. "Para ocupar más lugar en el espacio, para ser visto en la multitud y para comer mucho", se respondió.

—*Biljet* —el inspector del tranvía lo alcanzó a zancadas en la parte trasera, como si él hubiera intentado bajarse sin pagar en la próxima parada.

—Un momento —dijo Wilhelmus, pero al hurgar en sus bolsillos vacíos no encontró su billete y tuvo que pagar una multa.

7

El tren salió de un túnel y se internó en un campo de falos. Eran tulipanes amarillos. Rayos solares daban de filo en el horizonte. Vacas de ubres enormes comían flores rojas. Wilhelmus había tomado el tren en Amsterdam con destino a Zandvoort. Era mayo y no quería ser sorprendido por ese cielo engañoso de Holanda que cuando se sale de casa rumbo a una playa al llegar se ha vuelto turbio y en vez de arena uno pisa charcos y recibe vientos. En medio del calor hacía frío, como si una brisa helada del mar del Norte atravesara el aire. "Todo parece indicar que vengo en un tren, pero debo bajarme ya", se dijo Wilhelmus. En la próxima estación el tren siguió de largo. La mujer búlgara que había visto encerrada en una vitrina lo vio pasar desde el andén. El jefe de estación, sin facciones y sin volumen, vestido de negro de pies a cabeza (una sombra parada), agitó con la mano una linterna apagada. No emitía luz. El foco estaba fundido. "¿Cómo le va?", le preguntó la mujer búlgara, junto a él en el asiento. Cenizosa de piel, ella pretendía mirarse a los ojos en un espejo de mano que acababa de sacar de su bolso. En realidad no se estaba mirando a los ojos, estaba observando al jefe de estación que se había quedado atrás. "Realmente no estoy aquí", quiso decirle Wilhelmus, pero la mujer ya estaba quejándose con el jefe de estación por el mal servicio: "El tren siguió de largo. Nos dejó a todos plantados." "No se preocupe, señora, pronto vendrá un tren que recogerá a los pasajeros varados en las distintas estaciones. La otra semana pasaron todos los trenes llenos, mucha gente se quedó esperando en los andenes", el jefe de estación trató de encender la luz de la linterna. "Está muerta, la luz también muere", reconoció. "¿Adónde está su ayudante? No lo veo", intervino Wilhelmus, de repente entre los dos. "Se fue a Rotterdam a beber una cerveza. Volverá el año próximo. Siempre lo hace. Para él el Intercity de medianoche es un tren local. No lo entiendo. Además, está acatarrado y no quiero que me pegue la gripe. Soy insoportable cuando estornudo sin control en la tarde." "Debería ser más precavido cuando estornuda. Un día se lo va a llevar el tren", le advirtió Wilhelmus. "Ojalá que no, él es mi marido", protestó la búlgara. "¿Qué? ¿Te vas a casar con ese bueno para nada? Necesitas encontrar a alguien que te mantenga, no a alguien que tú mantengas. Hay una gran dotación de vagos. Puedes hallar uno mejor, hasta en catálogo. Y todos son enamoradizos, y todos prometen las perlas de la virgen. Escucha a tu padre." "Adiós, papá, me voy a dormir, avísame cuando el tren haya parado en la estación. Pasaré la noche con mi tía Bertha. Se vino a vivir a los andenes." "Te avisaré, Feodora, pierde cuidado", el jefe de estación se fue, mientras su mujer búlgara lo miraba, el rostro en *close up*. Wilhelmus se encontró solo en el tren. Supuestamente el carro avanzaba, pero el paisaje no se movía. Se lo notificó al jefe de estación, quien había logrado prender su linterna. El paisaje entonces se movió. Pero era el efecto de un temblor de tierra que sacudía los rieles, no el movimiento de los vagones. Aún así, llegó el tren a Keukenhof. Wilhelmus no sabía por qué había ido allá. No era un tulipanófilo. Y tampoco le interesaba hacer una excursión para apreciar las flores más estrafalarias del mundo. Le interesaban más las ubres de las vacas, que había visto al principio y que lo remitían a la calle de las vidrieras, ese campo de pastar multirracial. Así que cuando en la estación de Lisse se bajó del tren caminó con dificultad por los andenes, como si se encontrara en Zandvoort atravesando dunas, dunas que lo separaban de un mar de tulipanes. Los pies se le hundían en la arena, pero agarrado a sábanas de arena pudo entrar al campo de los falos decapitados.

Ring. Ring. Wilhelmus creyó que sonaba el despertador que había puesto para las ocho, pero apenas eran las seis y no era el despertador, era el teléfono. Medio dormido cogió el aparato y arrojó al vacío un *Dag*.

—Oh, gossshhh, está nevando. Oh, gossshhh, será difícil que nos encontremos hoy al mediodía —dijo una voz del otro lado—. Había hecho una reservación en el Dirck Dirckz para comer, pero la cancelé.

—¿Quién está allí?

—Hans Dudok. ¿Quién más puede ser? Oh, gossshhh.

—Ah, Hans —Wilhelmus recordó que tenía una cita para almorzar con ese primo que vivía cerca de Zeist y a quien no había visto en mucho tiempo, pues las distancias afectivas son más grandes que las materiales y a veces los vínculos sanguíneos están hechos de sangre pesada. Además, la última vez que habiendo vencido su reluctancia para tomar autobuses vacíos (los que culebreando atraviesan pueblos innumerables), él se había desplazado hasta Zeist para un almuerzo a las doce en punto, el mezquino Hans lo había conducido a una sala alumbrada con luz natural y se había hecho tonto con la comida: dejó pasar la hora del almuerzo sin ofrecerle nada. Harto de plática, abandonó la casa y se fue a comprar en un quiosco un *broodje* de queso para matar el hambre—. Hans.

—Oh, gossshhh. Qué cosa imprevisible. Tenía tanta ilusión de verte, pero, oh, gossshhh, las carreteras están intransitables por la nieve y la neblina. Oh, gossshhh, como vivo en el campo mi paso está bloqueado. Oh, gossshhh, ni siquiera puedo sacar el auto de la cochera.

—No te preocupes, Hans, nos veremos en el próximo otoño —bien sabía Wilhelmus que los horarios de los autobuses serían inconvenientes y las agendas complicadas para arreglar un encuentro que satisficiera a ambos.

—Oh, gossshhh, quería verte tanto. Oh, gossshhh, qué frustración —el primo colgó abruptamente.

Largo rato el golpe del teléfono resonó en las orejas de Wilhelmus, quien en la cama parecía nadar en una nada helada. Luego, sin saber por qué, se puso a hurgar con los ojos en los pliegues de la cortina de tul. Mas ya no pudo conciliar el sueño y sólo se ocupó en detectar su grano debajo de la lengua, hasta que atisbó la luz del día.

—Si la noche blanquea, no será la luz, sino la nieve; no será por el sol, sino por el hielo —como en un movimiento independiente de su razón, cogió la taza blanca y bebió los asientos de té negro. Aunque había considerado varias veces cambiar la fecha de la cita, ahora su cancelación le dejaba una sensación de inutilidad, como si esa hora ya no pudiera ser llenada con nada. Y como si nadie en el mundo pudiera reemplazar a su anglófilo primo Hans Dudok (cuya ambición en la vida había sido publicar en inglés sus *Collected Problems)*—. Oh, gossshhh.

8

El martes en la mañana, una mujer lo llamó por teléfono.

—¿*Meneer* Wilhelmus? Soy Margreetje, hermana de Hans Dudok, le hablo para comunicarle que Hans ha sido internado de urgencia en el hospital Academisch Medisch Centrum. Cáncer en el esófago. Terminal, según el doctor Jan van de Velde, eminencia del AMC. Le dan seis semanas de vida. Así que si desea verlo antes de que fallezca los días y las horas de visita son tales y tales. Discúlpeme la prisa, pero tengo otras llamadas que hacer a personas cuyo nombre encontré en su agenda.

—¿Le parece que lo visite el domingo?

—Me parece.

—¿A partir de las tres?

—No hay objeción.

—Allí estaré.

—Saludos a su esposa.

—Va a ser difícil.

—¿Por qué?

—Murió hace diez años.

—Lamento la pérdida. Mis más sentidos pésames. *Dank U wel. Tot ziens* —ella colgó.

El domingo llegó más pronto de lo que esperaba. Se puso la corbata y se dijo: "No tengo más remedio que visitar a Hans." Pero antes de salir a la calle examinó en el espejo el grano debajo de su lengua, para ver si no había cambiado de color.

Como el AMC se encontraba allá donde la ciudad acaba y comienza el campo, se dirigió a la estación del Metro para tomar el tren 54. Para el recorrido de veinte-treinta minutos llevó consigo *Het boek der kleine zielen* de Louis Couperus. Mas no lo abrió, se fue contando las estaciones: Nieuwmarkt, Amstelstation, van der Madeweg…

En el hospital, preguntó por Hans Dudok.

—¿Kamernummer? —le preguntó la recepcionista.

—Lo ignoro, sólo sé que vengo a ver a Hans, Hans Dudok.

La mujer le notificó al enfermo que tenía visita y poco después él bajó en bata acompañado de una enfermera, quien se despidió a la puerta del elevador. Solos quedaron los primos en el área de visitas, rodeados por edificios grises y escaleras descubiertas.

A los pocos minutos llegó Margreetje en chaqueta y pantalones de cuero negro. Lacia, con el pelo teñido parecía pato de cabeza roja. Como había atravesado Amsterdam en moto, se quitó el casco, los guantes y los lentes de sol. Descargó un seco *Dag* y los tres se dirigieron a la cafetería de autoservicio con sus mesas redondas y sus sillas de metal.

A esa hora casi todas las mesas estaban ocupadas por los pacientes y sus parientes, excepto una, en el extremo. Margreetje tomó posesión de ella para beneplácito de Hans y Wilhelmus.

—"Oh, gossshhh" fue el comentario de Hans al recibir la noticia de su cáncer terminal —reveló ella.

—Tiene buen semblante.

—Maldito seas —profirió el primo.

—Es cierto.

—Te burlas de mí. Luzco flaco, desborbitado y calvo como un esqueleto de Hans Holbein.

—¿Sigue siendo un fetichista de los pies? Hans me contó que cuando se le declaró a su mujer, le dijo: "Amo tus pies. Tus pies me sacan de quicio. Te propongo matrimonio."

—La anécdota es verídica —reconoció Wilhelmus.

—Considero que besar los pies de una persona despierta menos sentimientos de culpa que besar otras cosas, digamos.

—Hay en ello algo de erótica infantil y de perversión senil.

—¿Ha observado mis pies? Son fenomenales, grandes y correosos, ¿quisiera besarlos? Se lo permito.

—Otro día.

—*Never mind.*

—Está pálido. Las actividades amorosas lo dejan exhausto. Wilhelmus a sus años es un Casanova —reveló Hans.

—La piel descremada me sienta bien. Como otros compatriotas, la obtengo gratis por la ausencia de sol.

—Si no tiene medios para viajar al trópico, venga conmigo al gimnasio a tomar un baño de luz ultravioleta, allí se bronceará. Pero, dígame, ¿dónde aprendió a apreciar los pies?

—En algunos pueblos antiguos los pies eran considerados divinidades, me envicié con los planos, que uno puede recostar sobre la mejilla o palmear con ambas manos —mientras explicaba, Wilhelmus se dio cuenta de que Margreetje y Hans volteaban hacia otra parte. Entonces reparó en que algunos visitantes habían comprado a los enfermos periódicos o revistas, cajas de chocolates o ramos de flores, y él se había presentado con las manos vacías. Aún era tiempo de componer la omisión, junto a la cafetería estaba una tienda de regalos, pero consultando sus bolsillos mejor se puso a mirar hacia arriba, hacia el tejado transparente que permitía una buena vista de la lluvia. Así que, para no dar pie a malentendidos, ni con la vista se acercó a esas tentaciones superfluas.

En eso, Margreetje se fue de compras y regresó con tres tés y un pastel.

"Me parece grotesca la expresión pueril de este hombre agonizante porque le ofrecen un pastel barato", se dijo Wilhelmus. Mas ella no duró mucho en la mesa, pronto partió en busca de una joven japonesa que estaba parada junto a la oficina de correos. Se dieron fuerte abrazo y desaparecieron juntas.

Desde ese momento los primos se pusieron a mirar hacia direcciones opuestas. Wilhelmus se percató de que desde una mesa cercana un sidoso, de unos cuarenta años, lo observaba fijamente. Por su expresión amarga, el hombre parecía odiar su salud. Nunca antes había pensado que alguien pudiera envidiar su magra condición existencial. Quizás eso se debía a que sus facciones transmitían el día de hoy un inexplicable gozo interior.

El enfermo de sida se echó sobre la mesa y comenzó a acariciar con la mano un ramo de flores, al cual se le podía calcular el bajo precio. Las flores las había aportado una mujer rubicunda sentada a su lado, su hermana. El hombre tenía el cuerpo seco, la piel manchada de rojos, la cabeza con pelo escaso y los labios exangües. En su rostro desencajado sólo se movían los ojos ávidos, los ojos cólericos, los que se clavaron en los glúteos carnosos de un adolescente aniñado, su sobrino.

El contraste entre hermano y hermana no podía ser mayor. Ella, vestida convencionalmente, compuesta y maquillada, tal vez era la cónyuge de un próspero quesero. Treintañera, tenía facciones lozanas. Sus ojos castaños y sus labios gruesos no denotaban coquetería, aunque su trasero en forma de pera, acomodado exactamente en la silla, era sensual. Él, en cambio, era la oveja descarriada, el homosexual, el drogadicto, el sidoso, el perdedor de la familia. Durante esa tarde juntos, como habitantes de planetas distintos, daban la impresión de no tener nada que decirse. No sólo ahora, sino desde siempre. Sólo el deber filial (de ella) había hecho posible ese encuentro, el único y el último.

—Llovió anoche —balbuceó Hans.

—¿De veras? No me di cuenta.

—A las diecinueve horas treinta y cinco minutos doce segundos empezó a lloviznar. La lluvia se intensificó a las veinte horas y se suavizó a las veinte horas catorce minutos trece segundos. La lluvia continuó cayendo toda la noche.

—No la oí.

—Yo sí, era una lluvia negra, final.

Wilhelmus atravesó la cafetería en busca del cuarto de baño. A pesar de la urgencia, primero hizo correr el agua del lavabo y apoyó las manos sobre la pared para verter el líquido: la orina se negaba a fluir y el goteo le causaba dolor. Cuando regresó tuvo que volver al baño, ahora con prisa redoblada.

El sidoso percibió su ansiedad. Colapsado sobre la mesa, boca abajo, la nariz tocando el ramo de flores, por espacio de un minuto se le quedó mirando. Extrañamente, Wilhelmus estaba más impresionado por el estado lamentable del sidoso que por el de su primo Hans Dudok.

—*Meneer* —la enfermera estaba allí.

—Oh, gossshhh —Hans se levantó y sin decirle adiós a Wilhelmus emprendió el despacioso retorno a la sección de cancerosos.

Otra enfermera apareció para llevarse al sidoso, quien no se despidió de su hermana. En la mesa dejó el libro que ella le había traído, *Killer in the Rain*. El té se había enfriado en la taza.

Buscando aire, Wilhelmus atravesó la cafetería que ya se vaciaba de pacientes y parientes. Desde el barandal del segundo piso, Hans Dudok miraba hacia abajo. Mas Wilhelmus no supo si él estaba allá para decirle adiós (ni siquiera lo hizo con la mano) o para aventarse sobre una mesa.

9

La tarde tenía cara de lluvia. Aburrido, Wilhelmus se metió a un cine. Dos horas después, aburrido, Wilhelmus salió del cine. Cuando comenzó *Roma* de Federico Fellini, en la sala había cinco personas. Cuando terminó, había una persona: él.

Un tranvía atravesó el espacio gris como un gusano amarillo. Al abrir sus puertas, el agua cayó hacia fuera, mojando los pies de los usuarios. Wilhelmus lo abordó sin prisa, como un anciano. Una vez adentro, se puso a observar en la ventana la lluvia y sus facciones.

En el Centrum, se dirigió al comedor. De un tiempo para acá le había dado por tomar una infusión de té de menta sentándose solo a su mesa favorita. "Un instante no siempre conduce a otro instante, con frecuencia un instante nos lleva a su propia nada", pensó. Un letrero en la pared decía:

¿DESEA COMIDA INDONESIA?
NO LA PIDA: NO LA TENEMOS.

Dejó la taza abandonada y subió a su cuarto por el elevador. En el pasillo escuchó unos gorgoteos. Empujó la puerta 23. Cuál sería su sorpresa que halló a Marijke en cueros acostada en una bañera sin agua. Con los ojos entrecerrados y los brazos de fuera, su cabeza descansaba sobre una almohadilla de plástico.

—*Wat wenst U?*

—*Pardon* —Wilhelmus hizo mutis.

Luego se metió a la cama en ropa interior y se puso a leer los *kleintjes*, los avisillos de mujeres y hombres que vendían sus encantos personales en el hotel o a domicilio. También hojeó las veinte páginas de escorts services listados en las páginas amarillas del libro telefónico. En un periódico le llamó la atención la foto de una multitud de viejos en el Museumplein. ¿Serían cincuenta? ¿O cien? No tenía importancia.

Lo que le importaba era buscarse a sí mismo en la multitud. Aunque no tenía por qué estar allí, ya que ayer no se había encontrado en esa parte de la ciudad. Localizó en cambio a dos conocidos del Centrum van Ouderen Flessemaal, que solían frecuentar la calle de las vidrieras. Ocioso, abrió el folleto del Departamento de Policía de Amsterdam sobre el Red Light District, que mostraba la picaresca local. Leyó algunas de las informaciones dadas en inglés:

La primera para los borrachos: *Too much alcohol often causes irresponsible and childish behaviour. Undressing in public, jumping in canals, etc. Please don't make a fool of yourself.* La tercera recomendaba no orinar en público: *Dirty habit, always committed by MEN. Don't ruin our houses or monuments.* La sexta era sobre la prostitución: *If you like to visit one of the women, we would like to remind you, they are not always women.* La séptima era acerca de las drogas duras: *Cocaine, heroin, LSD, ecstasy etc. are strictly forbidden. Buying drugs on the streets is one of the biggest traps in Amsterdam. The moment you arrive in Amsterdam, people will offer you drugs, those drugs are always FAKE (Washing powder, sugar, rat poison, vitamin C tablets).* La novena advertía sobre el juego de la bolita: *In some parts of Amsterdam, people play the Balletje. This game is played on the streets, on a small piece of carpet, with a small paper ball and three matchboxes. YOU WILL NEVER WIN. The man who plays the game has two or three accomplices around him, who win first, then of course it's your turn TO LOSE.*

—Jugar, jugar, yo toda mi vida he perdido sin haber apostado, y sin haber caído nunca en las trampas del Balletje Game —se dijo, desplegando el *Gay Map of Amsterdam* y la guía *What's On in Amsterdam*, que declaraba a su ciudad *Gay Capital of Europe*.

"Usted y sus gustos han pasado de moda, *meneer*. Si no está convencido, vaya a dar un paseo a la Warmoesstraat, en el Corazón del Red Light District, y visite los bares exclusivos para hombres. Si no está satisfecho, asómese al Havanna Bar, en Reguliersdwarsstraat, o dírijase a iT, cerca de Rembrandtsplein", una voz sin género definido, pero admonitoria, resonó en su cabeza. Wilhelmus arrojó los folletos al suelo y poco a poco se quedó dormido. Soñó:

Wilhelmus desde una ventana vio a Wilhelmus caminando por la zona roja. Como de costumbre Wilhelmus vestía de negro y llevaba boina. Por lo temprano de la hora algunas vitrinas tenían la luz apagada y los azules del frío brillaban en los resquicios de las puertas. Afuera de una coffeshop, en cuya ventana se anunciaba un menú de cannabis, había cuatro figuras: un hombre viejo con bisoñé y maquillaje, una mujer otoñal con uniforme y tobilleras de colegiala, un joven hermafrodita sentado en el escalón de una puerta, un perro amarillo. La calle, el restaurante y las figuras formaban parte de un lienzo pintado por Wilhelmus que había titulado "Amsterdam al amanecer". Los colores iban del gris onírico al rojo intenso de la pasión. Un cielo sin sol daba la impresión de vastedad. En el respaldo de una silla estaba un letrero:

SE RENTAN HABITACIONES POR HORA
SE ALQUILAN MUJERES POR QUINCE MINUTOS
HOMBRES GRATIS

Wilhelmus entonces se observó a sí mismo: trasponía la puerta exterior de una casa de ladrillos. El viejo que era él subió la escalera y llegó a una puerta interior blanca como una sábana. Afuera de las vitrinas deambulaban hombres con lentes negros y enchamarrados, la fama del Red Light District se había propagado por todo el mundo y jaurías de hombres venían en camino. Oyó su propio toquido en la puerta de vidrio.

—Te has tardado mucho —la mujer le abrió con expresión molesta, estaba detrás de la puerta aguardando su llegada—. ¿Adónde has estado todo este tiempo? ¿Saboreando las tentaciones (las traiciones) de la calle? ¿No? ¿Sí?

Wilhelmus se vio entrar. En la cama de concreto, sobre el cobertor rosa había un par de rollos de papel higiénico. En el piso, una mochila de viaje y un ventilador apagado. No había tapete, sino loseta de piedra.

La mujer estaba de espaldas sentada al borde de la cama, el pelo negro suelto sobre la espalda cubriéndole el cuello. Llevaba pantaloncillos negros y portabustos negro transparente. Se le veían los brazos por atrás, pero no las manos, que reposaban sobre sus piernas. Sin dar la cara, ella miraba hacia la calle, hacia la cortina roja cerrada, con una sonrisa torcida en los labios (eso lo imaginó él). Todo y nada le gustaba en esa mujer: la inmovilidad, la falta de arete en la nariz y de anillos en los dedos, la posible cicatriz sobre una rodilla. La única cosa que no le cuadraba era esa cabeza pequeña en un cuerpo tan grande. El corte de pelo hacía su cara más tosca.

Sin voltear a verlo, ella lo consideró joven, distinguido y guapo (eso lo supuso él). Sin manifestar deseo alguno, ella le dio a entender que tenía ganas de disponer de su cuerpo. No siempre ella tenía clientes de su rango. En un rincón del piso, tres losetas habían sido reemplazadas por cartones. La cortina descorrida dejaba ver la taza negra del excusado. Con esmalte de uñas alguien había garabateado una palabra ininteligible en el espejo. El gato del otro día se metió debajo de la cama. Desde allí asistía a los ayuntamientos de su ama.

—Soy Anneke, pero ahora estoy ocupada —la mujer señaló la cortina roja.

—*Goedenavond* —saludó él.

—*Koel* —la mujer se quitó el portabustos negro transparente, se bajó el cierre de los pantaloncillos (no traía nada debajo) y levantando los brazos irguió los pechos desiguales.

Wilhelmus procedió a besarla en los costados, sorprendido por el pesado movimiento de las mamas.

—¿Por qué me besas allí? No me excitas, quítate. Y no vayas a ensuciar la cama, en ella duermo, trabajo y como —volviéndose hacia él, ella descubrió un cuerpo ancho con cabeza pequeña y pelo lacio como de pato llovido. Su rostro parecía una manzana pelada.

—Para calentarte (no tengo obligación de hacerlo, es tu trabajo), te besaré los pies —pero mirándolo bien, ella tenía unos pies tan grandes que sería difícil abarcarlos, no se diga, besarlos.

"Esos pies me ensuciarán la boca", se dijo, recordando que esa costumbre de besar pies la había adquirido de un estudiante alemán que estudiaba latín clásico en la Universidad de Leyden. "Pes, pedis", murmuraba el estudiante y atacaba las extremidades inferiores de las condíscipulas. "Pus, podós", contestaban ellas dejándose besar. "Vamos a pedalear", un día de clases el estudiante lo llevó con las prostitutas de La Haya y juntos se metieron con una araña de pelo rubio que venía de Alkmaar. Al alimón la amaron, no por la belleza de su cuerpo, sino por la forma de sus pies.

—¿Bebes? —ella interrumpió la sesión de caricias para servirle ginebra con Alka-Seltzer (él notó la pastilla diluyéndose en el vaso) y enseguida le preguntó sobre sus preferencias sexuales.

Tímido hasta la muerte, él le manifestó que sobre la marcha le iría dando a conocer sus inclinaciones.

—¿Siempre llevas gafas de sol en los días nublados?

—Me gusta andar de incógnito —Wilhelmus se palpó con la mano derecha las gafas.

—Los hombres que llevan anteojos parecen distintos cuando se los quitan, ¿tú también? Déjame ver tus ojos.

—No.

—¿Estás ciego?

—Mi padre fue invidente y un día me mostró sus ojos de ídolo borracho. Desde entonces me tapo los míos. No vaya a ser que se parezcan a los suyos.

—Qué chistoso —ella quiso tocarle los muslos, pero éstos le crujieron como cuero seco.

—Se hicieron como bizcochos en invierno.

—No te duermas, que acostarse con un hombre viejo es como hacer el amor con un pescado muerto —la cara de ella irradió al explorar la bolsa de sus testículos y la blandura de su miembro—. Apenas empezamos.

—Me mantendré activo.

—Mejor erecto.

—Ahora te muestro —él intentó abrazarla, pero la mujer resultó ser de aire. El lugar tangible donde pudo asirse fue la almohada.

"Seguro Anneke fue un sueño, un sueño palpable pero al fin un sueño", se dijo, cuando sucedió lo impensable: Janneke, su difunta esposa, reemplazó a Anneke. Para su sorpresa, su cuerpo sustituyó al otro cuerpo. El coito se convirtió en una experiencia necrofílica. La tristeza postcoital, insoportable.

—Estaba dormida cuando me despertaron tus ardores —los labios helados de la muerta rozaron su oreja—. Soñaba que me confundías con una prostituta de la calle de las vidrieras y me cogías de los brazos creyendo que era una almohada. Yo te dije que acostarse con un hombre viejo es como hacer el amor con un pescado muerto.

—¿Por qué apagaste la luz?

—No la apagué yo, se apagó sola.

—¿Hay alguna razón para hacerlo en la oscuridad?

—Para que no mires el colchón. Lo hicieron a la medida de mi cadáver, según parece.

—Lo que pasa es que no quieres que te mire.

—Es que por la falta de ejercicio he perdido una poca de carne.

—Y de volumen.

—Y lozanía en las facciones. Ando escasa de orejas, cejas y cabellos. Aun en sueños no encuentro mis labios.

—¿Para qué son esas ligas perversas?

—Para que no se me caigan las piernas.

—Siempre tuviste la manía de llevar mallas negras.

—Basta de palabras, si tienes ganas de mí, copúlame y ya.

—Lo más curioso es que en vida nunca hubieras consentido en darme una satisfacción erótica. Recuerdo tu última queja: "En tus brazos nunca conocí el sexo verdadero. Hiciste el amor con cara de cobrador de impuestos." Esa queja también pudo haber sido la mía, pero agregando esto: "Vista a distancia, nuestra relación fue un error mutuo. Me casé contigo por falta de imaginación."

—Antes de conocerte nunca había visto la cara de un hombre en *close-up*. Pero dime, ¿con quién estabas coqueteando en sueños hace unos minutos?

—Con nadie.

—Estabas en un barrio de mala reputación.

"Qué mujer, con esa carne momia que se carga ponerse celosa póstumamente es un desatino", la posibilidad de tener contacto con esa cordillera de huesos forrada de piel ennegrecida, esos ojos abiertos con abrelatas y esa figura de garza espectral (odiosa bajo la luz eléctrica) yaciendo en una penumbra de muslos separados, le dio a Wilhelmus dolor de cabeza y humedad de manos.

—No importa cuánto me repugnes, nunca me daré a otro hombre, mantendré mis principios de fidelidad post-mortem —ella se vació un frasco de pastillas en la boca y por su esófago pasaron píldoras de colores, enteras, sin posibilidad de disolverse, como si cayeran en otro frasco, orgánico.

—Me vuelvo hacia la pared para no verte, pero te sigo viendo —él, con mano ciega, trató de prender la luz, pero tiró sobre la cama el vaso de agua del buró. Por fortuna, el vaso era de plástico.

—Ya te he dicho que no me acaricies con las manos frías, me causas escalofríos.

—Díme una cosa, ¿esas tetas pegajosas son tuyas? —Wilhelmus apretó los párpados, esperando que así se borrara Janneke (masticando unas pastillas que continuamente se le devolvían a la boca, fallidos los intentos de pasarlas a la suya).

—Sucedió algo terrible, lo confieso: no puedo encontrarme en ninguna parte —él la oyó decir, quedándose dormido con las gafas puestas.

"¿Quién habrá ofendido al padre viento que amaneció tan enojado en Holanda?", despertó él, la luz apagada y la oreja derecha adolorida por la almohada de tubo. Enseguida recargó la cabeza en la pared y escuchó las ráfagas callejeras doblando las ramas de los árboles y volteando las hojas al revés. Un tranvía chirrió en la desierta oscuridad. La máquina se paseaba sin nadie pintada con grafitos de colores y con mujeres devorando productos comerciales. Arriba, una nube como un enorme animal gris se tragaba los espacios azules. En eso, tronó la aspiradora.

—*Up, up*, es hora de levantarse —Marijke, como un sargento de limpieza, abrió la puerta y la mucama lo levantó del lecho para cambiarle las sábanas.

Wilhelmus se tapó las piernas flacas con una toalla, mientras la mujer parada sobre una silla arrojó agua al cristal y lo limpió a manotazos. Acto seguido, de su pulcro uniforme extrajo un cepillo de dientes y quitó el polvo de la cara de su autorretrato.

Sus manos alcanzaron los papeles tirados en el piso y sacó el cesto de la basura. Cada movimiento era supervisado por su jefa. Todo como si él no estuviera allí, todo como si él fuera un extraño en su cuarto. Así que, refugiado en el corredor, se puso a palpar con la lengua el grano debajo de la lengua.

—Y no deje los quemadores prendidos hasta el rojo vivo, no es necesario.

Él, inspeccionado por los ojos insidiosos de Marijke, se sintió el prisionero de una rutina estúpida que, como una muerte cotidiana, lo golpeaba letalmente en el lugar de sus sueños, la cama.

—Por descuidado ya se recargó en la puerta del cuarto de Joost, su vecino suicida —lo recriminó ella.

Wilhelmus recordaba bien al tal Joost, quien una noche de junio distribuyó en el restaurante cartas a todos los residentes del Centrum recomendándoles que no las abrieran hasta nuevas noticias.

"¿Por qué no entrará el aire fresco aquí, si ya pasaron seis meses del deceso?", se preguntó él, cuando a través de la puerta cerrada emergió un olor a gato muerto.

—Una peste a licor pervive allí. Aunque pusimos en los clósets bolas de naftalina para matar la presencia del occiso, tal parece que su espíritu se ha quedado a vivir en el cuarto. Lo exorcizaremos cambiando las cortinas y los muebles y pintando las paredes de blanco —Marijke había leído sus pensamientos—. El otro día, cuando cerré la puerta, una vocecita protestó adentro: "Me han encerrado afuera de mi cuarto."

—Quemado de la cabeza a los pies, Joost se veía como Lon Chaney en *El Fantasma de la Ópera* —confió él.

—Desde hace tiempo quiero decirle una cosa: deje de contarme chistes porque no tengo ningún sentido de humor y sus bromas solamente me hacen enojar —gruñó ella.

—Joost ya no puede hacer nada sobre su imagen horrible, sino heredarla a la posteridad.

—Qué raro, tengo dolor de cabeza aunque desde la semana pasada no he probado una gota de alcohol. No sé qué me pasa, sufro de sus efectos sin haber bebido —Marijke se llevó los dedos a las sienes. Mas cuando vio que Wilhelmus regresaba a la pieza y se arrojaba a la cama con la intención de dormirse hasta el mes próximo, para demostrarle una vez más su autoridad, le ordenó con ambas manos levantarse—. *Up, up*.

—Lo mismo da si en Amsterdam son las ocho de la mañana o las cuatro de la tarde, ¿cuándo tendremos aquí un día sin lodo en las nubes y sin color chocolate en los charcos?

—Nunca —chilló Marijke.

10

El miércoles Margreetje habló por teléfono. Primero se quejó con Wilhelmus de que a causa de la enfermedad de Hans ella había estado negligiendo a sus amantes femeninas y no había tenido tiempo ni para tomar una cerveza con su amiga japonesa en el bar gay de la esquina.

—Déjame apagar el despertador —le dijo Wilhelmus, pues la alarma le molestaba.

Entonces ella le contó que desde el 13 de marzo, fecha del aniversario de la muerte de Albert, su mascota, no había podido visitar el cementerio de perros.

—Mas la razón real de mi llamada es para informarte que Hans Dudok dejará el hospital este viernes a las nueve de la mañana. Los médicos le dan veintiocho días de estancia en este valle de garañones. Hans me pidió que lo dejara morir en mi piso, en Koninginneweg. No pude negarme a su deseo. Sobre todo ahora que sé cuánto tiempo le queda.

Le contaba esto porque él y ella deseaban invitarlo a almorzar este sábado al mediodía. En casa, *of course*. Entre sus amigos y familiares, él era el único al que quería ver. Su presencia le daba coraje para seguir viviendo. Su serenidad le infundía ánimo. Y hasta lo movía a escuchar *oldies* en la radio y a flirtear con las enfermeras, como sucedió el domingo pasado después que se despidieron, cuando le quiso alzar la falda a la parienta de un paciente.

—Hans comenzó un diario. Se lo notifico porque en una entrada describe el diálogo (fascinante) que mantuvieron los dos el último domingo sobre la obra de Bert Schierbeek, *De Deur.*

—¿Qué?

—Le pido una cosa, cuando en el comedor usted vea que él se vuelve hacia la puerta, despídase de inmediato, significa que su visita lo fatigó. *Dag.*

Llegó lloviendo el viernes y el sábado amaneció lloviendo. Wilhelmus abordó el tranvía. Se fue parado en la parte de atrás, junto a unos muchachos de cuyas mochilas escurría agua. Estar entre ellos fue como rendirse a la edad, pues cuando creía flirtear con una joven ésta le ofreció su asiento. "Uno se da cuenta de que han pasado los años cuando la chica guapa del tranvía respetuosamente le indica el asiento reservado a los ancianos", se dijo.

El inmueble que Margreetje habitaba era de ladrillos rojos. Una moto y tres bicicletas estaban encadenadas a la pared exterior. Antes de que tocara, la puerta le fue abierta. Desde abajo, en el breve vestíbulo, Wilhelmus midió la escalera estrecha y empinada. Hacía dos meses, en un inmueble semejante, la esposa de un amigo jubilado se había venido de bruces desde el descanso del tercer piso, rompiéndose la cabeza.

Nadie lo esperaba arriba, excepto un casco y unos guantes negros colgados de la pared. Entró al apartamento sin tocar. En el perchero colocó su impermeable de plástico. Pasó al baño. Tenía urgencia de orinar.

—Wilhelmus, ¿estás allí? —la voz de Margreetje atravesó la puerta, mientras él sufría la ansiedad de verter el líquido amarillo y se apoyaba con ambas manos sobre la pared verde.

—*Ja* —Wilhelmus salió saludando, aunque ella ya no estaba allí.

Una lámpara alumbraba la sala. Su luz diametral caía sobre un escritorio de madera. Un sofá con la tela raída se recargaba en un muro adornado por un cuadro de Lucebert. Pertenecía al grupo Cobra. Heredado a Margreetje por su padre, un urólogo que tuvo su práctica en Apeldoorn, parecía fuera de lugar. No así los grabados de mujeres musculosas haciendo ejercicios gimnásticos. En una foto, Margreetje tomaba clases de esgrima, sable en mano. En otra, el rostro tapado por el cabello, estaba con su amiga japonesa, quien, con el cuerpo encogido, parecía que iba a saltar hacia el espacio. Ante esas figuras rebosantes de vitalidad, Wilhelmus se sintió exhausto y abatido.

—Dag.

Wilhelmus observó las piernas atléticas y la espalda hombruna de Margreetje. Hans, en traje azul marino y oliendo a perfume, se sentó a la mesa. No emitió su acostumbrado *Gossshhh*.

—Me impresionan los regalos invisibles de Wilhelmus. Me habían contado que suelen ser espléndidos —ironizó ella con su hermano.

—Te veo bien —Wilhelmus, sin darse por enterado, se volvió hacia Hans.

El enfermo no recogió sus palabras y el silencio cayó entre los dos como una lápida.

Platones con carnes frías, quesos holandeses, arenques, anguilas ahumadas y pan rebanado estaban sobre la mesa. También tres platos y tres vasos individuales. Una botella de vino blanco se enfriaba en una cubeta de hielo. Había dos copas solamente. Hans bebería jugo de manzana. O agua.

Los dos primos se sentaron frente a frente. La hermana entre ellos. Hans, sin decir palabra, hizo una mueca. Margreetje profirió:

—Su sonrisa desarma a todos. Hasta el final será un niño.

Por más que la buscó, Wilhelmus no halló la dichosa sonrisa.

—La gente se pregunta qué padre pudo engendrar a un ser tan maravilloso como Hans. La única respuesta es que después de que nació, se rompió el molde.

El hermano emitió un gruñido de asentimiento. Entrecerró los ojos como para recogerse en sí mismo. Por descuido, Wilhelmus rozó sus manos flácidas y ese contacto imprudente le causó horror. A Hans no le importó, en esos momentos finales tomaba todo con calma.

Margreetje sirvió la *erwtensoep.* Sin modales, con apetito feroz y manos ávidas, Hans se abalanzó sobre la sopa. Y de allí comió sin parar, con un hambre de enfermo, con un hambre de siglos, con un hambre de muerto. Como si estuviera solo, sin ofrecer nada a su hermana o a Wilhelmus, concentradamente devoró todo, hasta limpiar los platos, hasta acabarse el jugo en el cartón, los purés en los frascos. Cogió la botella de vino blanco y se sirvió en dos copas, que bebió hasta agotar el contenido. Arrebató el último pedazo de pan, le untó mostaza y lo mojó en el asiento del vino. Fumando un puro cubano, arrojó bocanadas hacia el espacio vacío entre Wilhelmus y Margreetje. Asombrado, a lo largo del almuerzo, Wilhelmus no intentó siquiera extender la mano para alcanzar una rebanada de queso o un pan. Se concretó, como hizo la hermana, a verlo comer.

Consciente (mas no apenada) de la dieta a la que ambos habían estado sometidos, Margreetje le ofreció un *broodje* con un queso helado que sacó del refrigerador. Más por cortesía que por hambre, Wilhelmus lo recibió con manos ansiosas. Pero al primer bocado, con la imagen de Hans atravesada en la garganta, el pan se le atoró en la mente y tuvo que bajárselo con agua. Mientras esto pasaba, Hans se levantó de la mesa y retornó a su cuarto, sin despedirse de nadie. En la silla dejó una servilleta de tela con unas migajas.

11

Transcurrieron semanas de luto no guardado. Después de la muerte de Hans Dudok, Wilhelmus retornó a su rutina de visitar las vidrieras. De sus ventaneos regresaba para cenar, justificando sus salidas por la necesidad de realizar un trámite o de hacer una compra. Tarde volvía a la residencia de ancianos con un papel en la mano o con un frasco de café soluble, a pesar de que en el comedor podía adquirir té o café a precios módicos.

Como si estuviera solo en el restaurante, delante del hombre inválido y la mujer catatónica vaciaba medio frasco en una taza de agua caliente y clavaba la cuchara en la masa granulosa, moviéndolo con dificultad. Así demostraba que el café era débil. Así lo bebía a su gusto.

—*Meneer*, tengo información de que el último fin de semana ha estado ausente todo el día y no se ha presentado a las comidas. Tampoco ha participado en actividades del Centrum —Marijke agitó delante de él unos papeles que decían *Aktiviteitenoverzicht Oktober. Centrum van Ouderen Juliana*—. El martes y el jueves hubo sesiones de canto y danza y no se vio por aquí a su amable persona. El miércoles, el jueves y el viernes la peluquería estuvo abierta desde las nueve de la mañana y no apareció en el *Kapsalon* para que le cortaran el pelo. El miércoles y el viernes desde las nueve y media de la mañana la tienda abrió sus puertas y el domingo a la una treinta tuvimos super bingo con lotería y usted no hizo acto de presencia. Cuénteme, ¿qué asunto tan importante lo mantiene fuera del Centrum tanto tiempo?

—El lunes le haré una relación de mis actividades para satisfacer su curiosidad.

Mas el lunes, después del almuerzo, sintiéndose resfriado decidió tomar una siesta y cuando la recamarera vino a abrirle la puerta ya eran las diez de la mañana del martes. Había dormido como piedra dieciséis horas seguidas, lo cual le dio horror, pues era un sueño semejante a la muerte.

"Esas camareras tontas que entran al cuarto cuando uno está dormido no tienen modales", se dijo, levantándose de la cama, el pelo hecho un trapeador, la nariz congestionada y los ojos vidriosos. Resentía su atención maligna, que ya lo miraba en el presente como un cadáver. Y más parado en el pasillo gris junto a su cuadro *Amsterdam de noche*. El lienzo, casi todo negro, tenía escrito *Sex. Sauna. Love Juanita.*

Cuando cerró la puerta, su rostro, que miraba al espectador desde el autorretrato, pareció confrontarlo. Debajo de la ventana estaba una mesa con una paleta de colores. En medio de la pieza había otro cuadro: una base de platillos voladores. Bajo un cielo azul descendía un ovni pintado de blanco. "Por esta obra podrían ofrecerme mucha plata, pero no la venderé", se ufanó. De repente ocioso, se rascó la cabeza. De un tiempo para acá su ocupación principal había sido pasearse por las callejuelas de la zona roja o imaginar a Anneke tendido sobre la cama.

A la luz del día, el ambiente del Red Light District parecía más doméstico, amigable y casual que en la noche. Y las mujeres menos manoseadas. Cuando había sol, éste doraba la ventana de Anneke.

Era extraño, pero la extinción física de Hans Dudok lo había energizado y le había despertado un gran apetito por devorar lo devorable, ella. En el fondo agradecía la decisión de Margreetje de haber hecho a su hermano un funeral discreto (reducido básicamente a un diálogo íntimo entre ella y el incinerador), porque no tenía ánimo de llevar otro luto que el de su habitual traje negro, el cual, dicho sea de paso, le daba cierto aire de elegancia.

Para desentumecerse, Wilhelmus se puso a hacer ejercicios de brazos y de piernas, y hasta paseó en bicicleta bajo la lluvia por las calles cercanas. Quería estar en forma para el encuentro amoroso.

De regreso al Centrum, se cruzó en el elevador con el hombretón en silla de ruedas, con el letrero INVALID en la espalda de la silla. Subió a su piso con un interno que se apoyaba en un carrito de supermercado. En su cocinita desayunó jugo de naranja de cartón, un plato de cereal y café. Se duchó y se puso su característico traje negro y su boina.

Antes de salir examinó en el espejo su cara larga, su pelo, barba y bigote blancos, como si fuera uno de los apóstoles locos pintados por El Greco. Bajó por el elevador y se sentó a la entrada del restaurante, observando en la calle a la gente en el Café Fonteyn. No deseaba compañía, ni mirar a la vieja de pelo blanco y ropa descolorida sentada sola mirando al vacío. La dama era una alucinación en la mañana, y una desolación en la tarde.

—Esos viejos de la calle están esperando el momento en que nos muramos para venir aquí. Pretenden estarse picando los dientes y tomando té negro, pero en realidad están contando los años que tenemos y evaluando nuestro estado de salud

—el hombretón en silla de ruedas le hablaba a la mujer catatónica a cierta distancia, sin importarle si ella lo escuchaba o no.

En eso, Petra y Peter se acercaron a saludarle. Eran dos de sesenta vecinos en el Centrum. Oriundos de Laren, Wilhelmus no les dirigía la palabra desde el día en que circularon chismes sobre su esposa difunta. La plática recayó en Pieter Saenredam y para su sorpresa Petra sabía bastante sobre su pintura de la iglesia Santa María de Utrecht, una de sus obras favoritas.

—¿Desde cuándo está aquí? —le preguntó Peter.

—Desde el ochenta y ocho. Vine con Janneke, pero ella murió hace diez años. No tuvimos hijos. *I am ill. I am poor. No money. Kinderen much money*. Viajamos por Rumania, Yugoslavia, España, Austria —él acompañó las últimas palabras con un movimiento de manos.

—Entonces, es el habitante más antiguo de la casa.

—Eso me temo.

—Yo no salgo mucho porque me duelen los huesos —reveló Peter.

—Nos nacieron nietos —dijo Petra.

—¿Niños o niñas? —Wilhelmus se levantó de la silla.

—Gemelos. ¿Quiere ver las fotos?

—Otro día. *Tot ziens* —con pasos lentos, Wilhelmus retornó a su cuarto en el tercer piso y de los cajones grises de su escritorio extrajo un fólder con documentos relacionados con su vida, las actas de nacimiento y matrimonio y el acta de defunción de su mujer. Sacó punta a dos lápices y los acomodó en una taza con la oreja rota. Al descubrir que el foco de la lámpara estaba fundido, lo cambió. Arrojó al cesto unas tarjetas de Navidad del año pasado, con un par de esferas rojas que había conservado por la flojera de botarlas. Cogió el teléfono y canceló una cita con el dentista. La posibilidad de tener la boca lastimada el día del encuentro amoroso le causaba horror.

En la puerta de baño examinó su traje de verano, lo cepilló y lo guardó. En el baño había una buena dotación de papel higiénico. Se cercioró de que su camisa azul cielo, cubriendo el aparato de la televisión, estuviera bien planchada y sus zapatos blancos lustrados. Su cartera estaba repleta de papeles recortados en forma de billetes. El ventilador, apagado.

En el canasto depositó un envoltorio de ropa interior. Se sentó al borde de la cama de madera y apoyándose en la silla redactó una carta de pésame a Margreetje. Luego garabateó el nombre de Anneke en un cuaderno. "En los idiomas existen diversas maneras de escribir Ana, pero la única manera correcta es la que dicta la ortografía del deseo", se dijo y salió del cuarto con las actas en un portafolio negro. No las llevaba para mostrarlas a nadie, las traía para sentirse importante.

—¿Por qué está moviendo los dedos? —la cara descremada de Marijke en el vestibulo confrontó su cara descremada. Las dos caras descremadas se desafiaron unos momentos.

—¿Podría hacerme un pequeño préstamo sobre mi pensión? —Wilhelmus rompió el hielo.

—¿Por qué motivo?

—Necesito dinero —él empezó a explicarle, pero pronto dejó de hacerlo porque se dio cuenta de que ella no le iba a hacer el favor.

—María, abre la puerta de la pieza de ese señor y fíjate si apagó las luces. Le ha dado por dejarlas prendidas toda la noche. Si miras desde afuera de la residencia te darás cuenta de que la suya es la única ventana iluminada —a sus espaldas dijo Marijke a la recamarera.

12

Camino al correo, Wilhelmus se fue tocando con la lengua el grano blanco que le sabía a sal y pus. Sus ojos curioseaban todo: tiendas de comestibles, zapaterías, panaderías, queserías, carnicerías, ópticas, automóviles, bicicletas, gente, pisos en venta o en renta. Imaginaba cómo sería vivir en este o en aquel edificio y observar el mundo desde sus ventanas. El cielo blanco rutilaba, una luz polvorienta atravesaba las nubes y Amsterdam flotaba como una estampa antigua. El paisaje sufría de luces reprimidas y de turbulencias sosegadas, igual que si el Autor Soberano hubiera concebido el cielo holandés como un drama del aire.

Hacia la una de la tarde Wilhelmus entró a De Bijenkorf en el Damrak. En el pulcro recinto de la tienda departamental le agradó que un guardia lo saludara con un leve movimiento de cabeza. Las empleadas, arregladas y bien olientes, daban al sitio una atmósfera de bienestar físico y de solvencia económica. Seguro él podía impresionarlas con su personalidad de artista (no por su cartera). Le molestó en cambio la actitud del otro guardia, que ignoró su presencia. No importaba, el sujeto ignoraba a todos.

Subió las escaleras automáticas para hojear periódicos gratis en el cuarto piso. En la sección de libros y revistas. El contacto físico con las publicaciones nacionales y extranjeras le daba placer, como cuando en su niñez olía el cuero del balón de futbol. Ahora que llovía en la calle el ambiente de la tienda era acogedor. Además, no tenía que comprar nada. Las noticias sobre catástrofes naturales y los actos terroristas que ocurrían en otras partes del mundo le hacían sentir seguro en Amsterdam. Y le daban superioridad moral sobre la gente que tenía que vivir en países inestables política y económicamente o sufrir dictaduras militares. En cambio él, en su pequeña Holanda, disfrutaba de civilidad y tolerancia. Le llamó la atención algo que estaba sucediendo en Rusia: un tal Nikolai Vassilyevich, del pueblo de Sorochintsy, Ucrania, se había declarado rey de España. Con esa lógica, ¿por qué él, Wilhelmus Jongh, no se declaraba rey de Rusia?

Le complacía mucho la pasarela gratuita de mujeres por los departamentos de ropa femenina, de bolsas y de perfumes, de pastelería y de chocolates finos, y que, formadas delante de las cajas registradoras para pagar, tenían el semblante relajado de haber vuelto apenas ayer de una playa extranjera. Con frecuencia, las damas se hacían acompañar por hijas adolescentes o por maridos dóciles. Echando vuelo a su imaginación él las examinaba de frente, de costado o por atrás, con sus pantalones apretados y sus vestidos escotados, sus zapatos de moda y sus peinados extravagantes, esparciendo una feminidad de aromas naturales y de fragancias prestadas. En el exterior estaba la gente ordinaria, las empleadas con bolsas de plástico y ropa económica, los empleados con chaquetas impermeables y botas mojadas. Con cara de ahorradores esperaban el tranvía. O, en camioneta o bicicleta, se disponían a entregar mercancía ajena.

A Wilhelmus también le gustaba pasear por la Kalverstraat un día de compras, como ese mediodía de marzo, y abordó un *tram*. Para toparse con mujeres bonitas no había nada mejor en Amsterdam que esa calle peatonal llena de tiendas de ropa, de diamantes, de zapatos y de comida.

Uno podía andar detrás de las mujeres o podía espiarlas a través de los escaparates y de las cafeterías probándose pantalones o comiendo un *broodje*. Años atrás había fantaseado en torno de esa joven que trabajaba en De Noten Koning. No tenía mal cuerpo y, rubia y pecosa, le sonreía cada vez que entraba a comprar ciruelas pasas. La relación la echó a perder una vieja histérica con su perro terrier. El can estúpido comenzó a ladrarle y la vejestorio, clienta habitual, a insultarle por haber provocado a su mascota con su presencia. El agredido era el agresivo, inútil razonar con una persona tan irracional y ni modo, tuvo que marcharse.

Desde la terraza de un café en Spui, Wilhelmus se sentó a observar el ir y venir de los tranvías y de la gente, hacia o desde la Estación Central. Con una cerveza helada disfrutó el ajetreo de la multitud y celebró la luz (filtrada a través de una densa capa de nubosidad) en ese día sin sol. En ese momento, quien lo hubiera mirado en *close-up* hubiera creído que su rostro resplandecía. Pero cuando más contento estaba bebiendo su cerveza apareció el gato de Anneke delante de un tranvía. De un salto se levantó para salvarlo. Inútilmente, el gato se salvó a sí mismo. El problema fue que el mesero, considerándolo cliente ido, le recogió vaso y botella y una pareja ocupó su mesa.

Hacia las tres cuarenta, al abordar un *tram* que se dirigía a la Estación Central, creyó reconocer a Anneke sentada a la izquierda, en un asiento individual, unas cuatro filas adelante. Observó su pelo sobre el respaldo, sus piernas en jeans azul oscuro y su cara de perfil para cerciorarse si era ella, ya que la persona en cuestión, evitando ser reconocida, miraba todo el tiempo hacia el exterior y no volteaba hacia dentro. Tal vez Anneke no vivía en la jaula de vidrio donde trabajaba, como las otras mujeres, sino solamente estaba allí durante su turno de cuatro a doce. Ya en la estación, él esperó todavía a que ella se levantara primero para verla bien, pero, cuidadosa de no ser identificada, ella se mantuvo dándole la espalda y salió entre los otros pasajeros por la puerta de adelante. Cruzó rápido las vías y se perdió detrás de los tranvías que pasaban en ese momento.

En la calle de las vidrieras, Wilhelmus se encontró con que la vitrina de Anneke estaba vacía. Tal vez ella se hallaba en un cuartito interior, arreglándose, o hacía algún servicio sin haber corrido la cortina roja. "Quizás ella no fue la que vi en el tranvía, sino otra. Quizás no se ha levantado todavía, las cinco de la tarde es temprano para sus hábitos. Estaré aquí a las siete", se dijo.

En eso una puerta interior se abrió y emergió de la nada oscura, en camisón de satén negro, la prostituta de sus sueños. Tan deslumbrante estaba que él se quedó atónito, sin valor para mirarla. Para su sorpresa, en un acto de intimidad pública, parada delante de la ventana se despojó del manto de plumas falsas y quedó desnuda. Púdicamente, Wilhelmus se concentró en examinar las ojeras que encuevaban sus ojos. Su pelo corto revelaba una visita reciente al salón de belleza. Y cuando la mujer bostezó, se dijo: "No habrá dormido bien anoche por algún problema."

—Apártate, muchacho, que esto es para ligas mayores —de ninguna parte surgió el empleado del Black Tulip Hotel, tan lleno de vitalidad y tan bien equipado para la lluvia que parecía se iba de viaje a Groninga.

Anneke corrió la cortina y Wilhelmus, echando pestes afuera, crispó las manos en los bolsillos vacíos. Mientras se alejaba de la vidriera, desde una esquina, el gato malvado se le quedó mirando. Wilhelmus recordó la conversación que tuvo con él la otra noche y se preguntó si no sería conveniente tenerlo de su lado, ganándoselo con comida. Y se fue a comprarle leche con cannabis a una Coffeshop. Cuando se la servía en un platito, el animal le tiró un arañazo a la cara.

Divertido por el espectáculo, un viejo inquilino del Centrum van Ouderen Flesseman se rio de una manera tan desagradable que Wilhelmus sintió asco de su propia vejez. Esa expresión repulsiva ¿la llevaba él en sus facciones?, ¿impresa en su cachaza? Algunas mujeres le habían confiado que algunos octogenarios rejuvenecían cuando se encontraban en los brazos de una amante joven, ¿sería cierto? Otros se ponían a evocar su juventud, llenando el tiempo del amor con puro bla-bla, ¿le sucedería eso a él? ¿Llegada la ocasión sería capaz de realizar el acto o produciría sólo lástima? Para ser honesto, él no se sentía tan senil como ese viejo inquilino que se burlaba de él. A ese todo el dinero, todas las prostitutas y todas las medicinas del mundo no le quitarían la risa desagradable. ¿A cuántas mujeres podía frecuentar anualmente ese individuo jubilado de los placeres de la vida? ¿Cuántas *privehuis* lo tenían por cliente asiduo? Secretos de la casa. Mas, ¿por qué se ocupaba de un tipejo así, si el que representaba un verdadero peligro era el garañón del Black Tulip Hotel?

Frustrado, pero más enojado, caminando, Wilhelmus se apartó del Centrum van Ouderen Juliana más de lo que hubiera querido. Y como lloviznaba, para volver a la casa de viejos se vino en un tranvía que estaba lleno de chicas españolas. Contagiado por el alborozo de las jóvenes olvidó sus pesares, hasta que dos ladrones de apariencia extranjera lo rodearon y lo bolsearon. Abandonado a sus manos hábiles permitió que le palparan las ropas en busca de cosas de valor. De manera que, sin oposición alguna, dejó que le sustrajeran la cartera. En ese preciso instante, un policía vestido de civil cogió a uno de los ladrones por la muñeca, obligándolo a la inmediata restitución de lo hurtado. Embarazado por la presencia de las chicas españolas, Wilhelmus quiso desentenderse de la restitución, pues la cartera no reveló grandes sumas de dinero ni tarjetas de crédito, sino recortes de periódico en forma de billetes. Lo que sí encontró el policía vestido de civil en la mochila negra de los rateros fueron dos relojes, un pasaporte japonés, una cámara fotográfica y monedas foráneas de otras víctimas. Así que, desentendiéndose de levantar una denuncia por robo a su persona, Wilhelmus descendió en la próxima parada ante las protestas corporales del policía, que le pedía que lo acompañara.

Cerca del restaurante-café In de Waag, Wilhelmus descubrió que había olvidado en alguna parte su portafolio con las actas y, en cambio, había guardado un volante sobre una pizzería que le había dado alguien en Spui. Mientras trataba de hacer memoria, vio a Margreetje recargando su moto en una pared. Llevaba chaqueta, pantalones de cuero y el pelo de pato cabeza roja que le conocía. Pero tanto ella como él pretendieron no darse cuenta de la presencia del otro y tal perfectos desconocidos se fueron caminando por direcciones opuestas.

13

El sábado es un día cruel para los viejos. Ya desde temprano jóvenes de ambos sexos se preparan para la fiesta de la noche y en la ciudad no hay sitio para ellos. Los lugares que los acogen, apropiados para el descanso, carecen de animación y de energía sexual. De manera que esa mañana, yendo por De Weg, Wilhelmus se sintió más miserable que nunca. Las calles rebosaban de gente, pero a Wilhelmus le parecían vacías y aburridas. ¿Era el cumpleaños de la reina Beatrix o había juego de futbol soccer para tanto alboroto?

Un sol blanco dominaba el firmamento y a los pocos minutos empezó a llover. Con la boina puesta, no abrió el paraguas; le daba igual mojarse o no. A esa edad el cuerpo se encoge con lluvia o sin lluvia, en exteriores como en interiores. Resintió en cambio la humedad que subía del suelo y se le metía por debajo de los pantalones hasta alcanzarle los huesos. Contra esa humedad holandesa nadie podía, ni siquiera el primer ministro.

Había salido del Centrum van Ouderen con dos billetes de a cien florines distribuidos en dos bolsillos diferentes: temía que el dinero pudiera perdérsele o le fuera robado en el camino. Para su sorpresa, el jueves había obtenido de Marijke un préstamo.

Atravesó De Waag, anduvo por Molensteeg y salió al Oude Zijds Voorburgwal, sin fijarse en las vitrinas que abarrotaban el rumbo. Al cruzar el puente, apenas registró que la recamarera del Centrum lo saludaba. Él le contestó con tanta indiferencia que casi le dio a entender que no la conocía.

A lo largo del canal percibió atisbos de sol en alguna parte del cielo, aunque pronto volvió a nublarse. Su único deseo era llegar a la calle de las vidrieras y ser el primer cliente de la noche. Contra su costumbre, no se detuvo a curiosear en otras vidrieras. No quería desgastarse mirando a otras mujeres o sobrexcitarse y sufrir un orgasmo prematuro. Sabía a dónde iba y a quién buscar. La parafernalia del encuentro amoroso había sido preparada con anticipación.

Anduvo lentamente, sin apartarse de su objetivo, ignorando a las manadas de hombres que se cruzaban con él. No fuera a ser que al llegar a su vitrina alguien se le hubiera adelantado. Pero no hubo problema, ella estaba allí, como siempre, como un ave de los trópicos de Amsterdam.

Estaba allí en su vidriera, en pantaletas fosforescentes, ajena a la llovizna y al frío de afuera. Tenía la cabellera suelta sobre los pechos y sus caderas estaban moteadas de sombras. Su manto de plumas falsas le cubría los hombros. Los colores eran increíbles. Sus pechos parecían panes quemados.

Él escuchó los latidos de su corazón como adentro de un árbol seco. Traspuso la puerta exterior, subió la escalera que llevaba al primer piso, empujó con el pie la puertecilla interior. Ella estaba en la ventana, aguardándolo. Desde adentro, él observó el cielo gris, las vitrinas de enfrente, la luz eléctrica de la calle, un paraguas negro sobre una mujer caminando, el viejo que se había reído de él, observándolo desde abajo. "La lluvia es la madre de Holanda", se dijo. "Pero ese canalla es hijo de sí mismo."

El cuarto tenía algunos muebles básicos, un lavabo, un excusado y un taburete para sentarse cerca de la ventana. El piso no tenía tapete, prohibidos los tapetes por los bomberos. En cambio tenía mosaicos decorando los muros. Vio el botón de la alarma junto a su cama.

—¿Cuánto?

—Doscientos florines.

El precio era excesivo. Más de lo doble que para los otros. Pero Wilhelmus no estaba allí para repelar, sino para consumar el último acto sexual de su vida. Asintió en silencio, con los brazos colgando. "Es más joven de lo que pensaba", sonrió.

Ella cerró la cortina roja. No puso seguro a la puerta.

—Alguien puede entrar.

Ella se encogió de hombros. El contraste entre los dos no podía ser mayor. Para él ella representaba una historia de deseo. Para ella él era una ocupación de minutos, un cliente más sin cara y sin nombre.

—Soy viejo.

—Lo sé.

—Te conozco.

—Lo sé también.

—Te he visto desde la calle.

—Yo también a ti —su voz no era muy fina, mas qué importaba: ¿en la televisión y en la radio no había también actrices que hablaban con un timbre de voz vulgar?

—Es la primera vez que te veo de cerca, eso me da placer.

Tosca de figura, ella era más alta que él y le sacaba una cabeza. Su cuerpo tenía algo de adolescente, de estado formativo, de inacabado, y hasta podía ser una prostituta virgen (si uno imaginaba, si uno ignoraba sus gestos procaces y sus glúteos enormes). Su piel era limpia, sin lunares, verrugas ni arrugas, sin cicatrices de vacunas, heridas o golpes. Sus ojos eran casi inocentes. Sus ojos amarillentos, no dorados. Admiró sus labios, el superior un poco partido. Por el espejo se dio cuenta de que la tela roja de las paredes estaba adornada con flores pálidas, como si una lluvia nocturna las hubiera decolorado.

—¿De qué país vienes? —con mano indecisa él le cogió un seno. Sintió el peso de la mama, el pezón reseco.

—De Hungría —ella le retiró la mano.

—¿Cómo llegaste a Amsterdam?

—Vine en un cargamento de mujeres. Para tomar lecciones de baile moderno en una escuela de música. Mi amigo vendía pastillas en un puente.

—¿Cómo empezaste?

—Por mi gusto, nadie me obligó. Un día renté una vitrina. Le escribí a mi madre que me encontraba en Amsterdam y trabajaba en un bar.

Mi madre contestó: "Es una buena forma de ganarse la vida." A mi padre casi le dio un infarto.

—Desde la calle me parecías perfecta.

—No lo creas, tengo granos y pecas en la espalda. He abortado.

—Todo lo que había soñado preguntarte se desvanece delante de ti —subrepticiamente, él tragó una pastilla. En el bolsillo traía varias. Escogió una, al tacto.

—¿Estás listo? —la mujer aventó al piso unas chanclas rojas y se subió a la cama, sin preocuparse en alzar la colcha ni en abrir las sábanas. Esparció su pelo sobre la almohada, la funda con manchas de lápiz labial. Con las piernas extendidas era una cornucopia viva.

—Todavía no —él bajó los ojos. Su presencia en el cuarto no era más real que la de su sueño de la otra noche. Como entonces, todo lo que él ahora veía al cabo de un rato habría pasado, sería también olvido.

—¿Vienes, abuelo? —ella lo interrogó con ojos vulgares y aliento de pasta de dientes. Él había pensado que tenía los ojos cerrados, pero no, los tenía abiertos. Las pestañas postizas producían ese efecto. Que lo haya llamado abuelo lo ofendió.

—Un momento —él percibió en su pubis el olor que le había dejado una visita anterior. Ya en una ocasión había entrado en una mujer como en un charco de semen ajeno. Nadó en su nada y salió de inmediato. ¿Cuántos años tenía entonces? No recordaba. Era primerizo. Ahora otra prostituta estaba allí, para él y para eso, con el cuerpo usado. Para su sorpresa, y pese a sus esfuerzos por excitarse con imaginaciones eróticas, no podía tener erección.

—¿Qué pasa?

—No sé —ante la inminencia del acto, el deseo se le había ido. No sentía ganas de hacerle el amor. Ni de explorarla. Esas piernas tubulares y ese vientre explayado le inspiraban poco. Lo mismo sus pechos caídos y desiguales, sus pezones amoratados. La mujer allí acostada era menos interesante que la exhibida en la vitrina.

—¿De qué tienes miedo? —su voz dura no era la voz de la otra. Esta tenía la cara hinchada, como si la víspera le hubieran dado de bofetadas o se hubiera intoxicado con mariscos.

Parado delante de la cama, él comenzó a desnudarse. ¿Por qué la lentitud? ¿Temía pescar una enfermedad o mostrar sus carnes flácidas? ¿Su barriga descolorida? ¿Sus manchas, sus arrugas?

—Desvístete.

—Ahora —los pantalones le cayeron hasta las rodillas, descubriendo sus calzones de algodón. Su miembro pendía blando como carne sin hueso.

Ella atestiguó su patética desnudez como si no fuera un hombre, sino un pelele con una cosa entre las piernas. Casi se hubiera reído de su torpeza, si no fuera seria en su negocio:

—Apúrate, hay otros clientes esperando.

—Anneke —el nombre escapó de sus labios como una exhalación.

—Deja de llamarme Anneke, que no me llamo así. Y no me mires con esa cara de huevo hervido, me pones nerviosa.

Wilhelmus guardó silencio, ella ya no tenía nombre. Sus axilas olían a desodorante; su cuerpo, a perfume sin marca.

—¿Quieres que cierre los ojos y me haga la dormida? ¿Que me ponga a gatas? —Anneke, de rodillas, con la cabeza sobre la almohada, se miró en el espejo—. ¿Quieres tocarme más?

Él rozó sus labios resecos.

—Nada de besos.

Con la vista él localizó su ropa en la silla, cerca del espejo. En el cuarto había demasiada luz para su gusto. Acostumbrado a dormir a oscuras, tuvo la impresión de que ella se negaría a apagarla.

—Hay cerca de aquí una *privehuis* para viejos, te sentirás más cómodo allá.

—En algunas casas hay mujeres horrendas.

—¿Como yo?

Wilhelmus no respondió.

—Se ve que fuiste guapo alguna vez, que hiciste sufrir a las mujeres. No seas tímido, no eres el primer viejo que entra conmigo.

Él se deslizó en la cama, sin tocarla. Algo que había querido evitar, en su compañía se sentía melancólico, como si la exuberancia ajena evidenciara su propia decadencia.

—¿Estás casado? ¿Eres viudo? ¿Tienes hijos grandes? No te preocupes, nadie lo va a saber —ella colocó sus manos sobre sus muslos.

—Soy tímido con las mujeres —él las levantó.

—El invierno es peligroso para los viejos, se deprimen. ¿Te deprimes tú?

—Si me muero aquí, tendrás problemas. Saldremos en los periódicos: "Viejo verde muere de ataque al corazón sobre muchacha desnuda."

—Muérete en la calle.

—La máxima voluptuosidad es la muerte.

—Como a nosotras se nos exige un certificado de salud, a los viejos se les debería pedir un comprobante médico del corazón cuando nos visitan —ella colocó la mano de Wilhelmus sobre su cadera.

—A trabajar —él acarició sus senos, erizó sus pezones.

Ella cogió su mano y la arrastró hacia su pubis. En esa posición, pareció tener cuatro piernas.

En su calor, él tembló de frío. Quizás la pastilla que había tomado le había hecho el efecto contrario y en vez de estimularlo le daba sueño. Se bajó de la cama y en el lavabo se refrescó la cara con agua.

—Si te gusta otra muchacha, puedes meterte en otra vitrina.

—Me gustas tú.

—¿Entonces?

—Espera.

—¿Por qué dudas? —sus uñas esmaltadas de rojo rasguñaron sus muslos, sus labios pintados se torcieron en una sonrisa forzada; su cara tierna se transformó en la de un monstruo mitológico.

—Ahora puedo —dijo él, mas no pudo.

—Dejémoslo así —ella miró con ojos vagos al techo, los brazos inmóviles sobre las sábanas.

Él, acostado a su lado, entrecerró los ojos. Se durmió.

—Tiempo transcurrido —ella le echó agua en la cara con un vaso.

—Dormí como piedra —al abrir los ojos, él la vio parada delante de él. Se había puesto las pantaletas y el manto de plumas falsas le cubría la espalda. Los pechos que antes le habían parecido panes quemados le parecieron lunas alucinantes.

—¿Has venido a dormir aquí?

—No, ahora me visto, ahora me voy.

El gato salió corriendo de debajo de la cama. Por la escalera siguió a Wilhelmus hasta la calle. En la calle estaban prendidas las luces de las otras vitrinas. En Amsterdam llovía.

En el país de los diablos

Cuando escriba mis memorias
pondré en su lugar a Dora Durante.
Sorpresivamente la visitaré
de noche en el país de los diablos.
Carta de Adrián Verloop a Jan van der Leyden,
Amsterdam, 6 de junio de 1996

1

Esa mañana de octubre la mujer de pelo negro parada a la puerta de su troje vio venir por una calle empedrada a los dos extranjeros. Poco antes los había columbrado adentro de su jeep consumiendo comida y agua traídas de otra parte. Hacía horas le habían pedido una entrevista para su documental sobre los diablos de Ocumicho. Ellos eran el escritor holandés Adrián Verloop y el camarógrafo flamenco Jan van der Leyden, ambos al servicio de la televisión de los Países Bajos. Por su aire desconcertado, de inmediato se percibía que era la primera vez que se encontraban en San Pedro Ocumicho, pueblo rodeado de montañas en la Cañada de los Once Pueblos.

Camino a casa de la mujer, Adrián se había detenido en la caseta telefónica para hacer una llamada de larga distancia. Quería comunicarse con su hijo en el día de su cumpleaños. Pero la comunicación a Amsterdam estuvo plagada de estáticas y de ecolalias y renunció a hacerla. En una mano el aparato destartalado, en la otra un cigarrillo humeante.

Aunque era la primera vez que plantaba los pies en esa parte del mundo, al notar la partición de luz y sombra que dividía la calle Adrián tuvo la impresión de que ya había visto en alguna parte de su ser ese pueblo color tierra. Quizás esa impresión se debía a que había leído con disciplina y fervor toda la información disponible sobre San Pedro Ocumicho; por brevedad, Ocumicho.

Este pueblo, que no tiene más de cinco mil habitantes y se encuentra a una altitud de 2,110 metros sobre el nivel del mar (sobre el nivel del mal, leyó Adrián), *está dividido en el barrio de arriba y el barrio de abajo. Su clima es templado, con dos estaciones, la de lluvias y la de secas. Dícese que Ocumicho significa tierra de muchas tuzas y en la mitología tarasca es una de las tres regiones de los muertos.* Adrián subrayó esta última frase en su cuaderno de tapas azules, que se guardó en el bolsillo. Jan filmó el fondo de la calle, en particular la cruz de madera, con sus brazos parados hacia arriba. Al pie de la cruz, una gallina negra se le quedó mirando.

Rutilia Martínez, la mujer de pelo negro con blusa blanca de encaje, falda con flores bordadas, raya partiendo sus trenzas a la manera indígena y grandes aretes imitación oro, no les quitaba la vista de encima a esos dos extranjeros de edad madura. Cuando acabaron de atravesar la larga calle, sin alcantarillado pero con árboles y postes de luz a ambos lados, Rutilia los introdujo a su casa de madera. En la fachada un letrero: Taller Fantástico de la Familia Martínez.

En la cocina estaba un brasero de barro con una olla en la que se calentaba un puchero de carne de res. En torno de una mesa, sillas bajas. Sobre la mesa, calabazas, coles, chiles y tortillas de maíz azul.

Los visitantes fueron conducidos a un cuarto de madera que contenía tablas, petates, botellas de refrescos de colores, moldes de piedra, utensilios y botes de pintura. Era el taller fantástico de la familia Martínez. El humo que exhalaba el horno de leña había oscurecido las paredes y el techo. En el piso de ese infierno doméstico, docenas de diablos de barro estaban cocidos o se cocían, en diferentes estados de formación. Algunos eran una masa informe donde apenas se precisaban piernas, brazos, ojos, cuernos y colas retorcidas. La luz entraba por un agujero del techo como una columna dorada.

—¿Hay algún varón en la familia? —preguntó Adrián a dos mujeres que se encontraban allí, Guadalupe Macedonio de Martínez, madre de Rutilia, y Albina Nicolás, su prima y amiga. Rutilia y Albina tendrían treinta años.

—Mi hermano Luis. Se fue a California. Hará quince años que se fue.

—¿Cómo es él?

—Le parecerá extraño, pero olvidé su cara.

—La señora Rutilia en medio, por favor —Jan colocó la cámara delante de las alfareras.

—¿Cómo empezó la tradición de hacer diablos en Ocumicho? ¿Siguen una técnica especial? —Adrián, micrófono en mano, comenzó la entrevista.

—Una pregunta a la vez.

—¿Cómo hacen los diablos?

—Para hacer los diablitos nosotras las artesanas de Ocumicho utilizamos una tierra chiclosa. La traemos de *Echerhi p'itakuarhu*, un lugar a dos kilómetros de aquí.

—¿Cómo transportan la tierra?

—En costales, en burro o en carro. La secamos cinco días en el patio.

—¿Luego?

—Modelamos los diablos y los pintamos de rojo, azul, verde y amarillo, con pintura de anilina. Nos lleva un día hacer una figura.

—¿Quién empezó a hacer diablos en Ocumicho? ¿Quién trajo al pueblo esa costumbre?

—Antes aquí se curtía el cuero para producir huaraches, mas por la Revolución de 1910 dejamos de trabajar ese material —el español de Lupe Macedonio tenía acento purépecha—. Hacia 1950 apareció en Ocumicho un tal Vicente Marcelino Mulato, un joven que se vestía de mujer, tenía pelo largo de mujer y se meneaba como mujer. Era joto y vivía solo. En la calle andaba solo y lavaba, planchaba y cocinaba solo. Echaba sus propias tortillas y le gustaba salir de maringuilla en las danzas, con una máscara de vieja hecha por el maestro mascarero Ramón Tostón.

—Por ese tiempo empezó a formar en su horno de leña ermitaños, bailarinas y Cristos, lagartijas, víboras, lobos, conejos, tecolotes e iguanas con cara de mujer. También hacía animales de dos cabezas devorando niños. Vendía sus piezas bien —Albina Nicolás prendió un cigarro—. Hasta que, obsesionado con los demonios de nuestros antepasados, un día hizo figuras de diablos pintados y barnizados con una técnica nueva, diferente a la que se usaba en la región.

—Para esto, una tarde él y Ramón Tostón hallaron en un campo de rastrojo quemado una piedra que tenía el glifo de un dios prehispánico. Ese dios era el demonio con cuernos, así como lo vemos en las iglesias.

—Por esa época llegó a Ocumicho un hombre cuarentón con tetas al que le fascinaban los chiquillos, especialmente los huérfanos. Era un turco de Gallípoli y hablaba raro el español. Este hombre se hospedó en casa de Marcelino Vicente Mulato con sus baúles llenos de vestiduras, copas de oro y otras mercadurías antiguas. Una noche le enseñó a Marcelino una estampa del diablo y le pidió que se la reprodujera en figura de barro.

—Marcelino Vicente Mulato la hizo tan bien que el turco se puso muy contento. Cuando el hombre se fue de aquí, Marcelino enseñó a su amigo Emilio Felipe Corazón a moldear diablos.

—Marcelino y Emilio no sabían español y mercadeaban sus artesanías en Paracho y Zacán, hasta que se encontraron con Teodoro Martínez Benito, que hablaba un poco de castilla. Y lo iniciaron en la costumbre de los diablos.

—Los tres se fueron a Pátzcuaro a ofrecer sus artesanías a los turistas. El que más les compraba era un Agustín López El Satánico, anticuario de Morelia. Este hombre, sabiendo que había mucha demanda de "Ocumichos", acumulaba las obras de Vicente Marcelino Mulato.

—Agustín López había visto las artesanías del llamado Joven en Patamban, en la feria de los jueves. Si en verdad ustedes quieren conocer las piezas más malosas de Vicente Marcelino deben buscar en Morelia al anticuario López, en la calle de Leona Vicario.

—Hay muchas historias sobre el Joven, mas nadie en el pueblo quiere hablar de él. Se cree que entraba en el cuerpo de los perros y se metía en los troncos de los árboles, y que antes de venir a Ocumicho había sido seminarista, pero se le negó la ordenación por estar castrado —Rutilia entrecruzó las manos sobre su regazo.

—Jamás daba la espalda, dizque por miedo a que lo atacaran por atrás. Al salir de un lugar lo hacía de frente —doña Lupe escudriñó los ojos de Adrián.

—Sus pesadillas eran horribles: con los ojos, abiertos o cerrados, veía figuras espantosas. Tenía miedo de ser raptado y conducido a la región donde nacen las pesadillas, y decía que los verdaderos dueños de este pueblo eran los diablos —Albina Nicolás envolvió la mano, que le temblaba un poco, en el rebozo azul marino con rayas blancas—. He vivido aquí toda mi vida y creo que hay ciertas horas de la noche, antes del alba, cuando los diablos se juntan afuera de la iglesia para conferenciar o hacer fiestas. Entonces los perros ladran y las calles se llenan de alaridos y ruidos de cadenas. Algunos vecinos no me creen y dicen que estoy soñando. No todos oyen y no todos sueñan como yo.

—Él fanfarroneaba que no había nacido en esta tierra, sino que lo habían aventado a ella. "Joven Marcelino Vicente Mulato", así se nos presentaba.

—Los diablos no se ven de día, se levantan al anochecer. Algunos son tan rijosos que no tienen ya fuerzas ni pelo —Albina Nicolás indicó con la mano hacia la puerta, como si éstos se encontraran en el otro cuarto.

—El Joven perdía tanto el juicio en las parrandas que para comprar más cerveza y charanda llegaba a vender sus moldes. Entonces se ponía cachondo, cabrón, y atacaba a los niños.

—Hay noches en que no puedo pegar los ojos. En las paredes hay ojos que me están mirando.

—Un domingo que andaba deprimido, se fue de aquí de mañana. Unos dicen que desde entonces vaga por la Meseta Tarasca. Otros, que jaló para Morelia. Ya no se le ha visto —Rutilia miró a la puerta como si el Joven pudiera estar allí.

—Marcelino Vicente Mulato era una de esas criaturas maldosas que podía ver a través de la cabeza de una lo que está pensando. Una vez me dijo: "Perder el poder de la vista es perderlo todo."

—¿Han vuelto a encontrarlo?

—Nadie se ha topado con él, porque lo cosieron a puñaladas. Entró a una cantina vestido de mujer y ese fue su fin. Hubo pleito de borrachos, trancazos, tranchetes.

—El difunto tendría treinta y cinco años —doña Lupe miró a Jan calculándole la edad, para ver si tenía la misma del difunto.

—Una noche, antes de que lo mataran, con cara de loco, chilló: "¿Sabes una cosa Albina? Esos diablos que he formado viven conmigo, animados por una fuerza invisible cada noche me chupan la sangre, el semen, las emociones." Se despidió de mí y se fue caminando bajo el aguacero, como si la lluvia no lo mojara. También los diablos se echaron a Emilio Felipe Corazón. Agonizó seis horas después. Un perro negro le desgarró el cuerpo.

—"No le des importancia a las rarezas que masculla ese desequilibrado", traté de calmarme —las pupilas de Albina Nicolás triplicaron la llama al prender un cigarro.

—Mi padre, mi querido padre Teodoro Martínez Benito, apareció asesinado en una carretera —la voz de Rutilia se quebró, como si el homicidio hubiera sido ayer—. Nadie sabe qué andaba haciendo en tierra caliente. A lo mejor había ido a comprar oro a Huetamo. O sandías a Nueva Italia.

Por esa parte de Michoacán la gente es malora, desde los catorce años los chamacos cargan pistola y a la menor provocación disparan. Mi padre no era hombre de pleitos, más bien de conciliación, pero lo mismo lo mataron.

—Tu padre no murió baleado, le perforaron la barriga con una aguja de arriero, de esas que usan para coser costales. Ahorita vengo —doña Lupe abandonó el taller y entró a la cocina para apagar algo que tenía en la lumbre. Olía a quemado.

Los ojos de Rutilia y Albina Nicolás la acompañaron hasta la puerta y esperaron su regreso. Los de los extranjeros se encontraron. Doña Lupe regresó con una jarra y tazas de barro. La charola de lámina era cortesía de una compañía cervecera.

La vieja mujer les ofreció té de *nurite*, la hoja de un arbusto de monte. Lo endulzó con cucharadas de miel de abeja hasta hacerlo bien empalagoso.

—Después del crimen, Pedro Paz, el metiche del pueblo, andaba preguntando: "¿Aquí es el lugar donde enterraron al diablo? ¿Allá hacía sus oficios Marcelino Vicente Mulato?" Hasta que en una borrachera a él también le dieron de puñaladas —doña Lupe virtió té en las tazas.

—Por eso los hombres del pueblo no quieren hacer diablos, solamente las mujeres los hacemos —reveló Albina Nicolás.

—Antes de su muerte, Vicente Marcelino Mulato enseñó a las mujeres a hacer diablos, pues lo consideraba trabajo de mujer. A partir de entonces los labramos. Pero antes de hacerlos los soñamos. Y como los vemos en sueños los formamos. Mas ninguno de los nuestros se compara con los diablos que hacía el Joven, esos sí parecían vivos.

—En otras partes del país los diablos provocan desastres naturales, hambrunas, miserias, violencias y enfermedades, aquí no.

—Aquí los hacemos horrorosos para que al verlos la gente se incline a amar más a Dios.

—Nos cuesta trabajo dar forma a algo que no tiene forma.

—Una vez vendido, cada comprador es responsable de su diablo y del mal que le resulte.

—Las alfareras de Ocumicho enroscamos culebras en el cuerpo de los diablos. Así, de origen, los matamos. O exteriorizamos su lujuria.

—Una noche que estaba vestido de dama y muy borracho, Vicente Marcelino Mulato predijo que en el Día del Juicio todos los diablos de barro de Ocumicho serían destruidos. Con palabras de un tal Cándido aseguró que la naturaleza del diablo era totalmente mala y que como tal era incapaz de salvarse a sí mismo.

—Más discreción, mamá, qué tal si el Joven te está oyendo. Supón que no está muerto, que nada más pretende estar muerto y cualquier noche se te aparece al pie de la cama —se preocupó Rutilia.

—Cambiando de tema, quiero que me digan ¿cómo empezaron a hacer diablos eróticos? —preguntó Adrián.

—Jorge Batalla, un francés, un día vino a Ocumicho con unas revistas pornográficas y nos pidió que le reprodujéramos las escenas con diablos y con animales en lugar de hombres y de mujeres fornicando. Eran de a tiro groseras, pero se las hicimos.

—Después que se fue el francés Jorge Batalla hicimos diablos homosexuales para un escritor gringo cuya familia fabricaba máquinas de escribir.

Se presentó en el pueblo de incógnito, porque había matado a su mujer años antes —Albina Nicolás encendió otro cigarrillo con la colilla.

—Los hombres de la Cañada se niegan a comprar "las tapadas", las artesanías eróticas las hacemos para los de afuera.

—A nosotros sí nos interesan esas artesanías. También los diablos. Queremos comprarlas para nuestra colección y para la película que estamos filmando —Jan se levantó de la silla. Este flamenco patudo y flaco, de facciones pálidas como si lo hubieran descremado, con sus gafas de profesor serio, causaba en las mujeres una impresión favorable.

—Vengan, les mostraré el surtido del taller —doña Lupe sacó lumbre con un papel. Prendió el puro con la llama.

Adrián y Jan al escoger las piezas trataron de llevarse las más originales y las de acabado más fino. Adrián escribió: *En este paisaje de diablos hay unos en forma de serpiente, alacrán, perro, lobo o chivo, con anchas fosas nasales y garras feroces; otros son grotescos, con algo de pícaro en el gesto. Todos están pintados con colores llamativos. Cada pedazo de barro, cada centímetro de pintura y barniz manifiestan una intención en la escena representada. Mas las criaturas conocidas como diablos no tienen alma, aunque llamados inmortales son de un material quebradizo; aunque aparentemente sagaces reflejan una estupidez inaudita; satisfechos de su maldad están totalmente vacíos. La cola les da la vuelta al cuerpo como una cadena de joyas falsas. Los cuernos son color rojo, verde o negro. La lengua flamea entre sus fauces abiertas como un chile de fuego. En la base de una pieza, que las mujeres juran es obra de Vicente*

Marcelino Mulato, están escritas las palabras: "Soy VMM, rey de los alfareros. Mirame i tiembla. Nunca te olvidarás de mí".

Rutilia hizo mutis para reaparecer con una bandeja llena de fruta partida a la mitad. Una sandía. Como la que comen Jesús y los apóstoles, incluso Judas, en las representaciones de la Última Cena de Ocumicho.

—Aquí no hay sandía, la traemos de tierra caliente para las bodas y las fiestas —dijo ella.

—Aquí comparamos la buena sandía con la buena mujer: tiene lo verde por fuera, lo blanco en medio y lo colorado por dentro —Albina Nicolás pisoteó en el piso la colilla humeante.

—No por nada Albina es la más tremenda hacedora de diablos eróticos de la región —se rio Rutilia—. Les transmite su calentura.

—¿Como cuáles? —Adrián hundió los dientes en la pulpa acuosa y escupió las semillas negras en su mano.

—Ah, ese es mi secreto —Albina Nicolás encendió otro cigarrillo.

Adrián percibió en su cuerpo forrado de telas atisbos de sensualidad, posibilidades sexuales. No se le había ocurrido antes que estaba sexuada. Ella a su vez vislumbró las capacidades viriles de ese individuo de frente ancha y grandes orejas, labios gruesos, pelo lacio y ojos saltones encerrados detrás de gruesas vitrinas. Tenía hombros caídos bajo el saco negro y llevaba la camisa de rayas sin corbata. Para ser sinceros, le atrajo poco. Le provocaba más Jan, rollizo y sanguíneo.

—¿Es su hijo? —le preguntó a Adrián.

—Somos casi contempóraneos.

—¿Podríamos pasar la noche en Ocumicho? ¿Hay algún lugar que recomienden? —preguntó Jan, finiquitando la transacción comercial de las figuras de barro con un manojo de billetes que contó dos veces, concienzudamente.

—Aquí no pueden pasar la noche —Albina se ruborizó.

—Quiero decir, en el pueblo.

—Aquí no hay mesones ni fondas —Rutilia acabó de envolver las figuras de barro con hojas de papel periódico. Amarró los envoltorios con mecates.

—¿Entonces?

—Los acompaño a la salida.

Antes de despedirse, por la cocina, Adrián descubrió sus facciones en el espejo que Albina Nicolás llevaba en una mano. Los dientes de ella, en amplia sonrisa, lucieron blanquísimos. En cambio, a Adrián le costó trabajo asimilar las arrugas de su propio rostro, la incipiente calvicie, la piel manchada, los ojos cegatones.

"No cabe duda de que cada ser vive ignorado por los otros, pero cuando uno se ignora a sí mismo la muerte anda cerca", se dijo con una expresión tan siniestra que Jan no pudo evitar preguntarle:

—¿Qué te pasa?

—Nada.

—Los monos lo miraron feo —Albina Nicolás señaló los diablos, que lo observaban con ojos saltones, como los suyos.

Adrián salió a la calle. No le había caído bien el comentario de la alfarera. Afuera, Jan se dio cuenta que una niña de ojos negros desde la puerta de su casa asomaba la cabeza para espiarlos. No había ningún hombre en la calle, sólo animales: un burro, un caballo, un borrego, un puerco, un guajolote, un perro amarillo, la gallina negra. Adrián le dijo a Jan:

—Fílmalos.

Pero Jan prefirió filmar la iglesia del siglo XVI, con su torre nueva, su atrio adornado por dos árboles centenarios, y su cruz de piedra; sacó también la orografía fantástica que conformaban los tres cerros del lugar: El San Ignacio, El Huacal y La Silla.

Leí que en Ocumicho sus habitantes creen que el "miringua" pierde a la gente en el malpaís, el lugar donde las víboras tienen alas, corre el pájaro "corcobi" y canta melancólicamente el tecolote, y donde se refugia el diablo. Anotó Adrián en su cuaderno. *También se dice que aquí, bajo tierra, se encuentra el mundo de los muertos llamado en tarasco cumiechúquaro, lugar de las tuzas, y el dios de este Mictlán es Ucumu o Cumu, la tuza.*

Mientras deliberaban tronó un camión de pasajeros que partía hacia Tangancícuaro. Mas antes de irse tuvieron que esperar a que pasara un entierro. Por la calle que separa los barrios de San Pedro y de San Pablo, el de arriba y el de abajo, vinieron hombres a caballo, en burro y a pie. Cuatro indígenas flacos cargaban un tablón con un pequeño cuerpo vestido de blanco y calzado con sandalias de cartón forradas con papel dorado. En la mano, una vara de nardos. Dos niñas de blanco, con alas de ángel, los seguían. Atrás aparecieron un perro amarillo y una banda de músicos ciegos.

2

Para salir de Ocumicho, Jan y Adrián no cogieron la desviación hacia la carretera número 15, que llevaba a Zamora, sino se fueron por el camino de terracería a Cocucho. De allá a Charapan. Cuando llegaron a Angahuan, la tarde parecía levantarse de la ceniza de los caminos. Ese pueblo purépecha era la puerta al Paricutín, el volcán que desde 1943 reposaba en la arquitectura de las piedras negras que él mismo había aventado cuando escupiendo llamas emergió de una milpa.

La coloración cenicienta duró poco, porque al adentrarse en la Meseta Tarasca el cielo adquirió las tonalidades rojizas de la tierra que rodeaba la carretera Uruapan-Tingambato-Pátzcuaro. "Tierra roja como las nalgas de una mujer exhibida en una vidriera de Amsterdam", pensó Adrián.

Jan tenía miedo de que un cambio de velocidad o en una curva forzada pudieran accidentarse, o que las figuras de Ocumicho perdieran su integridad, pues estaban envueltas en papel periódico. Por eso conducía con precaución exasperante. De pie entre las figuras y atado con cordones que parecían cadenas se tambaleaba un diablo de danza comprado en San Andrés. Adrián vigilaba sus alas y sus ropas rojas, y la mano en la que esgrimía una espada.

En la burbuja metálica del automóvil, preguntas y respuestas, respuestas sin preguntas, pasaban de uno a otro. Ninguno de los dos había dudado antes de la sinceridad de su compañero. Cada uno, a su manera, se sentía reconfortado por la proximidad del otro, ya que no sólo se comprendían en los diálogos, sino también en los silencios, en los ensimismamientos.

Desde hacía una semana, por una ocurrencia de Verloop, para el documental que realizaban para la TV holandesa sobre los diablos de Ocumicho ambos se habían propuesto visitar los pueblos que comenzaran con la letra T. Al pronunciar sus nombres con rapidez jugaron convirtiéndolos en trabalenguas: Tangamandapio, Tanhuato, Tarímbaro, Tingambato, Tancítaro, Tangancícuaro, Tzintzuntzan, Tzaráracua, Tzitzio, Tumbiscatio, Tinguindín, Tiripitío. Adrián escogió las localidades que empezaban con P: Paracho, Parácuaro, Patambam, Pátzcuaro, Purenciécuaro, mas por la dificultad de acceder a ellos abandonaron el propósito de visitarlos.

En bolsas de mano colocadas entre los asientos, los amigos guardaban lociones para el sol, repelentes de mosquitos, aspirinas, suero antialacránico y el mapa de Michoacán de la Serie Patria. Por su parte, Jan viajaba con un maletín negro, como de médico, en el que transportaba papel higiénico europeo, pues el papel local era muy áspero para su trasero. Hacía ocho años, en Hilversum, Adrián Verloop había escuchado por primera vez de labios de un pintor holandés la palabra Ocumicho y desde entonces el nombre de ese lugar había sonado frecuentemente en su imaginación. Así que cuando surgió la posibilidad de hacer un programa de televisión sobre el arte fantástico de esa parte del mundo, él fue el primero en apuntarse para realizar el proyecto. Ahora, saltando aquí y allá a causa de los baches y de los topes en el pavimento, recibiendo los humos y los ruidos de un camión de carga delante de ellos, cogieron hacia Morelia y dejaron atrás tanto las cuestas bordeadas de pinos y de barrancas como los pueblos partidos en dos por la carretera. En las paredes de algunas casas trepaban bugambilias intensamente rojas, ebrias de color. El aire olía a pájaro de alas secas. Querían llegar antes del anochecer, pero por temor a accidentarse Jan conducía con lentitud extrema, peinando con los ojos los señalamientos: MAXIMA 60. CONSERVE SU DERECHA. SOLO IZQUIERDA. DOBLE CIRCULACION. NO REBASE. CEDA EL PASO.

Como los cerros de tierra roja se tornaban más sanguinolentos a medida que avanzaba la tarde, Adrián Verloop no abandonaba ni un momento su cuaderno de notas, embriagado por la riqueza visual del presente inacabable que se desenvolvía delante de sus ojos. Aun cuando cerraba los párpados, sin dormir, su mente no quería perderse ninguna de las imágenes del paisaje, estable y fugaz al mismo tiempo. El paraíso sobre la tierra estaba allí y él se encontraba en la permanencia del instante.

—Ignoraba que el purépecha es una lengua hablada por más de doscientas mil personas —Jan van der Leyden trató de coger la curva lo mejor que pudo, arrojando la ceniza del cigarrillo por la ventana—. Sus palabras han dado nombre a lugares, lagos, montañas y pueblos de la región.

—No te lo había dicho, pero mi madre era tan negligente que cuando yo nací ella andaba esquiando en Río de Janeiro —bromeó Adrián.

—La mía estaba bailando rumba en Los Alpes.

Ese fue el último intercambio verbal entre Adrián Verloop y Jan van der Leyden durante el viaje. Eran dos viejos amigos que podían estar reunidos horas y días enteros excluyendo el diálogo, sin que ninguno se ofendiera. Mas en un momento de mal humor, Adrián había escrito en su cuadernillo de notas: *Esta maldición nuestra de estar todo el tiempo juntos sin tener nada qué decirnos.* Jan aseguraba que los habían hecho amigos el aburrimiento de los viajes de avión y la mediocridad de los restaurantes y de los hoteles que tenían que frecuentar. Desde que viajaban por México se habían acostumbrado a compartir recámara y baño, pero con las camas debidamente separadas y cada quien con su champú, su pasta y su cepillo de dientes y su toalla.

Después de una curva, la ciudad de Morelia apareció bajo un manto blancuzco; en su centro, la catedral de torres rosas. En eso, dos camiones de pasajeros trataron de rebasarlos, uno por la derecha y otro por la izquierda. Presintiendo un choque inminente, Adrián cerró los ojos y se preparó para lo peor. Nada ocurrió, los camiones continuaron su carrera, persiguiéndose uno a otro.

Entraron a Morelia por una calle con talleres al aire libre y tiendas de abarrotes con fachadas amarillo chillón. Un fuerte olor a cloaca invadía la capital del estado. En algunas paredes se aferraban bugambilias polvorientas y en las banquetas sobrevivían árboles sedientos. Jan se quitó los lentes de sol. Siguiendo el libramiento desembocaron en Avenida Madero Poniente. Se detuvieron delante de un edificio de cantera rosa, el Mesón de la Soledad.

—¿Tiene habitaciones? —preguntó Jan.

—¿Reservaron? —la recepcionista, una mujer menuda de unos veinte años con suéter azul marino, examinó sus ropas.

—Todas están desocupadas —el mozo se apoderó de sus maletas antes de que les hubieran dado el número de cuarto.

—El treinta y dos —la mujer, con una sonrisa que fue puros dientes, les entregó una llave.

Jan alcanzó al mozo debajo de un arco del que colgaban bugambilias. Recargado en el barandal de herrería del primer piso, Adrián observó el patio. A semejanza del jardín donde se hallaban las estatuas de terracota que evocaban las estaciones en el Hotel Las Delicias, en Adrogué, visitado en su juventud por Jorgc Luis Borges, el Mesón de la Soledad tenía esculturas que representaban el Invierno decapitado, el Otoño sin senos, el Verano sin brazos y la Primavera sin nariz. La habitación olía a cera untada en el piso. Una cortina, corrida por Jan, descubrió un muro de cantera rosa. No tenía ventanas. Ni vista.

Los viejos retratos de monjes y monjas colgados en los muros perturbaron a Adrián y pidió a la recepción que los retiraran. Y en su presencia, no fuera a ser que al retornar de la calle se encontrara con la desagradable sorpresa de que todavía estaban allí esos personajes de expresión siniestra.

—Parecen vampiros pintados por Vicente Marcelino Mulato. De esas camadas religiosas habrán salido los Dráculas y las Carminas en esta parte del mundo —explicó a un Jan indiferente.

Mas al descolgar el mozo las pinturas de los muros, hubo otra vista que lo perturbó más aún: un alacrán ambarino, del color de su pelo, lo miraba inmóvil, descabezado.

El arácnido pulmonado duró poco allí. Con inaudita destreza el mozo lo embarró con un golpe de mano que sonó como bofetada a la pared.

Jan vació en el lavabo dos botellas de agua potable que estaban sobre una mesa y se restregó la cara con tal ímpetu que dio la impresión de querer lavarse de los ojos el recuerdo del alacrán.

—En la tina de baño hay otro —emergió del cuarto con manifiesta repulsión.

—Andan en parejas —tranquilamente el mozo lo mató con un golpe de toalla. Como souvenir recogió el alacrán con todo y uña venenosa, y lo guardó en el bolsillo de su bata azul.

—¿Por qué lo guarda?

—Llevo ciento dos.

—Estoy acostumbrado a hallar cucarachas en un cuarto de hotel, pero no alacranes.

—Gracias —Adrián despidió al mozo con cuadros y alacranes y respiró el olor a cera del piso, sin ocultar su molestia por los objetos de iglesia adornando la pieza. Qué atmósfera sofocante. No había imaginado que iba a pasar la noche en un ambiente eclesiástico, él, que en su adolescencia había salido huyendo de la escuela de maristas en la que su madre lo había metido. Al reparar en la lámpara amarillenta que colgaba del techo tuvo el impulso de romperla golpeándola con uno de los diablos de Ocumicho. Lo disuadió la fragilidad de la figura de Cristo, a la mesa con sus doce apóstoles barbones comiendo sandía en la Última Cena.

Jan dejó la puerta abierta, como si en cualquier momento fuera a salir corriendo. ¿Hacia dónde y por qué? No sabía. Su única certeza era que detestaba los hoteles. Después de haber habitado cientos de cuartos su conclusión era que cada uno es desagradable a su manera.

—Busquemos dónde comer, me como a mí mismo —balbuceó.

—Antes quisiera encontrar a Agustín López —Adrián se estaba cambiando de ropa.

—Si no vive en el otro extremo de la ciudad.

—¿Estás fatigado? —Adrián sacó de su equipaje una botella de vino que había comprado en el aeropuerto. Pediría que se la abrieran en el restaurante.

—Un poco.

—Para la calle de Leona Vicario, ¿necesitamos taxi? —preguntó Adrián a la recepcionista.

—Pueden irse andando. Se van por la izquierda todo derecho, tuercen a la derecha todo derecho, siguen por la izquierda todo derecho y están allí todo derecho —la mujer apenas alzó la vista de su periódico y apretó los labios para no mostrar los dientes.

—Espero que llegue antes que yo, es para mi hijo —Adrián le entregó una tarjeta postal.

La recepcionista la recibió con dedos con uñas tan largas que parecían iban a rompérsele.

—*Hungry: angry* —masculló Jan.

Al salir a la calle se toparon con un mendigo ciego que estaba sentado en un escalón de Funerales Bravo. Los ojos vagos fijos en el cielo.

—¿Cómo te llamas? —le preguntó Adrián.

—Daniel Amarillo, soy oaxaco, vine a hacer sombrero.

—¿Qué es eso?

—De nueve de la mañana hasta anochece paso el día sombrero en mano. Tengo mujé y cuatro hijo en rancho. Me han dado nada, nada.

—¿A qué te dedicas en el rancho?

—Sembraba maíz.

—¿Dónde pasas la noche?

—En una bodega por el aeropuerto, duermo sobre cartones.

Adrián le puso la botella de vino en la mano abierta. El mendigo ciego la sintió entre los dedos y abrió desmesuradamente los ojos. Adrián sonrió:

—Soy Jesucristo, hago milagros, he devuelto la vista a un ciego.

3

El 6 de junio de 1986 fue el último día en este mundo del anticuario Agustín López. De acuerdo a los informes médicos, el experto en joyas coloniales sobrevivió hasta el alba del 7 en penosa agonía. Según el Ministerio Público, murió a las 12:12 horas, doble 6 en cada instancia, víctima de las 66 puñaladas que le asestaron 6 atracadores en su negocio. El motivo fue el robo: 6 relojes, 6 anillos, 6 monedas antiguas. La selección de los ladrones en esa casa repleta de tesoros fue supersticiosa, pues dejaron atrás objetos más valiosos, llevándose solamente lo que podían ocultar en los bolsillos. El Ministerio Público no mencionaba que la residencia fue saqueada de nuevo, pero ahora por los policías encargados de custodiarla.

Ignorantes de esos sucesos, Jan y Adrián se fueron por los portales rumbo a la calle Leona Vicario, donde se encontraba la residencia de Agustín López.

En una esquina sin nombre, mientras esperaban el cambio de luz del semáforo, Adrián se distrajo mirando los artículos en la vitrina de una tienda de deportes: un balón de futbol, un bat y una pelota de beisbol, una barra de pesas, botas de alpinismo y un casco protector para montaña. En el centro del aparador, fuera de lugar, descubrió una aguja de arriero para coser costales.

"La vejez se define tanto por el conocimiento de aquello que nunca seremos (un dentista, un detective, un jugador de polo, un ingeniero agrónomo, un policía, un cantante de ópera) como por las cosas que jamás necesitaremos (un guante de beisbol, unas botas para patinar en el hielo, un coche de carreras)", pensó Adrián, doblando en una calle que parecía un arroyo de ruido por la cantidad de talleres mecánicos en actividad. Pronto se encontraron delante de una casa con puerta de madera y ventanas enrejadas.

—¿A quién buscan? —les preguntó una vieja, la vecina.

—La tienda de antigüedades.

—El timbre no funciona. No hay luz.

—Oh, el señor Agustín falleció. Hace dos meses lo mataron.

—¿Quién lo mató? —se asombró Jan, como si el señor López fuera su conocido.

—El señor Agustín salía de noche. Levantaba muchachos en la calle. O en el cine, donde fuera, qué se yo.

—¿El negocio está clausurado?

—Al principio unos policías cuidaron la casa, pero el Ayuntamiento los retiró, porque tenía que cuidarlos a ellos. El señor murió intestado y al gobierno le toca un tanto por ciento de la propiedad. Si quieren pasar a mi sala les contaré unas anécdotas del señor López.

—Gracias, otro día.

—Me preocupan los gatos. Tenía seis. Las primeras noches maullaron. Después no sé qué pasó con ellos, si los recogieron los policías o quién. Alguien dijo que el de la farmacia les daba de comer. Ya no se oyen. Pero no se vayan, allí vive un sobrino suyo, un pariente lejano, de esos que aparecen cuando la gente muere. Al enterarse del crimen se vino de Tijuana a reclamar la herencia. Él puede abrirles, si tocan fuerte.

—¿Quién llama? —el sobrino apareció en la puerta, en mangas de camisa, con una lámpara de baterías en una mano y un revólver en la otra. Por su aliento alcohólico Jan y Adrián percibieron que había bebido y por los pelos parados que recién se levantaba de la cama.

—Unos periodistas holandeses.

—¿Qué quieren? —en su rostro lívido brillaron sus ojillos asustados, negros como arañas capulinas.

—Buscamos al señor Agustín López.

—Ya falleció. Yo soy su sobrino Alfredo. ¿Qué se les ofrece? Si gustan pasar.

—Fíjense si están los gatos —clamó la vecina.

Adrián y Jan estrecharon la mano helada del sobrino y entraron a una habitación oscura. Estaba repleta de muebles y objetos antiguos, de flores marchitas y de medicamentos caducos. Las curiosidades no sólo estaban en el suelo, sino amontonadas contra los muros, tapaban las ventanas que daban a la calle y las puertas al patio.

—Nos interesan las artesanías de Vicente Marcelino Mulato.

—¿Qué artesanías?

—Esas que coleccionaba el señor López.

—No sé de qué me está hablando. El difunto tenía tantas cosas que es necesario que las busquemos juntos. Hay diecisiete cuartos en la casa. Venga conmigo —el hombre se paró delante de un cuadro; examinó por unos momentos la escena urbana—. No está tan vacía esa calle, si ustedes la miran bien hay una silueta mirando hacia la derecha. Ese hombre vestido de negro, medio siniestro, es mi tío.

—Buscamos diablos de Ocumicho.

—No sé si tenga, el cabrón vendió en vida lo de más valor o dejó que sus amigos de ocasión se lo robaran. De dinero hallé tres mil pesos, una nada.

—Nos interesan las obras de ese artesano, por su originalidad y rareza.

—Encontré una caja con pesos de plata 0.720 y cuatro botes dulceros con pesetas, las moneditas de veinticinco centavos. Insignificancias —Alfredo, molesto por la pequeñez de su tío, se fue aluzando el laberinto de escritorios, percheros, roperos y mesas, en los que había bastones, cojines, lámparas, paraguas, muñecas, máscaras, tableros de ajedrez. Cómodas y vitrinas mostraban en estantes de vidrio collares, cadenas, pulseras, polveras, aretes, broches, anillos, monedas, relojes, plumas fuente, lentes y tinteros de talla y material diversos; había también cuadros, espejos, santos y vírgenes de bulto, armas y armaduras, libreros con enciclopedias y libros de viajes y de cocina, fotografías y manuscritos. Los sillones, las sillas y los sofás estaban cubiertos por piezas de vajilla, sombreros y ropa de dama y caballero, pipas, naipes y tarjetas postales.

—Iba por el mundo comprando todo lo que podía: vestidos y mecedoras, muebles, instrumentos musicales, enseres rotos, joyas antiguas, cueros amarillentos, baratijas de todo tipo y procedencia. Era un fregón para adquirir antigüedades, se fijaba en los detalles más mínimos y conocía los precios del mercado internacional, transaba a todo el mundo. Nadie sabía más que él. Por desgracia era muy puto, le gustaba salir de noche y ligar niños de la calle, y hasta drogos y vagos —el sobrino meditó un momento—. ¿Qué le vamos a hacer?

—¿Tenía familia?

—Mejor le hubieran dado una puñalada en el pecho y ya. Pero no que así, hacerlo sufrir. ¿Y para qué perseguirlo de cuarto en cuarto picoteándolo? Lo imagino caminando hacia atrás, con los brazos y las manos ensangrentadas, los ojos grandotes de sorpresa, la boca babosa. En su desesperación tiró al suelo dos jarrones chinos y un reloj de pared. Grotescamente parecían bailar los cuchilleros y el acuchillado. Los cabrones lo hicieron sufrir, lo pusieron de rodillas, lo asustaron hasta la madre, le sacaron todo el dolor que pudieron. Pobre maricón. Se ensañaron con él.

—¿Se sabe quiénes fueron?

—Ni huella. A lo mejor los buscadores deben ser los buscados.

—¿Los encontrarán?

—México es un país mágico donde hay asesinados pero no hay asesinos.

A Adrián le llamó la atención una virgen de bulto. Alzó la tela azul para examinar el material de que estaba hecha. Debajo del vestido halló un nido de alacranes.

—Se la vendo, doscientos dólares —el sobrino golpeó el regazo de la virgen con un matamoscas. Levantó la tela, los alacranes estaban apachurrados.

—No estamos interesados en objetos de la Colonia.

—Esta casa es una alacranera, una tienda de veneno del diablo —Alfredo alcanzó con la mano la cigarrera sobre una mesa de cristal. Encendió el cigarrillo con filtro. El cerillo humeante cayó sobre un tapete raído. Lo aplastó con el zapato negro—. ¿Fuma?

—No, gracias.

—Cuando llegué de Tijuana la correspondencia estaba tirada en el piso, detrás de la puerta. Pedidos, cuentas, revistas, anuncios. Ninguna carta personal. Le dije al cartero: "Ya no me traiga el correo de ese señor, ese señor se murió hace dos meses." Él alegó: "Mientras en los sobres venga el nombre del señor Agustín López y la dirección de Leona Vicario, lo seguiré trayendo." No hubo manera de convencerlo, tendré que pegarle un susto.

—Mañana regresaremos —Adrián puso cara de harto, lo abrumaban tantos objetos inútiles.

—Mañana no trabajo.

—Ahora nos vamos.

—Me queda claro que usted apareció en la puerta sin cita y sin nada, por sus propios pies. Yo no fui a buscarlo al hotel para traerlo aquí.

En ese momento de suspenso Adrián y Jan no supieron si emprender la retirada o por cortesía seguir explorando el territorio hostil de esa casa. Alfredo, mal dormido, hacía un gran esfuerzo por mantenerse despierto. Les dijo:

—No puedo precisar en qué parte de la casa jugaba de niño, cuando mi madre me traía a Morelia y se hospedaba aquí. Los cuartos están irreconocibles por tantas cháchara. No sé dónde él me leyó un cuento y me tocó todo. Tal vez fue en el patio o en su recámara. Aún siento sus manos sobre mí, su respiración en mis orejas, el olor a sobaco y a sardina de su cuerpo, debajo de la ropa. Recuerdo la expresión idiota de mi madre, que me dejaba con él para irse al centro a ver aparadores.

Se oyó a un niño llorar. Alfredo corrió a la habitación contigua, pistola en mano. En el centro de la pieza estaba una cuna con ruedas. El mosquitero de gasa estaba cubierto de alacranes amarillos. En pie, con su babero, el pequeño se agarraba al tubo de plástico tratando de mantener el equilibrio. Sonríente, señalaba a los alacranes.

—¿Adónde chingaos andas, Teresa? —el cuerpo de Alfredo se crispó como si estuviera listo para saltar sobre alguien.

—Fui a la cocina, Alfredo —una mujer de rostro aniñado, con pantalones cortos y tobilleras blancas, vino mordisqueando una chuleta de puerco.

—Te dije que no lo dejaras solo.

—Tenía hambre.

—Mira.

—Ay, Dios mío. No lo vuelvo a dejar solo.

—Más te vale, pendeja.

—¿Los mato con las tijeras?

—Espera a que yo vuelva.

—Antes de acostarnos pondremos mosquiteros en las camas.

—Ahora no le quites el ojo de encima —Alfredo se acomodó la lámpara debajo del brazo y encendió otro cigarrillo. Un espejo de pared reflejó su rostro desencajado.

—Tengo sueño. Anoche tuve puras pesadillas.

—No cenes.

—Voy a dormir pésimo otra vez.

—No te sugestiones.

Con expresión incómoda, Adrián y Jan continuaron inspeccionando las cosas. De clientes potenciales se habían convertido en acompañantes involuntarios en la exploración de la casa. La mujer, atrás, tiró la chuleta a la basura. El bebé contemplaba fascinado los alacranes, cuyas patas estaban atrapadas en la gasa.

—¿Qué es eso? —Adrián descubrió un bicho clavado en una pared.

—Es el pez diablo. Mi tío era muy dado a esas necedades. Hay muchos en las paredes. Los colocó detrás de cuadros y de espejos, y debajo de los objetos más inofensivos. Aquí huele a diablo.

—Parece que heredará la casa.

—Y el fantasma.

—El contenido valdrá millones.

—Cuando sea rico, cambiaré de mujer.

—¿No le gusta la suya?

—Ya parió, ya me aburrió.

Al llegar al pie de una escalera de piedra, que llevaba al primer piso, a Adrián se le puso la carne de gallina.

—¿Qué te pasa? —le preguntó Jan.

—Hijo de la chingada, parece que no estás muerto, pero estás bien muerto; debes de largarte de aquí, abandonar la casa, dejar de joder. Crees que estás dormido y es un sueño, pero no, te asesinaron por puto, por maricón, vete de aquí —el sobrino subió la escalera, pistola en mano, hablándole al tío.

Adrián subió detrás. La vista del interior lo dejó helado. Sobre la cama estaba el retrato de Agustín López, con corbata roja y traje azul claro, mirando con fijeza hacia la puerta.

—Hijo de la chingada, déjanos en paz —el sobrino apuntó al pecho del tío muerto.

El hombre del retrato no se inmutó, mirando con expresión perversa hacia la puerta, hacia los dos.

—¿Quieres ver el certificado de defunción?

En eso, Adrián descubrió en un rincón de la pieza una artesanía de Ocumicho tamaño humano. Era una estatua de barro vestida de rojo parada sobre una mesa cubierta con una sábana negra. La mesa servía de altar. Esa figura de la Santa Muerte era la obra maestra de Vicente Marcelino Mulato y la joya de la colección de Agustín López. No obstante que el Joven había combinado fantasía y realismo en su elaboración, a él le pareció bastante horrible y repulsiva. En torno a la figura, el anticuario había colocado veladoras en frascos de cristal rojo y negro. Las veladoras estaban apagadas.

—Voy a bajar —balbuceó Adrián. Pero apenas descendía empezó a dudar sobre las facciones del hombre del retrato. Si era calvo y si tenía bigote, si nariz respingada o chata, si orejas grandes o patillas teñidas de negro. Tampoco recordaba si Jan había subido con ellos (se había quedado abajo). La presencia de otros muebles en la habitación, aparte de la cama, era algo que se le había escapado. Lo único que le quedaba eran los ojos del asesinado.

—De acuerdo al peritaje médico, Agustín López vivió hasta pasada la medianoche. Empezaron a herirlo en el patio, entre unas cajas de cartón. A golpes de aguja de arriero lo subieron por la escalera, lo metieron a la recámara y lo remataron en la cama. En la almohada exhaló su último suspiro. Allí donde está el retrato falleció: los zapatos hacia acá, la cabeza para allá, la lámpara de mesa en el piso. Nadie supo cómo llegó un costal de hojas a la habitación y cuál fue el motivo. Un piquete de aguja le perforó un pulmón; otro, la fosa renal; el tercero, la espalda; el cuarto, el cuello. Después de revisarlo, un médico calculó cuántas puñaladas puede recibir un hombre en el cuerpo y seguir vivo.

—No quiero saber más.

—El cadáver ya apestaba cuando lo encontró Chuchita Chávez, la empleada doméstica. Dijo a la policía que cuando halló al occiso: "Estaba bien jodido, tieso y descompuesto, y miraba con unos ojos de loco que parecían salírsele de la cara." Le tocó la muñeca por debajo de la manga y notó que estaba fría. De las narices le salían dos hilos de sangre. Había fallecido cuarenta horas antes.

—Le pido que no me dé detalles.

—No sé quién puso su retrato en la cama para espantarme, cuando llegué de Tijuana ya estaba allí. Seguramente un pinche policía —el sobrino no podía disimular su furia mezclada de miedo.

—Tenemos cita para cenar, es hora de irnos.

—En el piso la policía halló una caja de barbitúricos, una lata de Coca-Cola y un frasco de tranquilizante Nobritol. Alguien había ingerido pastillas.

—Estamos retrasados

—El móvil no fue el robo. En un bolsillo de la chaqueta Agustín tenía tres mil pesos en efectivo y dos tarjetas de crédito. El cadáver fue trasladado al forense para autopsia.

—Lo sentimos mucho, pero…

—Con placer los acompaño a la salida.

—Gracias, no se moleste.

—En realidad, creo que las figuras de ese artesano que ustedes buscan las vendió mi tío a un señor americano que vino de Tánger —Alfredo descendió la escalera con aparente calma, pistola en mano—. Vengan pasado mañana, quizás pueda hallarles alguna pieza. Si no las vendió todas, tengo una ligera noción de donde pudo haberlas escondido. Hay un cuarto tapiado al que debo romper los ladrillos para entrar.

—Gracias, pero mañana saldremos a la Ciudad de México. En la noche tomaremos el vuelo directo de KLM a Amsterdam —la voz de Adrián era tan queda que Jan apenas la oyó.

—Lo lamento.

—Nosotros también. Ya nos encontraremos de nuevo —Adrián se sintió obligado a pronunciar esas palabras hipócritas, tal vez para asegurarse de que iba a poder marcharse pronto de allí.

En eso tocaron a una puerta interior. Era la mujer, con el bebé en los brazos.

—Mira lo que le acabo de quitarle al niño del pecho —la mujer mostró un enorme alacrán—. Gracias a Dios lo vi a tiempo y lo tijeretié.

Adrián vio su reloj. Eran pasadas las diez.

—Adiós —en el zaguán de la casa estrechó la mano engarrotada de Alfredo.

Jan no se despidió, solamente miró en silencio a ese hombre parado en el umbral, en mangas de camisa, de rostro cenizoso y ojos desorbitados, sobando la cacha de su pistola. Alfredo estaba más exaltado que cuando llegaron, pues había llegado el momento de perder a sus acompañantes circunstanciales y de tener que pasar la noche con su mujer y su hijo en el nido de escorpiones que era esa casa sin luz eléctrica y sin agua, y con el espectro del tío maligno rondando en el cuarto de arriba.

4

Adrián y Jan llegaron a Los Comensales, un restaurante situado en una vieja casona de cantera rosa. Un portal típico rodeaba un patio interior de grandes arcos. Docenas de mesas con mantel blanco estaban vacías. En un segundo comedor vociferaba un televisor prendido. Para nadie. Plantas olorosas crecían en el patio. La noche olía a flor, a mole y a chocolate caliente. La voz de Agustín Lara animaba el establecimiento solitario:

> Vende caro tu amor,
> aventurera…

El dueño había acabado de cenar y leía el periódico. Afuera de la cocina, su mujer fumaba un cigarrillo. El mesero estaba parado a unos pasos. La cocinera, de espaldas, parecía una alquimista preparando un platillo mágico: el mole estilo Michoacán. Desvenaba chiles pasilla, chiles negros y chiles mulatos, tostaba cucharadas de ajonjolí y de semillas de chiles, freía tomates, cebollas, dientes de ajo, molía granos de almendra, pimientas gordas, pimientas chicas, clavos de olor, nueces, pasas y trozos de chocolate y gengibre. Frito todo, en una cazuela de barro lo movía con una cuchara de madera y arrojaba pedazos de gallina. Al ver que dudaban en la entrada, el dueño les hizo una seña con la mano. Todo el restaurante era suyo. Adrián y Jan optaron por sentarse en el patio, frente al jardincito, donde la noche era fresca y se veía la luna. El lugar era quieto, aparte de la música y del ruido ocasional de un coche.

—Hay cocina michoacana. O la que ustedes gusten, caballeros. Soy Claudio —el dueño se acercó para atenderlos, el periódico debajo del brazo, un lápiz en la oreja.

—¿A qué hora cierran?

—Hasta que terminen de cenar los clientes.

—¿Podemos ver la carta?

—A ver Cuco, ve a atenderlos, antes de que se te quemen las nalgas por tanto estar huevoneando en el comal —Claudio mandó al mesero.

—Dos tequilas dobles y dos cervezas heladas —pidió Adrián.

—¿Les mandamos agua de lima?

—No, sólo tequilas y cervezas.

—¿Les preparamos unos charalitos, unas corundas de maíz tierno, unos pescados blancos de Pátzcuaro? ¿O se les antojan enchiladas placeras?

—Déjenos ver la carta.

—Aquí encontrarán una cocina refinada. Como dice Carmen la cocinera: "En los pipianes verdes el chile es sólo un condimento y no el sabor que esconde una mala comida." Y como también dice Carmen: "Si ustedes no son afectos a la gastronomía histórica y su dieta ordena carne asada, pídanla sin temor, que en los sesenta mil noventa y tres kilómetros cuadrados de territorio michoacano no hallarán una carne insulsa."

—Tráiganos lo que usted quiera —Adrián y Jan se rindieron ante la sugerente lista de antojitos, caldos, verduras, aves, carnes, moles, postres, atoles y chocolates, y las explicaciones detalladas de Claudio sobre los platillos tarascos y de cocina criolla.

—Pasará un buen rato antes de que puedan comer, la cocinera es lenta. Aquí les dejo el periódico —Claudio se retiró.

Los amigos oyeron canciones de Lara, pues casi no había conversación entre ellos. Se conocían tanto que no era necesario que hablaran, salvo para discutir o planear algo concreto. El periódico quedó sobre la silla, sin que ninguno mostrara interés en cogerlo, hasta que los ojos de Adrián cayeron sobre un encabezado.

"El asesinato del niño Yuririo Arcadio ha desencadenado una búsqueda judicial sin precedentes. El principal sospechoso es un tal Vicente Marcelino Mulato. Este individuo, se cree, enmascarado y con ropas de mujer secuestró al menor en un pueblo de la Meseta Tarasca. En una vivienda camino del aeropuerto de Morelia lo mantuvo escondido hasta que le dio muerte. En un principio se mencionó la complicidad del anticuario Agustín López, pero luego se confirmó que éste había sido asesinado semanas antes en circunstancias todavía no esclarecidas. Yuririo fue raptado afuera del orfanatorio donde residía y asesinado con una aguja de arriero. Para matarlo le administraron una sobredosis de Ativán, tranquilizante usado en los rastros. Las pruebas médicas han indicado que el pequeño sufrió violación. Vicente Marcelino Mulato, dedicado a adiestrar perros de pelea, anda prófugo. Lo protegen policías judiciales y el magistrado Francisco Pérez Infante."

Otra noticia llamó su atención: Una semana después de la desaparición de Yuririo Arcadio, un incendio puso en peligro el Taller Fantástico de la Familia Martínez en Ocumicho. Afortundamente, fue extinguido a tiempo.

—¿Sabe algo del asesinato del niño Arcadio? —preguntó Adrián a Claudio.

—Es un caso muy sonado aquí.

—En Ocumicho supimos de la existencia de un Vicente Marcelino Mulato. Mas allá nos dijeron que hace años murió en una riña. ¿Será el mismo?

—El de allá parece bien muerto, el de aquí bien vivo.

—Por la descripción puede tratarse de la misma persona.

—¿Cuánto tiempo hace que mataron al otro?

—En 1968.

—Oh, desde entonces ya llovió.

—¿Es posible que sea su homónimo?

—Seguramente el que anda por aquí es su tocayo.

—O su fantasma.

—¿No piensan volver a Ocumicho, verdad? La gente de por allá tiene fama de extraña. Con permiso.

En eso los platos llegaron y Adrián y Jan se entregaron a la comida, oyendo todo el tiempo en el tocadiscos las composiciones de Agustín Lara, a las que Claudio era aficionado:

Mujer, mujer divina,
tienes el veneno que fascina en tu mirar.

—Para decirte la verdad, me esperaba tortillas untadas con sangre, guisados guarnecidos con cabellos humanos, tripas cocidas con ojos de res, sopa de sesos y criadillas con manos de puerco. Para beber, cerveza de orines de burro —dijo Jan.

—Yo no —replicó Adrián.

Desde ese momento Jan se quedó callado, temeroso de que cualquier comentario suyo irritara a su amigo o provocara su desprecio; se entretuvo en examinar las vigas barnizadas del techo. Adrián observaba el periódico como si quisiera penetrar el secreto de algo que no le concernía pero le intrigaba. Al fin se quitó el saco y se dedicó a saborear la comida igual que si masticarla bien fuera un acto de turismo pensante, un movimiento de asimilación cultural. Al verlo, Jan infirió que buscaba embriagarse de presente y de lugar, siendo su única certeza el aquí y el ahora del cuerpo.

—¿Un mole verde, señores? —Claudio vino a preguntarles.

—Uf, ya no —Jan se limpió la comisura de los labios con una servilleta manchada de salsa roja.

Mientras tomaban el café de olla se marchó Carmen, la cocinera de cara pecosa. Pasó cerca de ellos, fumando, con un envoltorio debajo del brazo.

—¿Un anisito? ¿Un cigarrito?

—No, gracias —los extranjeros agradecieron el ofrecimiento de Claudio, pagaron la cuenta y salieron.

La voz quejumbrosa del músico los persiguió hasta la calle:

Te vendes,
quién pudiera comprarte…

5

Por calles penumbrosas llegaron al Acueducto. En las callecitas laterales, parejas abrazadas formaban animales de dos espaldas. Adrián pensaba en el fin de su viaje. El regreso también implicaba el retorno a Marijke, su nueva mujer, veinte años más joven que él. Entre sus planes inmediatos estaba el de encerrarse en el estudio y terminar un relato sobre la calle de las vidrieras de Amsterdam. No estaba seguro de si podría recobrar el impulso inicial, pero haría lo posible por acabar el libro ese otoño. El problema es que lo esperarían llamadas de teléfono, trámites que realizar, cuentas por pagar, cartas por contestar y la postproducción del documental sobre Ocumicho. No había viaje a la vista, al menos. Ni tenía que hacerse chequeos médicos de corazón, próstata o cáncer. Lo que no podía quitarse de encima era la presión de Marijke de tener un hijo: "Un Adriancito."

A lo largo del Acueducto se prendían y se apagaban anuncios de refrescos. Policías acechaban a la gente desde una patrulla estacionada en un callejón con las luces apagadas. Como si las calles fueran cloacas destapadas, un fuerte hedor invadía el aire. Prostitutas ofrecían sus servicios a clientes en coche. Tal cazadora nocturna, una mujer que enseñaba sus tetas junto a una fuente de cantera rosa agarró a Jan de los pantalones. Otra mujer salió de la oscuridad y pellizcó a Adrián a través de la tela del saco. Era un transvestido.

—Ay, mi vida, ¿crees qué te vas a ir sin que te coma? —la persona vestida de mujer le clavó sus ojos de viuda negra.

Si bien desde que estaba en el colegio no solía frecuentar mujeres callejeras, por su cabeza pasaron las vidrieras de Amsterdam, sobre las que escribía actualmente y donde algunos conciudadanos iban a buscar las últimas importaciones femeninas del llamado quinto mundo.

—¿Qué pasa, chavo, dudas? —ella, o él, lo hizo pensar en Vicente Marcelino Mulato.

Era infantil, pero ese cadáver que pretendía hacerse pasar por joven, quizás septuagenario debajo del maquillaje, lo perturbaba. No podía evitar mirarlo. Y hasta examinarlo con abierta curiosidad: su cabellera reseca se dividía en trenzas enroscadas; los senos postizos eran desiguales y no estaban al mismo nivel del pecho; tampoco la nariz, un pegote en la cara. Tenía boca obscena, dientes prominentes y labios morados. En la entrepierna, bajo las faldas bordadas a la usanza indígena, exhibía una cola de caballo como si fuera un falo. Sus piernas nadaban en las medias negras, con los hilos corridos. Quizás por eso Adrián se acordó de aquella vez que, haciendo el amor con Silvia, su ex esposa, ella se había dejado puestas las mallas.

"¿Cuánto años tendrá?", se preguntó en silencio.

"Imposible saberlo, con esos disfraces", se contestó.

—¿No te recuerda al obrador de diablos de Ocumicho? —le preguntó a Jan, sacando las manos de los bolsillos como si tuviera que defenderse de una agresión inminente.

—No —replicó aquél, por completo desinteresado en hallar semejanzas entre esa mariposa nocturna y el artesano difunto.

—¿No te despiertan curiosidad esas mujeres?

—Acostumbrado a viajar por países de África, Latinoamérica y los Balcanes, por profesionalismo pongo una sana distancia entre mi trabajo y las zonas rojas locales, me concentro en mis temas.

—Te pregunté si crees que esa persona es Vicente Marcelino Mulato.

—No sé, nunca lo conocí.

—Yo, tampoco.

—¿Por qué te interesa ese mundo de delincuentes, putas y transvestidos?

—Quizás por razones literarias.

—Esa gente no tiene misterio alguno y las mujeres ni siquiera son atractivas ni jóvenes, son solamente sórdidas. Lo único que se puede decir de ellas es que son fantasmas de algo que fueron hace tiempo.

El transvestido, que no le quitaba a Adrián la vista de encima, se bajó de la banqueta y desafió con su cuerpo los coches que avanzaban por la avenida. Entonces, como un insecto de alas rojas, se puso a correr detrás de un carro sin luces. Una gran sombra animal pareció acompañarlo, pasándose de un lado a otro de su persona. En el aire pasaron corriendo los efluvios de su perfume barato.

—Ese judicial es su amante. No tiene vergüenza, el tipo es tan sádico que se va a seguir de largo —declaró una mujer de facciones toscas y negro pelo grueso.

—Turista, ¿quieres conmigo? —una muchacha costeña de cuerpo delgado y facciones finas se insinuó a Jan. No era fea, solamente la afeaban los labios pintados de rojo como pedazos de lodo.

—Es un cabrón, un hijo de la chingada, un maldito, cuando salen juntos lo madrea como a perro sarnoso.

—Turista, ven a ver mi colita. Ven, no tengas miedo.

Al sentirla a su lado, Jan protegió su reloj con la mano derecha, como si ella fuera a arrancárselo de la muñeca.

—¿Todavía aquí, campeón? —el transvestido se plantó delante de Adrián, escrutándolo con cara de tasajo. O de diablo erótico. Tenía unos ojos negros que, apagados, parecían cáersele en un abismo interior. Y tenía una cicatriz en la mejilla derecha como si un ácido se la hubiera lamido. En la mano izquierda esgrimía una aguja de arriero. Un perro negro en celo, jadeante, lo acompañaba.

Adrián balbuceó algo en neerlandés.

—¿Te gusto? —el transvestido lo miró a la cara, entre viscoso y burlón.

Adrián no supo qué contestar, lo que aumentó el desprecio del otro.

—¿Eres maricón de los que saben o de los que no saben?

A pesar de sus esfuerzos por mantenerse sereno, Adrián sintió que el corazón se le salía del pecho y que su mundo se volvía irreal.

—¿No quieres un recuerdo en tu ombligo? —el transvestido manejó la aguja de arriero como si fuese un cuchillo.

—No me atemorizas —masculló Adrián. Visiblemente, su presencia le producía repulsión y dudas de sí mismo. Nunca en su vida recordaba haber perdido el control de sus emociones como esa noche.

—¿Te intereso como personaje de novela? —el sujeto se quitó la peluca de mujer y descubrió su pelo negro lacio y aplastado. Le mostró sus manos de alfarero, las uñas afiladas pintadas de negro. Todo su pasado, su disciplina intelectual, su mundo social estaban inermes ante el acto de intimidación de ese desconocido.

—¿Cómo sabes que escribo? —Adrián, distraído, no se dio cuenta de que un tráiler atravesaba la avenida, tosiendo.

—Abusado, cabrón —le gritó el chofer, asomado para ver a las prostitutas. La calle entera vibró bajo el peso del vehículo. Las luces del alumbrado público se estremecieron por las exhalaciones de humo negro de sus escapes.

—Por mis antenas, Adrián.

—¿Cómo sabes mi nombre?

—Por amigos comunes, Adrián.

—¿Eres Vicente Marcelino Mulato?

—¿Quién?

—Quiero entrevistarlo para un documental.

—¿Conoce alguien aquí a Vicente Marcelino Mulato? —el otro se volvió hacia las mujeres—. Pregúntenle al ciego de la esquina si ha visto alguna vez al Joven.

—¿Sabes algo del anticuario Agustín López?

—¿El muerto?

—Sí, el asesinado.

—¿Aquel tipo que apareció con la lengua de servilleta y las nalgas picoteadas?

—¿Así lo encontraron?

—Se dice por allí que en un cine el anticuario manoseó a Fulano. Que el anticuario y Fulano salieron juntos. Que Fulano, un mayate, llamó a un cuate. Que Agustín los metió a su casa. Que el mayate y el cuate lo subieron por la escalera a cuchillazo limpio. ¿Te gusta el cuento?

—¿Estuviste presente?

—Haces demasiadas preguntas, muñeco —el otro lo cogió de un brazo.

—Me lastimas.

—No tanto como podría.

Los hombres se encararon por un minuto o dos, hasta que Adrián no pudo sostener más el desafío de su mirada y fijó los ojos en la banqueta.

Jan vio de reojo un cuerpo femenino arrojarse delante del tráiler. Vio una sombra saltar después del cuerpo.

—No creas que me gustas, guácala.

Indiferente al suicidio que acababa de tener lugar, el transvestido partió al encuentro de un cliente que se acercaba a la plaza. Nadie lo había visto. Solamente él lo había percibido a distancia, en la oscuridad.

—¿Has visto a la persona con que hablaba? —le preguntó a Jan.

—No me interesan las putillas de Morelia, tampoco verme envuelto en las notas rojas de la prensa local. Vámonos, tengo prisa por ver los murales en el Palacio de Gobierno, está abierto de noche.

—Era él.

—¿Quién?

—Vicente Marcelino Mulato.

—Lo único que sé es que esa cosa está condenada a muerte. Escoge su forma de morir: balazos, cuchillazos o sida.

6

—¿Qué te pasa? —le preguntó Jan.

—Nada.

—Te quedaste pensativo.

—Creo que en algunas partes se pueden tener experiencias desagradables, pero no es grave.

Adrián guardó silencio. Los dos se fueron rumbo al Palacio de Gobierno, iluminado a esas horas por afuera y por adentro. La vigilancia les negó el acceso. Se dirigieron al mercado, en el que había algunos puestos abiertos.

De regreso al hotel, atravesaron la Plaza de Armas y el portal Matamoros. En los otros portales los cafés habían cerrado sus puertas. No pasaba nadie. El aire había enfriado y Adrián sentía una brisa refrescante en las sienes, donde se le acumulaba el cansancio del día.

—Qué harán esos hombres a estas horas de la noche parados delante de esa casa?

—Esperan ver una película de medianoche en el Cine Colonial —Jan aplastó con el zapato un cigarrillo y encendió otro.

Observaron al grupo de varones sombrerudos. Algunos llevaban botas de piel de víbora, jeans americanos y cinturón con hebilla dorada. Otros, portando chaquetas con alacranes estampados, y lentes de sol, se recargaban en los gruesos pilares de cantera rosa o se sentaban en los escalones de la banqueta. Una mujer, con el pelo teñido de rubio, le sacaba una cabeza al hombre flaco que la acompañaba.

—Me pregunto si será el cine en el que Agustín López ligó a su asesino —Adrián, al agacharse para ver los cartelones, se quedó lívido: la actriz en la propaganda, con cuyas escenas el público masculino de Morelia venía a masturbarse, era Silvia Durante, su ex esposa, ahora convertida en Isabelle.

Isabelle, protagonizada por la reina del cine porno holandés había tenido un gran éxito de taquilla mundial desde mediados de los setenta, quizás porque había sido prohibida durante un año en Francia, España, Portugal y Grecia. Silvia Durante, entonces de 22 años, recién salida de una escuela de monjas y alumna reciente de un instituto de modelos, era fácil de reconocer con sus piernas largas metidas en mallas negras, sus manos enguantadas, sus zapatos de tacón alto y su capa rusa que no le cubría los pechos. Y por su cara alargada, su pelo corto recogido hacia atrás y sus grandes ojos de mirada fija. Con la reina del porno, Adrián había tenido un hijo, Michael, que ahora vivía con su abuela paterna.

En el primer cartelón, Silvia miraba hacia el piso, anticipando el placer sexual. Su cuerpo descansaba de una tensión semejante a la del venado que está siendo acechado. Con ella estaba otra persona, de la que se percibía la sombra. Por la mente de Adrián, como un relámpago, pasó el recuerdo de aquella tarde de lluvia en que ella, después de bañarse y acicalarse, poniéndose un trapo holgado que llamaba vestido, salió a la calle. No se le olvidaba aún su expresión al coger el delgado impermeable. Le dio un rápido beso de adiós en la frente, como quien se despide de un padre, no de un amante o de un marido. ¿En qué parte de Amsterdam tenía la cita? ¿A quién iba a ver casi con las tetas descubiertas? Luego sabría que se dirigió a la oficina de un director de películas pornográficas y delante de él se desnudó. La contrataron para *Isabelle* y fue filmada con hombres sucesivos, hasta que el sol anémico de Amsterdam le dio en la cara. Adrián había olvidado los títulos de sus películas, no sus celos. No obstante que, en un principio, él había tratado de ayudarla en su carrera de actriz, explicándole lo que deseaba el director y que fuera más realista: "Mueve más el cuerpo, no te quedes tiesa como primeriza, acaricia los brazos del hombre que te hace el amor." "No te preocupes, todo es simulación", le contestaba ella. Delante de los cartelones, en esa ciudad remota, recordó la noche en que Silvia lo abandonó, sacrificando todo: una carrera en el teatro, un matrimonio y un hijo, para llevar una vida de sexo, drogas y borracheras. Sobre todo con su pareja en las películas, un actor apodado Shane el Desconocido. A éste lo abandonó por Eddy, una lesbiana con la que tuvo un breve romance. A Eddy la dejó por Vladimir. A Vladimir por Giovanni. A Giovanni por Tahar Mammeri. A Tahar por Junichiro. Después partió a Hollywood con alguien.

Inmóviles, callados, permanecieron los amigos: Jan mirando a Adrián; Adrián, pálido, mirando a Silvia. En los cartelones, ella era una ola voluptuosa entregada al amor promiscuo. Adrián se acordó entonces de que había visto cinco veces esa película que era un maratón de gemidos, una sucesión de cuerpos (de hombres y mujeres) encimados sobre Isabelle. "Con mujeres las escenas de sexo son más naturales", le había dicho ella.

Adrián no era él único que la examinaba, a su lado un campesino joven se solazaba en una fotografía en la que Silvia estaba asomada a una ventana con los pechos desnudos (el pecho izquierdo de frente; el derecho, ladeado; los pezones puntiagudos como si les hubieran sacado filo con los dedos). El campesino estudiaba con detenimiento sus volúmenes esbeltos, sus ojos cavernosos, su boca como una raya que se ondula. Quería asimilarla, hacer suyo ese cuerpo superficial, penetrar el cartoncillo.

En un cartelón, Silvia se sentaba en una bañera blanca. Por supuesto, desnuda. El brazo derecho extendido, la mano colgando, sobre sus rodillas. La cabeza descansaba sobre el brazo que descansaba sobre las rodillas. Un guante, que le llegaba al antebrazo, le ocultaba la mano. Llevaba zapatos negros de tacón. El pelo lacio corto dejaba ver la oreja izquierda. Silvia, expectante, dirigía la vista ciega hacia la puerta, esperando al posible amante. El tapete, una toalla. Mosaicos blanquinegros caminaban hasta el muro. El espejo reflejaba nada.

En otra escena, ella, desnuda, estaba parada junto a un espejo. Con los acostumbrados zapatos de tacón, el pecho izquierdo visto desde atrás, una raya negra le abría las nalgas, como si fuera una trenza bajándole de la cabeza a través de la espalda. Una bata blanca con manchas cruentas cubría una silla. El espejo reflejaba muebles y objetos, pero no a ella, quien parecía dar un paso peligroso hacia el espacio profundo, hacia el abismo liso, confundida su visión por cosas distantes y un presente plano. En cada cuadro Silvia daba la impresión de estar siendo examinada por un ojo intruso. Aunque la realidad ambiental se disolvía en torno de su cuerpo, se apreciaba un paisaje de alcoba y de sala de baño con paredes planas, ángulos sanguinolentos y penumbras casuales. Todo enfatizaba la soledad de esa protagonista de aventuras íntimas presenciadas por todos.

"Tanto viajar para venir a hallar a mi amor en el cine de medianoche de una ciudad ajena." Adrián sintió frustración, nostalgia, celos enormes, ganas de orinarse en los pantalones. "Lo penoso es que esos ojos superficiales ya no reflejan mi imagen sino la de otro hombre, la de otros hombres. Y lo que más me aflige es que, abandonado y todo, todavía deseo su cuerpo. Y que entre las mujeres que existen es a ella, precisamente a ella, a quien sigo deseando. Mas ella, entre todos los hombres de la tierra, es conmigo, precisamente conmigo, con quien no quiere acostarse."

—Adrián —murmuró Jan, tan embarazado como aquel hombre que descubre a la mujer de su mejor amigo en el momento de perpetrar un acto obsceno.

—Eh —replicó Adrián, agachado sobre los cartelones con el gesto sacudido de un amante que acaba de descubrir un engaño de toda la vida.

"Después de esta noche su odio será más grande que su amor. Qué ironía, aquí ha venido a comprender finalmente su infidelidad", pensó Jan.

Adrián se irguió y con cara de buey herido echó un último vistazo al rostro vacío, al rostro perdido de Silvia Durante, presente y ausente en esos pedazos de cartón.

Jan se dio cuenta entonces de que una mujer vestida de hombre, con una mancha roja en la mejilla y embozada con un gabán, se deleitaba en las obscenidades de Silvia. Cuando los ojos de la mujer y los de Adrián se encontraron, éste sintió un escalofrío: Había visto la cara de la Muerte mexicana en forma de marimacho.

El reloj de la catedral dio doce campanadas y los hombres entraron al cine. Adrián se quedó solo frente a los cartelones. Discreto, Jan lo esperó a unos metros de distancia. Tenía la sensación de que la impudicia doméstica revelada en una ciudad remota había caído entre los dos como una espada.

Cuando la mujer de la taquilla recogió el dinero y apagó la luz, Adrián se fue andando por la calle mal alumbrada del centro de la ciudad. En su interior trataba de conciliar pensamientos e imágenes y, sobre todo, de olvidarse de un mundo no de diablos terribles, sino de diablos humanos, de pobres diablos cotidianos.

—Mañana temprano quiero resumir mi trabajo —Jan lo siguió al mundo de la luz artificial, entró con él a ese hotel vacío de gente con la cabeza como una pantalla de televisión a la que se le han ido las imágenes.

—En realidad pretendo irme de aquí, quisiera tomar un tren nocturno y despertar en medio del campo, en una playa con grandes olas blancas o en ninguna parte —expresó Adrián. Al subir los escalones de piedra del hotel, acompañado por la respiración cercana de su amigo, se sintió alejado de él como nunca antes. No sólo tenía la impresión de que distancias insalvables los separaban desde ahora, y de que el secreto de Silvia los había enemistado para siempre, sino de que hasta ese día su amistad había sido una mentira, algo forzado. Jamás se le había ocurrido que era posible que dos personas que se encontraban todos los días en el mismo lugar de trabajo y que viajaban en pareja por el mundo eran en realidad dos desconocidos. Más aún, comprendió que caminando juntos por el pasillo de ese hotel donde compartían cuarto y espejo, estaban tan separados como si uno se encontrara en la Tierra y el otro en la Luna.

La Santa Muerte. Sexteto del amor, las mujeres, los perros y la muerte se terminó de imprimir en octubre de 2007, en Impresora y Encuadernadora Nuevo Milenio, S.A. de C.V., San Juan de Dios 451, Col. Prados Coapa 3ª sección, Tlalpan, C.P. 14357. México, D.F. Composición tipográfica: Fernando Ruiz. Cuidado de la edición: Ramón Córdoba. Corrección: Lilia Granados y Rafael Serrano.